Carlo Emilio Gadda

Die Erkenntnis des Schmerzes

Carlo Emilio Gadda

Die Erkenntnis des Schmerzes

Roman

Aus dem Italienischen von
Toni Kienlechner
Mit einem Nachwort von
Hans Magnus Enzensberger

Verlag Klaus Wagenbach Berlin

Die Originalausgabe erschien 1963 unter dem Titel
La cognizione del dolore bei Giulio Einaudi in Turin.

Wagenbachs Taschenbuch 371

10719 Berlin. Umschlaggestaltung Groothuis & Consorten unter Verwendung eines Bildes von Tina Modotti. Die Karnickel auf Seite 1 zeichnete Horst Rudolph. Gedruckt auf chlor- und säurefreiem Papier und gebunden von Pustet, Regensburg. Printed in Germany
 ISBN 3 8031 2371 2

Der Verleger verlangt Wiedergutmachung und belangt den Autor

V. Der Text der *Erkenntnis des Schmerzes* muß aufgefaßt werden als das, was übrigbleibt, »quod superest«, von einem Werk, das durch Umstände, die durchaus außerhalb des willentlichen Bewußtseins, der wohlbedachten Arbeitsabsicht und der moralischen Verantwortlichkeit des Verfassers stehen, diesem dann nicht nur verwehrt haben, dasselbige zur Vollendung zu führen (perficere), sondern sogar, es abzuschließen. Die höchst treffende kritische Einführung von Gianfranco Contini* erinnert uns daran, daß die Arbeit an der *Erkenntnis des Schmerzes* auf die Jahre 1938 bis 1941 zurückgeht (siehe die Nummern 7,8,9,10,13,14,17 der Zeitschrift *Letteratura*): welchselbige Tatsache bereits an sich die äußere Geschichte der unvollendeten Erzählung zu motivieren vermag und die Gründe für die Unvollständigkeit, äußerliche oder innerliche, die vielleicht im Gemüt des Verfassers zu suchen sind. Die katastrophalen Kalamitäten, welche Europa in den Jahren von 1939 bis 1945 erfuhr und

* Enthalten in der italienischen Ausgabe von 1963 (Anm. d. Übers.)

welche die weniger ungesunden Geister schon seit den Jahren 1934 bis 1938 vorausahnen mußten, hatten das Gemüt des Verfassers in einer Weise verstört, daß ihm jede Art von Prosa (bis 1940) nur mit größter Überwindung möglich und nach und nach überhaupt unmöglich wurde. In den genannten Heften der *Letteratura* wurde die Erzählung in Fortsetzungen, in Bruchstücken publiziert (wie es dem Autor selbst zusagte). In dem zum Druck gelangten Text spiegeln sich im übrigen die tragischen dunkeln Leuchtzeichen oder düsteren Vorzeich vorhergegangener und ferner Zeiten: von Ereignissen, von Veränderungen, die vielleicht auf immer, innerlich und äußerlich, den Herzen, dem Geist der Sterblichen bleiben werden.

Aus den Vorfällen der Welt und der Gesellschaft spektakuläre Erscheinungen oder Symbole auszusondern, den Schimmelbefall der biologischen Geschichte und der dazugehörigen ästhetischen Komponente, und in tiefe, wahrhafte Beweggründe und Gefühle der geistigen Realität zu scheiden, dieses Aussieben ist die charakteristische Methode der Darstellung, die der Autor von der Gesellschaft geben möchte: die spektakulären Symbole drängen zumeist den Bericht zu einer programmierten Verhöhnung, die in bestimmten Passagen eine paroxystische Tonart und einen deformierten Aspekt annimmt: sie treiben ihn zur Polemik, zum Hohn, zum Grotesken, zum »Barocken«: zur Unleidlichkeit, zur scheinbaren Grausamkeit, zu einem »misanthropischen« Eigensinn des Denkens. Aber das Barocke und das Groteske hausen doch bereits in den Dingen, in den einzelnen Fundstücken einer uns nicht innewohnenden Phänomenologie: in den Formen des Brauchtums selbst, in der von den wenigen oder vielen »gemeinhin« akzeptierten Auffassung: und in den Schriften, den menschlichen oder unmenschlichen, die da sind: Groteskes oder Barockes, die nicht dem vorgefaßten Willen oder der Ausdrucksneigung des Autors zuzuschreiben, sondern an Natur und Geschichte gebunden sind*: Man kann nicht dem Autor die Fratze des Prahlhanses, noch dazu eines durchgefallenen, oder das Schild »seiner überaus hochnäsigen Hoheit« anhängen und eine unverschämte und »barockisierende« Absicht ankreiden, vielmehr der realen und geschichtlichen Kindsköpfigkeit anderer oder dritter, ihrem Verhalten oder dem ihrer Parteigänger: so daß also die rausgeschriene Parole »barock ist dieser G.!« sich doch abwandeln ließe in die vernunftvollere und nüchternere Feststellung »barock ist die Welt, und G. hat ihre Barockheit erkannt und dargestellt«. Hinsichtlich des Männchens Nabulione [sic, im Taufregister] erscheint der Siebensilber des großen Manzoni als

* Ein Cello ist ein barockes Instrument; ein Kontrabaß, na, gute Nacht; ein Hüftknochen, mit den dazugehörigen Gelenkknochen, ist ein barocker Knochen; ein Becken nicht minder; die große Leberdrüse ist ein barocker Brei; der Hintern der weiblichen Kostümpuppe der großen Schneiderin Harpalyx ist eine barocke Puppe; der Höcker des Dromedars ist barock; die Kutteln des Prätors Mamurra, des Barockfettwanstes, waren barocke Kutteln; die Ausstöße der Posaune in D-Dur (Baß-Schlüssel) sind barocke Stöße; die Bohnen, die Kürbisse, die länglichen Gurken sind weitere Ausschweifungen in Richtung Barock in der Entelechie der Kürbisse und Gurken, welche immerhin die Natur für sie ausgearbeitet hat.

eine Groteske, alldieweil dieser ER, also diese Super-Hoheit, notorisch eine superwinzige Wenigkeit darstellte: wenn man nämlich sein Körpermaß (sein Körpermäßchen) maß, ein vermutlich Untauglicher, wenn nicht gar vom Militärdienst Befreiter. Daß er Italiener und aufgeweckt war, war nicht Grund genug, ihn als Hoheit zu titulieren. Den Vers, der eigentlich grotesk ist, darf man nicht einer fixen Idee, einer barockophilen Manie dessen zuschreiben, der vielleicht verleitet sein könnte, ihn zu zitieren und einen Augenblick darüber zu lachen, sondern er ist von Natur her barock in der Geschichte der italienischen Lyrik des neunzehnten Jahrhunderts.

Und jene, unter den recht Gebildeten, die dafürhielten, den Barock (oft nicht genauer definiert) ausdeuten zu können als eine nicht zu widerrufende Instanz bestimmter Momente oder Richtungen oder Moden oder Versuchungen oder Versuche der Kunst oder der menschlichen Kreativität, als eine Kategorie des menschlichen Denkens, könnten oder sollten vielleicht im Barock, in anderen Fällen, erkennen, daß es sich um einen jener Versuche der Konstruktion, des Ausdrucks handelt, die man eher der Natur und der Geschichte zuschreiben kann, wobei man mit der Bezeichnung Natur und Geschichte alles das umfaßt, was sich manifestiert außerhalb unserer selbst und unserer operativen Fähigkeit, unserer geistigen und pragmatischen Verantwortlichkeit. Wenn man die Natur und die Geschichte auffaßt als eine Abfolge von Versuchen, von Ansätzen, von Wiederfinden einer KUNST oder eines GEDANKENS, die über unsere gegenwärtige Fähigkeit des Tuns oder des Erkennens hinausgehen, die vielleicht ihrerseits einen falschen Tritt nehmen oder mehrere: die in ihren Ansätzen, also in der Suche und der Heuräsis, auf einen Stillstand oder auf eine »provisorische« Abweichung des Barocks stoßen, oder gar des Grotesken. Das Groteske, auf einem so weiten äußerlichen Felde, dieses Groteske nistet nicht in der ausgeklügelten galligen Boshaftigkeit des Verfassers der *Erkenntnis des Schmerzes*, sondern, wenn überhaupt, in der galligen Ausgeklügeltheit der universalen Wirklichkeit. Diese suchende Galligkeit verwickelt sich in immer neue Versuche und bleibt dabei immer wieder in Fallen stecken, woraus sie sich dann, durch Schaden klug geworden, herauswindet, mehr oder weniger ungeschickt zurückzieht; dann verheddert sie sich wieder völlig und sucht aufs neue freie Bahn; richtet sich auf die in Zeit und Zahl unbegrenzte Verteilung-Spezialisierung-Objektivierung des Multiplen.

A. Es handelt sich also nicht darum, aus den Schichten oder den grotesken Kernen des Kuchenteigs der *Erkenntnis des Schmerzes* eine absichtliche Drüsen-Stimmungsauswahl des Unterzeichneten (des Verfassers*) herauszulesen, sondern eine bewußte Lesart (seinerseits) der Dämlichkeit der Welt oder der blöden Hanswurstigkeit der sogenannten Geschichte, die man besser eine von blödge-

* Im Original auf deutsch (Anm. d. Übers.)

borenen Komödianten und diplomierten Eseln dargestellte Farce nennen sollte. Die Geschichtsschreibung, die doch wohl der Spiegel, das Konterfei oder die geistige Verwahrung dieser »Geschichte« sein sollte, verwendet plerumque zu diesem Werk zwei beliebte Instrumente: das Gestotter des Widerstrebens und die frank und freie Syntax der Lüge. Das, was zu berichten ihr nicht paßt, verschweigt oder unterdrückt sie... und was ihr noch weniger schmeckt... davon, seht, notiert und registriert sie das Gegenteil und gibt's in Druck. Der vergötternde Schwung vieler Autoren (im allerweitesten Sinn und im Angesicht ihrer wenigen oder auch vielen ihrer Idole), der vergötternde Schwung der verschiedenen Klüngel der Welt, der verschiedenen Kulturen, der verschiedenen Anhäufungen von Personen oder von Leuten, der verschiedenen Meinungen oder der verschiedenen Umstände des Lebens oder der Bedingungen, welche das menschliche Urteilsvermögen zu konditionieren pflegen, verleihen der Lüge und der geschichtsschreibenden Widersetzlichkeit eine hilfreiche Super-Stromkraft. Sogar die Tugend selber mischt mit, mit ihren Klauen und ihren Hexenaustreibungen. Das zu sagen ist verboten! weil es verboten ist, es zu tun! Weil die Tugend dann aufbockt! und dich abwürgt: die heilige und sadistische Megäre der Tugend. Daher denn die verdienstvolle und nie genug zu rühmende Kategorie der »moralisierenden« Geschichtsschreiber, die den Hunden die Haxen gradeziehen, die das Vergangene reformieren, wenn's vorbei ist (après coup), indem sie haargenau das Gegenteil von dem erzählen, was vorgefallen ist, denn, wenn man das Tatsächliche berichtet, büßt man seine Stelle als Geschichtsschreiber ein: oder der Kopf rollt ins Körbchen: dans le panier.

V. In der *Erkenntnis des Schmerzes* färben sich bisweilen sogar die Reden der Leute, und das Sprechen und die Gesten der Komödianten, der Füchse und Schlaumeier, der hebephrenen und blindwütigen Narren mit den Tönen des Grotesken; während die Hinfälligkeit der Kranken, der Einfältigen, der Unbedarften, der Armen, der Bescheidenen nicht so weit treibt, es sei denn zu einem abgeschwächten und fast mitleidigen Grotesken von meist idiomatischem Stil, in der Art der subandinen Sprachwurstelei: jedenfalls kärglich in den Formen und onomatopoetisch der Armut des Geistes entsprechend und der Rücksicht, die ihm von seiten der Bessergestellten zusteht. Andernorts kommt ein psychopathologischer »Groteskstil« zum Vorschein...

A. ...die Versessenheit des Gonzales selbst, der über »die anderen« urteilt, auch über die Mühseligen und Beladenen und Armen im Geiste, ausgehend von seiner verzweifelten Bewußtheit der allgemeinen Bestialität. Aus dieser Art von Haßausbrüchen gegenüber den Doofen, den Unbedarften, den offensichtlichen Kretins, den berechnenden Rosinenpickern, die aus der Streu ihren mickrigen und schon vertrockneten Vorteil kratzen, alles Zivilpersonen, die das gleiche Stimmrecht haben wie er, könnte eine Unterscheidung herausgelöst werden, und zwar nicht nur die geistige Gewißheit des Reaktionärs und des in bona fede urteilenden hijo-de-algo, sondern auch eine ökonomische und soziologische Berechnung, die nicht ohne gewisse Rationalitäts-Klarsicht ist, und ein Zorn, der aus den Vernunftschlüssen selbst explodiert und quasi von deren eigener Quelle immer neu gespeist wird: schließlich und endlich ein Urteil, das eine motivierte und stichhaltige Abfolge weiterer ökonomisch-sozialer Urteile auslösen könnte. Voici: der geborene Kretin oder Verbrecher oder der Zögling einiger bewundernswerter Wohlfahrtsinstitute (wie die Piccola Casa della Divina Provvidenza, die der wunderbare Cottolengo geschaffen hat) und andernseits der Kretin oder gar der Schlaumeier-Kretin und Karrieremacher in jeder Art von Betrügereien, erlangen für sich Fürsorge und Unterkunft, die der quicklebendige und normale Knabe nie gekannt hat, weil er nur auf abweisendes Schweigen stieß von seiten einer geizenden und gedankenlosen Vormundschaft, die ihm hätte geben müssen: ausreichende Ernährung, angemessene Kleidung gegen Frost und scharfe Winde, rasche chirurgische und medizinische Hilfe im Fall eines schweren Traumas: oder in anderem Fall: bei einer Vergiftung mit CO.

Es rann, rann stillschweigend, das CO, entlang den Rissen der nie genug zu rühmenden »häuslichen vier Wände«, aus den Ofenrohren der Vor-Cavallotti-Zeit. Die Rohre entsandten sanfte Wärme über die Teppiche der Mitbewohner: und ihm, im Schlafe, das mörderische CO.

Im leuchtenden Teppichgemache
Da ist es so duftig und warm!*

Und er hatte nicht einmal ein Buch oder Heft kennengelernt, das ihm liebreich als Wegzehr oder als Schulpreis zum Studium der Obst-und-Garten-Genossenschaft gegeben worden wäre, wurde dafür aber bestens abgerichtet, den kostbaren Mist (Pferdestreu) auf die Wurzeln der Birnbäume zu breiten, beim ersten Frost des Steinbocks. Man feiert in der wahnwitzig bürokratisierten und byzantinisierten Geschichte der menschlichen Gesellschaft ein Paradox, oder vielmehr einen besessenen Ritus, auf daß der Gute und vielleicht gar der Beste nie dahingelange, die aktenkundig herangereifte Birne nicht nur zu klauen, sondern nicht einmal daran zu riechen, an dieser Unterstützung, diesem Stipendium, dieser Auszeichnung der Caja de Ahorros oder der tüchtigen Maradagàl Caja (durch die die offenkundigsten Diebereien vertuscht und tamponiert werden, die luxuriösen Kassenfehlbeträge in ebendiesen Cajas), die verliehen werden in Form üppiger Assistenz zur Urteilsbildung, von Antrag zu Neuantrag am Appellations- oder Kassationsgericht, und zwar den allerentartetsten Delinquenten; sofern die Verfahrensskrupel und die höchst kostspieligen Gutachten und Gegengutachten der Psychiater und Gegenpsychiater der Prozeßparteien dem Kostenverschleiß nicht einen Waffenstillstand zugestehen, auf daß

* Im Original auf deutsch (Anm. d. Übers.)

man dazu gelange, der universalen Menschheit das Zertifikat vorzulegen, daß jener Gewisse dem kleinen Mädchen siebzehn Messerstiche im Unterleib beigebracht hat, alldieweil er geistig total unzurechnungsfähig gewesen sei, in jenem Moment, und gänzlich unfähig, irgend etwas zu begreifen und zu wollen: es sei denn die Vorstellung vom Unterleib, die Vorstellung vom Jungfräulichen, die Zahl siebzehn und die grauenhafte und für ihn befriedigende und, möchten wir sagen, beruhigende Verstümmelung der Dreizehnjährigen. Das ist der Gang der Welt: der Welt der Verstümmelungen, der Gutachten, der Gegengutachten und der Nicht-Stipendien für die Guten und Hungrigen.

V. Die Besessenheit des Gonzales scheint nicht auszugehen von einem Grenz- oder Explosionspunkt, einem »Delirium der Interpretation der Wirklichkeit« oder einem vergeblichen Wahn wie dem des Don Quijote: seine fixe Idee wird »aus den anderen« geboren und geht von ihnen aus, von den Irrtümern im Urteil der anderen, von den einzelnen oder kollektiven Mängeln sozialen Verhaltens. Ihr Ursprung – daher die Entscheidung für ihre polemische »cible« – ist der Wahnsinn und die Blödheit »der anderen«. Das besagt nicht, daß er selber nicht sich hätte irren können: für die eigenen Irrtümer bittet er nicht weinerlich um Nachsicht.

A. In Gonzales herrscht und wirkt eine kontinuierliche Kritik an der Dissozialität anderer: welchselbe sehr viel schwererwiegende Arten erreicht als seine eigene. Seine

Dissozialität beschränkt sich darauf, für sich selbst zwei Arzneien zu fordern und zu verschreiben, die seinen ermatteten Lebensgeistern, seinem erloschenen Lebenswillen wieder aufhelfen: diese Arzneien haben einen Namen in der Pharmakologie der Wirklichkeit, der Wahrheit: sie heißen Stille und Einsamkeit. Sein Leiden verlangt eine technische Stille und eine technische Einsamkeit: Gonzales verträgt nicht die allgemeine Albernheit der Welt, die Narretei der bürgerlichen Ritualvorgänge; und er verabscheut die Verbrechen der Welt. Besonnene, einsichtige und ausgewogene Richter dürften ihn keineswegs als einen Unsozialen, einen Misanthropen bezeichnen. G. bedrücken das gemeinsame Schicksal, die gemeinsamen Leiden. Seine Vorstellung vom Vaterland ist klar, deutlich umrissen, steht fest und gut: sie entspricht einer Tatsache: einem System von gesicherten Tatsachen. Die Glocken und ihr Sturmgeläute steigern noch die übergroße Nervenspannung, während er sich sammelt, weil er dies möchte, weil er »technischerweise« sich sammeln muß für seine philosophischen Studien oder seine algebraischen.*

* Die Kirche selbst und der Bischof haben die Stunden eingeschränkt, da die Glockenschwengel den Trommelfellen der Gläubigen Schlachten liefern. Das Stundenbuch schrieb als letzte Klosterandacht neun Uhr vor. Und die Glocke des vierzehnten Jahrhunderts und des dreizehnten hatte eine birnenförmige Gestalt (wie bestimmte ganz lange, zuckersüße Birnen von graugrüner, rostroter Färbung, von den Obstgärtnern Kaiserbirnen genannt, woran G. nicht schuld ist, die erst im November, Dezember reif werden) und einen ziemlich engen Glockenmund, beziehungsweise Schwung: und gab ein »entferntes Bimmeln« von sich, auch weil sie, gewissermaßen durch ein umgekehrtes akustisches Phänomen, das ihrem milden, fast schwächlichen

Klang das Schrille nahm, damit dem zänkischen Lärm der Gemeinde entzogen war und in ihrem Ursprung zusammengehalten zu einem Ruf des Erbarmens über die Stadtmauern hinweg. Die Glocke aus der Zeit nach dem Konzil von Trient, mit der baryzentrischen Schwungachse, deren Drehung die Betätigung durch langes Seil erlaubt, vom Boden der Kirche aus, ist mit zwei Ösen versehen, ähnlich wie die Kanone; auch deren Achse ist baryzentrisch, hat die gleiche zweinabige Linie, wie oben gesagt. Sie schwingt, die tridentinische, wie die Kanone, ohne andere Arbeit zu erfordern, als jene Reibung herbeizuführen, auf zwei Naben: Arbeit = Kraft × Reichweite r × Winkel α° der Schwungkraft in Graden ausgedrückt. Die beträchtliche Dicke des Metalls, der ausgestülpte Glockenmund, die reiche Legierung (mit hohem Kupfergehalt dank der eingeschmolzenen Silberspenden aus dem gelben Schnupftuch der Bauern, die mit groben Stiefeln zur Gießerei gelangen und deren Spenden dem Feuerfluß geopfert werden, während er zur Form gerinnt) fördern und verleihen ihr eine fast beängstigende Vibration von langsamen Wellen, die bei den Bauern und ihren grünen Haferfeldern anlangen wie eisige Aprilschauer: wie in jenem zarten und frommen Gedicht des Giacomo Zanella, das von ihrem Dröhnen erzählt und es wieder einholt, von den Hügeln des Veneto und von Vicenza, zu den Häusern:

> es verliert sich in Fernen
> und kehrt wieder heim mit dem Wind.

ERSTER TEIL

I

In jenen Jahren, zwischen 1925 und 1933, stellten die Gesetze von Maradagàl, welches ein Land ohne große Reichtümer ist, den Grundbesitzern frei, den Provinzialverbänden der Wach- und Schließgesellschaft (Nistitúos provinciales de vigilancia para la noche) beizutreten oder nicht; dies in Anbetracht der Tatsache, daß sie bereits vielfachen Abgaben und Steuern unterlagen, deren Gesamtbetrag, in manchen Fällen, den Wert jener spärlichen Ernte an Banzavois erreichte oder sogar überschritt, welche – mit Bewilligung von Ceres und Pales – der bäuerliche Besitz alle Schaltjahre hervorzubringen vermag: das heißt also alle vier Jahre einmal, wenn es weder Trockenheit noch Dauerregen zwischen Saat und Erntezeit gegeben und wenn nicht die ganze Karawane von Krankheiten darübermarschiert war. Gefürchtet, mehr als alles andere, war die unerbittliche »Peronospera banzavoisi« des Cattaneo: welche an der armen Pflanze Ausdörrung und mehligen Zerfall der Würzelchen und des Halmes, und zwar gerade in den Monaten der Entwicklung, hervorruft: und den Hungernden und Verzweifelten statt des Korns nur Kehricht bietet, wie Mottenfraß oder wie der Staub, den der

Holzwurm im zernagten Balken zurückläßt. In manchen Himmelsstrichen muß man überdies noch die Rechnung mit dem Hagelschlag machen. Dieser letzteren Plage sind, um die Wahrheit zu sagen, die gutverpackten Kolben des Banzavois, einer dem dortigen Klima angepaßten süßlichen Maissorte, nicht allzusehr ausgesetzt. Ein Klima oder im übrigen ein Himmel, der ähnlich hagelreich ist wie jener Himmel, welcher sich über die halben Tagwerklein unserer unvergeßlichen Brianza spannt: einer Gegend, die ebenfalls ungemein genau mit dem Zollstock abgemessen ist.

Maradagàl ging, wie man weiß, im Jahr 1924 aus einem erbitterten Krieg mit Parapagàl hervor, einem angrenzenden Staate mit ethnisch verwandter Bevölkerung, die im Lauf der Zeiten von Europa eingewandert war; um es genauer auszudrücken, seit den ersten Jahrzehnten des siebzehnten Jahrhunderts. Auch dies ist bekannt. Die wenigen Indios, welche die Reconquista überlebt hatten und bis auf unser Jahrhundert und dessen Radiogedröhn überkommen waren, lebten in Stämmen oder vielmehr in Rudeln in fernen »Territorios« im Genuß einer ihnen speziellen Tuberkulose und einer ihnen speziellen Syphilis und darüber hinaus im Genuß der Abwesenheit jeglicher Gendarmerie: jene wenigen, welche die Hartnäckigkeit irgendeines piemontesischen Missionars mit großer Mühe in den Glaubensgarten Christi hereingezerrt hatte, entfernten sich von Zeit zu Zeit wieder daraus, behufs einer ihrer beklagenswerten Besäufnisse mittels Caña, um nachher tagelang längs der Fußpfade wie Steine am Boden zu liegen. Jedes der beiden Länder behauptet, den Krieg gewonnen zu haben, und schiebt dem anderen die furchtbare Verantwortung am Kriege zu. In den Jahren nach 1924 gab es jedoch sowohl in Maradagàl wie in Parapagàl Heimkehrer, von denen manche der verdienstvollen Kategorie der Kriegsinvaliden angehörten und immer noch angehören: die hinkten oder Narben im Gesicht trugen oder ein steifes Glied hatten, denen ein Fuß oder ein Auge fehlte. Es passiert einem in den schmierigsten Kaffeehäusern von Maradagàl oder Parapagàl gar nicht selten, daß man von einem Glasauge fixiert wird. Von einigen Heimkehrern wußte man, daß sie verwundet worden waren, wenngleich es nicht aufschien; und die Narben, vom Gewand verhüllt, kamen auf diese Weise um ihren Anteil an Bewunderung, auf den sie doch hätten pochen können. Es gab auch Kriegstaube.

Die Vorsilbe »Kriegs...« (auf maradagalesisch »guerra«), begleitet von einem Substantiv wie »Invaliden«, »Verwundeter«, »Blinder«, »Geschädigter« und ähnlichen, hatte sogar zu gewissen Witzeleien von in der Tat zweifelhaftem Geschmack Anlaß gegeben, die aber, weil harmlos, vom Gesetz nicht verboten wurden. Es passiert dem beredten Leben leider, daß es zuweilen hinausschießt über die Grenzen der geheiligten Gesetze der Ehrerbietung und des Anstands. In Terepàttola zum Beispiel, an den vordersten Cordillierenhängen, belegen die terepattolesischen Mädchen mit dem Schimpfnamen »Kriegsdepp« jene allzu handgreiflich werdenden Stutzer, denen sie aber, nach zehnminütiger Schmollerei, gern verzeihen und mit denen sie Frieden schließen, genauso wie es die Staatsgewaltigen von Maradagàl mit den Staatsgewaltigen von Parapagàl gemacht hatten.

»Depp« heißt auf maradagalesisch »mocoso«, mit einem c geschrieben, und die wörtliche Bezeichnung lautet also: »mocoso de guerra«.

Als es damals um die Anwerbung der Nachtwächter der »Nistitúos de vigilancia para la noche« ging, erließ man die Bestimmung, daß den Kriegsteilnehmern der Vorrang einzuräumen sei, ohne die ruhmreich Verwundeten von der Anwerbung auszuschließen, wofern dieselbigen, wohlverstanden, für den Dienst tauglich wären: in anderen Worten also, körperlich noch brauchbar: und zwar brauchbar genug, um einen so gearteten Dienst ausfüllen zu können, welcher ein Dazwischentreten mit bewaffneter Hand notwendig machen und immerhin an den Wächter gewisse Anforderungen von Kräftigkeit und demzufolge Autorität stellen konnte, wenn nämlich der Wächter in wirksamer Weise den Verbrecher überzeugen mußte, ihm ohne weiteres auf die nächste Wachstube zu folgen. Zu folgen oder, besser gesagt, voraufzugehen, denn gewisse Typen hat man besser vor als hinter sich.

Zugegeben, in Maradagàl gibt es auch Wächter im Format Dreikäsehoch. Aber das ist, abgesehen davon, daß dies ein hübscher Ausdruck ist, der aus dem Toskanischen stammt, mehr die Ausnahme als die Regel. Und außerdem vermutet man, daß selbige, wenngleich von kleiner Statur, sich im Ernstfall als von überraschender Kräftigkeit erweisen. Die echten und regelrechten Zwerge, ebenso wie die Buckligen, sind vom Tag- und Nachtwächterdienst jedenfalls rigoros ausgeschlossen, wie von der Rekrutierung überhaupt. Eine andere Voraussetzung des Nachtwächters ist die Fähigkeit, mit Schärfe jedes verdächtige Geräusch wahrzunehmen, zum Beispiel das Schleifen von räuberischen Filzsohlen über den Mosaikboden im Erdgeschoß einer Villa oder das Klingeln einer silbernen Gabel, die in den Sack fällt, nächtlicherweile, im Innern eines Landhauses. Theoretisch muß der Nachtwächter, der Idealtyp eines Nachtwächters, mit einem überfeinen Ohr begabt sein und überhaupt seine fünf Sinne untadelig beisammen haben: den Geruchssinn eines Spürhundes und die Netzhaut einer Katze, welcher, wie man sagt, das Vorüberhuschen einer Maus im finsteren Keller nicht entgeht. Ein tauber oder halbtauber Wächter ist kaum vorstellbar: und auch in Maradagàl und sogar in der Nachkriegszeit konnte man sich dergleichen nur schwer vorstellen. Aber das Gewebe der Kollektivität kennt, mehr oder weniger vielleicht auf der ganzen Welt und in Maradagàl mehr noch als anderswo, eine glückliche Neigung zur Vergeßlichkeit, von Zeit zu Zeit zumindest, was den imperativen Zweck betrifft, welchem die tägliche Arbeit der Zellen unterstellt ist. Es lösen sich dann aus der Kompaktheit des Gewebes die barmherzigen Laufmaschen der Ausnahmefälle. Die ethische Finalität und das fleischliche Wohlwollen gegenüber der menschlichen Kreatur locken in auseinanderstrebende Richtung. Wenn letzteres überwiegt, wächst eine neue Serie von Tatsachen, wie vom Sproß zum Ast sich entwickelnd, am teleologischen Stamm.

Wegen der Einstellung der Kriegstauben durch die »Nistitúos de vigilancia para la noche« herrschte indes Unsicherheit: und einige Anfechtungen, welche die Betroffenen oder Hoffenden gegen das Gesetz angestrengt hatten, in ihrer Eigenschaft als Geschädigte, trafen schließlich auf widersprüchlichen Bescheid des Gesetzes. In Terepàttola hieß es »Ja«, in Pastrufazio hieß es »Nein«. Auch die beiden Gerichtshöfe, bei welchen in manch einem günstiger gelagerten Fall Rekurs eingereicht worden war, hatten Gelegenheit, einander zuwiderlaufende Urteilssprüche ergehen zu lassen, in den zu diesem Zweck von ihren spitzfindigsten Amtsrichtern ausgearbeiteten Schriftstücken: welche dafürhielten, daß sie von Fall zu Fall abweichende Gutachten, um nicht zu sagen Mißachten, abzugeben hätten. Infolgedessen: Vertagungen und Berufungen aufs Oberste Landesgericht zwecks erneuter Feststellung, ins Endlose: das reinste Kirchweihgeschäft für den Tabakshändler an der Ecke (der die Amtsformulare verkaufte). Es waren da ganz seltsame Fälle vorgekommen: die man vielleicht dem Mechanismus der Wahlbegünstigung auf die Rechnung schreiben konnte, welche die einzige Machtstellung der Untüchtigen ist in ihrer Eigenschaft als Stimminhaber: und die, fast überall in Südamerika, zu den hervorstechendsten, wenn auch uneingestandenen Charakteristiken des demokratischen und republikanischen Brauchtums zählt. – In der Provinz von Zigo-Zago beispielsweise wurde im Jahr 1926 ein Nachtwächter eingestellt, der per Fahrrad eine zwei Kilometer lange Strecke zu überwachen hatte: sehr spärlich von Dieben heimgesucht, zugegeben, die dort nichts zum Klauen fanden außer Stoppeln. Der Ärmste hatte ein steifes Bein, und es war ihm auch gelungen, es als ein steifes Kriegsbein auszugeben, während es sich in Wirklichkeit um eine Knie-Anchylosis handelte von vermutlich weit zurückliegendem syphilitischen Ursprung. Er benutzte ein Fahrrad mit nur einem Pedal, rechts, für das gesunde Bein: von der anderen, der Backbordseite, ließ er das steife Bein pendeln wie ein Tau über die Wanten. Im lokalen Mythos verwandelte sich mit der Zeit das steife und nicht pedalierende Bein in ein Aluminiumbein. Wenn Hühnerdiebstähle vorkamen, sagten alle: »Oje! Wegen ein paar Hühnern!« Und wenn ein schwerwiegender Fall passierte, sagten alle: »Der arme Christenmensch, er muß ja schließlich auch die halbe Gegend beaufsichtigen!, und das mit einem Aluminiumbein!« Die einen sagten: »Er hat Frau und Kinder!« Andere zuckten die Achseln: »Man muß leben und leben lassen!« Es sind gute Leute, die von Maradagàl.

Und dann der kleine Bauernskandal von Lukones, im Bezirk von Serruchón, welcher in der Provinz von Novakomi liegt. Lukones: ein Dorf mit oficina de correos (Postamt), Telephon, Hebamme, Tabaktrafik, Gemeindearzt, Hotel zum Goldenen Löwen, öffentlichem Waschhaus und, wohlgemerkt, Pfarrkirche. Durchzogen, das Dorf, in einigen Windungen, von der lastwagenbefahrbaren Provinzstraße, welche vom Bahnhof und den Pappelalleen von Prado zielstrebig nach Iglesia führt. Prado hat mittels ferrocarril Verbindung sowohl mit Novokomi wie auch mit Pastrufazio: die Eisenbahn führt noch weiter bis nach Cabeza (immer eingleisig), wo eine rote Mütze auf dem Kopf eines Mannes von Vierzig das Keuchen des Zuges erwartet. Pastrufazio, die dynamischste Stadt des Landes, verkleckert nach West und Süd ihre etwas klebrigen und dreckigen Vororte bis auf circa hundert Kilometer jenseits der Moränenkette, die Prado umschließt, in die grüne Ebene hinein.

Der Serruchón, der seinen Namen von der höchsten Erhebung des Bezirkes bezieht, ist eine langgestreckte, steile Erhebung von lauter Dreiecken und Spitzen, fast wie der bedrohliche Rücken eines Dinosauriers: beinahe horizontal ausgestreckt, abgesehen vom wilden Auf und Nieder dieser Spitzen und entsprechenden Jöcher, den Toren des Windes. Als hohe und graue Wand hängt er dräuend über dem Idyll, mit düsteren Abgründen: den Schluchten zwischen den Felstürmen, wo sich im Morgengrauen kalte Schatten verkriechen und dort verharren, mit ihrem Eishauch, den ganzen frühen Vormittag über. Hinter schwarzen Graten gleißt unvermutet das Sonnenfeuer hervor: die Strahlen brechen sich auf dem Gesplitter des Felsrands und verstreuen sich jenseits gen Prado, wenn sie heruntersteigen, um die Dünste der Erde zu vergolden, aus denen die Hügel tauchen, zwischen den verschleierten Seen.

Etwas, das dem Namen nach und mehr noch im Aussehen dem Resegone des Manzoni ähnelt. Andorten zerschneidet manch ein tapferer Turm (mit morgendlichen Glocken) die vergoldeten Dünste. Ein Dampf, ein weißes Geflock, das sich zur Fahne zieht, sich verliert, zischt im fernen Widerhall und Echo zwischen den Hügeln und Windungen: trägt die enggestopfte schwarze Herde der armen

Leute, die zu den Werken, zu den Fabriken oder, am spärlichen Fluß, dem Netze zu, hinausströmen.

Der Skandal war keine große Angelegenheit: war viel eher ein Elend als ein Skandal und kam zum Vorschein, als es bereits aufs Muttergottesfest im September zuging, durch die Einmischung eines unbekannten Stoffhausierers und des Arztes von Lukones, welch letzterer dann einige genauere Angaben bei einem in der Sommerfrische weilenden Stabsarzt botanisieren ging.

Eines schönen Tages erfuhr plötzlich alle Welt, daß ein gewisser Pedro Mahagones, also der radfahrende Nachtwächter jener Zone, allen als Manganones oder Pedro bekannt, in Wirklichkeit keineswegs Manganones noch, um genau zu sein, Mahagones war, noch Pedro: daß dies vielmehr der Taufname und Schreibname eines Uronkels mütterlicherseits war und sein wahrer Name Gaetano Palumbo laute. In den zwei Jahren seiner Nachtwächterschaft hatte er, hier und dort und allerorten, die Wohltätigkeit seines Onkels, und außerdem Paten, gerühmt, dessen Taufnamen und Zunamen er, um ihn zu immer höherer Ehre gelangen zu lassen, in der Welt herumtrug; und er prostete häufig in bewegter Weise und gar mit dem Glitzern einer halben Träne im männlich lächelnden Auge auf sein Wohl, welches wohl nur das Wohl der Seele sein konnte, also das wahre und ewige Wohl, welches allein zählt, in Anbetracht des Umstandes, daß die leiblichen Überreste des lieben Onkels schon seit acht Jahren unterm Rasen ruhten.

Aber der Onkel hatte ihn aufgezogen, ihn, das Peterchen,

das dann zum Pedro geworden: hatte ihn gehegt und gepflegt, geliebt und genährt (mit dem Fläschchen), bewahrt und beraten, gezogen und geprügelt, oh, zu seinem Besten, und nicht unverdientermaßen zuweilen! – und ihm beigestanden, Pipi zu machen, und Kaka, und ihm dann den Koko gewaschen, seinen Kinder-Koko natürlich, wie eine Amme. Genau, als ob er sein leiblicher Sohn wäre.

Da gab's dann Tränen und Magenbitter zu Ehren seines Angedenkens, aber vor allem Gratiszigarren in allen Tabaktrafiken der Umgebung.

Der neue Name löste eine gewisse Überraschung aus, sei's bei den Dörflern wie bei den Sommerfrischlern, von denen einige die Bemerkung fallenließen, daß »in seinem Gesicht etwas liege...«. Es stand über der korpulenten Gewichtigkeit seiner Gestalt und über dem geschlossenen Kragen der Uniform ein breites und väterliches Gesicht mit knappem Schnurrbart, bürstenartig und rot, mit kurzer gerader Nase: die Augen tiefliegend, klein, glänzig, äußerst beweglich und mit scharfem Glitzern, Glänzen, einer Schneide im Blick, den das Mützenschild milderte, aber nicht ganz auszulöschen vermochte. Wenn er die Mütze abnahm, wie um den Kopf ausrauchen zu lassen, da erschien die Stirn hoch, aber eingeengt an den Backenknochen, und sie verlief, mit einigen Modulationen der Färbung, in die kahle Schädelkuppe, die weiß, und, um der Wahrheit die Ehre zu geben, ziemlich blank war, das heißt ohne Streusel von zusammengebackenem Fett und Staub. Dann, wenn sie ohne Visier waren, übernahmen die Augen allein das Kommando, durchbohrten den Befrager mit einer Mischung von Forderung und Abwarten, und man hatte das Gefühl, daß man unweigerlich etwas zu entrichten habe, eine Art Tugendzoll, von Gesetzes wegen: da das Gesetz es so wollte: um als angemessene Gegengabe ein rosa Billett oder ein himmelblaues als Quittung zu erhalten, abgetrennt von einem vorgedruckten Büchlein, welches er mit außerordentlicher Selbstverständlichkeit aus einer Seitentasche seines Uniformrockes zu ziehen wußte. Alle oder zumindest fast alle in der Gegend von Lukones hatten sich, und noch dazu freiwillig, darangemacht, angesichts der Tatsache, daß man zahlen mußte, sich diese gefahrvollen Rundfahrten im Dunkel vorzustellen: und hatten schließlich auch die Wichtigkeit und die Besonderheit des Dienstauftrags anerkannt, die auf seinen Schultern lasteten, indem die Nacht so lang und dunkel ist, und alle glaubten nun daran, an diese Wichtigkeit: derweil ja in Südamerika nicht immer der gute Ruf eines Mannes oder die Allbekanntheit eines Beamten von der Überflüssigkeit seines Auftrags abhängt.

Der Mahagones-Palumbo – denn auch diese Nachricht verbreitete sich schnell und war der eigentliche Kern des Skandals – hatte seinerzeit, 1925, die Pension sechsten Grades, fünfte Kategorie – also fast die gleiche Kategorie – zugesprochen erhalten, weil er auf beiden Ohren ertaubt war durch die Explosion einer Granate »von durchschlagender und zerreißender Art«. Im Gefecht auf Stellung 131.

Diese beiden Adjektive hatte er aus dem Stegreif erfunden, während er die Angelegenheit für den Gebrauch der Lukonesen zurechtrührte und weil er sich durch das Augenzwinkern und die Anspielungen der Dörfler herausgefordert fühlte. Und er gab sie mit so überlegenem und festem Ton von sich, unterstützt von seiner Uniform, daß er jedes Lächeln zum Gefrieren brachte, sobald es hier oder dort auf den Lippen seiner Zuhörer auftauchen wollte. Allen, die anwesend waren, schien es in der Tat, daß es im Krieg gewöhnliche, gemeine Granaten gäbe (unter denen ihre Söhne oder Brüder gefallen waren), die nicht durchschlagend und ebensowenig zerreißend waren; daß aber die Granate des Palumbo eine besondere Granate gewesen sei, eine von höherer Klasse: von einer besonders qualifizierten Kanone stammend und sehr viel furchterregender als die gewöhnlichen, die vielleicht, das wohl, an Werktagen dazu taugen mochten, ordinäre Leute schlecht und recht umzubringen. Da man sie schon nicht anders bezeichnen konnte. Diese beiden Adjektive wurden jedenfalls sehr ernst genommen, um nicht zu sagen hochgeschätzt, besonders von den Frauen und Mädchen des Dorfes: und von den Damen in den Villen, welche wochenlang davon phantasierten, dieweil sie nichts Besseres zu tun hatten, ungeachtet der unleugbaren und vielseitigen Reichtümer ihrer Gehirne.

Das Gefecht von Stellung 131, das Gefecht von Stellung 131.

Das ganze Arrondissement des Serruchón kannte seit längster Zeit keine andere Stellung als die Stellung 131. Der Erzählung des Palumbo wurde Glauben geschenkt. Soweit etwa eine Unvereinbarkeit bestand zwischen der Wachsamkeit und der Taubheit, wurde sie von der Religion der Erinnerungen annulliert. Die Tapferkeit hat die wahre

Verehrung auf ihrer Seite, bei den wahren Seelenmenschen. Alle leierten: »Das Gefecht auf Stellung 131, Gefecht auf Stellung 131«, als ob es sich um ein allgemein bekanntes Ereignis handelte wie Waterloo, Abukir, Porta Tosa. Und das unbeachtet des Umstands, daß die Stellung 131 jede Woche ein paarmal verloren und wiedereingenommen worden war, ein ganzes Semester lang, und mehr als zweiundneunzig Vorstöße erfordert hatte, einer mörderischer als der andere.

Pedro war ein starker Raucher, vielleicht mehr aus Schöngeisterei und Eitelkeit als aus Bedürfnis und Laster. Das Rauchen war ihm eine große Stütze gegenüber den Frauen, denen ja der Rauch behagt, weil sie ihn, vielleicht nicht ohne Grund, als einen angenehmen Vorgeschmack des Geräucherten empfinden. Das Gefecht – über das die Lukonesen sich lustig machen wollten, über das sie sich jedoch nolens volens immer wieder von Pedro berichten ließen in einer äußerst genauen, endlosen Darstellung, nachdem sie seine außerordentliche Scheu, von sich selbst zu sprechen, besiegt hatten – stellte sich schließlich als ein Vorstoß heraus, der von angemessenem Feuer der maradagalesischen Artillerie vorbereitet worden und mit einem »Bombardement« (so sagte er, im Ton des Mitleids) von seiten der Parapagalesen erwidert wurde, das wieder einen Gegenangriff auslöste. Es erfolgte dann ein »Gegenbombardement« und ein zweiter Gegenangriff, ein maradagalesischer, und schließlich ein Unwetter, das alle Anzeichen eines Wolkenbruchs trug und von beiden Seiten als Retter in der Not begrüßt wurde. In der Erzählung, die höchst aufmerksame

Lauscher in allen Tabaktrafiken der Gegend um sich versammelte und die sich schließlich stereotypisierte zu einem ziemlich flüssigen Bericht ohne allzu große Widersprüche, wenn auch dadurch etwas verwässert, kamen ganz und gar soldatische Redensarten, ich möchte sagen, männliche Redensarten zur Anwendung, die aller Rhetorik bar waren, wie beispielsweise »Schlachterei«, »krepieren«, »sie wetzten uns ab« und ähnliche: sie gaben den Lukonesen und den Serruchonesen, die durch die Sommerhitze des verspäteten Neumonds schon halb überzeugt waren, eine Ahnung vom blutigen Ernst, von der Schlichtheit und von der wahren Tapferkeit: welchselbe, wenn sie echt ist und nicht durch gewaltsame Aufschneiderei mißbraucht, von Bescheidenheit gekennzeichnet ist und alle Phrasen meidet. Pedro war kein Villenbesitzer wie jene, denen er, zu nächtlicher Stunde, die Villa bewachte, noch ein – Gott bewahre! –, ein Dichter: ein Schwarmgeist und barocker Schreiber, wie Jean Paul oder Carlo Gozzi, oder Carlo Dossi, oder ein gewisser anderer Carlo, der schlimmer ist als jene beiden, die schon arg genug sind; der vielleicht dazu taugt, den Krieg zu benutzen, und die Leiden des Krieges, um daraus seine sterilen Mätzchen herauszukitzeln und herauszutreiben, auf spitzer Feder. Nein, Pedro war ein einfacher Mann, einer der reinen Herzens ist: und man mußte daher glauben an sein ungeschlacht wirksames Wort, dem »Die haben wir verwurstet«, das da so auf die Zinktheke der Tabaktrafik neben dem Gläserspülbecken ausgespielt wurde wie ein Revanche-Gläschen oder ein Revanche-Päckchen; an »seinen« Krieg, an den konnte man voll und ganz glauben. Er hatte einen Ledergurt mit Futteral und Pistole, man merkte gleich, daß er mit Waffen umzugehen verstand.

Eigentlich hatte es im Krieg zwischen Maradagàl und Parapagàl massenweise Stellungen 131 – oder 151 oder 171 – gegeben, verursacht durch die widersprechenden Befehle der gegnerischen Strategen, welche ihre schlachtreifen Bataillone darüberschleiften, über die Stellungen, als wären sie Schwefelstreichhölzer: und ein Kriegsheimkehrer, so phantasiearm er auch sein mochte, oder auch ein Deserteur der Indios hatte darin reiche Auswahl.

Die ersten Gerüchte über die wahre Identität und über die Pension und infolgedessen auch über die Heldenhaftigkeit des wieder zum Gaetano zurückverwandelten Pedro und seine Ex-Taubheit, vielmehr sein wiedererlangtes Gehör, verbreiteten sich im Gebiet von Lukones, wie gesagt, dank eines »Händlers« von beträchtlicher Weitzügigkeit, der mittels dritter Klasse bis Prado gereist und anschließend, zu Fuß, dort oben angelangt war, in Begleitung eines Gevatters oder Gehilfen und seines viereckigen und schweren Schultersacks, der voll war (wie man bald darauf feststellte) von Stoffresten, einem Stoff, der sich ziemlich weich anfühlte und sehr haarig. Die wundervollen Gerüchte verbreiteten sich dann im Baum der Kollektivität durch den natürlichen Prozeß des Aufsaugens, der durch eine rege Osmose ermöglicht wurde: dem frischen und beißenden Appetit der Unverderbten, der vitalen Tätigkeit der Zellen, welche kein besseres Epos zu verarbeiten haben.

Und es trugen, mit gutem und glückhaftem Eifer, alle ein wenig dazu bei, Männer und Frauen. An erster Stelle die Wäscherin Peppa mit ihrem hochgefüllten Korb ausgewrungener Bettlaken: ein Mannweib von solcher Härte und Festigkeit, daß kein Gepäckträger an sie heranreichte, unter der schiefen Last an einem Arm und der infolgedessen nach der anderen Seite überhängenden Achse ihrer Person; zäh und arm und gelb im Gesicht, längs des schmerzhaften Schotters der steilen Wege, hinauf zu den betürmten, den blitzableiterbewehrten und, manchmal, im Winde beflaggten Villen; verharrend von Zeit zu Zeit – mit abgestelltem Korb – zu ruhen und zu verschnaufen, aber nicht so sehr zu verschnaufen, als daß ihr dadurch der flüssige Gebrauch der Zunge verwehrt worden wäre, wann immer sich dieser Rast eine niedersteigende Gevatterin zugesellte.

Nach dem nun weit zurückliegenden Tod ihrer Mutter hatte sie, außer sich selbst, auch ihre sieben Geschwister aufgezogen, denen sie beibrachte, in der warmen Jahreszeit ohne Schuhe und ohne Strümpfe auszukommen, und von denen nun, seit ein paar Jahren, einige in der Fabrik arbeiteten oder im Ort: und für einen von ihnen, den Ältesten, hielt sie bereits im Mottenpulver den schwarzen Hochzeitsanzug bereit, ein Geschenk vom Sohn ihrer Herrin, welcher diesen Anzug im Alter von fünf Jahren von seinen Vorvätern empfangen, aber jetzt, mit Fünfundvierzig, noch immer nicht die Braut gefunden hatte.

In diesen Tagen war ihr die Kuh erkrankt, und sie hatte ihr eine Abführkur gemacht: aber immer noch war sie nicht in Ordnung.

In zweiter Linie, oder zumindest unter den zweiten, war die barfüßne Fischhändlerin Beppina, bestens bekannt im

Gebiet von Lukones und den umliegenden Villen, weniger wegen des Handels mit Schleien als wegen ihres knappen und amazonenhaften Verfahrens beim Pipimachen (Zeit ist Geld): welchselbiges, das Pipi, sie meist einem edlen, landwirtschaftlichen Zweck zuführte; was sie in zweiter Linie betrifft, das sei im weiteren näher ausgeführt. Diese zweite Giuseppa oder Beppa war knapp auch im Reden, hämmernd geradezu oder vielmehr ein-silbig, aber dennoch nicht weniger wirksam als die andere. Und weiter, da aller guten Dinge drei sind, die Pina, auch Pinina oder Gôepp genannt, standesamtlich als Giuseppina Voldehagos eingetragen; sie war die zwergenhafte Frau des Obertotengräbers und immer in Schwarz gekleidet, sei es aus Rücksicht auf das Amt ihres Gatten oder weil sie die Nutznießerin abgelegter Trauerkleidung einiger ihrer unbußfertigen Wohltäterinnen war.

Diese drei, im Verein mit anderen Frauen und Männern und Pfarrern und Schankwirten und Lohnkutschern und dem Briefträger von Lukones, hatten sich sofort damit beschäftigt, diesen Schwindel, den der »Händler« bis zu ihnen hinaufgetragen hatte, auf ihre Weise zu verbreiten und ihn noch mehr zu verhaspeln, wenn das überhaupt möglich war; und die Peppa hatte ihn auch als erste vor das Ohr der Herrin gebracht, in die Villa Pirobutirro, über deren Mauern, entlang der schottrigen Straße, kühne Schwünge wie Peitschengerten ein Geheck von schwellenden und blauen Steinfrüchten gegen das Blau des Septemberhimmels reckten, Zwetschgen sicherlich, Spalierzwetschgen: verbotene Frucht für die Passanten.

Der Stoffhändler (um diese dumme Geschichte zu Ende kommen zu lassen und sie ein für allemal loszuwerden) war, das liegt auf der Hand, kein dort ansässiger Händler; er kam von weither und mußte weithin zurückkehren im Dienste seines Handels. Es gelang ihm, einige Stücke haarigen Stoffes an die Schlausten unter den Lukonesen zu verkaufen, und war wenige Stunden darauf verschwunden.

So, wie die Händler seiner Art und Kategorie eben verschwinden. Sie breiten auf dem Kirchplatz Tücher und Aufforderungsrufe aus: »Herrschaften! Herrschaften!«, eines schönen Septembermorgens, mit langen und skrupellosen Anpreisungen und Erklärungen und plötzlichen Aufforderungen an die Vernagelten in der vordersten Reihe, und so geht's den lieben langen Vormittag, bis sie, nach erneutem Verstauen im Sack, zur Stunde, da der Magen zur Kaverne wird, entschwinden: wie eine Muttergotteserscheinung entschwindet: und von diesem Augenblick an hat keiner mehr Kunde, weder von ihnen noch vom Gevatter. An jenem Morgen hatte Pedro sich verspätet. Er hatte sich in einigen Villen verweilt unter Vorzeigen der Quittungen, wofür er das Geld erwarten, einen kleinen Zuschlag rechtfertigen und dann zwei oder drei Unterschriften setzen mußte, auf zwei oder drei himmelblaue Blättchen, eines pro Villa. Eine Handlung, die ihm nicht ganz so geläufig war – die der Unterschrift – wie das Hervorziehen des Quittungsblocks aus der Tasche.

Es war acht Uhr geworden. So war er Schritt um Schritt herabgestiegen, das Rad mit der Hand führend, schläfrig von der nächtlichen Wache, auf der Hut, mit Sohlen und

Fahrradmänteln den Flanken von grünlichen und matschigen Kuhfladen auszuweichen, entlang der Schotterstraße, die in die Agora des Dorfes mündet, an der Ecke der Tabakbude. Dort, genau an der Ecke des Lädchens, stand er Nase an Nase dem Händler gegenüber, der, erschöpft und lechzend, den Gehilfen-Gevatter zur Bewachung des Sakkes zurückgelassen hatte und dabei war, dort einzutreten, um einen »Tamarindensaft« zu bestellen, nach langem inneren Ringen. Er hatte sich auch den steifen Kragen abgenommen und hielt ihn, der schweißdurchtränkt und von der Krawatte anilingrün verfärbt aussah, in der Hand.

Die beiden blickten sich an, und wie es scheint, erkannten sie sich als Gevattern (so pflegte man sich im 14. Jahrhundert auszudrücken) oder als Landsleute, als Nachbarsleute, wie man's nehmen mag. Zuerst ein Zögern, in beiden: dann ein plötzliches, gemeinsames Aufkreischen. Den ersten Rufen folgte ein ganzer Konfettiregen von Verwunderungen, Heiterkeitsausbrüchen, Fragen nach Neuigkeiten, welcher eine Reihe von Frauen an die Fenster lockte, darunter die Peppa, im Gäßchen, knapp vor der Einmündung. Die guckte, ganz Aug und Ohr, indem sie Strümpfe aufhängte, und schien jedes Wort einzuschlürfen. Hernach, das heißt nach der ersten Überraschung, gelangten die beiden zu einem gelasseneren Geplauder, das sehr herzlich war, obgleich der Mahagones ein wenig auf der Hut war, und entschlossen sich auch zu einer Umarmung. Neueste Nachrichten wurden ausgetauscht, Erinnerungen, Sehnsüchte, aber nunmehr in verhaltenerem Ton: und Josés, Pedros, Gonzales und Fernandos in der Mehrzahl (als ob man Petrusse und Paulusse sagen würde), jeder einzelne mit einem Fragezeichen; der eine hatte sich verheiratet, der andere sich erschossen, und Mädchen wurden heraufbeschworen, die Inesse, Mercedesse, Doloresse, Carmelitas! ¡Niñas queridas!... ¡Y que guapas! Vor kurzem noch kaum flügge und jetzt schon Großmütter mit sechsundzwanzig Jahren: und schließlich traten sie in das kleine, verschmutzte Lokal ein, wo Stearinkerzen und Kernseife verkauft werden, neben den Tabaksorten griechischen oder mazedonischen oder toskanischen Namens für die turkesisch-keltische Bevölkerung vom Serruchón. Sie prosteten, durch die schmutzigen Fensterscheiben, der klaren Morgensonne zu, die soeben im Tal erschien, mit einem Mandelschnaps oder einem Tresterchen, hoben die Gläschen aus dem Geklecker des verzinkten Trogs. Keiner von beiden bezahlte, in der feinfühlenden Annahme, daß der Gefährte bezahlen würde.

Dann verabschiedeten sie sich. Der Trafikhändler, der sich noch nicht das Gesicht gewaschen hatte und sich noch einmal die Hosen ausziehen mußte, um die Unterhosen darunterzuziehen, die er ausgelassen hatte, sagte nichts.

Sosehr sich zwischen Landsleuten oder Nachbarn oder Gevattern, wie immer man sich ausdrücken will, unweigerlich eine natürliche oder sozusagen zwangsläufige Verschworenheit auszubilden pflegt, so siegt doch manches Mal die Lust, sich als wohlunterrichtet und als mitzählende Person zu zeigen, so wie der Mangel einer festgebauten Anteilnahme an der »societas bonorum vinorum« über das Augenzwinkern dieser natürlichen Verschworenheit.

Der Händler, als er kurz darauf seine Gelegenheitskäufe

auf dem Dorfplatz feilbot, indem er die Stoffreste von oh! sicherlich nicht englischer und nicht einmal von biellesischer Herkunft vor dem Gelb der Gesichter und der gemmenhaften Neugier der Blicke lüftete und halbstundenlang seine Zunge laufen ließ, so daß man um des Dreiteufels willen nicht mehr wußte, woher er die Spucke dazu nahm, und die feststehenden Witzeleien und Anzüglichkeiten daruntermischte, die aber den Lukonesen mit den offenen Mäulern nur selten unterkamen, vermischt mit verkehrten Kriegserinnerungen und stereotypen Ausdrücken aus der Zeit der Eroberungszüge, falschen Erinnerungen und Seufzern, balzenden Seufzern, von welchen manche recht gut getroffen und mit brennendem Zittern der Leidenschaft ins Ohr der starkduftenden Bauernjungfern der Keltiké geträufelt wurden (was die klobigen Mädchen zwar nicht begriffen, aber quand même zum Erröten brachte, dieweil sie sich mit Ellbogen anstießen, kichernd, den Hals verdrehend, und die Gesichter in den Händen bargen, wie aus Scham, aber einen Spalt freilassend, hinter dem die Lippen waren, die Augen) – nachdem er so seine Zungen-Seele Pirouetten schlagen hatte lassen, fast so lang wie ein Hochamt dauert, begann er an die Adresse Pedros mal hier, mal dort ein Wörtchen einzuflechten, während er weiter dahinfaselte, fuchtelte, hineinschoß und sich wieder zurückholte und dabei unablässig seine Stoffe wehen ließ. Pedro hatte sich vom Dorfplatz entfernt und war dann zurückgekommen, hatte sich ein wenig abseits mit seinem Fahrrad aufgebaut, betrachtete die Szene von dorther, ohne mehr zu verstehen als die Rufe »Meine Herrschaften! Meine

Herrschaften!«, nicht aber die Schlagfertigkeiten und die halblauten Bemerkungen, welche jener – tack-tack – zwischen die einzelnen Kapitel seiner Händlertätigkeit einschmuggelte. Manche wandten sich, von Zeit zu Zeit, im Verlauf der Erzählung, die so geschmeidig zwischen die »Tätigkeit unserer Firma, die den Bedürfnissen der Bevölkerung entgegenkommen will« eingeschoben war, um und betrachteten Pedro, und es schien ihnen, daß sie ihn allgemach unter einem anderen Gesichtswinkel sähen: obwohl der Anblick der Uniform, das heißt der Gamaschen, des Koppels und der Schirmmütze mit Hoheitsabzeichen, fortdauerte: und dann lächelte der Hausierer, lächelte Pedro zu, und Pedro lächelte seinerseits, von fernher, erwiderte väterlich, mit dem Leuchten der Schwertklinge im Blick, des Freundes Lächeln.

Kaum war es elf Uhr vorüber, gelang es dem Hausierer, einige keltische Bauern zu bestricken und sie zum Kauf zu überzeugen: ein sicherlich seltener Triumph. Nachdem er sie mit »meinen speziellen und sehr geheimen Informationen« umzingelt hatte, gelang es ihm, den Fortschrittlichsten einige halbe Stücke vom Besten anzudrehen, vom Kastanienbraunsten und Grünsten anzuhängen, um daraus eine Pferdeschabrake von Jacke schneidern zu lassen oder ein Paar »pantalon« von haarigster Art. Aber die halben Sätze und halben Neuigkeiten waren nicht ins Leere gefallen: geläufig ausgesponnen und miteinander verwebt, ergaben sie beinah einen sinnvollen Diskurs. Und mittags, in der Schenke, wo der Wirt Manoel Torre, als Gegengabe für eine breitere Auswalzung, unter vier Augen, im grüngetünchten Sälchen, nachdem der Gehilfe unter einem Vorwand verschickt worden, dem Händler einiges ausschenkte, bereicherte und vervollständigte er sich: im Verlauf von zwei prächtigen Portionen von Croconsuelo. (Das ist eine Art von Roquefort des Maradagàl, aber nicht so abgelagert: fett, pikant und so stinkig, daß es einem Azteken den Magen hebt, mit reichlichem, dunkelgrünem Schimmel in den abgründigen Spalten, höchst schmackhaft, um ihn mit dem Messer auf die wasserlilienförmige Zunge zu streichen und dann viertelstundenlang diesen mantschigen Brei zu mampfen und Rotwein dreinzugießen zur Kräftigung der dem Handel obliegenden Zungenfertigkeit und zur Wiedererlangung des Speichels.)

So geschah es, daß Mahagones auch für seine Nachtwächterschützlinge im Gebiet des Serruchón wieder zum Palumbo wurde, der er im übrigen im Generalstandesamt der Republik und in seinen Ursprungspapieren immer gewesen war. Nicht allein dies: man erfuhr auch, daß ihm nicht nur die höchste Pension seiner Kategorie zugesprochen worden war, im Jahr 1925, sondern daß er sie gleich darauf wieder verloren hatte, während er sein auf der Stellung 131 verlorenes Gehör auf wunderbare Weise wiedererlangte. Bald darauf starb der Onkel auch für das verehrungsvolle Andenken des serruchonesischen Volkes. Leiblich war er damals, 1933, schon seit acht Jahren tot.

Villen, ja Villen!; kleine Villen mit acht Zimmern, zwei Bädern; fürstliche Villen, vierzig Räume, große Seeterrassen, Rundblick über den Serruchón, Obst- und Gemüsegarten, Garage, Hauswärterwohnung, Tennisplatz, Trinkwasser, Senkgrube über siebenhundert Hektoliter: Südlage, oder Westlage, oder Ostlage, oder Südostlage, oder Südwestlage, beschirmt von Ulmen oder vom antiken Schatten der Buchen gegen den Bergwind oder den Steppenwind, nicht aber gegen den Monsun der Hypotheken, welcher mit voller Geschwindigkeit auch ins moränische Amphitheater des Serruchón bläst und durch die Pappelalleen von Prado; Villen, winzige Villen, gefüllte Riesenvillen, einsame Villen, Doppelvillen, villenartige Häuser, Villen im Rustica-Stil – mit dieser Villen-Rustica hatten die Architekten von Pastrufazio allmählich alle die schweifenden und friedlichen Hügel und Abhänge der Voranden bestückt, welche, man braucht es kaum zu wiederholen, »sanft abfallen«: zu den linden Becken ihrer Seen. Hier eine im Auftrag eines reichgewordenen Motorradsattelfabrikanten, dort für einen verkrachten Seidenraupenzüchter, für einen frischgestrichenen oder einen verblaßten Marchesen, welchem, was ersteren betrifft, es nicht gelungen war, auch seine Finger zu Langfingern zu veredeln, was den andern betrifft, nicht nur nicht reich zu werden, aber leider auch nicht Pleite zu machen, sosehr hatte ihm seine angeborene Vornehmheit zu Hilfe kommen können, in diesem Land der Luftschlösser aus Seidenraupen und Motorradsätteln. Von den meisten dieser Villen, die da »schmukker denn je« aus den Robinien ragten oder aus dem üppigen Laub des Banzavois, als wär's ein Bananenwald der Kanarischen Inseln, hätte man, falls erforderlich und falls man ein ordentlicher Schriftsteller gewesen wäre, sagen können, daß sie »aus dem Grün der Hügel hervorlugten«. Da Grün, Grünzeug und Grünkohl nicht unsere Stärke sind, beschränken wir uns, darauf hinzuweisen, daß manch eines dieser auffallendsten polytechnischen Produkte, mit dem Dach voller Dachrinnen und die Dachrinnen voller Spitzkanten, mit seinen nördlichen und nordpolartigen Dreiecken, sich als Schweizer-Châlet aufspielte, wenngleich es unentwegt in der Weite des amerikanischen Hundstagssommers dahinschmorte: aber das Holz des »Oberlands« war nur aufgemalt (über der serruchonesischen Tünche) und war auch ein wenig ausgeblichen von Sturzregen und Monsunen. Andere Villenhäuschen, bei denen das Eck höher hinaufragte, gipfelten in einem Pseudo-Siena-Türmchen oder im pastrufazianischen Normannenstil, mit einer langen, schwarzen Stange auf dem Deez, für Blitzableiter und Fahne. Wieder andere schmückten sich mit vielfältigen Kuppelchen und Giebelchen, russisch oder quasi-russisch, etwa wie umgekippte Zwiebeln oder Radieschen, mit Ziegeln gedeckt und oftmals mit vielfarbigen Ziegeln, wie Schuppen für ein Karnevalsreptil, halb gelb, halb himmelblau. Sie hatten etwas von einer Pagode und von einer Spinnerei und waren gleichzeitig ein Mittelding zwischen Alhambra und Kreml.

Denn alles, aber gar alles! war den pastrufazianischen Architekten durch den Kopf gegangen, außer vielleicht den Kennzeichen des guten Geschmacks. Kaiser Wilhelm und König Umberto, der Klassizismus und der Neuklassizismus und das Empire und das Zweite Empire; der Jugendstil, das Liberty, das Korinthische, das Pompejanische, Anjou und Ägyptisch-Sommaruga und Coppedè-Alessio; und die Kasinos aus Gipskaramellen von Biarritz und Ostende, das Paris Lyon Méditerranée und Fagnano Olona, Montecarlo, Indianapolis, das Mittelalter, das heißt ein feinschmeckerischer Philippe-Marie Arm in Arm mit einem Kalifen: und auch die Königin Viktoria (von England), wenn auch hingesuhlt auf eine türkische Ottomane (sic). Und nun war das nüchterne zwanzigste Jahrhundert an der Arbeit, mit seinen höchst zweckdienlichen Treppenaufgängen zum Beinbrechen, aus rosa Marmor: und Ochsenaugen ohne Zahl, die reinsten Kanonenbootsluken, für Bügelkammer und Küche; und der Anrichte, die man »office« nannte (welch letzteres Wort auf die neuerblühten Vignolas von Terepàttola einen geradezu unglaublichen Reiz ausübte). Mit Aborten, die, fünfundvierzig mal fünfzig Zentimeter, so zweckmäßig waren, daß man sich nicht auskannte, ehe man nicht fest drin eingeklemmt war oder, wenn man einmal drin war, nicht auf den Gedanken gekommen wäre, es sich dort bequem zu machen: sich irgendeiner Kundgebung nach eigenem freien Willen hinzugeben. Welchselber ja, wenn auch frei, so doch oft sehr dringlich ist und einen gewissen Spielraum verlangt. Mit Turnplatz für die Knaben, falls sie sich austoben wollten und falls sie nicht biegsam und geschmeidig genug erschienen zwischen einem Sitzenbleiben in der Schule und dem andern. Mit Terrassendach fürs Sonnenbad der Dame und des Herrn, die schon seit so langem und immer vergeblich, sowohl sie wie er, sich nach der ewigwährenden Bräunung (der Hirnhaut) sehnen, die heute so modern ist. Mit den Fallbeil-Schiebefenstern, einssechzig breit, im Zementrahmen, damit die Berge und der See hereinspazieren können, hinein in die hall, der sie eine köstliche Zimmertemperatur vermitteln: zum Harte-Eier-Kochen.

Aber es sei genug mit der Aufzählung der ausgeklügelten Zweckmäßigkeiten.

Unter den Villen am Abhang von San Juan, entlang der großen Straße von Prado (es blinkte der rote Widerschein ihrer Fensterscheiben, in denen sich die stumme Dämmerung spiegelte), gab es eine ziemlich plumpe und gleichwohl seltsam aufgeschossene, die Villa ›Maria Giuseppina‹, das Besitztum Bertoloni. Die Dämmerung und ihre schwermütige und ferne Front schienen, zu gewissen Stunden, wie ausgekehlt von langen horizontalen Striemen, aschfarben und blutrot. Die Villa hatte zwei Türme und zwei Blitzableiter an den zwei Extremitäten ihres niedrigen und langgestreckten Mittelleibs, so daß sie an siamesische Zwillingsgiraffen gemahnte, die vielleicht auch nach einem Zusammenstoß ihrer Hinterteile sich mit diesen ihren Körperformen zusammengefügt hatten. Von den zwei Blitzableitern schien der eine darauf bedacht, seine Boshaftigkeit nach Nordwest zu richten, oh! ein blendender Einfall: und verteufelt zweckmäßig: und der andere gleicherweise nach Südwest; das heißt, er beabsichtigte, den Blitz, kaum daß er ihn aufspießen konnte, nach dem rechten »Anlieger« abzuleiten: der andere hingegen auf den linken, das heißt auf die Villa ›Enrichetta‹ und die Villa ›Antonietta‹. Die lagen dort unten in einer recht sittsamen Positur, ein wenig subaltern im Vergleich zu den zwei Vorsprüngen der Villa ›Giuseppina‹, waren hell getüncht, hatten jenes sanfte und lymphatische Aussehen, das den grausamen Sadismus der Elemente erregt oder zu erregen scheint.

Dieser in unserer phantasiereichen Vorstellung erwachte Verdacht hatte sich am 21. Juli 1931 zur Realität entladen, im Verlauf eines in diesem Jahrhundert nie dagewesenen Hagelschlags, welcher alle Glasermeister des Arrondissements mit pesos papel anfüllte.

Den Schreck und die Scherben dieses so unvermuteten Donnerwetters zu beschreiben ist undenkbar. Aber das Entladungsverfahren der beiden Blitzableiter hatte gerichtliche Nachspiele, die allsogleich auf den Weg ewiger Dauer gebracht wurden – sowohl vor dem Zivilgericht, als Schadensersatzansprüche, technische Sachverständigengutachten, Gegengutachten der Beklagten, Schiedsgerichtgutachten, die niemals von beiden Parteien gleichzeitig anerkannt wurden; wie auch vor dem Strafgericht aufgrund von Fahrlässigkeit und der Beschädigung des Eigentums Dritter. Das alles, weil der Rechtshandel sich von vornherein als außerordentlich widerspruchsvoll erwies. »Was kann ich dafür«, protestierte der alte Bertoloni, ein lombardischer Zugereister, »wenn dieser Ludrian nicht einmal selber wußte, wo er hin soll?« Der Blitz hatte in der Tat, als er merkte, daß er's nicht mehr halten konnte, sich auf den kleineren Blitzableiter gestürzt, war aber, da ihm diese Rute nicht seiner Statur angemessen erschien, sofort zurückgeschnellt wie ein vom Teufel besessener Ball und auf den anderen geprallt, auf jenen vom höheren Turm, der ein wenig länger war, hatte sich also, was geradezu unglaublich ist, von der Erde entfernt. Dort, auf dem vergoldeten, platinierten Igel, hatte er einen Augenblick lang die verschreckten Kastanienbäume geblendet, in der neuen Gestalt einer ovalen Kugel – ein verrücktes Feuer, das auf der Spitze wippte, als wäre er in seiner Impotenz von einer finsteren Wut besessen: in Wirklichkeit aber ein Knäuel und Gegenknäuel von elliptischen Funkenbahnen, hinüber und herüber, abhaspelnd und aufhaspelnd, hinüber und herüber ein paar Millionen Mal pro Sekunde: immer rings um das falsche Gold des Stachelknaufs, das er tatsächlich schon eingeschmolzen hatte, mitsamt dem Platin und dem Eisen: und heruntertrenzen ließ, die Stange entlang, als ob's Kerzenwachs wäre. Dann furzte er überall auf dem Dach herum, dieser vermaledeite Schmetterling, und spielte den Akrobaten und Nachtwandler entlang des Simses und der Dachrinne, durch welche er dann in den Keller einmündete, mittels des Ablaufrohrs der Dachtraufe, und wie eine Schlange wieder emporstieg, indem er sich am Kupfer des kleinen Blitzableiters wieder hochwand, der eigentlich die Aufgabe gehabt hätte, ihn in Grund und Boden hinein zu verdammen, diesen Ludrian. Und in der erneuten Raserei der Wiederauferstehung ließ er seine ganze Lust an dem metallenen Gitter des Hennengeheges hinter dem Haus der ›Maria Giuseppina‹ aus (die armen Hühner muß man sich vorstellen!), welchselbigem Metallgitter nichts Besseres einfiel, als ihn auf das spitzenbewehrte Tor zwischen den beiden anliegenden Besitztümern, also der Villa ›Giuseppina‹ und der Villa ›Antonietta‹ abzugeben: das ihn unverzüglich in die reperaturbedürftige, weil verstopfte Latrine in der Garage der Villa ›Antonietta‹ weiterleitete, von wo er, man weiß nicht recht wie, jählings auf die ›Enrichetta‹ übersprang, indem er mit geschlossenen Füßen über die ›Giuseppina‹ hinweggesetzt hatte, die dazwischen liegt. Andorten tauchte er, mit einem fürchterlichen Krachen, nach vorhergehender Vernichtung eines Konzertflügels, in die trockene Badewanne des Dienstmädchens. Dabei hatte er sich nun endgültig an der geheimnisvollen Nichtigkeit des Erdpotentials plattgeschlagen. – Die verschiedenen Gutachten ermöglichten es nach und nach, durch immer neue Berichtigungen, in einem wahren Atlanten von Gerichtspapieren, diesen katastrophalen »itinéraire« zu rekonstruieren. In der ersten Phase. In einer zweiten Phase waren es gerade die Gutachten, welche die Wasser wieder trübten oder das Spiel wieder durcheinanderwarfen, und zwar so arg, daß an eine genaue Vorstellung des Ablaufs gar nicht mehr zu denken war. Der Maurer der Villa ›Enrichetta‹, mit dem klaren Verstand beständiger Leute, brachte seine Hypothese aufs Tapet, die übrigens äußerst plausibel schien, daß nämlich der letzte Rückzieher des gelben Teufels, wie er ihn nannte, durch den Umstand verursacht worden war, daß er das Latrinenrohr verstopft gefunden und daher nicht die für einen Blitz seines Formats nötige Durchfahrt hatte benützen können. Aber die Elektrologen wollten von einer solchen Hypothese nichts wissen und fuhren mit Differentialbrüchen auf: welche sie auch noch zu Integralen umwandelten, zum leicht vorstellbaren Entzücken des Geheimrats Bertoloni.

Parallel zu all diesem brach sich in Mythos und Folklore des Serruchón die Vorstellung Bahn, daß ein Konzertflügel ein äußerst gefährliches Instrument sei, das man besser unverzüglich in den Garten schmeiße, sobald ein Gewitter am Himmel stehe.

Das Unglück wäre für den Geheimrat Bertoloni noch erträglich gewesen, wenn nicht während der Ausarbeitung der Gutachten der Rechtsparteien und des ersten Versuchs schiedsrichterlicher Beilegung, zur Komplikation der Lage und Vernichtung aller Hoffnungen auf eine gütliche Vereinbarung, ein zweiter Blitz auf die drei Villen niedergegangen wäre, welche nun schon durch die himmlische »Libido« einander verschwistert waren; und das zwei Jahre nach der Entladung in der Badewanne im Juni 1933. Die bebrilltesten elektrotechnischen Ingenieure aus Pastrufazio, die man zu einem xten Gutachten herbeigerufen hatte, erschienen in locum an einem köstlichen Mittaugustmorgen mit allen möglichen hochsensiblen Instrumenten, Ohmmetern und tragbaren Wheatstone-Brücken, höchstzerbrechlich, in der Tasche: an jenem Tag aber feierte man in Terepàttola die Beisetzung des Carlo Caçoncellos, des großen maradagalesischen Epikers, der zwei Tage vorher verschieden war und die gesamte literarische Welt, vor allem die epischen Dichter, in Bestürzung zurückgelassen hatte. So daß die Ingenieure in der verlassenen Villa, die sogar des Hauswarts beraubt war, gar nichts hatten erledigen können. Der hohe Greis hatte diese Villa, wo er unter der Assistenz der getreuen Giuseppina den Großteil des Sommers zuzubringen pflegte, seit einigen Jahren in Miete und zog dort Rosen und Amaranten und Tomaten auf dem Plateau östlich der Terrasse, weigerte sich jedoch, dem Hühnerstall Pflege zukommen zu lassen: welchen er als eine des »Barden von Santa Rosa« unwürdige Nichtigkeit betrachtete: und dessen Kikeriki und Gackgackgack ihn zweifelsohne bei der Ausfeilung seiner heroischen Zwölfsilber und gelegentlichen jambischen Fünfsilber, die noch schwieriger waren als erstere, inkommodiert hätten. Nur die Magd zog in ihm, im verrosteten und blitzverkohlten Geheg, heimlich ein paar schwermütige und verlauste Hühner, die sich jedoch bei der Probe aufs Exempel als völlig ungenießbar erwiesen.

Carlos Caçoncellos war, wie jedermann weiß, der Aede der Reconquista und der Schlacht von Santa Rosa (14. Mai 1817 – an einem Sonntag), der Ruhmessänger des maradagalesischen Zyklus des ›libertador‹. Die gesamte maradagalesische Epik des neunzehnten Jahrhunderts ist auf die Gestalt und den Namen des ›libertador‹ gemünzt, den General Juan Muceno Pastrufacio, den Sieger von Santa Rosa, Schrecken der »gringos«, Vertreiber der Indios, Wiedererbauer der gleichnamigen Stadt, besungen in herrlichen Versen als der Belgrano und zugleich der Moreno von Maradagàl, während er außerdem bei anderen poetischen Gelegenheiten auch mit George Washington, Tamerlan, Garibaldi und Mazeppa verglichen wurde.

Sobre ese mismo – caballo hasta el Domingo
¡Vuelva Usted! dando – nos el grito de guerra:
Como allá cuando – despavorido esta tierra
Dejó, en la sangre, – y volvió espalda el gringo.

Damals, als man, am Sonntag des 14. Mai 1817, in die Ebene von Santa Rosa gelangte: wo Nepomuceno Pastrufacio die »antiken« Conquistadores schlug und unmittelbar zuvor die Horden der Indios, die sich erhoben hatten, man weiß nicht genau, ob gegen ihn oder gegen die anderen.

Die Bertolonis waren nach dem Hingang des großen Poeten in höchster Verlegenheit und wußten nicht mehr ein noch aus. Die Notdurft, aus den Rippen der mageren und fleckigen Villa ›Giuseppina‹ ein paar Kreuzer herauszuschlagen, um wenigstens die Steuern zu bezahlen, die Gutachter, die Advokaten, die Hypothekenzinsen ...: und die dringlichsten Reparaturen auszuführen, war immer vorherrschend.

Höchst verlegen und bestürzt waren die Ärmsten, so zahlreich und schlimm waren die Ärgernisse, in die sie hineingeritten wurden, und so zahlreich und schlimm die Gewitterwolken, die sich über ihrem serruchonesischen Schatz zusammenzogen.

Denn einerseits verbot ihnen die allgemeine Vergötterung des Dahingeschiedenen (von dem man behauptete, er habe an die zweitausend Zwölfsilber und dreiundzwanzigtausend jambische Fünfsilber verfaßt) aufs strikteste, »auch nur eine Stecknadel zu entfernen« aus den verschiedenen Räumlichkeiten der ›Giuseppina‹, vielmehr alles zu belassen, wie es der Dahingeschiedene bis zum Tag seiner Überführung in die Klinik von San José in Terepàttola gehalten: und trotzdem waren inzwischen auf geheimnisvolle Weise die Hausschlappen, eine Gummibirne und die Zahnbürste verschwunden, und das noch vor Ablauf des 30.

Tages nach dem Tode: gewißlich von irgendeinem Bewunderer und fanatischen Andenkensammler entführt – so vermutete man wenigstens. Was sofort durch die isquierdesische Presse als ein Vergehen der »bürgerlichen Trägheit der Villenbesitzer« und »ihres Krämergeistes gegenüber den hohen Werten des Geistes« angeprangert wurde.

Auf der anderen Seite führten die republikanischen Blätter bereits eine Kampagne, die darauf zielte, daß die Villa ›Giuseppina‹ eine Weihestätte zu Ehren des Dichters und seines Angedenkens werden sollte; auf daß man dort alle seine leiblichen Besitztümer sammle, unter anderen die Angelschnur und, was noch mehr zählt, seine Manuskripte, von denen ungefähr fünfzig Bände veröffentlicht waren, deren Großteil jedoch ungedruckt bei den verschiedensten Verlagshäusern Maradagàls lagerte, die, wie sie behaupteten, dafür nur schwerlich einen Abfluß auf den Büchermarkt fanden (und immer noch schwerlich finden), ungeachtet des hohen Bildungsgrades der maradagalesischen Gesellschaft. Manche forderten geradezu, daß die Villa ›Giuseppina‹ unverzüglich zum Nationaldenkmal erklärt, nach vorheriger gesetzlicher Enteignung des Grundes und Bodens auf Staatskosten, und künftig vom Staat erhalten werden solle. Aber der Staat war bereits überreich beladen mit Monumenten, antiken wie modernen, und die archäologische Gesellschaft für präkolumbianische Forschung ließ ihm keine Ruhe und verschaffte ihm an die zwölf bis fünfzehn Monolithen pro Woche und Gräber von Inkakönigen, die von den Schnurrbärten des Unterrichtsministeriums mit etwa der gleichen Begeisterung aufgenommen wurden wie Findelkinder von einem mittellosen Waisenhaus.

So daß das Gesetz für die Wiedereinsetzung der Zahnbürste in standesgemäßem Glanz, mit Gedenktafel und gregorianischer Inschrift – in dignitatem pristinam redactus, anno domini, etc.pp. –, auf dem Papier zu bleiben drohte. Der Steuereintreiber indes, im übrigen ein grundtüchtiger Mensch und mit wahrhaft einschneidender Feder begabt, der kannte kein Pardon.

Um die reichlich verzwickte Lage der Dinge für das Ehepaar Bertoloni, welche beide an Myokarditis litten und den Ärzten, Ingenieuren, Buchhaltern, Advokaten ausgeliefert waren, noch zu verschlimmern, ging ein dritter Blitz »unvermuteterweise« auf die Villa nieder, unvermutet auch betreffs der Art und Weise, wie er diesmal fiel, das heißt mit Hilfe der Blitzableiter; und eine seltsame Mär verbreitete sich gleichzeitig in allen Villen und Höfen von Lukones bis Prado und von Iglesia bis hinauf nach Terepàttola und Novokomi (und war geradezu der Gnadenstoß für das arme Ehepaar Bertoloni), besagend, daß nämlich die Villa ›Giuseppina‹ nächtlicherweise »hantée« sei: man sprach von geheimnisvollen Lichterscheinungen, von Larven oder Lemuren, von nächtlichen Flügeln, gespenstischen Erscheinungen: manche behaupteten hingegen, daß es sich um einen einzigen Geist handle, um die überirdische Gestalt eines hohen Greises, und immer des gleichen, vor allem in mondlosen Nächten; und an Dienstagen und Freitagen. Das Käuzchen ließ gen Mitternacht dreimal seinen neidvollen und ominösen Schrei ertönen, und eine bläuliche

Gestalt, greisenhaft, war plötzlich zugegen. Die schreckliche Höhlung der Wangen bezeugte seine Grabesherkunft, wie auch die beiden Zahnreihen, die sich manchmal zwischen den verdorrten Lippen entblößten, zusammengebissen, wie um jedes Einverständnis zu versagen, die fließende Makellosigkeit des Bartes und die weiße Hülle, formlos wie ein Schweißhemd, Kopf und Haar von unkörperhafter Schrecklichkeit: alles taugte ihm, um mit unversöhnlicher Gegenwärtigkeit die finstre Öde des Ortes noch düstrer anzuhauchen.

Vom Hühnerstall her, wo es plötzlich in seiner grauenerregenden Unbewegtheit erschien, kaum daß der erregende Aufruf des Nachtvogels verklungen und sein Totenecho, schwebte das Gespenst schrittlos, als wäre es Rauch, durchs Metallgehege und machte die Runde um das ganze Gebäude: nachdem es wieder dorthin zurückgekehrt, ins Hühnergehege, verharrte es lange innerhalb des Zinkdrahtbereichs, indem es mit weit ausholender und dennoch schrecklicher Gebärde einige wenige Lebewesen von kleinster Gestalt verfluchte: die aber gar nicht vorhanden waren, die man absolut nicht entdecken konnte. Dann kam es hervor, durch verschlossene Türen, als ob diese Rauch und Nebel wären, und wallte, getränkt mit Schreck und Schweigen, durchs Haus, vom Keller bis zum Speicher: ohne etwas zu berühren, ohne zu sprechen: nur daß es sich stundenlang vor dem Waschtisch aufhielt, indem es seine eigene Leuchtkraft verstärkte und verringerte (wie eine thermojonische Lampe) und ununterbrochen die Seifenschalen anstierte, die Seifenschalen!

In einer Gebärde voller Hoheit und Groll.

»Das hat gerade noch gefehlt!« rief der alte Bertoloni aus, als man ihm von den Erscheinungen in der Villa berichtete, überdies mit genauester Beschreibung des Kerls, wie er sich im Hühnerstall zeigte, um Mitternacht, auf den ominösen und unsichtbaren Ruf des Käuzchens. Er, der Bertoloni, war ein lombardischer Zuwanderer, der durch eine Eisenhandlung reich geworden und nun dabei war, komplette Pleite zu machen.

Alldieweil er nun jeden lukrativen Gedanken aufgeben mußte, bewegte er in seiner Seele eine kleinformatige Lösung, die zumindest provisorisch – und als pechabschrekkendes Aufsholzklopfen – die Unglückssträhne, die sich um die grundlegende Absurdität dieser Villa immer fester gewickelt hatte, zu durchreißen vermöchte. Er gedachte also, statt der Villa, das Hauswärtergebäude zu vermieten, das ebenfalls frei wurde – »Wenigstens das!« –, welches für sich allein bereits eine nette kleine Villa darstellte, fünf Räume, Keller, Speicher, elektrisches Licht, Leitungswasser, unabhängige Senkgrube und höchst geeignet, als Wohnstatt einer gesetzten Kleinfamilie, wie zum Beispiel eines Beamten der Zoll-, der Kataster-, der Kanalisationsbehörde oder der Getreideschlacht – das sollte ihm egal sein.

Behilflich waren ihm dabei, außer einem direkten Eingreifen des Himmels, der es im geeigneten Moment nie an Regen fehlen ließ, wie man weiß, noch folgende drei Umstände: erstens, daß die Hauswärterwohnung eine gute Anzahl Schritte abseits der Villa lag und daher automatisch vom Wandelgang des Gespenstes nicht berührt wurde;

welchselbes, angesichts der Entfernung und der Zartheit seiner Füße, ihr seine Aufmerksamkeit nicht hatte zuwenden können. Sie lag an der Hauptstraße nach Prado, in trautem Verein mit andern Häuschen und kleinen Villen von gleichem Hausmeisterrang und einer angenehmen Bauernschenke, aus welcher, beziehungsweise aus deren Küche, jeden Abend gegen sieben, ein gutes Bratengerüchlein alle bösen Geister, welcher Art sie auch sein mochten, in die Flucht schlug: und der Bertoloni, so alt und herzschwach er auch war, kapierte dies sofort. Zweitens: hatte der Stabsarzt Di Pascuale (mit c geschrieben), dem er sie zu vermieten verstand, zu jener Zeit, das heißt im Sommer 34, alle seine Söhne und Töchter bereits verheiratet: und hielt bei sich und seiner »señora« nur eine kleine Dienstmagd, die einszwanzig groß war (mit zwei frühreifen Halbmelönchen in Höhe des Waschlavors) und, reihum, je ein Enkelbübchen oder Enkelmädchen, nicht mehr als eines jeweilen, sowie eine gute Ausrüstung von Unterhöschen beiderlei Geschlechts. Drittens: daß selbiger Pascuale, der im positivistischen Klima unter dem Präsidenten Uguirre, im Zeitalter eines Carlos Venturini, eines Luis Conara, eines José Barriento und anderer aufgewachsen, vor allem aber an der Facultad Medica von Pastrufazio und durch Ausübung seines Berufes noch skeptischer geworden war, wie man im weiteren wird lesen können, zwar sehr wenig an die Madonna glaubte, was leider stimmte, aber ebensowenig an Gespenster. Über die Blitze sagte er lediglich: »Das war ein ganz Verdrehter«, oder: »Das war ein Stinkblitz«, je nach Laune: im ersten Fall begleitet von einem

Achselzucken, im zweiten von einer verbockten Boshaftigkeit, als ob er's ihm bei erster Gelegenheit heimzahlen wollte. Er fand den Mietspreis, der gleichzeitig dezimiert worden war durch das Gespenst und durch die Glorie des großen Poeten, durch die demokratische und die republikanische Presse und durch den echten Blitz, seinen Verhältnissen angemessen: und unterschrieb ohne Zögern den Mietvertrag. Seine Gemahlin stimmte zu.

Schon während des ersten Sommerfrischemonats hatte er sich die Sympathie des Arztes errungen, indem er sich dessen enthielt, ihm unlautere Konkurrenz zu machen und etwa zu verbilligten Gebühren die Nachbarn zu besuchen, das heißt kreischende und vetternreiche Familien, die sich vierköpfig pro Zimmer in den Häuschen rings um die Portiers-Villa drängten. Nur einmal, als er dringend in die Villa ›Antonietta‹ gerufen wurde, zum jungen Herrn Pepito, der sich beim Tennis ein Bein gebrochen hatte, eilte er herbei: und traf ein (mit kochenden Lungen), als mittlerweile auch schon der Arzt, telephonisch benachrichtigt, da war und das Nötige veranlaßt hatte: und beide zusammen konnten so den Schaden beheben. Bei diesem Zusammentreffen machten sie Bekanntschaft, und beim Einschienen des Beines »lernten sie sich gegenseitig schätzen«. Von nun ab pflegten sie das Gärtlein einer gewissen Freundschaft und gegenseitigen Ehrerbietung, berieselt von dem Umstand, daß der dienstfertige Doktor, wann immer die Frau des Oberstabsarztes ihn telephonisch darum bat, sich befleißigte, ihr aus Prado oder Iglesia Büchsenerbsen zu besorgen: das köstlichste und unentbehrlichste aller serruchonesischen Gemüse. Als das Gewisper über die wahre Identität Pedros sich zum Skandal auszuwachsen begann, hatte der gute Doktor reichlich Gelegenheit, die Gattin des Oberstabsarztes damit zu unterhalten und diese wiederum ihren Gatten, der zwar im Augenblick nicht auf die Geschichte hörte, beschäftigt, wie er war, mit dem schwierigen Unterfangen, endlich diese verfluchten Schrotkugeln von Erbsen, die ihm ein Stück Guarniko-Gulasch, das der Borgia würdig gewesen wäre, bis hinunter in den Colon begleitet hatten, wenn nicht zu verdauen, so doch wenigstens auf den Weg zum Ausgang zu führen. (Guarniko ist eine Art höckriger Öchslein des Maradagàl, sehr köstlich, aber ohne Gehörn, ein Zwischending von Kalb und Dromedar. Zu Gulaschstücken zerteilt, mit dem »cuchillo«, unter Zutat einer Prise Ingwer und rotem Pfeffer, bereitet man daraus ein Ragout...) Aber der Doktor gab sich nicht geschlagen: und am nächsten Tag, obgleich ihm der Kopf noch immer wackelte gleich einem Siebengescheiten über den Rätseln der Welt, wiederholte er klipp und klar die Information und vervollständigte sie mit den standesamtlichen und persönlichen Kennzeichen des Palumbo: worauf endlich der Oberstabsarzt mittels dieses Fadens, den der Name ihm zur Hand gab, aus dem Labyrinth seines Gedächtnisses eine ganz erbärmliche Nachkriegsaffäre herausfischte: die ihn zwei Monate lang in seinem Amt der Zweiten Entlassungskommission des Zentralmilitärhospitals in Pastrufazio in Atem gehalten hatte. »Palumbo?... Palumbo?...«, fragte er sich und schob die Unterlippe vor, wie dies bei Reminiszenzen seine Gewohnheit war. Aber ja!

Palumbo! Oho! Er erinnerte sich bestens!... Palumbo Gaetano! Jahrgang 1900, der Verwundete der Stellung 131, groß, dick... und dieser endlose Kalvarienberg der Entlassungsprozedur... Oder vielmehr... ja... man hatte ihn entlassen. »Entlassen!« wiederholte er und bewegte den Kopf auf und nieder, wie um den Aktenvorgang endgültig zu besiegeln. Das war in den Tagen gegen Ende August, nach der Durchreise des Stoffhändlers, als allen in Lukones die Geschichte der Namenszulegung und der Pension zu Gehör kam und sich ihr Sprachschatz um die Adjektive »durchschlagend« und »zerreißend« bereicherte. Auch der Peón der Villa Pirobutirro, José, der in der Schenke vom »Alegre Corazòn« verkehrte, auch Don Giuseppe, der gute Pfarrer, und die Lohnkutscher, die nach Prado fuhren, José Inrumador, Fernando el Gordo, Mingo Ruiz, Carlos La Torre, Miguel Chico, der Batta, Carmelo De Peppe; und der neunzigjährige Indio Huitzilopotli, genannt Pablo oder auch Repeppe; und sogar die Frauen, die Mädchen, die Peppa, die Beppa, die Pina, die Carmencita, die Mumuradora, die Bullinosa, die Mariposa... Der Doktor, der vom »asunto« des Volksgeflüsters schon so weit unterrichtet war, daß er die Gattin des Oberstabsarztes und den Oberstabsarzt selber informieren konnte, empfing vom ranghöheren Kollegen jenes Übersoll von Präzision und ärztlicher Begleitpapiere, die ihn von nun an zum Herrn und Meister der Tagesneuigkeit machten, im siegreichen Vorsprung von vier oder fünf Pferdelängen über die halbwertige Stimme des Volkes. So sehr, daß er in diesen Tagen gar nicht mehr er selber war.

Er vergaß zu Hause das Thermometer: ein anderes Mal das Stethoskop. Ein andermal ließ er unter seinen Auskultationsfingern einen armen Menschen, der lediglich ein Abführmittel brauchte, ewig lange husten. Die gespielte Interesselosigkeit, mit der er jedesmal der Erzählung zuhörte, bei jedem, der das Thema wieder aufbrachte, um dann, wie nichts, seinerseits jene drei oder vier trockenen Wörtchen fallen zu lassen, als Mann der Wissenschaft, der Bescheid weiß und in einwandfreien Termini die Tatsachen kundtut, den Kopf in mitleidsvoller Diagnose wiegend wie ein Wirtschaftswissenschaftler über dem versagenden Gesetz des Ricardo, alle diese unauffällige, aber äußerst erregte Neugierde und das eucharistische Feuer der Verkündigung letzter Nachrichten waren ihm in diesen Tagen Beweggrund genug, um das Rasieren auf weitere Tage aufzuschieben: welchselbes die Donnerstags- und Sonntagsliturgie war, aber wegen dieser Umstände bereits seit sechs Tagen vernachlässigt (plus den ersten Tag, der nicht zählt), sich aber nun bei der Diagnose immer fühlbarer bemerkbar machte und zu ängstlicher Prädisposition der Patienten führte. Er gelangte so zu einem zehntägigen Bartbestand, ein in seiner Biographie übrigens nicht gar seltenes Vorkommnis, Anzeichen eines überaus tätigen und ganz dem Wohl oder, genauer gesagt, dem Wehe des Mitmenschen gewidmeten Lebens.

Am zehnten Tag, dem 28. August, gegen elf Uhr vormittags, war der gute Doktor, kaum vom ersten Visitenrundgang per Fahrrad zurückgekehrt und nach Entledigung der Hosenklammern und Abschütteln des Staubes, gerade dabei, keinerlei weiteren Aufschubsgrund zu finden für ein kräftiges Einseifen, das zwischen Kinn und Ohren in siegreichem Crescendo zu entwickeln wäre und dem, nach vollbrachtem Werk, einige mäßige blutrote Schnitte in allen Richtungen über die männliche Region der Wangen folgen würden und auch unter dem Kinn: die aber dergestalt, daß sie an die Schlacht von Metauro gemahnten. Er war soeben dabei, dem Augenschein vor dem Spiegel über dem Waschlavor nachzugeben, als José (der José der Villa ›Pirobutirro‹) kam, um ihm zu sagen, der Sohn der gnädigen Frau wünsche, falls beliebe, seine Visite. »Was fehlt ihm?« fragte der Doktor. Der Peón hob die Achseln. »Das interessiert mich nicht«, sagte er.

Der Doktor, heilfroh, daß er sich vor diesem seinem Bartgrind drücken konnte, begann sich wohlgemut die Hände zu waschen.

Er war sehr aufgeräumt. »Anda! anda!« sagte er – »pero ligero, otra vez acabo yo de llegar antes... Und sag ihm, daß ich gleich komme...« – »Gut, dann sag ich auf Wiedersehen«, sagte der Bauer: und ging. Er hatte nicht einmal den Hut abgenommen, noch die Hände aus den Taschen.

»Nun sind wir soweit!« dachte der brave Doktor: der Ruf hatte ihn in leichten Rauschzustand versetzt.

Der Sohn der Gnädigen erwartete ihn! Wahrscheinlich wegen nichts und wieder nichts, wegen einer seiner üblichen Grillen: zum Beispiel hatte er vielleicht Schiß zu sterben... Obwohl's ihm so gutging wie einem Pascha!... (er kicherte). Thermometer und Stethoskop hatte er in der Tasche: er nahm die Hosenklammern vom Fahrrad, dann überlegte er sich's anders und entschloß sich, zu Fuß zu gehen: er legte die beiden Stahlfedern wieder aufs Gestänge zurück, wo sie rittlings hockten: ergriff ein Spazierstöckchen und ging.

Und überlegte, im Gehen, welch ein übler Ruf diesen Sohn begleitete, der so zurückgezogen, so fern von allen in Lukones lebte, daß man ihn für einen Misanthropen oder, schlimmer noch, für einen Menschenfeind halten mußte, wenn nicht gar für einen von der Gendarmerie Beschatteten.

Er selbst, der gute Doktor, war übrigens verheiratet und mit Nachwuchs gesegnet, einem Nachwuchs, den die Militärbehörde von Prado systematisch vom Militärdienst verschont hatte, da er weiblichen Geschlechts war: fünf Töchter, eine vornehmer als die andere. Und der Sohn der Gnädigen, so menschenfeindlich er auch sein mochte, konnte sich durchaus als gar nicht weiberfeindlich herausstellen. Er war zweifellos ledig, wie Beethoven, und vielleicht noch lediger, als man sich vorstellen konnte. Aber von der Weiberangst konnte er vielleicht noch rechtzeitig befreit werden, wenn man nur was riskierte: und sich zu beherrschen wußte. Also los! Ein Löffel Mut ¡por Dios! – so dachte der Doktor unterwegs.

Ein Mann ... wie der!, mit an die achtzig Kilo Lebendgewicht, zumindest ... Ein Mann ...

Auch in Pastrufazio hörte man die seltsamsten Dinge über ihn. In Lukones aber kannte man ihn besser, da man ihn einige Male gesehen hatte, wie er einen Brief einsteckte oder eine Briefmarke kaufte am Schalter des »correo«, wo er die Neugier der Fräuleins erweckt hatte. Ein Volksfeind?... Daß er für die kleinen Leute kein Mitgefühl hatte, das konnte man aus seiner Haltung, seinem Gang ablesen ...: der zwar nicht hochmütig war, aber sich schützte vor dem Blick, vielleicht dem Tiefenblick auf das Elend und die Bleichheit der Armut.

José, der Peón, behauptete, daß er alle bösen Sieben im Leibe habe, alle sieben Hauptsünden, die ihn zwackten und von innen her verschlangen von morgens bis abends: und auch noch des Nachts, im Schlaf. Er schlief, am Morgen, bis acht oder auch halb neun: und ließ sich den Kaffee ans Bett bringen, von der Gnädigen, die unentwegt treppauf, treppab lief für den Sohn, die arme Alte!, und auch die Zeitungen, die er dann las und schlürfte, sowohl Kaffee wie Zeitungen, im Bett flackend wie eine Kuh (so sagte der Peón): und hielt sich auch ein paar Bücher auf dem Nachtkasten, um hin und wieder daraus zu lesen, als ob ihm die Zeitungen nicht genügten – aber alles im Bett. Während die Bauersleute, um acht Uhr, schon stundenlang schufteten und schwitzten und die Sense neu wetzen müssen. So sagte er, und die Leute sagten's ihm nach. Der Doktor hatte, mittels seines barmherzigen Handwerks, Gelegenheit genug, dies von allen Seiten zu hören: auch von der Battistina, der Kusine des Batta, dem Dienstmädchen der Villa ›Pirobutirro‹: Tages- und Zufallsmagd während der Sommersaison und für die erste Morgenstund: welche bekanntlich Gold im Mund hat. Battistina hatte einen Kropf.

Und außerdem hatte er sich nie verheiraten wollen, um freier zu sein, das stand fest, in der Ausübung aller Launen, die ihm durch den Kopf schwirrten. Worüber sich, im übrigen, der brave Doktor und brave Familienvater nicht mit der Heftigkeit entrüsten konnte, die der Fall erforderte. »Der gegenwärtige Zustand läßt eine mögliche Standesänderung zu«, räsonierte er, »und die Möglichkeit ist die Mutter der Verwirklichung in unserer aristotelischen Welt.« Und er hatte so wenig Lust, sich eine Frau zu nehmen, daß er der Peppa den schwarzen Hochzeiteranzug übermacht hatte für den Peppino, ihren Bruder: obwohl ihm der Anzug von seinen Onkeln ... wie ein heiliges Angebinde auf dem Totenbett übergeben worden war, damals, als sie Botschafter in Portugal gewesen waren. Andere jedoch milderten die Anklage: er hatte sich lange besonnen, hatte sogar den Anzug vierzig Jahre lang fromm in Naphthalin aufbewahrt: von seinem fünften bis zu seinem fünfundvierzigsten Lebensjahr: hatte auch Postanweisungen nach Hause geschickt, sogar als er halb totgeschliffen wurde über den Felsen und seine verdammte Haut keinen Centavo mehr wert war, damit man den Hochzeiteranzug mit Naphthalin versorgen konnte, und vor allem mit Pfeffer, mit dem Pfeffer!, der so notwendig ist für die Konservierung jedweden Gewebes. Der gute Doktor hatte, als er dahinschritt, das Gefühl, daß er letztere Meinung zu teilen habe.

Kürzlich hatten sich Gerüchte verbreitet, die allesamt ziemlich triste waren: oder geradezu abscheulich. Daß er jähzornig sei, abgesehen von seiner Untätigkeit, das wußte man seit langem. Jetzt aber ging das Gerede um, daß er in seinem Jähzorn in tierische Wut verfalle und seine alte Mutter mißhandle: was aber von der Peppa, der Wäscherin, in

Abrede gestellt wurde, welche mit der Gnädigen besonders vertraut war und die zartesten und menschlichsten Dinge von ihr erfuhr ...: unter anderem auch stets erneute Beteuerungen, die aus mütterlicher Liebe und Barmherzigkeit erwuchsen. Die arme Frau! Unerwartet traf er ein. Und reiste wieder ab, wenn sie alle glaubten, er säße über seinen Büchern. Man sagte, er sei gefräßig, gierig auf Essen und Trinken; und grausam: letzteres schon als Kind: mit den Eidechsen, auf die er heimtückisch einschlug, mit den Hühnern des José (des ersten José, Vorgänger des jetzigen), welche er mit seiner wildgewordenen Gerte wichste, so daß sie manchmal, vor lauter Angst, sich vom Boden hoben und quasi flogen, man denke nur, flogen!, als ob sie Falken wären, die armen Hühner!

Als ein jüdischer Professor, der in Pastrufazio über Mathematik las, ihm mit Hilfe von Zahlen bewiesen hatte, wieso es den Katzen, so hoch sie auch herunterfallen mochten, immer gelingt, mit den vier Pfoten unbeschädigt auf den Boden aufzukommen, was eine bewundernswerte gymnastische Anwendung der Impuls-Theorie ist, warf er mehrmals einen schönen Kater aus dem zweiten Stock der Villa, aus Neugier, um die Theorie auszuprobieren. Und das Vieh lieferte ihm, beim Landen, tatsächlich den gewünschten Beweis, jedesmal, jedesmal! wie ein Gedankengang, der durch wechselvolles Geschick nichts von seinem Ewigkeitswert verliert, aber was den Kater betraf, so starb er bald darauf, mit von unwiderruflicher Trauer verschleierten Augen, trübselig geworden durch die Schmach. Denn jede Schmach ist Tod.

Gefräßig, und gierig auf Essen und Trinken: grausam und im höchsten Maße geizig: so geizig, daß er zu Fuß zum Bahnhof nach Prado ging, während alle vornehmen Leute sich mit der Kutsche fahren ließen, vom Batta oder vom Miguel Chico, oder mit dem eigenen Automobil: oder zumindest mit dem Omnibus. Und aus Geiz wollte er die Frauen entlassen, die Wäscherinnen, die Dienstmädchen und die anderen, die der alten Dame zur Hand gingen bei der Hausarbeit und damit ein paar Groschen verdienten oder einen Happen Brot dabei verdrückten, von den Überresten seiner schwelgerischen Tafeleien.

José bestätigte in der Schenke zum »Alegre Corazón« im einzelnen dieses Laster des Geizes, eines der häßlichsten, das die Kirche am härtesten verdammt, und beklagte sich über die geringe Menge Weines, die er erzeugte, und über die große Menge, die er ständig der Korbflasche des Grundbesitzers vom Faß abzapfen mußte. Andererseits gingen die Peppa, die Battistina, der Schankwirt Manoel Torre und sein Laufbursche und Gehilfe Pepito, der die Flaschen austrug, darin einig, daß die Herrschaften Pirobutirro, Mutter und Sohn, nur weißen Wein von Résqueta oder von der Sierra Encantadora tranken, welchen der Torre selbst ihnen pünktlich anlieferte, und zwar von der gleichen Sorte wie den Brüdern der Einsiedelei als Meßwein: oder aber von jenen klaren, hellen Weinsorten des Nevado oder des Zanamuno. Die anderen Grundbesitzer und Wursthändler des Landstrichs waren in lobenswerter Weise enthaltsam, so dachte der Doktor unterwegs, indem er mit seinem Kirschholzstöckchen seine rechte Wade, die prall und kräftig war, beklopfte. Dies erklärte die augenblickliche Duldsamkeit oder vielmehr Parteinahme dieses Schurken von einem Manoel Torre für den Sohn Pirobutirro: man weiß, diese Wirte möchten jeden, der nicht trinkt, zum Teufel wünschen ... Manche gaben schließlich mit viel menschlichem Einfühlungsvermögen und einem gewissen Stolz zu bedenken, daß die Luft von Lukones besonders klar und rein sei und hungrig mache: oder zumindest einen gesunden Appetit anrege bei den Leuten, die erschöpft aus Pastrufazio hier heraufkamen, ausgezehrt von der Großstadtzivilisation und der Verstädterung und von jener räsonierenden Plattheit, die dort das Klima bestimmt.

Und der Sohn mußte also, bei seinen kurzen Besuchen, im Zustand des Hungers eintreffen: und vielleicht verleitete ihn der Anblick des ländlichen Friedens, der ihm selbst so fremd, dieser Hügellandschaft aber eingeboren und so sanft und allgemein verbreitet war, das zitternde Tropfen der Gefilde, zu einer dionysischen Feier: und der Schlummer, der in elysischer Huld aufwölkte, zu Füßen der hohen Firne. Eisige Diademe der Ewigkeit krönten die Gipfel. Vielleicht heischte er ein flüchtiges Vergessen vom Kelch und einen sanften Anreiz fürs Gastrische ... auch dies ... um dem Tag zu entfliehen, dem pastrufazianischen Tag!, um, wie er's vermochte, an den Stern ozeanischer Vesper zu gelangen.

Die meisten aber fügten hinzu, daß dies Hirngespinste seien, das Gerede von der guten Luft: platte Hirngespinste: und daß auch die armen Leute, nachdem sie sich den lieben langen Tag über abgeplackt, Gebratenes hätten zu Abend speisen müssen, wenn es nach der guten Luft ginge. Nein, nein. Er war weißhäutig und rotbackig: und die Schwermut des Sonnenuntergangs hinderte ihn nicht daran, sich gewisse Ladungen einzuverleiben, von Fasanenfleisch, nach dem man sich die Finger abschlecken könnte, mit eingelegten Essigzwiebelchen.

Der Doktor kicherte: ihm schien, wenn er's so überlegte, daß der Sohn Pirobutirro, in sich selbst verschlossen, zu viel an Trübseligkeiten herumkaute: Trübseligkeiten, die mit der Zeit immer rostiger wurden: und das Brüten vergiftete ihm das Gemüt wie vergrindeter Schmutz. Allerdings hatten sich um diesen seinen Patienten, der so außerhalb des Üblichen stand, in Lukones seltsame Meinungen gebildet und liefen, seit langem, alle möglichen Gerüchte um. Seine Freßgier, zum Beispiel, war geradezu Legende geworden. Alle die Armen, die Schlechtgenährten, die Bettler verfluchten einhellig dieses Laster des Gaumens, das so abscheulich ist an einem Manne, und jene barbarische Gewohnheit, nachher, nach dem Essen, auch noch Nevado oder auch Cerro drauf zu trinken; fast als ob er, der Gierige, beim Gelage mit den Schatten seiner Wikinger säße. Keiner von den Grundbesitzern des Landstrichs, die meist abstinent und manche sogar vegetarisch waren, konnte an diese Vorstellung denken, ohne vom Ekel erfaßt zu werden. »Man ißt zuviel!« orakelte der Doktor bei sich. »Einen halben Apfel, eine Scheibe Schwarzbrot, das so schmackhaft ist und alle Vitamine enthält, von A bis H, ohne ein einziges auszulassen ... das ist die ideale Mahlzeit für einen ordentlichen Menschen ... was sag' ich ...

für einen normalen Menschen ... Alles, was darüber ist, ist nur Belastung für den Magen. Und für den Organismus. Ein in den Körper eingeschmuggelter Feind, wie die Danaer in die Burg der Trojer (so dachte er buchstäblich), »und der Gastroenterismus ist dann dazu verurteilt, das alles zu zermahlen, zu verkleinern, auszuscheiden ... die Peptonisation der Albuminoiden! ... Und die Leber! ... Und das Pankreas! ... Die Umwandlung der minoiden Fette in Stärke! ... Und der Stärke in Zucker und Glukose! ... Leicht gesagt! ... Die möchte ich dann mal sehen ... Höchstens in kritischen Zeiten der Überbeanspruchung kann man ein wenig Frischgemüse beifügen, roh oder auch gekocht ... Schötchen ... Erbschen ...«

Er wanderte, ganz von solchen Überlegungen in Anspruch genommen ... »Und dann wundert er sich, wenn Geschichten in Umlauf kommen! Wie im Jahr 28! ...« Er spielte auf den Sohn Pirobutirro an.

Im Jahr 1928 erzählten sich die Leute, und an erster Stelle die Gesellschaft von Pastrufazio, daß er auf den Tod gelegen habe, in Babylon, infolge einer Übelkeit durch den Genuß eines Seeigels, andere behaupteten eines Krebses, einer Art Meerskorpion, aber nicht von schwarzer, vielmehr von scharlachroter Farbe, mit vier Schnurrbartborsten, rot auch diese und lang wie vier Damenhutnadeln, zwei auf jeder Seite, neben den Kiefern in Form von Greifzangen, auch die recht gefährlich aussehend; manche fabelten sogar von einem Schwertfisch oder, zumindest, Stachelfisch, na gut! ein kleiner, kaum geboren, den er aber im Ganzen hinuntergeschlungen (halb gargekocht oder gar roh), Kopf voran, das heißt: Schwert voran: oder sei's Stachel voran. So daß der Schwanz ihm dann weit aus dem Maul baumelte wie eine zweite Zunge, die er nicht mehr einziehen konnte und an der er um ein Haar erstickt wäre.

Die gebildeten Leute weigerten sich, solchen barocken Faseleien Glauben zu schenken: da es sich weder um ein Fischwesen noch um einen Meerigel gehandelt haben konnte, schlossen sie darauf, daß das grausige Schalentier eine Languste gewesen sei von Fuerte del Rey, einem im ganzen Land für die Langustenzucht bekannten Ort am Atlantik. Por suerte waren einige Grundbegriffe der Systematik des Aristoteles an ihre Ohren gedrungen. Die beinahe todbringende Languste erreichte schließlich die Ausmaße eines menschlichen Neugeborenen: und er hatte, mit Hilfe des Nußknackers, indem er sich fest und immer fester!, mit den beiden Ellenbogen auf den Tisch gestützt, draufstemmte, die beiden korallenroten Scheren zerschmettert und das Beste daraus hervorgeholt, mit vor Lüsternheit gleißenden Augen, die immer mehr und mehr gen innen schielten, auf seinen Raub gerichtet, je näher er, unter gierigem Nasenflügelbeben den obszönen Schröpfkopf des Mundes daranbrachte, an dieses unreine Gekröse, das er ausgefleischt hatte, um es der begehrlichen Wollust einzuverleiben. Ein ähnliches Tier hatte man, der Fabel zufolge, in Babylon nie zuvor gesehen. Und er hatte auch die Stirn besessen – ohne verguenza –, jedes Stück in Tatarensauce zu tunken: die aromatischen und makellosen Blättchen oder Zünglein (von weißem oder perlmutternem Rosa wie Meeresmorgendämmerung), die er nach und nach mühselig ausgehülst, mit den Nägeln, aus der inneren Höhlung der beiden Scheren, der zerbrochenen ...zersplitterten... hervorgeholt, und mit Hilfe der Hände, der Finger hatte er sie schließlich an die fettigen und lasterhaften Lippen geführt, mit unglaublicher Gier.

Gesättigt dann, hatte er den Nußknacker beiseite gelegt und hatte getrunken.

Von diesem seinem Rüssel und seinem schweinischen Wesen berichtete die Fabel, zusätzlich zum oben Gesagten, wie er im Verlauf eines endlos langen Sommers sich von nichts anderem genährt als von Langusten und Tatarensauce, weißgekochten jungen Dorschen in dicken Wellen von Mayonnaise oder zwei-, dreimal dem Peje-rey; und gebratenen Tauben in der Kasserolle mit Rosmarin und jungen Kartoffeln, süßen, aber wenigen, winzigen, doch schon ein wenig breiig, verkocht im Saft, der aus den Täubchen floß: die wiederum farciert waren, nach einem andalusischen Rezept, mit Majoran und Salbei, mit Basilikum, mit Thymian, mit Rosmarin, mit Minze, mit Piment, mit Zibeben, mit Schweinespeck, mit Hühnerhirn, mit Ingwer, Karotem Pfeffer, Nelkennägelchen und noch weiteren Kartöffelchen im Innern, als ob die ringsherum gelegten, das heißt die am Hintern der Täubchen, nicht genügten; die selber schon fast zum Fleisch geworden waren, so sehr hatten sie sich dem Hintern einverleibt: als ob der Vogel, nachdem er nun gebraten, neue und seinem Zustand als Bratvogel angemessenere Eingeweide erlangt, kleiner nur und fetter als beim Huhn, weil's ja ein Täubchen war.

Und es waren diese Kartöffelchen des Inneren, wie auch

die draußeren, unglaublich mehlig auf der Zunge, wo sie jedoch, kaum daß man mit dem Löffel drankam, denn mit dem Löffel mußte er sich behelfen, der Vielfraß, sich allsogleich versämten in einen einzigen Brei, zusammen mit ihrer fleischernen Hülle, das heißt dem ausgeräumten und auffarcierten Tier, in einen allgemeinen Saft von Rosmarin oder, um genau zu sein, auch Basilikum, die jedoch bald dem teuflischen Feuer des roten Pfeffers den Vortritt ließen. Das alles mampfte er nun auf einmal, Täubchen und Kartoffel und Hühnerhirn und Speck und Pfeffer und Näglein (Nelkennäglein), das Schwein, und begoß es, eh's noch im Magen eingetroffen, mit den auserlesenen Weinen der Voranden; die Fische hingegen und die Languste – ei verflucht! –, die begoß er mit den weißen Weinen, den wasserklaren vom Nevado oder vom Cerro Pequeño, zu zweiundzwanzig oder gar zu achtundzwanzig Centavos.

Wünschte zwischen seinen Lippen die zarte, geschliffene Lippe eines kühlen Kelchs, eine aller Stofflichkeit entledigte Gläsernheit, die kühle und körperliche Reinheit des puren Kristalls. Und in jenen Augenblicken der Verachtung schmetterte er voll Zorn die plumpen Gläser auf den grünen Teppich, die schief und gedrungen waren wie bei Manoel Torre, notdürftig facettiert bis zur Mitte und unrein von Luftblasen und Rissen. Aber wo nichts Besseres war, wies er sie nicht zurück . . . : auch die nicht! Oh!, er war nicht der Typ, so lautete die Fabel, des »Transeat a me!«.

Es genügt zu sagen, daß er jene Vasallendienste des Nußknackers und des affrikkanischen Pfeffers in der Fron seiner Völlerei in der finsteren Kneipe des Riachuelo in Anspruch nahm, wo Zigeuner und anderes Guitarrengesindel aus und ein gingen und buhlende Katzen und Kater zwischen den Schuhen der Mahlzeitenden im ständigen Zank lagen über den Hühnerknochen und den abgenagten Gräten, welche die Darüberthronenden nach allweiliger krümelklaubender Entfleischung auf den katzenbelebten Boden warfen. Und nach jeder seiner beachtlichen Schlabbereien hatte er noch die Stirn – sin verguenza –, dem Wirt ein Maul anzuhängen, weil jener ihm die Gerichte um ein weniges teurer anrechnete als einen gewöhnlichen Puchero. Der Wirt schickte ihn, obwohl er nicht das Messer zur Hand hatte, sondern den Schurz (und für gewöhnlich wischte er sich mit diesem spülwasserfarbigen Fürtuch den schweißigen Hals, rundherum um den Fettnacken), schickte ihn eines schönen Tages zum Teufel und forderte ihn auf, sich anderswo sein Essen zu suchen, wo er sich besser vollstopfen könne, ohne was zu zahlen; und er, der Hidalgo, statt daß er ihm seine Saucenschüssel auf dem Kopf zerschlug, diesem Schmutzfink, wurde ganz klitzeklein vor verguenza angesichts der übrigen Tischgesellen, die dort mit so viel gutmütigem Anstand tafelten und ästen und manchen Becher in die Kehle gluckern ließen; und kaum, daß es sich machen ließ, schloff er behend hinaus auf die Straße: denn selbst er, sosehr er auch Hidalgo war, kapierte, daß es auf der ganzen Welt keinen anderen Schweinekoben gab, wo er bessere Langustenbrocken mit Mayonnaiseklacksen prassen konnte als hier, und zu so niedrigem Preis. Manchmal gelingt's sogar einem Marchese der Néa Keltiké, etwas zu kapieren.

Zu jener Zeit der Schalentiere und des Rosmarin, der wohlbegossenen (und auch wegen der glühenden Sommerhitze, die bei dem ungewohnten Tiefstand der großen Flüsse eine schlimme Ausdörrung der Felder mit sich brachte), gefiel es den Ewigen Himmelsgewalten, daß für ihn, auf ihr gerechtes Dafürhalten, ein langes und kostspieliges Unwohlsein folgte. Und das war's, was ihm ein für allemal verbot, weiterhin seinen Magen mit zerschmolzenen Kartöffelchen, in Pequeñowein getränkt, auszustopfen: und zwang ihn zu nicht enden wollenden Fastenkuren, minderte ihn dazu herab, die Schleimhaut seines Gastrischen mit Kaolinpulver nach der Heilslehre vom Wismut (Subnitrat von Wismut) einzustäuben, soviel er nur Lust hatte. Welchselbiges ihm die ehrlichsten unter den Spezereihändlern von Pastrufazio zum zwanzigfachen Überpreis abließen, unter dem Vorwand, daß es aus Europa eingeführt werden müsse, genauer gesagt, aus Darmstadt. Er kicherte, der gute Doktor, indes er sich diesen verrückten Geiz vorstellte, vermischt mit solch dummer Tölpelhaftigkeit, die es für möglich hielt, daß ein Apotheker sich mit einem Profit von hundert Prozent begnügen möchte.

Er, der Sohn, behauptete, er habe die Ersparnisse zehnjähriger Arbeit (oder, besser gesagt, zehnjähriger Knickrigkeit) in Wismut umgesetzt. Im Mythos und Volksmund der Gegend und ungeachtet aller Einwände der Männer der Wissenschaft, an erster Stelle seiner eigenen, des Doktors Einwände, gefolgt, an zweiter Stelle, von den Einwänden des Steuerbeamten, denen des Oberbibliothekars vom

Bienenzüchterverband als Drittem und weiter, viertens, fünftens, sechstens, von vielen anderen, behauptete und glaubte man vielerorts in Lukones, daß es das Schwert des Schwertfisches gewesen sei, das ihm die Wand des Zwölffingerdarms durchbohrt habe, beim Auftreffen auf eine gefährliche Windung, welche die Anatomen üblicherweise als Duodenalschlinge oder Duodenalwindung des Gastrikums oder Windungshals des Perigurdiums benamsen, letzteres in der neueren wissenschaftlichen Terminologie.

»Armes menschliches Eingeweide!« dachte der gute Doktor, indem er sich mit dem Stöckchen die Wade peitschte. »Auch das des Marchesen, der ein Wappenschild auf dem Burgfried führt!« Von Wappen zu Wappen, von Eingeweide zu Eingeweide, von Kutteln zu Kutteln! Und, gleichlaufend: von Gedanke zu Gedanke und, vielleicht, von Seele zu Seele. Aber es gibt keine Heilslehre für die verfehlten Seelen: für ihre Wunden gibt's kein Pulver. – Er spürte, der gute Doktor, die ersten Steinchen des Ewigen Steinmeers: eine gruftige Schotterstraße zwischen zwei Mauern y por suerte im Schatten der Robinien und einiger Ulmen als Vorgeschmack letzter Duldsamkeit seiner heroischen Füße. Oh!, das Licht entlang dem Weg der Generationen! ... das zurückweicht, zurückweicht ... milchig ... ins unveränderliche Werden. Aber in den Tagen, in den Seelen, welch bauende Hoffnung! ... und der abstrakte Glaube, die hartnäckige Barmherzigkeit. Alles Ausüben ist nur ein Gleichnis ... Zindel, Wagnis, Fahne im Wind ... Das Licht, das Licht wich zurück ... und das Wagnis rief, rief sie hervor, seine Wappenfelder: damit sie erreichten den flüchtigen

Okzident ... Und es schmerzte der Odem der Geschlechterfolgen, von Samen zu Samen, von Wappen zu Wappen. Bis zur unglaublichen Lände.

In seiner Villa ohne Blitzableiter, umgeben von Birnbäumen und folglich auch von Birnen, las der letzte Hidalgo die Grundlehren der Metaphysik der Gebräuche.

Ha! Ha!

Er stammte in direkter männlicher Erbfolge von Gonzalo Pirobutirro d' Eltino ab, einst spanischer Gouverneur der Néa Keltiké und, in der Geschichte, nur allzubekannt durch seinen Durst nach Gerechtigkeit, seinen hohen Wuchs, die Hagerkeit seines Gesichts, durch seine Unerbittlichkeit, durch seine gestrenge und raubgierige Herrschaft. Beim Eintreiben des Zolls an den Fähren in den Grenzgewässern des Reichs oder an den Pforten der Stadt ließ er keine Nachsicht walten, keine beschwichtigende Vorsicht menschlicher oder politischer Absonderung gelten. »¡Buscador de plata!« hatten ihn die Leute begrüßt. Was hatten die Leute zu schwätzen? Im Gewebe der Idee durfte keine Masche sich zum fischschlüpfrigen Riß der Nachgiebigkeit lösen! Aber er litt nicht, daß jemandem ein Haar gekrümmt noch ein Centavo geraubt wurde, nie!, wenn dies nicht in Ausübung eines Dekrets des Don Felipe, el Rey Católico (und später des Don Fernando), oder, mangels dieses, seiner selbst geschah!, und daß dieser Centavo etwa nicht stehenden Fußes dem glorreichen Staatsschatz der Krone von Kastilien einverleibt wurde, zufolge eben jenes Dekrets königlichen oder eigenmächtigen Erlasses. Für sich selbst hatte er nicht einen Centavo erheischt, keinen Merino berührt, keine Prise Tabak geschnupft. Er war arm gestorben, hatte ein Auge und ein Ohr eingebüßt: im Krieg verloren. »¡A los Reyes salud! Y levántenos a los cansados, ¡Dios caballero, en Su luz!... con los demás caballeros...«

Nachdem er diese Worte ausgehaucht, war er verschieden, dürr und hager und von allen gehaßt, am 14. April 1695. Das Reich, in dem die Sonne nicht untergeht, hatte ihm die Ehre eines festen Gehalts zuteil werden lassen, hatte ihm einige Urkunden, beladen mit königlichem Siegellack und Anerkennungen, übersandt und ihm den Titel eines Marchese d'Eltino vermittelt, viele Bänder »y algunas brazas de tierra« unterhalb der neuen Befestigungen von Pastrufazio (damals San Juan genannt), wo er seine Knochen ausstrecken konnte, die längsten Knochen des Königreiches. Was die Ehren oder, wenn man will, auch die Pflichten, immer sein mochten, so hatte er – ohne die Pflege seiner Klauen zu vernachlässigen – nie gezögert, nie geschwankt, nie verzweifelt: dieweil er hoch auf dem Wogenkamm, bei der Handhabung des Steuers, immer und alleweil nur seinen Stern ins Auge gefaßt hielt. Ein Schimpf, für ihn, und unverwindbarer Verdruß durch die ganze Sternbahn seiner Jahre war der, daß er nicht zurechtgekommen, um einen gewissen Filarenzo Calzamaglia oder Enzo, wie ihn alle nannten, am öffentlichen Galgen aufknüpfen zu lassen, der seiner gerechten Gerichtsbarkeit entschlüpft war, obwohl er ihm schon im November 88, während gewisser Unruhen in San Juan, die Handschellen hatte anlegen lassen. Jener hatte, zwischen einer Brandstiftung und der nächsten und nachdem er einige Idioten hatte zirpen hören, selber den Dummen gespielt und war entwichen, und zwar in einen Bereich, der sich jeder vorstellbaren Nachsichtigkeit des Gouverneurs oder Begnadigung der Allerhöchsten Barmherzigkeit entzog.

Einige hielten dafür, vor allem ein gelehrter Genealoge von Pastrufazio, welcher mancherorts jedoch als Schwärmer oder auch als Schwindler oder als käuflich galt, als Fabrikant von »Herzögen ohne Land« – manche also hielten dafür, daß die Pirobutirro in ihren Adern das Blut der Borgia weitertrügen und daß sie dieserhalb zu Ehren von San Francisco Borgia und von Don Pedro Ribera, genannt Spagnoletto, des öfteren überm Taufbecken die Namen Pedro oder Francisco erhielten. Der Oberbibliothekar des Birnenzüchterverbandes (mit Amtssitz in Pastrufazio), welcher – das versteht sich von selbst – Villa und Birnbäume in Lukones besaß, entwickelte in der Novembernummer des Verbandsblattes ›La Pera‹ eine seltsame philologische These, zu Ehren – sei es der Pirobutirro oder sei es der Butirro-Birnen (Butterbirnen), wo er behauptete, daß der Ausdruck »hacer una pera« im Idiom von Castilla la Vieja die Bedeutung habe: eine große Tat vollbringen.

Die Zikade auf der schattenlosen Ulme sirrte in höchsten Tönen dem Mittag zu, zerdehnte die helle Endlosigkeit des Sommers. Der gute Doktor befand sich, nachdem er das Schlimmste des Schotters überwunden hatte, kurz vor der Gartentür: in seinem lebendigen Geist, so voller Neugier und Erinnerung, verwischten sich traumhaft schnell die Denkwürdigkeiten des illustren Geschlechts, und das Bild seines Patienten löste das seines Vorvaters ab und erschien ihm erneut in einem absurden Licht.

Mütterlicherseits entstammte sein Patient aus barbarischem, germanischem und hunnischem Blut, außer dem langobardischen. Aber das Hunnentum und das Germanentum hatten sich bei ihm nicht in weißen Strümpfen, doppelten Sohlen ausgedrückt und auch nicht in den Knien, welche denen Siegfrieds sehr unähnlich waren; und auch als hunnisch-magyarischer Löwe, der ab und zu den Kopf hebt, wirkte er wenig überzeugend. Obwohl... obwohl... man kann nie wissen.

Germanisch war er in gewissen Ordnungs- und Schweigsamkeitsfanatismen und in seinem Haß gegen Butterbrotpapier, Eierschalen und das Herumstehen an der Tür mit den Tischgenossen. In gewisser innerer, grimmiger Entschlossenheit, den Bedeutungen und Ursachen flußaufwärts nachzusteigen, in gewisser Verachtung für den Oberflächenlack, in einer gewissen Langsamkeit und Milchigkeit des Urteils, das bei ihm mehr dem Einatmen glich als dem Niesen, eine störrische und späte Synthese und niemals Blitzlicht, papageiengelb. Germanisch war, vor allem, jene Pedanterie, die zäher war als ein Bandwurm und die sich schlimm genug für ihn auswirkte, sowohl beim Barbier wie in der Druckerei. »Man muß sehen, daß man zurechtkommt!« sagten sie ihm, »muß auf seine Kosten kommen«, fügten sie hinzu. Er hatte keinerlei Talent fürs Zurechtkommen und Auf-die-Kosten-Kommen, sowenig wie ein Seehund zum Pfannkuchenbacken. Angeekelt vom Geplärr des Radios, hätte er sich eine Investitur von Gott gewünscht, nicht um die Néa Keltiké zu verwalten, im Solde des Don Felipe, el Rey Católico, vielmehr um eine Glosse für den ›Timeo‹ zu verfassen, in Schweigsamkeit und in niemandes Sold.

Und dann gab's für ihn das Problem des Übels: die Fabel von der Krankheit, die seltsame, von den Conquistadores verbreitete Fabel, durch die man die moribunden Worte der Inkas erfuhr. Und die besagte, daß der Tod ohne Anlaß kommt, von Lautlosigkeit umwölkt, wie eine stillschweigende, letzte Kombination des Denkens. Es ist das »unsichtbare Übel«, von dem Saverio Lopez erzählt im letzten Kapitel seiner ›Mirabilia Maragdagali‹!*

* Die ›Mirabilia‹ jenes guten Padre Lopez, der reiste und diese seltsamen Gebräuche studierte, scheinen eine Art Moralität oder Ethik glaubhaft machen zu wollen, die allerdings sehr weit entfernt ist von der üblichen und nie endenden Philosophenstreitigkeit über Vorbestimmung und freien Willen: und beschreiben den inneren und ureigenen Mechanismus jedes einzelnen Lebens. Dessen letztes Kapitel, so argumentiert er dort, nämlich das Herantreten des Todes, sei das Ausklinken und Verlöschen aller Verhaftungen leidensfähiger Möglichkeiten: »so daß er dich stillschweigend überkommt, als ob er hinter dir hergegangen wäre«. (Bandinelli)

2

Beim Vorübergleiten der Wolke verstummte die Hainbuche. Sie ist die Gefährtin der Ulme, und in der Néa Keltiké wird sie ohne Unterlaß beschnitten, so daß entlang der staubigen Pfade lauter beturbante Pfähle entstehen: von rauher Rinde und so aller Zweige entblößt, daß sie nur auf dem obersten Wipfel Büschel von armen, zerzausten und fast zerfetzten Blättern auswerfen können. Die Robinie stand stumpf, ohne den Adel des Lieds, unbeachtet vom furchtsamen Huschen der Dryaden und der Schalmei des antiken Zwiegehörnten: Zweckpflanze und wuchernde Senkwurzel, die man aus Australasien in jene Gegend gebracht und die unverzüglich laubig und dornenreich die Bewachung der Küchengärten und der Böschungen angetreten. Es geschah durch die Umsichtigkeit eines Agronomen, der auf den Fortschritt spekulierte und es mit Sicherheit voraussah, das Ende nämlich der Eichen, der Ulmen – im Rachen der Kalköfen – und auch des uralten Träumens der Lärchen: von deren gar nicht erdichtetem Riesenwuchs noch gegen den Ausgang des achtzehnten Jahrhunderts der Rücken jenseits des Dolomits von Terepàttola Gold und Purpur war unter den herbstlichen Himmeln, dort, wo er steil abfällt, ausstrahlend über der türkisenen Ebnung des Talgrunds, von der wir wissen, daß sie ein See ist. Kalk, versteht sich, zum Bau der Villen: mit Spalierobst; mit Spalierbirnen.

Jenes Sträßlein, welches der Arzt hinaufsteigen mußte, führte lange im Schatten, nicht im Schatten der wenigen Hainbuchen, sondern der unzähligen Robinien. Von den Ästen verzweigten sich die zahllosen Buschen, lobenswert grün und dazu voller Vernunft, beseelt von der Absicht, dem Menschen als Beispiel zu dienen und die neuerstandenen Gemeinden heiter zu schmücken mit jener Vorstellung von Ordnung und gut angelegtem Geld, welche von solch symmetrischer Anordnung unaufhörlich ausstrahlt. Die elliptischen Blättchen, gleichgeformt wie alle Geschöpfe des »Standards« und Australasiens, schienen an ihren Stielen von einer vorsorglichen Intendanz befestigt und waren gewiß einer Bahnhofsallee mit Reiterstandbild des Generals Pastrufacio, des Siegers von Santa Rosa, würdig. Und jede einzelne Verzweigung an jeder einzelnen dieser Gerten schmückten zwei lange Dornen wie zwei Krawattennadeln, eine links, eine rechts: die der optimistischen Zunge des Esels, bei Gelegenheit, eine kleine Kostprobe nicht verwehrten. So war also, rings um die Villa und die Birnbäume, alles Robinie und darüber hinaus alles Banzavois. Jenes weiße Parallelepipedon, den Winden und dem Trappeln der verschiedenen Peppen preisgegeben, umschloß die Robinie mit ihrem grünenden Festungsgürtel. Entlang der georgischen Siesta der ›Pirobutirro‹ prangte, sieghaft über alle Vorstellungen, die Robinie. Ihr mittelmäßiger Gestank ließ sie den meisten als nützlich erscheinen: wie alle nützlichen und leicht stinkenden Produkte errang sie, eines schönen Tages, Unentbehrlichkeit in der kollektiven Wirtschaft und so auch in den verbesserten Hoffnungen des maradagalesischen Lebens gegen Ende des neunzehnten Jahrhunderts – so auch in Lukones.

Ein Viertaktgetrappel überm Schotter riß den Doktor aus seinen Gedanken: er hob den Kopf und sah sich im Blick der herabkommenden Battistina. Die Frau trug ein Päckchen unterm rechten Arm, und mit den beiden Händen hielt sie einen Suppenteller, der von einem zweiten, umgestülpten Teller überdeckt war: Das Gesicht war ihr nach links gedreht, als ob man es ihr schief auf den Leib genagelt hätte, fast wie das eines sich würdig nach Westen verneigenden Hampelmanns: in Wirklichkeit um dem Kropf Platz zu machen: von zwanzig bis dreißig Deka Gewicht. Sie sah etwas mißtrauisch und verschüchtert aus, mit dieser Mahlzeit, die ihr die Hände band, wie ein Tier, dem man die Nahrung streitig machen könnte; und auch der Kropf glich einem Tier, das sich in ihrer Luftröhre festgebissen hatte, ihr den halben Atem wegsaugte und sich dabei unter ihrer Haut versteckte wie der Photograph unterm Tuch. Jedenfalls ächzte die Kropfinhaberin leicht, obwohl es bergab ging, mit kaum wahrnehmbarem Gegurgel wie von leichtem Katarrh. Der Doktor machte Anstalten stehenzubleiben: und so hielten sie beide inne. Aus dem Kropf der Frau brodelte ein »Grüß Gott, Herr Doktor!« hoch, so leis und feucht, daß es schien wie Wirsing- und Karottendampf aus einer Terrine, von der man einen Augenblick den Deckel abgenommen.

»Was ist los?« frug der Arzt, zu Boden blickend, mit schweren Augen, gedunsen von Schlaf: indes er mit dem Stöckchen einige der am wenigsten bösartigen Kiesel auf dem Weg hin und her schob. Das Bartgestrüpp gab ihm das Aussehen eines Schächers von Golgatha, aber in Ruhestellung. »Heute bin ich spät dran, gleich wird es Mittag läuten.«

»Ich meinte den Señor Gonzalo.«

»Ich weiß nicht: er läuft durchs Haus wie ein Verrückter in den wenigen Stunden, wenn er da ist: in dem Haus kann man seines Lebens nicht mehr froh werden...«

»Seines Lebens... seines Lebens...«

»Die Señora ist auf den Friedhof gegangen, mit Blumen, und hat die Pina mitgenommen, die den Schlüssel hat... Ach, die Ärmste!... nach allem, was sie durchgemacht hat... Und so weit ist es gekommen, daß sie Angst haben muß vor dem eigenen Sohn...«

»Angst!... Es wird die Unverträglichkeit der Charaktere sein...«

»Nein, nein, Herr Doktor... Angst ist es... Wenn er anfängt, wie ein Gespenst durchs Haus zu gehen, dann überkommt die gnädige Frau furchtbare Angst... Glauben Sie mir, Herr Doktor, ich kenne sie lang genug... die Ärmste!... Nach all dem, was sie durchgemacht hat...«

»Aber Angst vor wem?... Vor was?...«

»Angst davor, allein mit ihm im Haus zu sein... Ich habe es Ihnen schon gesagt... Sie will immer, daß ich da bin, daß ich dortbleibe, sie richtet mir das Essen... damit ich nur bleibe... Und sie läßt mich nie nach Hause... wie heute... wo es schon Mittag ist... Aber ich kann doch nicht, Sie verstehen, ich muß mich um meine eigenen Sachen kümmern... Was ich alles zu tun habe!... Ich muß noch das Hennenfutter richten... und es ist schon Mittag...«

»Nun ja«, überlegte der Doktor, »das Haus ist abgelegen, ein wenig einsam... mit dem Wald ringsherum«, und er hieb mit dem Stöckchen ins Laub.

»Oh, wegen des Abgelegenen wär's nicht«, gurgelte die Kropfige. »Aber weil sie Angst vor dem Sohn hat... sie, die seine Mutter ist!... Wenn er anfängt, durchs Haus zu gehen, weil ihm die üble Laune aufsteigt... weil die Suppe verkocht ist... wie es halt alle machen... Wenn es nur das Schreien wäre!... Aber wenn er gewisse schlimmere Sachen sagt!... Zu einer alten Frau von dreiundsiebzig Jahren!... zu seiner Mutter!... Wo es einem vorkommt, wenn sie zum Friedhof hinuntergeht, mit den Blumen, und die Pina hintennach, als ob sie gleich ihren Platz belegen will... Letztes Mal hat sie zu ihr gesagt, zur Pina: Wenn ich hier liegen werde, dann kommst du doch, nicht wahr, von Zeit zu Zeit, um ein Ave-Maria auch für mich zu beten...«

»Nun ja, die arme Frau, das sagt man so...«

»Und wenn er anfängt zu schreien... und geht von einem Zimmer ins andere... und schaut sie an... dann hat sie die größte Angst... Und es kommt mir vor, als ob er ihre Ohrringe anschaut...«

»Aber ihr seid verrückt!... Was soll ihm an ihren Ohrringen liegen?...«

»Ich weiß nicht, Herr Doktor, was soll ich Ihnen sagen? Aber auch heute vormittag hab ich gesehen, wie er ihre Brillanten angeschaut hat... Schon eine ganze Zeit lang schaut er immer ihre Brillanten an...«

»Was für Brillanten?...«

»An den Ohrringen, die die gnädige Frau immer tragen will... das wissen Sie ja... Und er schaute und schaute immerzu... Ich... aber ich habe auch Angst, manchmal... Ich bin auch eine arme alte Frau wie sie... und mit meinem Unglücksding hier, das werden Sie verstehen... (sie zeigte auf den Kropf)... Ich gehe ja auch schon auf die achtundsechzig zu...«

»...achtundsechzig, achtundsechzig... und immer das gleiche...«: er hob die Schultern und versetzte den Robinien einen weiteren Hieb.

»Und doch ist es wahr, Herr Doktor!... Wir haben ja nichts zu verlieren... das ist sicher... Aber er hat die Augen nicht von den Brillanten gelassen... Die gnädige Frau ging durchs Haus: und er hinter ihr her... und starrte immer auf ein Ohr... und dann auf das andere... und sie ging ins Eßzimmer und er hinter ihr her ins Eßzimmer... und sie kam zurück in die Küche, um die Kaffeemaschine zu spülen, mit dem Pfeifer, die ich überhaupt nicht anrühren darf, sonst wehe! wehe!... und er hinterher in die Küche...

Ach, was für ein Leben, was für ein Leben! mit der Angst im Genick, den ganzen Tag!... Ohne je eine Minute Frieden!

Und jedesmal sagt er ihr, daß sie sie ja nicht verlieren soll, daß sie aufpassen soll... und sagt mit zusammengebissenen

Zähnen: ¡Anda, anda!... Die Brillanten werden dich auch nicht retten! Wovor denn retten? Sagen Sie mir's doch!... Sie wird wohl das Recht haben, ihre Ohrhänger zu tragen, die arme Alte, die ihr ihr Mann geschenkt hat... und nach all der Mühe, die sie gehabt hat!...«

Der Doktor schwieg, starrte zu Boden: hatte mit der Spitze des Stöckchens einen Stein gefunden, der ein größerer Blödian war als alle anderen, wie ein steinerner Diamant saß er in der Erde: und er brauchte beide Hände, um ihn herauszustemmen.

»Und manchmal schreit er ihr plötzlich ins Gesicht, daß jeder davon fünftausend Pezzi kostet! so schreit er, die Brillanten... und daß sie haben hungern müssen und frieren müssen für die Birnen, und er weiß selber nicht, was er da sagt: für die Birnen? frieren? hungern?... Und dann bricht er in ein Gelächter aus, wie nur er es kann, wie wenn der Teufel lacht, am Bett eines Toten, den er grad erst beschnuppert hat und den er gleich wegschleppen wird: und sagt, daß Frauen Bestien sind, die für fünftausend Pezzi Brillanten an sich herumtragen, nichts anderes als Tiere, schmutzige Kreaturen... Und daß derweil die Toten alle Friedhöfe angefüllt haben, so daß niemand sich mehr entschließen kann zu sterben, nicht einmal die Tiere... Dann müßten Sie sie sehen, Herr Doktor! die arme Frau, wie sie weint!... heimlich weint... wenngleich die Fenster schlagen (so sagte sie)... so viel Wind geht herum, durchs ganze Haus... und dann muß ich ihr den José rufen, aber sie läuft gleich mit, denn davor, mit dem Sohn allein zu bleiben, hat sie Angst, ich sag es Ihnen!...

Und er sagt, sie sind wie die Schwarzen in Afrika... wie die Araber, sagt er, mit Perlen in der Nase, die Weiber, mit Ringen durch die Nase... hier mitten durch (sie hob etwas die beiden Teller) durch die Löcher, wissen Sie... so sagt er, machen es die Neger... oder vielmehr ihre Frauen, die von den Negern.«

»Was für ein Geschwafel!« brummte der Arzt und zuckte mit der Achsel: und ein Bein fing ihm an zu wippen: »... aber er ist doch im Grunde ein braver Kerl! Ihr Frauen kapiert immer wer weiß was... spintisiert...«

»Ich schwör's Ihnen, Herr Doktor!, ich sag Ihnen, daß die Frau in diesem Haus mehr tot als lebendig ist...«

»Aber das geht vorbei... das ist ein Wutausbruch...«, und er wollte sich auf den Weg machen. »... wie der Wind, wenn man plötzlich alle Türen zuschmettern hört, aus heiterm Himmel... und dann ist's schon wieder vorbei, und ist nichts gewesen... wenn man so allein lebt... in die Kammer verriegelt, vor lauter Lesen... und Phantasieren... So geht's den Misanthropen...«

Die Zikaden, wiedererwacht, sprenkelten mit Gelärm die grünen Nichtigkeiten unter dem Überfluß des Lichts, der ganze Sommerhimmel sirrte unter diesem endlosen Gezirp im Unisono einer betäubenden Vakanz. Der Arzt hatte eine Idee. Seine Diagnose reifte heran: oder vielleicht war sie schon eine Weile gereift, angesichts der fünf Töchter, die ihm Doña Carlotta beschert hatte. »Vae soli!«

»Ach, Herr Doktor! Sie kennen sich bestimmt besser aus als ich... aber manchmal, glauben Sie mir, hat der Don Gonzalo ein Gesicht, ein Gesicht, sag ich Ihnen!... Es scheint, daß für ihn die Mutter überhaupt nur deshalb auf der Welt ist, um die Brillanten zu tragen, wie ein Baum zum Kirschentragen...«, der Atem der Frau war kürzer, trockener geworden: der Zwiebelkopf, der ihr in der Kehle brodelte, schien vor lauter Kochen seinen Saft verdampft zu haben. Aus dem Kropf, dem riesenhaften, quälte sich ächzend die Trostlosigkeit des Worts, »... und wehe, wenn sie irgendwo ein Geldstück ausgibt oder einen Centavo verschenkt... oder der Beppina ihre Schleien abkauft... oder etwas für den Friedhof spendet... Er sagt, er hätte schon selber was gegeben... und es genüge, was er gibt... Und gibt gar nichts! Schenk ihnen die ausgetragenen Schuhe, schreit er, diesem Drecksbettelvolk! Aber das Geld soll sie alles für ihn aufheben, und nichts für die Armen... nichts!... Laß sie verrecken, sagt er...«

»Aber nicht doch!« protestierte erneut der Doktor, »was für ein Gewäsch!...«

»Mich muß sie heimlich bezahlen oder an den Tagen, wo er fort ist«, fuhr die Alte unbeirrt fort, »denn wehe, wenn er es sähe!... Nur er darf was ausgeben!... Nur er darf essen!... Und die Mutter muß immer auf dem Sprung sein! Für einen Mann, der schon vierundvierzig Jahre alt ist... Ist das richtig?... daß sie ihm den Kaffee bringt... und treppauf und treppab... denn morgens will er den Kaffee ans Bett, mitsamt den Zeitungen... Und er will das und will jenes: und jagt das ganze Gesind aus dem Haus... wenn die eine beim Waschen ist, die andre beim Bügeln... oder wenn der Schreiner eine Tür richtet... Fort mit allen! Hinaus! Hinaus!«

Das Röcheln verlöschte allmählich: noch ein paar kurze Brodler dieses Katarrhs: dann sagte sie, aber fast geflüstert, farblos: »... und jetzt, wo der kleine Junge kommt zum Schulaufgabenmachen und die gnädige Frau solch eine Engelsgeduld hat! Sie wissen, das Enkelkind vom Stabsarzt... Aber wenn er das Kind im Haus vorfindet, dann wird er sie sicher erwürgen!... Die Señora sagt ihm immer vorher Bescheid, dem Kleinen, wann er kommen soll, damit er aus dem Haus ist...«

»Und wie geht es Ihnen selber?« frug der Doktor väterlich.

»Mir?« verwunderte sich die Frau. »O heilige Muttergottes!, sehen Sie nicht, wie ich daherkomme?« Sie versuchte, den Kopf zu bewegen, um diesem leisen Seufzer aus Armut und Trostlosigkeit das Geleit zu geben: aber, vom Kropf verhindert, gelang dieses Wiegen des Kopfes nur als leichte, fast unmerkbare Verlängerung des Halses. »Was wollen Sie, Herr Doktor, solang man noch am Leben ist!... Man muß dem lieben Gott danken!...«

Das Lichtchen ihres Berichts flackerte unvermittelt nochmals auf. Die Augen, erfüllt von einem bösartigen Epos, harpunierten die gedunsenen, roten Augen des Doktors. »Wenn er in Wut gerät und unsern Heiland verloren hat, dann weiß er selber nicht mehr, was ihm aus dem Mund kommt. Weiß nicht mehr, was er tut. Erzählen Sie's nicht weiter, aber die Señora hat mir, wie sie mir beim Tellertrocknen half, gesagt, daß er diesen Winter, drunten in Pastrufazio, eine Uhr zertrampeln wollte, als ob er Weintrauben stampfte... und die war ein Familienstück: und gleich drauf hat er das Bild seines verstorbenen Vaters heruntergerissen, das jetzt im Eßzimmer hängt... und ist mit den Füßen draufgestiegen... um es zu zertrampeln...« Sie bekreuzigte sich. Bezeigte einen großen Respekt vor dem Eßzimmer. »Und er hat das Glas in lauter so kleine Stücke zermalmt« (sie verlängerte, da in den Händen behindert, das Kinn um einen Millimeter), »wie Brosamen, unter seinen Schuhsohlen... oh, dieser Wüterich!... und dabei war sein Vater so ein Mann, Sie haben ihn ja nicht gekannt, aber ich kann es wohl behaupten, weil ich ihn gekannt habe... Ein Mann, wie man ihn heutzutage nicht mehr findet, von der Art gibt's heute keine mehr.«

»Heute, heute«, wiederholte der Doktor achselzuckend: »Ihr Weiber, was wißt ihr schon davon?...«

»O heilige Madonna! Man sagt es halt so, Herr Doktor... heutzutage ist das Leben ganz verändert, das versteh ich schon.. und ist nicht mehr das, was es einmal war, seitdem der Krieg war... Nicht einmal mehr die Seidenwürmer sind so wie früher... Vierzig Centavos das Kilo! so muß ich sie verkaufen...: weniger als die Kirschen! Vierzig Centavos! für ein Kilo!... Was sind schon vierzig Centavos? Nicht einmal zehn Deka Croconsuelo, der kostet fünfundvierzig und heute morgen sogar fünfzig... Jeden Tag steigt der Preis...

Aber er! Die goldene Uhr zertrampeln... Das will was heißen... wo er so am Geld hängt:... seiner Mutter drohen, daß er sie umbringt! Zum Glück war das Glas drüber, über dem Bild, und es ist dem Bild selber nichts passiert.«

Der Doktor begann seine Wade zu klopfen wie einer, der

keine Minute Zeit zu verlieren hat. »Ah, dieser Krieg...«, sagte die Battistina abschließend, und der Faden ihres Seufzers wurde vom Kropf gekappt. »Und manchmal, wenn er seine gute Laune hat, dann ja, dann kann er sogar freigebig sein, mit dem erstbesten, der daherkommt; als wäre er betrunken... o verflucht... dann kann man's sogar günstig treffen. Dann geht's nach momentaner Laune, nach Sympathie. Aber Schluß damit, ich wünsch guten Tag.«

Es trennte die beiden der Glockenschlag halb zwölf, der vom Turm kam, übermächtiges Metall über dem Gezirp aller Pflanzen; als ob die Runde des Stundenzählers sie auf der Sünde ertappte. Nach einigen weiteren Kieseln und Schottern und einer weiteren Kurve fand sich der Doktor am Vorplatz: wo das Haupttor der Villa war, aus morschem Holz. Durch die Latten, die halb zerfressenen, diesen milden Zeugen privaten Besitzes, tat sich, wie bei jedem Eintreffen, in einem Blick die Aufklarung des Sommers kund. Das nicht enden wollende Gesirre der Erde schien aus gleichem Stoff wie das Licht; und dort fiel der Hügel ab, sehr grün, und jenseits, hinter der gedrungenen Trägheit der Seen, lagen weitere Hügel im Licht und weitre und immer weitre. Das geblendete Auge hätte einer neuen Fabel nachgehen mögen, einer zarten, oh, so sanften, im fernen Szenarium, im Trug der fliehenden Perspektiven, die Bläue jener flachen Becken wie im Liebesraub umgehend. Er sah, wie der Dampf der Südbahn mit einem schwarzen Schweif und einem weißen Dampfbausch sich verlor, wie jedesmal, hinter der Station von Ranchito, hinausfliehend zur Ebene, stadtwärts. Die Stadt... die Stadt... voll von guten Partien für alle Mädchen, auch für die dämlichsten, dort, wo die Amtsärzte saßen, mit den Leuten, die stehend im Wartezimmer harrten; die Spezialisten zu fünfundsiebzig oder gar zu hundert.

Was die Uhr betraf, so wollte ihm scheinen, daß er darüber schon gehört hatte, von der Peppa, der Wäscherin, oder irrte er sich?, daß sie aus Silber gewesen: oder vielmehr: daß es sich um einen Wecker gehandelt habe, vom Nachttisch: der ihn eines Tages, vom Nachttisch her, angeschrillt hatte, den Señor Gonzalo, ganz unerwartet, als er gerade im besten Lesen war oder im Schreiben oder aus seinem Gedächtnis gerade zornig eines seiner schwierigen Wörter herauskniffelte, die keiner versteht, mit denen er gern seine harte, zusammengestückelte Prosa bespickt, die keiner liest: und war sogar auf dem Nachttisch herumgetanzt, der Wecker nämlich, so daß er sich um die eigne Achse gedreht hatte, und noch dazu ohne die Erlaubnis seines Herrn... In Stücke, weiß Gott, war er gegangen: mit Zahnrädchen, die man erst nach Monaten fand, kupferne, beim Aufkehren... wie Marienkäferchen, ganz verschüchtert... mit den sieben Pünktchen auf dem Panzer... zaudernd im düstern Heidekraut eines Wohnzimmers... Erinnerung, verlassen... verzeihlich...

Und übrigens hatte die Peppa, oder die Beppa, eine von diesen beiden jedenfalls, ihm das gleiche von einem Federhalter erzählt, der unterm Absatz verendet war, durch einen raschen Tritt, kurz entschlossen, und gleich darauf den nächsten, tack-tack, eine Waterman-Feder. Die, vergeblich dazu angehalten, Tinte von sich zu geben, nach eigensinnigen, minutenlangen Versuchen, ihm, plaff, einen dicken Batzen aufs Papier bescherte, von dunkelblauer Tinte: da hatte er sie Mores gelehrt, gleich im Sitzen, unter den Absätzen. Dinge, wie sie den Leuten passieren, die für sich allein leben, räsonierte der Doktor, ohne die männlichen Lasten, die einem eine Familie aufbürdet, zugleich mit den höchsten, den reinsten Freuden:... der Herd: gewiß!, er hatte das »häuslich« ausgelassen, aber er begriff, daß er's so gemeint hatte... Die Familie also, die dem Señor Gonzalo... er hatte nie daran gedacht, sich zu entscheiden... Und indes, herunter mit den Bildern von der Wand, und herunter, herunter damit, unter die Stiefel...

Die Señora, so hatte man ihm gesagt, vierundsiebzig Jahre!, mit schmerzverschleierten Augen (weil sie sofort begriffen hatte, was vorging), war hereingekommen... hatte ein Knie zur Erde gebeugt, zitternd... hatte sich in Verzweiflung geneigt... So hatten es ihm die Frauen berichtet... die es von der Dienstmagd in Pastrufazio gehört... die hinter der Herrin herbeilief.

Sie hatte sich gezwungen, die Bestürzung zu überwinden, als wär's eine Pflicht. Nach Überwindung des Schrekkens... wie in Pflicht zur Erde geneigt: mit schütterem, weißem Haar, das keine Liebkosung mehr kannte... Als entspränge letzte Hingabe aus ihrer Entkräftung... während aus dem Entschwinden der Bilder bereits Worte, müde und innerlich, ihr zugeraunt wurden... wie Liebkosungen der Düsternis.

Beraubt allen Beistands, versammelte sie die letzte Müdigkeit zur Hingabe in eine äußerste Vollbringung: wollte dies Bildnis retten. Sie hatte sich gebeugt: hatte aufgehoben, mit bebenden, beinernen Händen, auf denen die blauen Adern ein schwaches Pochen über die Knochen führten, das ein Andenken war, vielleicht... In ihr war's Erinnerung: nichts als Erinnerung... Im Gang der Zeit lagen die Bilder und die ausgelöschte Wahrheit: und war sie doch Tochter, Braut und Mutter gewesen.

Sie hatte mit eigenen Händen die Splitter gesammelt:... schneidend waren sie... scharf... konnten jemanden verletzen. Sie hatte dies Bildnis wieder erhoben, unbeschädigt auch der Rahmen wie durch Wunder, mit allen Goldschnörkeln, den zarten... Auch die Dienstmagd von Pastrufazio war herbeigeeilt. Sie hatten die Unordnung beseitigt, im Zimmer, wie man eine Wunde versorgt. Ein Heiligenschein von Küchenscherben umschwebte diesen sagenhaften Herren der Niedertracht und der Trägheit, filzig und gefräßig und zu nichts anderem fähig, als bestenfalls seine betagte Mutter zu mißhandeln: das Andenken der Verstorbenen zu entehren. Einige behaupteten, daß die Uhr weder aus Gold noch aus Silber gewesen, sondern aus versilbertem Nickel.

Der Doktor stieg hinauf bis zu dem kleinen Eisentor, das sich ein wenig weiter vorn und weiter oben befand: grün gestrichen: diente als normaler Einlaß ins schweigende Licht der Villa, vom Westen her, wo das Gebäude sich niedriger zeigte, ein Stockwerk niedriger, aufgrund der Bodensteigung. Das Empfinden, von rückwärts einzutreten, ohne jegliche Formalität des Läutens, ohne die Feierlichkeit des Türaufreißens, vermittelte den Besuchern eine ruhige Sicherheit, ein Behagen, als ob man sich im eignen Haus befände: Gewißheit, daß sich alles nach Geschmack aufs beste abwickeln würde: wie in der Familie. Das »Warnung vor dem Hunde« hatten die Pirobutirro ersetzt durch ein blindes Vertrauen ins ehrliche Weiterschreiten der Passanten, die, in Anbetracht des Schotters!, vereinzelt waren: und den Hund mit einem Lächeln wohlgesetzter Herzlichkeit. Aus der Idee der moralischen Gleichheit der Zweibeiner, die vielleicht eine Haltung moralischer Sehkraft ist, leitete sich ihnen ein Habitus von praktischer Nächstenliebe und Anstand ab: wenngleich man die Zweibeiner wegen der Holzpantinen akustisch als Vierbeiner wahrnehmen mochte. Die Liebenswürdigkeit der Señora Pirobutirro und des verstorbenen Señor Francisco war geradezu sprichwörtlich. Die Sammler der Spenden für die neuen Glocken auf dem Kirchturm hatten sich, im Jahr 1903, süßer Ohnmacht nahe gefühlt, als sie die Ziffer gelesen, welche der Señor Francisco eigenhändig im Verzeichnis der Subskriptionen eingetragen und die von beiden Ehepartnern unter bewegtester Anteilnahme unterzeichnet wurde: mit flüssiger Selbstverständlichkeit. Da ja alle in der Familie mit der Feder umzugehen gewohnt waren.

Entkorkt und angestoßen, mit einem Nevado des Vorjahrs, einem trocknen, und Schnalzen und Schmecken, nachdem der Korken geknallt, dies hatte, mit einigen Zähren der Rührung, die Zeremonie beschlossen. »Do, dedi, datum, dare«, brummte der Doktor, quasi als Stellvertreter seines Patienten: »Dono, donavi, donatum, donare, offero, obtuli, oblatum, offerre.« Noch ein Tröpfchen... genug, genug... Señor Francisco... der ist doch harmlos.

Er trat ein, ging die zwei Stufen hinunter. Kauernd, zwischen Zwiebelblüten, hob der Peón beim Kreischen des Gatters den Kopf, warf einen Blick auf den Besucher, der wartend stand: ohne aufzustehen, den Schlapphut mit zwei Fingern berührend, bestätigte er dann von fern dem Ankömmling, daß die Herrin sich zum Friedhof begeben, mit Blumen: die er selbst ihr verschafft: und in Begleitung der Peppa. So verkündete er, durch einige Stöße düstrer Verlautung mit u und mit ü, während die weißen Speere der Zwiebelblüten linker Hand einen Teil der eingezäunten Beete besetzt hielten, die als Küchengarten und Rebhag, man weiß nicht, was überwog, angelegt waren. »Ist gut«, sagte der Doktor.

Indes kam ihm der Sohn auf der kleinen Pflaumenbaumallee entgegen, längs der Gartenmauer. Er war groß, ein wenig gebeugt, mit rundem Thorax, reifen Leibs, mit der Gesichtsfarbe der Kelten: aber mit leicht schlaffer Haut und müde im Aussehn, trotz des herrlichen Morgens. Der Anzug gerade noch schicklich, mit hochgeschlossenen Schuhen aus Ziegenleder, rabenschwarz, mit schwarzen Senkeln: und doch, hier im Land, wenig geeignet, ihm die Achtung der Tennisspieler oder die Sympathie der Spielerinnen zu erringen. Er war außerordentlich höflich. Seine Person war nicht mit Pullover geschmückt, noch mit anderen Kleidungsstücken, die besondrer Erwähnung würdig. Eine leichte Prognathie des Gesichts, fast wie das Heischen eines Kindes, das sich dann zum Muffel eines melancholischen Tiers verwandelt hatte, verlieh seiner Rede, wenn auch nicht immer, jenen unangenehmen Ton der Ratlosigkeit und Ungewißheit: und schien einen gewissen Abstand von den Lebenden auszudrücken. Ein Abstand, so meinte der Doktor, der vielleicht mehr erlitten als gesucht war. In manchen Augenblicken hatten gewisse Gesichtszüge etwas Hampelmännisches, einen fragenden Ausdruck, dem von vornherein Abweisung bestimmt war. Die Leute, sagte man sich, wenn man ihn so sah, haben doch zu jeder Stunde Interessen und Sorgen, die sie beschäftigen: sie haben doch keine Zeit, sich mit Hampelmännern abzugeben.

Seine Worte waren knapp und karg, wie sein Gewand: und alles andere als aufsässig. Er dachte keineswegs an sich selbst, noch daran, eine Rolle vorzutäuschen – so hätte man gewettet: etwa die des Kriegsteilnehmers. Er begrüßte den Doktor, den er lange nicht gesehen hatte, mit herzlichen, aber kurzen Worten: und bezeugte ihm seine Wertschätzung. Mit angeborenem Anstand nahm er die vier Millimeter salzfarbner Bartstoppeln zur Kenntnis, die dem Doktor das eigentlich spitze Kinn verbreiterten: und schien es als mehr denn selbstverständlich hinzunehmen, daß er sich bald darauf von diesem Striegel den Rücken und die Brustwarzenregion, das Epigastrium und den Abdomen würde stechen lassen.

Seine Agnaten d'Eltino oder del Tino wogen in seiner Haltung nicht mehr denn als entfernte Ursache eines ärmlichen Effekts, dessen Gründe man längst vergessen hat: ebenso wie aus seinem Familiennamen die alten Denksteine des Friedhofs vor den Mauern verschwunden waren. Und die Mauern zerstört. So geschieht's, in den Gäßchen der Stadt, daß man sich plötzlich nach der Herkunft eines Prellsteins fragt: und dieser ist, zwischen den überlebenden Mauern, ein Überbleibsel verlorner Gründe. Vielleicht aber war jene so menschliche, so überflüssige und ein wenig traurige Korrektheit eine Art, die nicht vom Heutigen, sondern von fern her kam.

3

Auf Fordern des Arztes zählte er seine neuerlichen Leiden auf, die üblichen. Der Arzt wiegte den Kopf und sagte, er wolle ihn untersuchen. Sie stiegen ins Geschoß der Schlafräume hinauf, er voraus. Sie traten in ein großes Zimmer mit gelblich getünchten Wänden und zwei Fenstern – eins davon in offner Helle auf die Robinien, die Zikaden – und zwei Betten. Die Berge des Nordens. Fast schwarz, mit Kreuz- und Querbalken, die Decke: mit Leinöl gestrichen in rauchiger Farbe, wie es in Spanien einst üblich war.

Der Sohn entledigte sich der Jacke, streckte sich aufs innere Bett, das seinige: mit schneeweißen Decken, genau wie das andere, und aus schwerem Nußbaum: daß man den Holzwurm dort mühselig bohren hörte, mit hartem und kurzem Geräusch, wie Korkenzieher, nach lahmen Intervallen. Auf dieser klösterlichen Reinheit gaben der lange Leib und die Erhöhung des Bauches das Inbild eines in Ehren verschiedenen Oberingenieurs, wären nicht die Färbung des Gesichts, auch der Blick und der Atem gewesen, welche die schwere Unbewegtheit des Hauptes überwogen, das ein wenig einsank ins Kissen, das weiße und bauschige, über und über berüschte. Allsogleich adelte diese sanfte Frische die Stirn, das Haar, die Nase: man hätte an eine Maske gedacht, die der Gipsmaskensammlung der Nachwelt zuzuweisen wäre. Es handelte sich hingegen um das Gesicht des einzigen lebenden männlichen Pirobutirro, der zu den Balken der Zimmerdecke emporblickte. Flach ausgestreckt auf dem Weiß.

Die beiden spitzen Schuhe, blank, kohlschwarz, schienen wie ein Paar Pfefferschoten, nur umgekehrt zugespitzt. Indem er weiße, lange Finger über die Knopflöcher und Hosenträger bewegte, bereitete sich der Tote zur Auskultation. Von der gegenüberliegenden Wand, zwischen den Fenstern, aus einem nußhölzernen Rahmen der kühne Blick des Generals Pastrufacio als Daguerreotyp. Er leibte dort als Brustbild im Halbdunkel, mit dem Poncho und, über der linken Schulter, zwei Knoten eines südamerikanischen Halstuchs: und auf dem Kopf jenes ihm zugehörige Käppchen, halb familiär, halb zöllnerhaft zylindrig, ringsherum geschmückt mit Kokarden aus Goldfransen wie Zirruswölkchen, seltene Eicheln, Weingerank. Das blonde Haupthaar des Helden, das viele Jahre zuvor sich im Fixierbad aufgehellt, fiel ihm harmonisch zu den Schultern, und dorten angelangt, hob sich's sanft zu äußerst nobler Rolle, wie aus einem Pinsel des Mantegna oder des Giovanbellino: als wäre ein Page der d'Este oder Montefeltro in die Pampas ausgezogen, in den Jahren der Fahnen und der Flinten. Die Fünfzig überschritten, die Wangen und die Partien unterwärts der Lippen füllig mit männlich reichem Haarwuchs, von volkstümlicher und antiker Kraft: gehärtet durch das Übermaß der Kriege und den Rahmen eines Konterfeis überwallend.

Die Untersuchung war »gewissenhaft«. Der Doktor knetete den Ingenieur die längste Zeit und gar mit beiden Händen, als wollt' er ihm die Eingeweide herausdrücken: er schien einer Wäscherin gleich, die über dem Weißzeug wild geworden war, am Ufer eines Bächleins; dann, als er die Kutteln losgelassen, horchte er ihn allerorten ein wenig ab, hierhin und dorthin springend mit dem Kopf, das heißt mit dem Ohr, und kratzte und schabte ihn mit dem Bart. Dann hielt er ihm das Stethoskop aufs Herz und auf die Lungenspitzen, sowohl hinten wie vorn. Abwechselnd auskultierend mittels der Digital-Perkussion und der Digito-Digital-Perkussion, sowohl Bronchien wie Lungen und dann, aufs neue, den Bauch. Er befahl ihm: »Drehen Sie sich um«, und wieder: »Drehen Sie sich zurück.« Beim Abhören des Rückens, wenn er auf dem Bett saß, ganz nach vorn gebeugt, die Wölbung und die Falten des Bauches zwischen den Schienbeinen, zum Wanstaufplatzen, und das Gesicht zwischen den Knien, das Hemd über den Kopf gestülpt wie von einem Windstoß, oder auch wenn er bäuchlings lag, halb schräg, Unterhose und Hose ohne Halt, dann schien der Doktor ihm telephonisch seine Wünsche zu übermitteln; er ließ ihn mehrmals husten, räuspern und nochmals husten. Und der Ingenieur war gern bereit, das Gesicht zwischen den Knien, die Wünsche mit Anstand auszuführen.

Damit war die Visite beendet.

Vom offenen Fenster das Licht des Landes; gescheckt mit jenem endlosen Gesirr.

Der Kranke, vom Bett gestiegen, ordnete sich wieder; seine nutzlose Gestalt erholte sich von einer durch Tatsachen nicht begründeten Schmähung, der Doktor gestand ihm, mit leichtem Schuldgefühl, daß er nichts Besorgniserregendes gefunden: er schüttelte den Kopf: nichts, absolut nichts. Er verschrieb Sedobrolwürfel, je einen, in einer Tasse lauwarmen Wassers aufgelöst, zweimal am Tag, zwischen den Mahlzeiten. Lauwarmes Wasser... Ja, genau... Wasser, Wasser. Er wurde ungeduldig, weil der Ingenieur ihm einige Fragen stellte wie ein Dummkopf; vielleicht war's Zerstreutheit. In einer Teetasse... Aber gewiß, gewiß, natürlich... aber sicher... so daß eine Tasse Brühe entstand... ja, kurzum... eine Suppentasse. Wismut, wenn er wolle, aber es sei nicht vonnöten.

Und die Zikaden, das Volk des unendlichen Draußen, Herren des Lichts.

Der Sohn dankte für den Rat. Nahm aus der Hand des Doktors das Blättchen entgegen mit dem Rezept, las mit einem Blick die kurze Aufzeichnung und den Vordruck mit der Nummer des Telephons, deponierte es auf dem Tisch, der jenseits der Betten stand, unterm ersten Fenster; beschwerte es mit einem kleinen, blanken Polyeder aus geschliffnem Kristall, durch und durch Licht. Er schien der Bestätigung des Arztes keinerlei Gewicht beizumessen, auch nicht mehr der Zeremonie, welche ihr vorausgegangen: schien vielmehr, als er sich nun die Weste zuknöpfte, das Übel vergessen zu haben. »Le mal physique« – in diesem Fall: das sichtbare Übel.

Doch etwas anderes war weiterhin vorhanden: die Augen

betrübten sich noch mehr, mählich änderte sich sein Ausdruck, wie bei der Wiederkehr eines schmerzlichen Gedankens, der vorübergehend eingeschlummert war; im ganzen Gesicht las man ihm Bestürzung, Angst, welche »einer neuen Krise des Mißtrauens in das Leben« zuzuschreiben der Arzt bei sich nicht einen Augenblick zögerte. Und sicherlich auch, gewiß, gewiß, »den Nachwirkungen einer gastrischen Störung, die ihm im vergangenen Jahr erheblich zugesetzt hatte«. Seit langem kannte er übrigens die plötzlichen Veränderungen im Aussehen und im ganzen Gehaben seines Schützlings. Die Augen schienen jedes Wort des Trostes zu erheischen und gleichzeitig von sich zu weisen. Eine unerforschte Trübheit und, so hätte man sagen können, eine allgemeine Stumpfheit der Sinneswahrnehmung bildeten die Note der Geruhsamkeit in dieser Physiognomie ohne Relief: und dann, ganz plötzlich war's Relief mit gar unangenehmen Erhöhungen. Der Blick entzündete sich in einer von Scheu verhohlenen Scharfsichtigkeit, in einer Art kindlicher Fixigkeit, das Wort belebte sich, um gleich wieder im Sand zu verlaufen, wie bei einem von den Schmähungen der Mitmenschen sogleich Überrannten. Manchmal fand die Strenge der Inquisition kurze, harte, strenge Töne, die furchterregend hätten sein können, wenn eine pragmatische Überlegenheit, sei's Haß oder Reichtum oder Macht oder Amt, sie hätte auszunützen vermocht. In diesem Augenblick schienen die Augen die Gewißheit der Armut auszudrücken, mit verzweifelter Würde die Einsamkeit zu betrachten. Der Arzt und Vater jedoch bestand auf seiner Meinung, daß auch der Schiffbrüchige, wenn man nur wirklich wolle, aus den Fluten gefischt werden könne, aus der heulenden Nacht: das Gewebe der Gesellschaft kommt dann zu Hilfe: und agiert gegen die Todesstarre des einzelnen mit der nie verlöschten Kraft des Erbarmens, ein Werk wie künstliche Beatmung, die dem Erschöpften, nach dem azurblauen Hauch der Hoffnung, die rote Wärme des Lebens wiedergibt. Der Schützling schwieg. Er glaubte, ihm entgegenzukommen, indem er eine Einladung wagte, und brachte sie vor in jenem ihm eigenen, leicht mürrischen und doch herzlichen Ton: er lobte also, indem er den Kopf einen Moment aus dem Fenster reckte, die Jahreszeit und die Gegend: »... solche Tage, wie wir sie jetzt haben!... Sehen Sie nur!... ein Verbrechen, sie nicht auszunützen... wie Sie es tun.« Er lobte aufs neue die Berge, nannte einige davon mit Namen. Dann die Gewässer. Dann das Klima und die Frische des Serruchón, Zephire und Balsamlüfte. Dann kam er von der Gedeihlichkeit der Luft immer höher hinauf, hinauf, zum Azur der Himmel, dann zur neuasphaltierten Landstraße, zu den Römern von einst und den Chryslern von heute; bis er schließlich, immer noch zerstreut und als ob er ganz zufällig und zu sich selber spräche, zwischen einer Wolke und der nächsten, sich so weit gehen ließ, daß er ihm einen kleinen Ausflug im Automobil vorschlug, für den morgigen Tag, mit der Juana und der Pepa.

»Meine Pepa wird chauffieren... wenn Sie sie sehen würden!... Alle sagen es... sagen, die ist geradezu am Steuer geboren!... Nun... Sie kennen sie ja, meine Pepita... Ein Teufelsmädchen!... Ein Teufel in Weiberröcken...«

Der männliche Abkomme des Gonzalo Pirobutirro d'Eltino zuckte mit keiner Wimper: er blickte hinaus über die Dinge, über die Möbel: eine unerklärliche Betrübnis spannte ihm das Gesicht oder vielmehr die ganze Gestalt. Wie jene, die dort einen Bruder haben oder einen Sohn: und sie hinfortschwinden sehen, an Alpengründen ohne Wiederkehr, von Wolkenbauschen umblüht, in einem fernen Grollen. Der Korkenzieherholzwurm hielt nicht inne in seinem Werk; sobald er allen Unterbruch gehäufelt, stürzte er von neuem darauf, sich ins Gedächtnis zu rufen.

»So allein und immer am Lesen: oder schlimmer noch, am Schreiben! Aber was zum Teufel lesen Sie denn überhaupt?... Was schreiben Sie denn?... Ihre Memoiren?... Aber warten Sie doch lieber damit, bis Sie neunzig sind!... Solche Tage! Und in dieser Umgebung!... Genießen Sie doch die frische Luft, das Licht. Bewegen muß man sich, bewegen... wandern... sich an der frischen Luft besaufen, Sie auch, wie alle anderen... Gucken Sie doch die anderen an, wie die alles mit Philosophie zu nehmen verstehhen... den Borella... den Tabacchi... den Pedroni...«

Es waren dies jüngst zugewanderte und höchst sachverständige Salatpflanzer; von zweifelsfreier arischer Rasse, wie man aus ihren Namen schließen konnte! Die Umarmung ihrer Villa, wohlgemerkt jedem die seinige, hatte sie zu jener Form unerweckbarer Betäubnis geführt, die, wenngleich hochrot und selleriegestärkt, eine der glücklichsten Zustände der serruchonischen Sommerfrische ist.

Vom Abendstern zum Morgenstern jaulte ihnen ein beißkorbloser Hund in die glücklichsten ihrer Träume, während die Nachtwächter von draußen her ihr Wächteramt besorgten.

»Aber sehen Sie denn nicht? Was für herrliche Tage?... Was für eine Sonne?... Los, los!... Lernen Sie auch das Chauffieren... Die Pepa kann Ihnen ja Unterricht geben... die ist auch so ein Teufel... Sie werden sehen...«

»Ich glaube es, Herr Doktor, und ich danke Ihnen«, entgegnete der komische Mensch zeremoniös, »aber morgen vormittag muß ich wieder... das heißt... ich werde wohl um elf Uhr abreisen...« Die Stimme erstarb ihm auf halbem Wege, zwischen Zäpfchen und Lippen. Er fügte einige Verpflichtungen an, die ihn schon morgigen Tags entführten aus dem Frieden der Villa (die da in der Tunke von Licht und Zikaden lag) und ihn, zu seinem unendlichen Bedauern, dran hinderten, an einem so wünschenswerten Ausflug »mit Ihren beiden Fräuleins« teilzunehmen. Er sagte auch, wie um die Rechtfertigung noch zu übertrumpfen, daß er sehr bedaure, nicht chauffieren zu können. Damit aber hatte er einen Fuß in der Falle. Die Dämlichkeit dieser Bemerkung nach der erfolgten väterlichen Anregung des Fahrunterrichts wäre jedem anderen, der weniger zerstreut und weniger verlegen war als er, sofort aufgeblitzt.

»Aber wenn ich Ihnen sage, daß meine Pepa fährt... doch, doch... die Pepita... Sie kennen sie doch, nicht?... Aber Sie haben doch schon so oft mit ihr gesprochen!...« Dem Sohn Pirobutirro sah man an, daß er im ungewissen tappte: allzu leicht verwechselte er die Juanas mit den Pepitas und mit den Teresitas: aber noch mehr verschreckte ihn der Salat der Marien und der Marien-Abwandlungen, das heißt der Mary, der May, der Maria Pia, der Annemarien, der Marisen, der Luisamarien, der Marietheresen, um so mehr, wenn er entdeckte, daß sie Schwestern waren, immer zu fünf und fünf, die er im Tumult der Nachmittagsjausen voneinander unterscheiden mußte, nach erfolgter schematischer Vorstellung: »Also, ich sage Ihnen, daß das ganz gleich ist«, fuhr der Doktor fort; »Sie werden bequem sitzen wie ein Papst; vielleicht vorn, wo es nicht so schüttert... und wo man die Gegend am besten sieht... und sie in ihrer ganzen Herrlichkeit genießen kann... Und die Pepa wird chauffieren. Haben Sie kein Zutrauen zu meiner Pepa?«

Oh! gewiß! Er hatte volles Zutrauen zur »Señorita Pepita«. (Diese Namens-Abstraktion brachte ihn ganz aus der Fassung.) Er bedankte sich aufs neue; in den wärmsten Tönen. »Aber es ist mir nicht möglich...« Er stieß einen Seufzer aus. Er war sehr bedrückt. Fast verärgert. Er war überaus höflich. Ein Gefühl des Unwillens, der Verwirrung war in seinem Blut: eine unsagbare Bangigkeit rings ums Gastricum, dort, wo der Duodenum sitzt, wie Blei: ein Ausdruck von Schuld, von Unzulänglichkeit, in seinem Verhalten. In seinem nun müden, verschleierten Auge sammelten sich schmerzliche Dinge, ferne Dinge. Zu fern von diesem Gespräch.

Derweil hatten, mit zwölf Schlägen, die Mittagsglocken in den Hügeln, jenseits der Schindeln und dem Rauch der Kamine, das Vollgetön der Glorie ausgetragen. Zwölf Tropfen wie von ruhender, himmlischer Bronze waren nacheinander hinabgefallen, einer hinter dem anderen, unwiderruflich, aufs glänzende Laub des Banzavois: wenn auch vom Gewirr der schlangenhaft weichen, befleckten Schrecknis des Tabaks nicht bemerkt. Die Urmütter des Klangs schwangen sich ganz plötzlich sieghaft über Robinien, über Zikaden und Hainbuchen und über alles: in diesem Werberuf ihrer selbst: der hereinbrach in die unendliche Blindheit des Lichts. Das Gekreische der Tiere des Lichts ging unter im Spülen bronzener Wellen: sie überfluteten das Gelände der Sonne, das verzweifelte Eilen der Straßen, die großen, grünen Blätter, unendliche Laboratorien des Chlorophyll: fünfhundert Lire von Wellen, von Wellen!, fünfhundert, fünfhundert, genug, genug, Señor Francisco, aber der ist doch harmlos... Von Wellen, von Wellen!, aus dem Turm: vom strumpffarbenen Kampanile, dem Urheber dieses tridentinischen Gelärms. In wütender Syzinide boten sie ihre Innereien dem Blick, um sie dann bergwärts zu kehren, wellenweise, Tumult des dinglich gewordenen Allmächtigen, zwitterhafte Bacchantinnen der gemeinderätlichen Libido jedes beliebigen ergrauten Stifters. Umgestülpt in ihrer Torheit und Schamlosigkeit hielten sie abwechselnd die Klöppel wie verrückte, patzige Pistillen, dann wieder die verhärtete Unergiebigkeit des Genicks dem Hunger der Armen feil: und das Rad, zu seiten einer jeden, mischte sich in das Muster: es waren die Gewinde der riesigen Bronze, die tobte, wie gestoßen vom Sturmwind der Narrheit. Trunken von Klang schaukelten sie hin und wider, um sie auszuschütten, die Glorie, Glorie, Glorie!, deren sie voll waren: um über jedes Gefild die lärmende Ankündigung zu gießen, von ein wenig Puchero; einem Gericht gewiegter Zichorie, zubereitet mit Leinöl.

Die beiden verließen das Zimmer. Der Doktor schien nicht nachzugeben: »... wir werden Sie auf alle Fälle erwarten...«: er pochte auf den unwidersprechbaren Wert dieser Ankündigung, auf die vollendete Tatsache: »Sie halten's dann, wie Sie wollen...«, und diesmal war's der ruhige Ton des Rechtlichen, des Schwachen, der sich der Unbill nicht zu erwehren vermag. »Morgen früh um sieben, ein Viertel nach sieben... ist Abfahrt!« Aber diese Stunde mit Gold im Munde erschöpfte schließlich die Geduld des bockigen Patienten, den alle freundschaftlichen Verkündigungen von Glück in unerklärbaren Schrecken versetzten.

»Spätestens um halb acht... wenn der ›Seegrün‹ noch im Schatten liegt... Wenn Sie sähen, wie schön das ist... Und Sie werden dann ja feststellen können, endlich, ob die Pepa gut chauffiert... und wie sie es macht!...«

Sie begannen die Stiegen hinabzugehen, langsam, der Doktor voran. Er hielt auf jeder Stufe inne, ohne sich umzuwenden, wie im Selbstgespräch: »Man kann behaupten, daß alle sie kennen, auf allen Straßen des Serruchón!... Von Iglesia bis hinunter nach Prado: von Novokomi bis Terepàttola. Wie ein Blitz! Man braucht sie nur daherkommen zu sehen. Oder auch nur von weitem, wie sie eine Kurve nimmt: mit welcher Gelassenheit, mit welcher Eleganz!... daß alle gleich sagen: Das ist sie!«

Wenige Tage zuvor war die Señorita Pepita auf der Straße nach Iglesia (mit abgestelltem Motor) gerade in die

Kurve am Kilometerstein neun eingebogen, als ihr plötzlich der Recalcati zwischen die Scheinwerfer, um nicht zu sagen, zwischen die Beine, geriet: ein Älpler von Iglesia, der mit kleinen Käselaiben zu den Märkten hinabgestiegen war und der als ein Charaktermensch galt, wie überhaupt die Älpler. In der Tat unterbrach er, mit der leeren Kraxe auf dem Buckel, wegen des Zusammentreffens mit einem Lastwagen voller Zementsäcke, plötzlich dieses so flüssige Gleiten, welches die Señorita ohne Benzinverbrauch bis zu den ersten Häusern von Prado getragen hätte.

Das Mädchen, das sich zu einer Notlösung gezwungen sah, begegnete der Aufgabe wie gewöhnlich mit meisterhafter Hellsicht. Und nachdem sie das Opfer plötzlichen Abbremsens gebracht (das Herz machte tacktacktack bis hinunter in die Strümpfe), blieb ihr noch genügend Puste, um dem Recalcati einen Schubs und noch einen zu geben, mit Hilfe des Kotflügels, aber so geschickt, so abgewogen, daß sie den Charaktermenschen samt seiner Kraxe schnurstracks über den Graben beförderte, platt an die Mauer der Villa ›Giuseppina‹, ja genau, genau. Die Namensgleichheit zwischen ihr und der Villa brachte ihr Glück. Der starke Sohn der Berge, nachdem er die Mauer geschmeckt, die Ansicht des Arztes gehört (nicht die des Papas natürlich), dem Präfekten gelauscht, kapierte, zugleich mit den anderen, daß kein Anlaß gegeben war – no hubo elemento –, auch nur »einen Centavo Schadensersatz einzuklagen«: weder von ihr, Higueroa Pepita, Tochter von Felipe y Carlotta Morelli, noch vom Señor Bertoloni, dem verantwortlichen Inhaber der Villa ›Giuseppina‹.

»Muy bien, la muchacha ... muy bien ... muy bien ...«, murmelte der Sohn wie zu sich selbst, indem er sich den Vorfall ins Gedächtnis rief, mit verkniffenen Zähnen, als ob er an einem Zahnstocher herumbisse. Der Doktor hatte offenbar noch Zweifel: »... Letzte Woche ... Donnerstag, den 22. ... das werden Sie sicher auch gehört haben ... weil es sich schon eine Stunde später überall herumgesprochen hat ... Es war wohl gerade fünf oder halb sechs ... einen Kilometer hinter der Schenke, nach der Pergola, können Sie sich's vorstellen?, wo die schlimmste Kurve des ganzen Bezirks ist ... dort, am Portiershäuschen der Bertoloni ... Nun, ich will nicht gerade sagen, daß sie dem Recalcati das Leben gerettet hat ... Sie wissen schon, der mit den Käselaibchen ...« Der Sohn mußte wohl oder übel gestatten, daß auch die Käselaibchen in den schmerzlichen Kreis der Wahrnehmung eindrangen. Es war das Gepäck der Welt, der phänomenalistischen Welt. Der Ablauf einer Aufeinanderfolge, die, von der Zeit herkommend, reich und vielfältig sich abspult: zwischen dem Gepränge der gestifteten Riesenglocke, der dargebrachten: offero, obtuli. Und die von der Zeit und von den Seelen erzählten Dinge rutschen herab in die Offensichtlichkeit des Tags, aus ihrer dümmlichen Unterwelt: wie aus dem reichen Füllhorn die wunderbare Kaskade der Äpfel, der Pfirsiche, der trockenen Feigen.

Er ordnete sie ein, wie er's vermochte, die Käseformen, in dies ärgerniserregende Feld der Nicht-Formen: in diese Karawanserei der Verhinderungen jeglicher Art: Zikaden, Zwiebel, Holzpantinen, hebephrene Bronzeglocken, paläokeltische Josés, jahrzehntetreue Battistinen, Kropfkretins von Anbeginn: den ganzen Acheron der mala suerte, vom Verstand und Vorgefühl der Väter hergeschwemmt, die fröhlich-heiter daraus lasen, aus diesem Strom von Pech und Teer, die geliebte Normalität des Zufalls daraus lasen, die gedeihliche Einfalt ländlichen Brauchs.

Und er erblickte im Spiel der Gedanken die schöne ländliche Szene mit der Kraxe und dem Kotflügel, Traum eines Gobelinbilds: des fünfzehnten Ludwig in modernisierter Form: »Les quatre saisons. L'été«. Lauter Sicheln, lauter Kraxen, lauter Garben, lauter Kühe, lauter Dörfler: und die Pepita, die mitten hineinplatzte. O jene so abgemessene und venunftvolle Beschleunigung, die – hinterrücks – dem saumseligen Schritt der Engstirnigkeit zugefügt wurde!

Aber alles der Zeit Gehörige wurde ihm Müdigkeit, Stumpfheit. Das Geschwätz machte keine Anstalten zu gerinnen. »Übrigens könnten Ihnen meine Mädchen Fahrunterricht geben. Wer kann heute nicht Auto fahren?... Sogar die Tante des Manoel Torre hat's gelernt, die Alte! Und wie sie galoppiert!... Ich sehe sie ja jeden Samstag nach Prado hinunterfahren, zum Markt, sobald sie Erbsen oder Tomaten brauchen... Ich bin sicher, daß auch Sie nach der dritten oder vierten Lektion sehr gut abschneiden würden«, er hob die Schultern: »Meinen Sie nicht?« Dann senkte er die Stimme, als ob er ihn in ein Geheimnis einweihen wollte: »... bei Ihrer Intelligenz... mit all der Mechanik, die Sie im Kopf haben... «

Die Idee von den Fahrstunden war nicht bös gemeint, armer Doktor. »Und glauben Sie, es würde Ihnen Spaß machen... Was wollen Sie, lieber Señor Gonzalo, in dem Alter haben sie Quecksilber im Blut... « Auch das Quecksilber wurde vom Sohn mit einem Lächeln aufgenommen: kurzes Lächeln, knapp abgesteckt, das dem Gespräch keinen Schritt vorwärts gestattete. Am Treppenabsatz angelangt, der als Vorraum diente, schleiften sie nun die Füße über die Fliesen, alle beide, als wollten sie den Stein prüfen: der Doktor ergriff sein Stöckchen, das er in eine Ecke gelehnt hatte.

Sie traten hinaus auf die Terrasse, von der aus man den Sommer betrachtete, südwärts und westwärts. Die Glocken schwiegen: die Zikaden übervölkerten die Unendlichkeit, das Licht. Ein Geruch von Puchero, im Familienkreis verzehrt, war auf das lithurgisch-versammelnde Metall gefolgt. Die Terrasse liegt auf der gleichen Höhe wie der kleine Garten hinterm Haus, mit dem sie direkt verbunden ist über das geringe Hindernis einer Serizitstufe. Dieser dreieckige Garten und ein wenig Küchenbeete, winzig klein, mit Zwiebeln und Rebhag, mit dem Feigenbaum, voll Schatten und Frische am Vormittag, verstattete es jedem, von rückwärts ins Haus zu gelangen, wenn er das grüngestrichne Eisentörchen aufstieß, durch welches der Doktor eingetreten und nun wieder hinauszugehen sich anschickte. Das Haus fügte sich, von Süden gesehen, weiß an Seite und Sims, in die letzte Bodenstufe: die einen Höhenunterschied von 4,25 Meter ausmachte: die Höhe eines Stockwerks. Von vorn, der Sonne zu, hatte es ein Stockwerk mehr.

Von der Terrasse aus verlor sich schweifend der Blick, unbegrenzt bis in die fernen Hügel, und ferner noch, vielleicht, bis an die Sonne. Verlöschte in späten Horizonten: an den letzten Rauchsäulen der Fabriken, kaum erkennbar im Dunst, ruhte auf Villen und Gärten, auf grünenden, antiken Büschen rings um das milde und vertraute Gewahrsam der kleinen Seen.

Ebenen waren sie, blau, milchig, künftiges Torfland, inmitten der tausend gefälligen Erhebungen einer heiteren Landschaftsbeschreibung, die der Weg der Grazien gekreuzt. Land im Gewand des August, gesprenkelt mit Namen und Orten. Land war es, von Leuten und Volk im Gewand der Arbeit.

Sowohl der Doktor wie der Sohn hielten inne, traten ans Geländer, angerufen von dieser Anzeige des Lebens. Alles mußte sich weiter fortsetzen, sich weiterdrehen, sich vollenden: alle Werke. Das Morgen, wenn es mit goldnen Lidern an den östlichen Rändern erschien, würde die Dinge erneut vorfinden: wie der Schmied den Hammer wieder ergreift, wo er ihn an der Esse gelassen. Mit hängenden Schultern, ins Schauen vertieft, hielt der Sohn die beiden Hände auf dem hölzernen Geländer, die Arme gespreizt und offen, wie müde Flügel. Er schaute leidvoll. »Meine Mutter ist gealtert...«, sagte er. Und dann mit Heftigkeit: »Seit Jahren... ich bin verzweifelt...« Er sprach diese letzten Worte wie aus dem Traum: und die Stunde von einem fernen Turm schien zu sagen: »Alle Handlungen sind vollbracht.« Eine außergewöhnliche Vorwegnahme, wie ein grausamer Scherz, stürzte diese verlogne Wortfolge herab auf die außergemeindlichen Hühnerställe: aber nicht für lange, nicht für lange!, und die Stunde der Wahrheit würde schlagen, der schlimmen Wahrheit: das unwiderrufliche Dekret von Lukones. Daß man's zurückzöge! Der Arzt blickte ihn an. Nun hielt er die Hände unter dem Leib verschränkt, wie die Mönche sie halten, die Finger verkreuzt, als ob er betete, weiße, lange Finger, ein wenig breit an den Knöcheln: ungewohnt, das war klar, der Mechanik, des Motors oder der Pumpen oder der schmutzigen Arbeit. Ein tristes Gesicht, kindlich ein wenig, mit verhangenen Augen voll Trauer, mit vorspringender, fleischiger Nase wie ein abgeirrtes Tier (zwischen Tapir und Känguruh), wandte sich's hinüber, über die Mauer, bergwärts, zum jenseitigen Blau: von dort, vielleicht, die Himmel und Öden, das Nichts. Die Mutter, vom Friedhof heimkehrend, mußte um die Ecke des Hauses vor dem Gatter auftauchen, mit dem alten Schirmchen, das ihr als Stock diente: die Mutter! Nachdem sie die Stufen heruntergestiegen, vom kleinen Gatter, durch das jeder unbehindert eintrat, gebeugt, vielleicht von der Dienerin gestützt, mit dem einen Arm, damit sie nicht stolpere. Nachdem sie langsam den kleinen Kiesweg der Mauer entlanggeschritten, demütig, durchs Knirschen der Steine angekündigt, Geraun des späten Schritts. »Ich weiß nicht, was mir in den Kopf gekommen ist... Ich habe ihr Vorwürfe gemacht, weil keine Blumen auf dem Grab sind... Und so wollte sie selber hingehen... bei diesen schlechten Straßen!...« Er schritt vor bis zur Ecke des Hauses: blickte angstvoll die Straße hinab, die von den obersten Villen herunterführte, die die Mutter durchwandern mußte, Stein auf Stein, auf dem Rückweg vom Friedhof... Er kehrte auf die Terrasse zurück. »Ich habe es ihr gesagt, damit sie den José beauftragt, ihren lieben José, den Peón... den vergötterten Mitbürger, dessen Steuern wir zahlen... den wir bezahlen... « Der Doktor hieb, mit gesenktem Kopf auf seine linke Wade: »Dem wir das Licht... und die Wohnung... das Holz... die Tinte... rechtmäßig bezahlen... damit er sich herbeiläßt, durchs Haus zu klappern, mit seinen dreckigen Hosen, die er sich notdürftig überzieht... Zwei Geranientöpfe, zumindest, fürs Grab.... Aber er sagt, die gedeihen nicht... Und die Mutter wollte selbst gehen, daraufhin, vor Angst, daß ich schelte... «

Ein leichter Schritt, ein geschwinder, sorgloser Tritt und das flinke Kollern der Kieselchen, nachdem das Gatter gekreischt, kündigten unverhofft, daß jemand sich nahte, offensichtlich ein Knabe. Um das Eck des Hauses kam schwitzend ein Junge gelaufen; plötzlich, als er die zwei Männer gewahrte, hielt er inne im Lauf, ein wenig enttäuscht, als wär' ihm die Aussicht auf ein Bonbon entschwunden. Mit kaffeebraunem Hemdchen, ein Heft in der Hand, und nackigen Beinen. Die Knie voller Schnitte und Schrammen waren das bezeichnendste, außer dem Knabenhaften im runden Gesicht, dem schweißbeperlten. Er keuchte ein wenig, wie eine Lokomotive, die auch nach dem Halten noch schnauft, ungeachtet der Gegenwart der Maschinisten. Es war ein gesunder Junge, mit kaffeebrauner Brust, an die zwölf Jahre alt, die Augen bar aller Kritik: die ganze Welt mußte, für ihn, wie eine Art säuerliche Birne sein, an die man nicht die Zähne setzen kann. Seine noch nicht mit dem Wort begabte Seele zeugte von Gedächtnislosigkeit.

Er schwieg und schaute, stand aufrecht und still, mit seinen Beinen: »Was willst du?« schrie ihm der Sohn böse zu, als wäre ihm über dem Schweigen die Geduld gerissen. Und jener, ohne sich zu nähern, stotterte von fern ein paar Worte wie Nachhilfestunden, Französisch... die Señora. »Mach, daß du fortkommst!« herrschte der Sohn. Mit unbegreiflicher Strenge, die ihn von dannen trieb: und den Doktor bestürzte.

»Aber ist das nicht der Enkel vom Di Pascuale?« fragte er.

»Ich weiß nicht, wer er ist und wessen Enkel... Das, was ich weiß, ist, daß meine Mutter kindisch geworden ist... wie alle alten Leute...«, sagte er erregt. Der Doktor klopfte sich mit dem Stöckchen die Wade. »... daß sie Güte und Freundlichkeit ausbaven muß über jedem dahergelaufenen Kalb... über jedem zugelaufenen Köter... Auch die Enkel vom Stabsarzt in Sommerfrische, neuerdings... die sie repetieren läßt: choux, bijoux, cailloux, die armen Lieblinge... auf daß man brav und tüchtig wird!« Er schrie. Schien verrückt geworden. »Brav und gütig... muß man werden... bis daß die Geranien, die Gänseblümchen uns für unser mustergültiges Betragen belohnen... für unsere endgültige Güte...«

»Er ist ein ausgezeichneter Arzt...«, wagte sich der Doktor wieder hervor mit seinem etwas brummligen Diskurs, der, immer gesenkten Hauptes, fast wie ein Monolog dahinlief. »... und, ich glaube, auch ein höchst ehrenhafter Beamter...«: der Ärmste, er schien ein »a parte« zu rezitieren, auf der Hofbühne.

»Das ist kein Grund, um sich die ganze Kaninchenbrut

seiner Enkelkinder ins Haus zu ziehen!... Das Französische sollen sie gefälligst in der Schule lernen... dafür ist die Schule da... Und wenn sie es nicht erlernen«, er starrte den Doktor scharf an; »wenn sie es nicht erlernen... zack!«, und er machte eine Bewegung, als wenn er jemandem einen Hieb auf die Beine versetzte, einem Pferd etwa?, jemandem mit langen, nackten, graden Beinen. Er legte den Kopf schräg, um das Zucken der Schulter zu begleiten, die heftige Bewegung des Arms, als ob er tatsächlich eine Peitsche in der Hand hielte. Eine unglaubliche Wut verwandelte seine zusammenhanglose Physiognomie. »Und sie erlernen es nicht... werden es nie erlernen!... weil diese Kälber keine Sprache besitzen... weil sie es nicht imstande sind, auch nur zwei Präpositionen auf kastilisch zu schreiben... Aber dann, zack, zack, zack!... Auf die nackten Beine... So sieht die Güte aus, das Erbarmen!...« Er brüllte. »Französischstunden, hier bitte! Für die Kälber... und gratis. Am Rand des Grabes... Alles für die andern!... für den Peonen... für das Enkelchen... was immer es sei, wenn es nur für die anderen ist!... für die anderen!«

Der Doktor schwieg, verwirrt: schämte sich des halbzentimeterlangen Bartes, mochte man meinen: in Wirklichkeit aus Verwunderung, schmerzlichem Staunen. Ohne im geringsten Rechtfertigung zu finden für das, was er hörte, begriff er doch, daß etwas Grauenhaftes in dieser Seele brodeln mußte. Er wollte die Ideen des Kranken in andere Bahnen lenken, sofern es Ideen waren.

Der Sohn raffte sich wieder zusammen: schien aus einer Halluzination zu erwachen: blickte ihn an, als ob er ihn fragen wollte, ihn: »Was habe ich gesagt?«, als ob er flehte: »Sagen Sie mir doch, was ich gesagt habe!... Ich fühlte mich unwohl! haben Sie nicht gesehen? Haben Sie nicht gesehen, daß mir nicht wohl war?... Warum haben Sie mir nicht geglaubt, warum haben Sie mir nicht beistehen wollen?...« Seine Augen versanken wieder im Ausdruck der Furcht. Ein Schritt ertönte draußen, talwärts, unter dem der Schotter der Straße rutschte, nachdem das Gatter sich kreischend geschlossen, das grüngestrichne.

»Auch ich war ein Knabe...«, sagte der Sohn. »Damals vielleicht war ich freundlicher Gedanken wert... nicht einer Liebkosung; das war zuviel Zugeständnis... war zuviel!«, und der Zorn stieg ihm wieder ins Gesicht, aber er verlosch. Dann hob er wieder an: »Die Mutter ist erschreckend gealtert... sie ist krank... vielleicht bin ich schuld... Ich finde keine Ruhe... Aber ich hatte einen schrecklichen Traum...«

»Einen Traum?... aber was bedeutet denn ein Traum?... Das ist eine Seelenverwirrung... das Gespenst eines Augenblicks...«

»Ich weiß nicht, Doktor: wissen Sie... vielleicht ist es ein Vergessen, ein Vergehen! Es ist das Abweisen der verknöcherten Bilder der Dialektik, der Dinge, wie man sie der Gewalt zufolge sieht...«

»Der Gewalt zufolge?... welcher Gewalt?...«

»Die systemschaffende Gewalt des Charakters... jene glorreiche Petroleumlampe, die da in unserem Innern brennt... und ihren Rauchfaden zieht und uns schwärzt mit Lügen, von innen... verdienstvollen Lügen, fetten, allzu verlognen... und die die gute Meinung auf ihrer Seite hat, allein auf ihrer Seite... Aber das Träumen ist ein tiefer Fluß, der herausstürzt aus einem fernen Ursprung, der quillt, im Morgen der Wahrheit.«

Es schien dem Doktor Higueroa unglaubhaft, daß ein Mann von normaler Statur oder vielmehr von so stattlicher Statur, von gesellschaftlich so »hochstehendem« Rang, sich von solchen Dummheiten ködern lasse. Aber die Trostlosigkeit und Verwirrung lagen allzu offensichtlich in seinem Blick; wie bei einem Menschen, der sich fürchtet, der von etwas bedrückt wird, von Reue; von Schreck; von Angst?, auch unter heller Sonne: im Gesang, in der süßen und weiten Fülle der Erde. »Ein Traum... der mir ums Herz schleicht... wie eine Schlangenbrut. Schwarz.

Es war Nacht, vielleicht später Abend: aber ein furchtbarer, ein ewiger Abend, in dem es nicht mehr möglich ist, die Zeit der möglichen Handlungen wieder aufzurichten, noch die Verzweiflung zu löschen... noch die Reue; noch Verzeihung zu heischen für irgend etwas... für irgend etwas!, die Jahre waren zu Ende! Als man noch vermochte, die Mutter zu lieben... zu liebkosen... oh, ihr beizustehen... Jeder Sinn, jede Möglichkeit hatte sich im Dunkel versteint... Alle Seelen waren fern wie Bruchstücke der Welten; der Liebe verloren... in der Nacht... verloren... vom Schweigen beschwert, belastet von unserem einstigen Spott... mitleidlos von uns verbannt in verzweifelte Nacht... Und ich stand wie jetzt, hier. Auf der Terrasse. Hier, sehen Sie?... In unserem einsamen Haus, das aller

Seelen entleert ist... Und im Haus war etwas verblieben, von mir, von mir, etwas Vorenthaltenes... aber es war den Seelen unsagbare Schmach... von Handlungen, von Quittungen... ich erinnere mich nicht, wovon... Die Fristen des Gesetzes waren abgelaufen... Die Zeit war verbraucht! Alles, im Dunkel, war versteinte Erinnerung... endgültiges Wissen, unauslöschbar... von den Quittungen ... daß alles, alles mein war! mein!... endlich... wie die Reue.

Und der Traum, ein Augenblick!, verdichtete sich zu einer Gestalt der Finsternis... Dort!... dort, wo ich gerade stand, an der Ecke des Hauses... Dort, sehen Sie?, dort. Schwarz, stumm, riesig groß: wie vom Friedhof zurückgekehrt. Vielleicht reichte sie, in ihrem Schweigen, bis hinauf zur Traufe: sie schien wie ein Trauerflor, der niederhing... Vielleicht war sie jenseits aller Dimension, aller Zeit...

Nicht durchtränkt von irgendeinem Sinn der Liebe, des Schmerzes... aber vom Schweigen. Unter dem Himmel der Finsternis... Veturia vielleicht, die unbewegliche Mutter des Coriolan, verschleiert... Aber es war nicht die Mutter des Coriolan! Oh, der Schleier konnte mir nicht meine düstre Gewißheit rauben: hat sie meinem Schmerz nicht verborgen.

Ich erkannte sie, ich wußte, wer sie war. Es konnte niemand anderer sein... riesengroß, unbewegt, verschleiert, schwarz... Nichts sprach sie: als ob eine furchtbare und übermenschliche Macht ihr jegliches Zeichen der Liebe verböte: starr war sie nun... war ein Gedanke... im dunklen

Verzeichnis der Ewigkeit... Und diese schwarze, unerbittliche Macht... schwerer als eine Grabplatte... fiel über sie, wie die Schmähung niederfällt, die keine dingliche Wiedergutmachung mehr kennt!... Und aus mir war sie gekommen, von mir!... Und ich blieb allein. Mit den Handlungen... Schattenschriften... Quittungen... im Haus, das von Seelen entvölkert... Jeder Aufschub hatte seine Zeit vollendet, alle Zeit war verstrichen...«

Die Zikaden schabten in der ewigen Gleichheit der Zeit, sagten von der Beharrlichkeit: gingen zu den Grenzen des Sommers. Der Doktor Higueroa schien nach den Birken auszuschauen, den weißen Rufezeichen in den Eichenwäldern bergwärts von Lukones.

Er fuhr fort, seine rechte Wade zu klopfen: mit leichten Schlägen diesmal, als folgte er einem Rhythmus oder als wollte er sich den Staub von den Hosen klopfen. Sein ungewöhnlich waagrechter Blick hatte sich am Mäuerchen verankert, dann irrte er hinaus, zum Berg, mit schweren, gedunsenen Lidern, die dem Blick als Fenstersims dienten. Eine leichte Rötung der Bindehaut verlieh diesen ärmlichen Gemeindearzt-Instrumenten den müden Ausdruck der Schwerarbeit: wie der eines geplagten Hundes, der den ganzen Tag läuft: eine erbarmenswerte und verirrte Sanftheit, die Traurigkeit dessen, der jede Vorstellung von Weg und Reiserichtung aufgegeben: der nur noch von der Zeit, von den Wolken Hilfe erbittet für jenes Endchen Weg, das ihm noch verbleibt.

Die Borsten des Bartes, am Kinn, schienen den Scherben, den Flaschenscherben zu ähneln, die man auf dem

Grat des Mäuerchens mißte. Es war ein pirobutirrisches Mäuerchen, ohne Flaschen- noch Tellerscherben.

»Ich weiß nicht, was mir in den Kopf gekommen ist...«, wiederholte der Sohn: »... ich weiß nicht mehr, was ich machen soll... Warum kommt sie jetzt nicht zurück?... Sie ist erschreckend gealtert. Ihr Gesicht, ihre Lippen, man könnte glauben, sie verbärgen einen Gedanken, der nicht der ihre ist... Sie verschweigen unaussprechbare Worte... aber die Entfernung ist schon in ihr... Meine Mutter!... Einige Wochen lang hatte ich sie nicht gesehen: und wie ihr jetzt helfen?... Die Hände sind abgemagert, knöchern...« Wie jeder Richter schwieg er und begann aufs neue, sich zu rechtfertigen: »... ich habe gescholten, das stimmt: aber nicht ihretwegen... sondern wegen dieses Schuftes, dem wir die Steuern bezahlen.«

»Aber gescholten haben Sie«, bemerkte vorsichtig der Doktor, »... und mit ihr haben Sie gescholten!... Übrigens, wenn Sie glauben, könnten wir sie untersuchen... heute noch... jetzt gleich...«, er gebrauchte den professionellen Pluralis majestatis: »... eine Untersuchung kostet wenig Mühe...«

»Ah!... wenig Mühe... Sie vielleicht, Doktor, der Sie dran gewöhnt sind. Aber die Mutter!... Seit Jahren!... ich bin am Rande der Verzweiflung... als ob man einen Leichnam den Eiffelturm hinaufziehen müßte...«: die Stimme begann wiederum hitzig zu werden, dann beruhigte sie sich in Tonlosigkeit: »... es ist ein tauber Widerstand... unheilbar...« Dann füllte er sich mit Zorn, mit Spott, mit Hohn: »... das Hirn der Frauen... kaum, daß sie die Dreißig erreichen... wird's zu Marmor... ihr Gemüt rührt und regt sich nicht mehr. Die Tafeln des Bärtigen, der mit den beiden radioaktiven Hörnern, die den Hebräern leuchteten... seine Gesetzestafeln... die mußten, im Vergleich dazu, aus Grießbrei gewesen sein...«

»Wir werden versuchen, sie zu überreden... was soll ich noch sagen?... Wenn sie kein Vertrauen zu mir hat... wenn sie jemand anderen konsultieren will, na ja, nichts dabei... Da geht die Welt nicht unter... ist nicht schlimm: wir sind ja dazu da, um einander zu helfen: wenn der eine es nicht kann, gibt's andere... Wir könnten sie nach Novokomi bringen zum Doktor Balanzas, im Auto, die Pepa wird selig sein, die arme Señora!... Oder zum Doktor Oliva, richtig... das wäre noch besser! Oder auch nach Terepàttola, wenn Sie meinen, zum Professor Lodomez, der den Caçoncellos behandelt hat...«, er blickte zur Mauer, zum Mäuerchen.

Der Sohn, er trug Zweifel im Gesicht: »Die Mutter wird nichts davon wissen wollen: es ist nichts zu machen mit ihr... Es ist eine Manie, eine richtige Psychose... Seit der Zeit, da sie entbunden hat... vielleicht, wer weiß, als kleines Mädchen: da konnte sie die Brillen des Doktors nicht ertragen... und man hat sie dann damit erschreckt... mit dem Bart des Bösen Männleins... Vielleicht auch, weil sie immer kerngesund war...

Sie sagt: Das hab ich dem frischen Wasser zu verdanken... die beste Medizin ist, sich die Mediziner vom Leib zu halten...«

»Da hat sie schließlich nicht ganz unrecht...«

»Gut, aber heutzutage?... Heute? ... Sie sagt: Mir geht's gut. Wenn ihr mich nur in Frieden laßt... Laßt mich ein wenig in Frieden!...

Das ist wohl nicht die richtige Art, sich zu pflegen!... Einfach zu sagen: Mir fehlt nichts. Ich brauche nie jemanden!... Ich fühle mich desto besser, je weiter die Ärzte weg sind... Ich passe schon selbst auf mich auf, da weiß ich, daß ich nichts falsch mache... ich, ich, ich!«

Und wieder ließ er sich von einer Idee überkommen und hob zornig die Stimme: »Ah, die Welt der Ideen! Welch großartige Welt!... Ah! das Ich, das Ich... Zwischen blühenden Mandelbäumen... dann zwischen den Birnen und zwischen den Battistinen und dem José!... Das Ich, Ich! ... das schäbigste aller Pronomen!...«

Der Doktor lächelte über den Zornausbruch, verstand nichts. Ergriff gleichwohl die Zügel, um die Worte ein wenig ins Heitre zu lenken, wenn auch nicht die Stimmung, die Gedanken.

»Warum denn, zum Teufel? Was haben denn die Pronomen Ihnen angetan? Wenn einer irgendwas denkt, muß er wohl oder übel sagen: Ich denke... denke, denke, daß die Sonne über den Erdkreis spaziert, von rechts nach links...«

»I think, o ja, but I'm ill of thinking...«, murmelte der Sohn. »Die Pronomen! Das sind die Läuse der Gedanken. Wenn das Denken Läuse hat, dann kratzt sich's wie alle, die Läuse haben... und unter den Nägeln... da findet man dann die Pronomen... die persönlichen Fürwörter...«

Dem Doktor pfitschte ein Lachen aus, ungewollt, mit

halbem Mund: mit der linken Backe. So wie man, auch wenn man's nicht will, schließlich lächelt über ein Kind: wenn es, inmitten des teuflischsten Geplärrs, im Delirium der Wut, zwischen Füßestampfen, perlenden Tränen und himmelschreiendem Gekreisch, plötzlich brüllt: »O fort, du Böser!« an die Adresse aller, die es mit einer Liebkosung zu beruhigen versuchen und die es plötzlich alle zu guter Laune stimmt.

Den Aphorismus zu entziffern, keine Rede, er dachte gar nicht daran: ein Schachproblem ging über seinen Horizont.

Er tat einen tiefen Zug von dieser so gesunden, warmen, reinen Luft, diesem Lebensodem. Weitete unter seiner Krawatte den Rippen- und Brustbeinkäfig zum Einatmen: daß es bis in die Lungen brannte. Er wandte sich in Richtung Prado, das ihm mit dem düstern Glanz des Olea-Laubs* den Blick nach rechts teilweise abschnitt: die fernen Häuser schienen im Augustgold zu dampfen: was sollten die Läuse, die Fürwörter-Läuse! Was mußte man nicht alles anhören! Das ihm, ihm, der, um zu sagen »meine Frau«, es als »meine Gattin« ausdrückte, auf kastilisch natürlich: mi señora.

»Allein die Tatsache, daß wir immerzu verkünden... ich, du... mit unsren ungeschliffnen Mäulern... mit unsrem Hartleibigkeitsgeiz, der zur Verwesung bestimmt ist... Ich, du... Das enthüllt schon die Niedertracht der üblichen Dialektik... und bestätigt unser Unvermögen, irgend et-

* Olea fragrans: der botanische Name ist gleichlautend mit dem gebräuchlichen Namen.

was zu predigen, irgendwas... weil wir nichts wissen... vom Gegenstand irgendeines möglichen Fürworts...«

»Und welcher wäre das?...«

»Es ist sinnlos, daß ich es müßig nenne... Das, was soeben von dort kam...«, mit dem Gesicht deutete er nach dem Turm, »die Mater dieser Mänaden, die bauchoben gen Himmel gestülpt sind... mit dem Klöppel in der Luft... Verrücktes Getier! Für das ich Hunger gelitten, als Kind, Hunger! Fünfhundert Pesos! Fünfhundert: pirobutirrische Wohltätigkeit: fünfhundert Pesos!... Mit geflickten Unterhemdchen... Frostbeulen an den Fingern... nasse Füße in den Stiefeln... und Strafen! Weil die eisigen Finger die Feder nicht halten konnten... und Halsweh überm Phädrus bei sechs Grad väterlicher Liebe im Kreuz... und Rauch, daß es die Hirnhaut schwärzte... damit der teure Glockenschwengel gut gelinge... tauglich für die Hymnen und die Glorie... der Schwengel... um die geliebte Villa zu durchdröhnen, mit den geliebten Kartoffeln, im geliebten Lukones... und uns das Trommelfell zum Platzen bringt, vierzig Jahre lang!... Die rauben einem den Frieden, den Lebendigen und den Toten, glauben Sie mir: sie lassen mich nicht schreiben: nicht lesen... bringen mich dazu, daß ich sogar die Evangelien in die Ecke feure... vor lauter Lärm, den sie machen, schon nach zwei Minuten!... so laut ist der Hexenkessel, den sie entfesseln, von früh bis spät... von vier bis elf... der reinste russische Radau! Man möchte sich erschießen...«

Sie schickten sich an, um die Ecke des Hauses zu gehen, Schritt vor Schritt. Stiegen die Hinterteppe hinunter:

»Ich, du: der betrügerische Krämer will nichts wissen vom diebischen Krämer, der den Laden gegenüber hat: dabei ist er noch schuftiger als der: aber was soll's denn, wo sie beide Schufte sind!... Caçoncellos, der Camões von Terepàttola, sagte, daß Virgil ein Arschloch sei: weil Palinuro glatt erlogen ist, und die Meeresspiele ein Märchen für Tellerablecker... Da, denkst du wohl!... Acht Jahre Seekrieg, der Rom ausgehungert hat, schienen in seinen Augen nicht mehr als eine Tamarindenlimonade... und Sixtus Pompejus ein Heringsfänger... während seine terepàttolesischen Dimeter das Mysterium waren, das Morgen!... Ich habe den modernsten Idealen meines Volkes unsterblichen Ausdruck verliehen! Ich bin in die Urgründe der Seelen hinabgestiegen... jawohl... in der Villa ›Giuseppina‹... ich, ich... auch der!... Der begoß seine Blümchen mit einer durchlöcherten Gießkanne, die ihm die Hälfte auf die Stiefel pißte... Und dann, wenn eine Idee moderner ist als eine andere, ist's wohl ein Zeichen dafür, daß weder die eine unsterblich ist noch die andere...

Ich, du... wenn die Unendlichkeit gerinnt, wenn die Wahrheit sich stockt auf dem Überrock... eines Kongreßredners... Ich, du... in einer knausrigen und verschrumpelten Person, wenn der gerechte Zorn sich zum Bauch verfettet... so wie der meine zum Beispiel... dessen einziger Sinn und Lebenszweck in diesem Universum es ist, sich mit Zentnern von Wismut vollzustopfen, zu fünf Pesos das Zehntelgramm... Hinein, hinein, in den Duodenum... schaufelweise Wismut... beim Zuwarten... Tag für Tag, bis ans Ende der Zeiten... Wenn das

Sein sich aufteilt, Säcke bildet, dreckige Kutteln, deren Grenzen schäbiger und sinnloser sind als diejenigen dieser steuerpflichtigen Mauer... über die Sie mit einem Satz hinwegspringen könnten... Wenn dieser prächtige Fall eintritt... dann... ja dann ist's soweit, daß das Ich sich abzeichnet, mit seiner pflichtgemäßen Monade obendrauf wie die Kaper in der eingerollten Sardelle auf der Zitronenscheibe über dem Wiener Schnitzel... Dann, ja dann! Dann, genau in diesem Moment, da kommt es hervor, das Spargelgeschoß des Ich... lugend, hochgereckt, bewimpelt mit Attributen jeglicher Art... hochrot und befiedert und gespannt und steif... wie ein Truthahn... mit seinem Pfauenrad von Diplomen, Ingenieurstitel, Adelstitel... prall von Glorie und Familienruhm... behängt mit Kurzwaren und Muschelfischschalen wie ein Negerkönig... oder auch«, sie waren an der Ecke angelangt, er senkte die Stimme, »... auch saturnisch oder älplerisch, mit vor Mißtrauen eingesunkenen Augen, den Sphinkter verkniffen vor Geiz und rot bis hinein in den Schatten seiner Nissen... von einem dumpfen Rot... das Rot des im Gebirge verwilderten Kelten... der sich fürchtet vor der Blässe Roms und erschrickt vor seinen Daktylen... militem, ordinem, cardinem, consulem... Das Schatten-Ich, das tierhafte Dickicht-Ich... im schönen Rot, im schönen Schweiß... das Ich, mit dem Schweißfuß... und die Achselhöhlen noch schweißiger als die Füße... mit der guten Luft im A... zwischen den Zwiebeln und den Birnen am Spalier... Rächer seiner Rechte... wie jener Schuft da drüben... der schon den ganzen Vormittag braucht, um den Zwiebelsamen zu sammeln!...«, mit dem Kinn, die Hände in den Taschen, deutete er auf den Peonen: welchselbigen man jetzt, kniend im Gras, kratzen sehen und hören konnte, mit dem Messerchen, auf dem Grund eines Kochtopfs. Gewiß hatte er, beim Schlag zwölf, seine Müh' unterbrochen, um den Puchero zu bereiten. Der Doktor hatte, ganz still, ohne auch nur den Mund aufzutun, den wütenden Hagelschlag niedergehen lassen: seine Augen waren traurig, entzündet und beschauten die Berge.

»Ich, ich, ich!... Aber ich werd ihn davonjagen! Mitsamt dem ganzen Paket seiner Ansprüche, an den Schwanz gebunden... hinaus! hinaus!... Da kann er vierfüßig klappern, jenseits der Mauer... über die Steine pantinen, rauf und runter von Iglesuelo, von wo er hereingeschneit ist...« Der Peón hob endlich den Kopf und den Hut aus dem Kochtopf, aber kam nicht dazu, zu begreifen. Begriff, daß der Diskurs ihn nicht anging: die Herren, sie reden oft Metaphysisches.

»Die Mauer ist bucklig, das seh ich, sogar die armen Seelen kämen da drüber... die der armen Toten, die wieder mal in ihrem Bett schlafen wollen!... das dort bereitsteht, schneeweiß... wie sie's verlassen... und das sie zu erwarten scheint... nach so langem Krieg!... Sie ist schief, voller Buckel: ich weiß: aber ihr Zeichen, ihr Sinn bleibt bestehen, für die Ehrlichen behält sie Bedeutung, für die Leute: behält Bedeutung. Zwangsläufig. Da sie Besitz anzeigt: das geheiligte private, privateste Meine, das Meine!... Mein eigner, einziger, besondrer Besitz... wie der Besitz meiner Nägel, zehn Nägel, meiner wahren, regelrechten zehn Nägel!...« Und er zog die Hände aus den Taschen und hob sie leibhaftig vor die Augen des Arztes, nebeneinander, mit gekrümmten Fingern, als wären es Klauen eines Raubvogels.

»Und die Fußnägel, wo lassen Sie die?«

»Drinnen, da bin ich, in meinem Haus, mit meiner Mutter: und alle Josés und die Battistinen und die Pepen... die Beppen, alle die eselohrigen Enkel, mit Französisch gestopft und mit Rechnen, die Enkel aller Stabsärzte von Maradagàl... Fort, fort, hinaus!... Hinaus mit ihnen! Dieses ist und soll mein Haus sein... mein Haus... mit meinem Schweigen... mein armseliges Haus...«

4

Der Doktor mit Stöckchen, der das eine Bein wiegte oder, besser gesagt, einmal das eine, dann das andre, zur wechselweisen Auffüllung der Leere, hatte die linke Hand auf den Rücken des Mäuerchens gelegt und gab nun fleischige Schläge darauf ab, mit flacher Hand und losen Fingern, wie man die warme und füllige Kruppe eines schönen Pferdes klopft, um sein Wohlgefallen kundzutun oder um es zu streicheln: der Rücken des Mäuerchens, mit der Kelle geglätteter Zement, hatte den morgendlichen Schatten abgelegt, den das Haus darüber gebreitet, und hatte sich, im Gang der Sonne, die Wärme eines Tiers angeeignet, die bald darauf zur Hitze eines Backofens werden würde.

»Diese Mauer, gewiß, sie ist mir nie sehr großartig vorgekommen...«, brummte er leise, um die Furien zu verscheuchen: und auch um einen vernünftigeren Diskurs einzuleiten. Die Mauer reichte ihm bis zur Krempe des Huts, und dem Sohn bis zur Nase: aber sie war Spazierrampe für das kletternde Huschen der Eidechsen, mit grobem Bewurf, ländlicher Art, und voller Griffstützen unterhalb des geglätteten Rückens: darüber sirrte blau die Libelle, gedankenfrei: von wer weiß wo erschienen: und verströmte sich in der Sonne, fast wie ein müßiger Sommergedanke. Durchsichtig und theatralisch, gefiel sie sich darin, das pirobutirrische Territorium ohne Paß zu überschreiten: und ohne um Erlaubnis zu fragen. Auch sie! Einfach so. Mit diesem Gehaben einer schönen Frau auf Spaziergang, ohne Weg und Ziel, leicht geschürzt mit Flügeln und Leben, von Gehirn nicht die Spur, die sich ablenken läßt, hierhin und dorthin, von tausend Variationen, von Gold und von Stoffen, Blumen und Tand im Bazar des grenzenlosen Sommers.

»Nein, die Mauer ist mir nie als was Besonderes vorgekommen«, wiederholte der Doktor. »Sie haben recht: mit einem Satz ist man drinnen.«

»Von draußen ist sie allerdings einen halben Meter höher...«, sagte der Sohn: fast als ob ihm daran läge, vor seiner eigenen zweifelnden Ängstlichkeit die Unverletzbarkeit der Umgürtung zu bestätigen. Nun sprach er gemessen und wie sich's gehört: aber mit Dringlichkeit.

Der Doktor zuckte die Achseln:

»Ja... mit diesen Prellsteinen... die scheinen eigens dafür angebracht... damit man sie leichter überklettern kann. Wie Steigböcke... Wissen Sie, kurzbeinige Reiter... oft mit etwas verfettetem Hinterteil... die brauchen zum Aufsitzen den Steigbock...«

Diese Mauer war, in der Tat, nur für die Augen: wie jede Mauer vielleicht, um jeglichen irdischen Besitz. Ziemlich niedrig, besonders an jener Stelle gegenüber der nordwestlichen Hausecke. Sie neigte sich vom Eisengatter her abwärts, sekundierte nach Vermögen dem äußeren Katarakt des Sträßchens und der inneren Verkürzung, sanfter, als die kleine Allee oder der Weg es tat, der dran entlangführte, mit den Pflaumen am Spalier. Sie verlief schief zur nördlichen Wand des Hauses und näherte sich dort auf ungefähr zwei Meter dem Zwickel: um auf diese Weise ein wenig Gras sich zu Füßen zu lassen, einen Zwetschgenbaum als Belaubung, gerade dort: und einen Durchlaß auf dem Krikri-Kies zu verstatten. Die Straße draußen war abschüssig, mit großen Schottern, scharfen Splittern und »Knollen«, und verlor rascher an Höhe: dort, wo am Gitter drei Stufen herabführten, zum Eintreten, da war der Katarakt draußen schon einen halben Meter tiefer gestürzt als der Weg drinnen. Aber diesen halben oder gar dreiviertel Meter, um den prellten sozusagen die Prellsteine: so daß, mit etwas Augenmaß, mit einem Satz man sich gewißlich auf den Mauerrücken schwingen konnte.

In Gedanken versunken, zögerte der Sohn ein wenig. Sagte: »O ja.« Und dann: »Im Grunde ist es nur ein Zeichen... so wie das große Gartentor dort unten: das schon halb verfault ist: mit einem Fußtritt könnte man es umwerfen... Wozu übrigens dienen denn alle diese Mauern, Stangen, Stecken, Schlösser? Sie haben weniger Wirkung als das ›Ausspucken verboten‹ in den Trambahnen von Pastrufazio. O die siebenundzwanzig Millionen Zweibeiner... alle meinesgleichen vor dem Gesetz von Maradagàl... die halten sich deshalb nicht zurück... ich meine, sie lassen sich nicht davon abhalten, die halben Innereien auszuspucken auf den Trottoirs, während man aneinander vorbeigeht... Die Spucke übrigens, lieber Doktor, ist das nicht ein inneres Sekret? Was heißt das, inneres Sekret? Ist man gehalten, das alles auf einen Haufen auszuspeien? Ich dachte wirklich, es sei ein »inneres« Sekret: aber ich täusche mich da sicherlich: ich dachte, es sei ein Saft, ein Schleim, ein etwas schweinischer, das wohl, den aber der liebe Herrgott dazu geschaffen habe, damit man in der Lage sei, diese anderen Schweinereien wie den Croconsuelo zum Beispiel, den schimmligen, gelben, wurmigen, gut einsaften zu können... ihn pflichtgemäß einzufeuchten, den Stinker, den ekelhaften...«

»Aber das ist doch der König aller Käsesorten!... Man hat ihn sogar Rex getauft... als eingeschriebene Handelsmarke...« (Der Doktor irrte: der »Rex« war ein ganz anderer Käse, der aus Europa importiert wurde.)

»Jedenfalls, um auf die Mauer zurückzukommen...«

»Gewiß... um auf die Mauer zurückzukommen. Aber was soll ich da machen? Ich bin müde... bin krank...« Der Doktor schenkte ihm keinen Glauben. »Wenige und mühsame Ersparnisse eines kampierenden Leutnants... unter kalten Sternen... Der, den man liebte, liegt unter der Erde... Auf seinem Gesicht lag ein Licht... ein Lächeln... Unter kalten Sternen... im Beizen des Rauchs, unter den Zacken der höllischen Berge... Das kümmerliche Gehältchen eines müden, eines gequälten Ingenieurs... So ist die Mauer geblieben: ich hab mich aufs Blut abschinden müssen für diese Ruinen ... um die Mauern zu flikken... für die Steuern... um das Leck der Hypotheken zu stopfen... Nun bin ich müde, bin krank.«

Die unwiederbringlichen Jahre hatte der Schmerz aufgelöst. Die Torheit der Vormünder hatte das Kind aufgerieben. Es blieb der Tod.

»Und was sollen Mauern, was soll die Umfriedung? Haben Sie nicht selbst einmal zu mir gesagt, daß die Leute hier gut sind, gut wie das Brot?... Sie kennen sie besser als ich. Es sind gute Leute: nicht wahr?... Ein wenig rauh vielleicht, ein wenig guttural in der Aussprache: das ist sicher: so ein Zwischending von Pfahlbau und Höhle... aber gute Leute. Im Krieg haben sie sich ausgezeichnet bewährt. Krepierten wie nichts, als ob sich's drum handle, ein Glas Wasser zu trinken. Wie festgenagelt. Und im Frieden hat man nie eine Klage gehört. Arme Teufel...«

Nach den Variationen eines mehr oder weniger ausfallenden Zorns hatte er nun, ganz plötzlich, das Gesicht eines Kindes, das um beruhigende Worte fleht, das von der Überlegenheit der Großen abgesichert sein will gegen das Grauen des Dunkels.

»Gute Leute... gute Leute...«, kicherte der Arzt und dachte an die Schmähungen von vorher und an das Gesicht des Peonen. »Wenn sie nicht grad das Messer zur Hand haben, dann sind sie gute Leute...«

»Aber ich habe nie etwas dergleichen gehört...«, wiederholte der Sohn. »Übrigens ist meine Mutter sehr starrköpfig: das ist sicher.. Tausendmal! hab ich's ihr gesagt. Halte dir jemanden im Haus, wenigstens nachts. Halte dir eine Magd, einen Pächter, einen Hund, was immer du willst... Aber daß jemand da ist. Es kann jederzeit vorkommen, daß man Hilfe braucht... Man kann erkranken... Die Siebzig hat sie längst überschritten.

Halte dir eine Dienstmagd, sage ich dir, anstatt daß tagsüber fünfzig durchs Haus trampeln. Aber die eine soll auch über Nacht im Haus sein. Die Peppa, die Bettenwäscherin, wenn du meinst, da du sie doch so gut leiden kannst. O diese pommerschen Grenadiere bei der Parade, die würden schlecht abschneiden im Vergleich zu der Peppa...«

»Die! die braucht man nur anzusehen...«

»Die, die braucht weder eine Flinte noch ein Messer, um mit irgendeinem Unhold fertigzuwerden... Sie streift sich einen Holzpantoffel ab: und, bumsdich!, der Dieb hat sein Teil weg...« Er schien sich ganz der Vorstellung der Peppa zu überlassen. Der pirobutirrische Bereich überwacht, abgesichert, verteidigt durch die Peppa: in Anbetracht der Spärlichkeit der Mauer, der fehlenden Flaschenscherben und der ganzen Niedertracht der Prellsteine und des infamen José. Kurz zuvor gehörte auch sie, die Peppa, noch in den Bereich der Gemeinen und Feigen: nunmehr war sie michelangelohafte und muskelstrotzende Beseelung, mit sieghaft geschwungenem Holzschuh, mit weißer, blitzeschleudernder Schulter im Ausschnitt des Nachthemds. »Letzthin hat ihr Vater – er ist schon über siebzig – Streit angezettelt, dort unten, in den Feldern... mit denen vom Wasser... vom Quellwasser... den zwei Wanzen von der Gemeinde... die überall Wasser suchen, wo es auch keines gibt... und sich drauf hinausreden, daß sie Kriegsteilnehmer waren...

Na: sie hat gehört, wie sie streiten... und auch gesehen: vom Fenster aus... als sie das Zimmer meiner Mutter aufräumte... Das hätten Sie sehen sollen! Blitzartig ist sie hinunter! Wie die Glucke, die sich auf die Natter stürzt, mit gesträubten Federn... Gewiß, gewiß... das wäre die praktischste Lösung. Aber nicht um die Welt! Vergebliche Liebesmüh! Ich fühle mich allein sehr wohl, sagt sie, und ich brauche niemanden. Nachts will ich schlafen. Aber wenn man sie im Bett erwürgt? Ich will keine Dienstboten im Haus, in der Nacht... Aber tagsüber?...«: und er zählte an den Fingern her: »... die Peppa, die Battistina, die Zwerg-Nina vom Friedhof, der José, die Giovanna, die Beppina sans-culotte, die Luigina, die vorübergehend aufgekündigte Marietta... die Giovanna hab ich vergessen... vielmehr die Gaetanina...«, er öffnete noch zwei weitere Finger, »die eine für die Leintücher, die andere für die Strümpfe, die für die Leibwäsche... jene für die ›farbigen‹ Stücke... oder für die Schleien... und die Luigina zum Bügeln... und die Marietta zum Tomateneinkochen... oder mit der Ausrede, daß sie ihr frische Feigen bringt... welche sie dann gar nicht ißt...« Sein Antlitz beelendete sich mit der Nichtigkeit der Aufzählung wie das eines Stumpfsinnigen, wie einer vom Irrenhaus Cogoleto. »Aber sie schenkt sie dem kaffeebraunen Enkelchen... damit es sich herbeiläßt, ihr ein wenig Uhu und Kohl vorzustottern, mit lauter X... sich mit ein paar verkehrten Wörtern aufzuplustern... Mit der herrlichen Aussprache, die es hat, das Enkelchen... Mir wird übel, wenn ich es nur mit anhöre:

Maître corbeau sur un arbre perché... Oh, nolite margaritas! La Fontaine einem solchem Dummkopf vorzuwerfen! Aber meine Mutter!, meine Mutter, die wohl! Und schenkt ihm Feigen und Zuckerplätzchen ... diesem Dummkopf. Und streichelt ihn. Je dümmer er ist, um so mehr streichelt sie ihn ... Und Schokoladenplätzchen. Und lächelt ihm zu ... als ob sie seine Mutter wäre ... und Biskuits und Lobesworte und zum Schluß den Abschiedskuß, schließlich und endlich ... Weil er so blöde war, so großartig blöde ... und nichts und wieder nichts kapiert hat ... und plötzlich gefragt hat, ob er hinaufgehen darf zum Pipimachen ... Und sie hat auf ihn gewartet, daß er vom Pipi wieder herunterkommt, geduldig ... und dann haben sie wieder versucht zu lesen ... das heißt, ihn zum Lesen zu bringen ... Und die ›scie‹ ist sofort zur ›chie‹ geworden ... und die Mutter hat angefangen zu lachen. Und war glücklich; glücklich und zufrieden! Mit diesem Idiotenbams, das wer weiß aus welchem Loch geschloffen ist, nachdem eine düstre Mechanik ...

Er hat nichts kapiert, gar nichts, hat sich die Knie gekratzt, hat sich in der Nase gebohrt, mit dem Federhalter in den Ohren gestochert ... und statt es ihm mit der Peitsche zu geben, wie er's verdiente: Zuckerbonbons, Feigen, Biskuits, Lob ... Bis es eines Tages Bauchgrimmen davon kriegen wird, das heißgeliebte Enkelchen; und sie wird auch noch für das Bauchgrimmen bezahlen müssen, für den Enkel des Herrn Stabsarzt, für den armen Schatz! Und die Beerdigung des Enkelchens, und den Grabstein, mit einem Englein, das eine Rose niederfallen läßt, und die Leichenmesse ... erster Klasse, mit acht Geistlichen ... und dem ganzen Kindergarten komplett versammelt ...

Wenn er wenigstens wirklich kapieren würde! Wo ich

doch werde zahlen müssen... zahlen und wieder zahlen... Erst die Glocken, dann die Hypothek, dann den Beitrag für die öffentliche Ehrung des Caçoncellos... für die ehrenvolle Abfindung der Dienstmagd des Caçoncellos... Sie werden auch dafür gestiftet haben, nehme ich an, um das Alter der getreuen Giuseppina zu verschönen... Denn: Lukones, das heißt Sommerfrischler. Und Sommerfrischler heißt bezahlen: und Pirobutirro heißt bezahlen und gehen und stiften und schenken... wegschenken... weg, weg, weg! Alles, was man weggeben kann, den Mitmenschen... den lieben Mitmenschen... Und wenn das Enkelchen krepiert, weil es so viel Feigen und Schokolade nicht verträgt, dann bin ich daran schuld. Und muß zahlen, wie immer. Muß ihm den Platz im Fegfeuer zahlen, dem Dummkopf. Weil wir dran schuld sind, wir, die Pirobutirro. Und daher müssen wir zahlen. Weil wir an allem und jedem schuld sind. Wir tragen an allem Schuld... was immer geschieht... ob in Tokio... in Singapur... wir sind schuld. Wir, die Pirobutirro, die Marchesen von Lukones... Und müssen zahlen. Alle, an alle zahlen...« Er überließ sich erneut seinem Delirium. Zwangsideen umschlossen diesen Schädel mit ihrer eisernen Krone. Nur ein Psychiater hätte, in genauer Kenntnis der Qual, dieser bejammernswerten Biographie ein Etikett anzuheften vermocht. Aber der gute Doktor lächelte: »Aber lassen Sie doch... Danken Sie unserm Schöpfer.«

»Wenn einer sich aufspießt an den Zacken des Gitters, weil er ein Einbrecher ist und übers Tor stieg, um zu stehlen, na... die Verantwortlichen sind wir! Und müssen ihm Abbitte tun mit dem Hut in der Hand und ihm zeitlebens eine Rente zahlen; weil er sich die Säckel aufgepiekst hat, wie er einbrechen wollte... Ah! Heiliger Jesus Christus... Was um alle Welt ist schon das Recht, dieser ganze Packen von Rechten!...«

Es war in der Tat vorgefallen, Jahre zurück, hinter dem Obstgarten einer der verwittertsten Villen, der voller Brennnesseln und Eidechsen war, in Richtung Iglesia, daß einige Burschen eines Sonntags beim Feigenstehlen wie auf einer Kletterpartie auf die Spitzen des Gartentors gestiegen waren: und einer, der sich aufgespießt, wurde auf diese Weise wenige Tage später in voller Jugendkraft dahingerafft durch eine Tetanusinfektion. Den untröstlichen Eltern war es Jahre nachher gelungen, den Erben der Grundstücksbesitzer (die sich ihrerseits durch Ableben der Gerichtsbarkeit entzogen hatten) dreitausend Pesos zu entsteißen – nachdem sie alles darangesetzt hatten, die Sache noch höher zu schrauben, und ihr Rechtsbeistand, der Advokat Buscaglione, auf achttausend bestanden, und dann, aus Wut, bei der zweiten Instanz neuntausendfünfhundert verlangt hatte.

»Aber mein lieber Señor Gonzalo!« erwiderte der Doktor. »Sie sehen sogar die Sonne schwarz!«

»Es sind gute Leute, gute Leute, gewiß. Aber Sie haben sich dessen schuldig gemacht, ein Haus zu besitzen? Ich frage: ein Haus?...«, er hob den Zeigefinger unter das Kinn des Doktors, »eins, was die Leute selber gern hätten? Was jeder gern hätte? Dann zahlen Sie gefälligst! Zahlen Sie Steuern, Instandhaltung, Hausmeister, Glocken, Herdsteuer, die Zusatzsteuer A, den Sonderbeitrag B, die Feuerwehrabgabe, den Gemeindeapothekerzins, die Kirchensteuer, die Müllabfuhr, damit es ja keinen Müll gibt, keinen Abfall zum abkehren... da ja auch das bißchen aus der Senkgrube der José sich nutzbar macht, sogar der, aus ›seiner‹ Senkgrube... auf direktestem Weg, um ›seine‹ Tomaten, ›seine‹ Kohlköpfe zu düngen...« Der Doktor lauschte mit gesenktem Haupt und klopfte sich mit dem Stöckchen.

»Was zum Teufel?... Wollen Sie jetzt gar von den Steuern befreit werden? ... Aber wenn Sie tatsächlich die Evangelien studieren, wie Sie vorhin behaupteten, dann werden Sie bemerken, daß in den Evangelien – was steht dort geschrieben...? Es steht geschrieben... daß man die Steuern bezahlen muß...«

»Gewiß. Ich gebe es zu. Der Zehnte sei mir geheiligt. Cäsar... sei mir geheiligt... oder unser hochgeehrter Congreso... Warum aber den Peón bezahlen, den Hauswächter, der einen Schmarren bewacht?... weder die gallische Grenze, weil er sich wohlweislich in Imatapulqui verkrochen hat, noch den Obstgarten, aus dem nichts anderes herauskommt als Heu... oder Zwiebelsamen? Der Peón ist nicht Cäsar. Er ist ein Dreckskerl. Er klaut mir aus der Hosentasche, aus der Senkgrube... Und der Mörder, der über die Mauern steigen wird oder übers Gartentor, er ist nicht Cäsar... Er ist ein Dieb. Warum also auch den bezahlen, den Dieb, der uns bestehlen will? Und der sich beim Einbrechen die Test...amente aufspießt?...

Zahl den Dieb, zahl den Wächter! Wenn der Dieb stiehlt,

zahl ihn trotzdem! weil der Wächter nicht dran schuld ist. Wenn der Wächter stiehlt, so bedank dich beim Dieb, weil er weniger diebisch ist als der Wächter... Hauptsache ist, daß du auf alle Fälle immer zahlen mußt...«

»Sind Sie abonniert am Nistitúo?...«, unterbrach ihn barsch der Doktor. Er warf die Frage kurz und trocken hin, um endlich und endgültig dieses eitle Gerede zu unterbrechen, das ihm nun allzu lästig wurde. Wegen drei Pesos!* Schluß damit! Das war zuviel. Er schien im Stehen zu schlafen, mit Fenstersimslidern. Breitbeinig, die Hände aufs Stöckchen gestützt, wie ein schläfriger Roland auf dem Knauf eines rachitischen Durendala. Er hatte, diesmal, den kargen Ton eines Schlafenden, der dennoch zu hoch droben schläft, um nicht den menschlichen Zustand und das altbekannte Geschwätz der Leute zu überblicken. Der im richtigen Augenblick die paar Wörtchen verabreicht, wie vom Abreißblöckchen, aber reich an Bedeutung. Reich an Vernunft. Die Lider, indes, sowohl die unteren wie die oberen, bedeckten fast völlig die geröteten Augäpfel und waren wie Simse für die hinfällige Linie des Blicks.

»Am Nistitúo?« erwiderte der Sohn, das Antlitz voll erneuter Betroffenheit.

»Ja... am Nistitúo... Das einzig Richtige, was man tun kann, scheint mir... Mehr Sicherheit kann man nicht verlangen... nachts... wenn man schläft... in einer abgelegenen Villa...«

»Und wo ist dieses Nistitúo?... An wen müßte ich mich

* Das Honorar für die Krankenvisite laut der serruchonesischen Ärzteverbandsordnung.

wenden, allenfalls, um zu abonnieren?« – der Doktor schwieg –, »ja, ich meine... wo zahlt man... wo ist das Büro zum Anmelden: wo man erklärt: ich möchte, daß jede Nacht ein Billettchen in mein Schlüsselloch gesteckt wird?... Ich meine im materiellen Sinn, wo soll ich da hingehen?... Nach Prado?... nach Iglesia?...«

Er stellte all diese Fragen so zum Schein, aus Spaß am Fragen (oder zumindest wollte es dem Doktor so scheinen): um ein wenig manierlicher zu wirken auf dieser abermaligen Überfahrt vom Delirium zur Vernunft: oder auch aus Widerspruchsgeist: weil er es ja in Wirklichkeit genau wußte, wohin er gehen mußte, wo man zahlte. Man zahlte im eigenen Haus, und zwar an den Palumbo, der alles übrige erledigte, sogar die Unterschrift, in seiner Würde als Werbevertreter des Instituts, als Prokurator, Nachtwächter, Geldeintreiber. Immerhin wollte der gute Doktor, den eine gewisse innere Wut packte, den widerspenstigen Kavalier seiner Pepa noch ein letztes Mal in die Enge treiben.

»Wo Sie da hingehen sollen?... Natürlich zur Vigilancia para la noche... die ihren Sitz in Prado hat... Sie... verzeihen Sie... aber Sie versuchen weiß Gott, sich in einem Glas Wasser zu ertränken... In Prado... in Prado... ganz oben im Ort, dort oben, calle de los pájaros... Sind Sie da nie gewesen?... Wissen Sie, am Ende des Corso Pastrufacio, aber ein gutes Stück vor dem Denkmal... rechter Hand... wo's die dreißig Stufen hinaufgeht... wo man ins Schnaufen kommt, zur Nuestra Señora de los Milagros... Also: auf dem ersten Absatz, links, wo der kleine Eingang ist...« Der Sohn erinnerte sich nicht, war nie dort gewesen. »Aber sicher erinnern Sie sich daran! Sicher! Neben dem Barbier... Wo doch gleich daneben auch der andere Eingang ist, der grüne, mit dem Guckloch, der nur einen Spalt aufgemacht wird, und drinnen sind Keramikfliesen... Sie wissen's genau...«

Keramik sollte heißen Porzellan. Der Sohn quittierte das Porzellan mit automatischer Fragemiene, von den Augenbrauen ausgeführt, die sich aus eigenem Antrieb bis zur Mitte der Stirn hoben. Unbewegt der Rest des Gesichts. »Nun, weil das doch hygienischer ist...«, murmelte der Doktor mit geschlossenem Mund. »Also... Dort gegenüber ist das Nistitúo... die Señorita Gamberoni«, er hob die Schultern, »... die Dolores!... Wer kennt schon die Dolores nicht?... Man nennt sie die Mutter der Rekruten...«: der Ton wurde scharf, unhöflich: »... Sie gehen also zu der Dolores: und dort angekommen, sagen Sie, daß auch Sie Nachtwächterdienst wollen... daß Sie es genauso halten wollen wie alle... Dann drücken Sie ihr einen Pájaro in die Hand... und damit ist alles gemacht... Gehen Sie nur, gehen Sie: und Sie werden sehen: hernach fühlen Sie sich viel ruhiger...«

Pájaro ist die maradagalesische Lesart für eine Banknote von zwanzig Pesos und rührt, so heißt es, von der frühlingshaften Farbe des Papierchens her: halb Spatzengrün, halb Kanariengelb: andre behaupten, der Name rühre vom republikanischen Adler her, der auf dem Schwert der republikanischen Justiz hockt und mehr nach einem Spatz aussieht, so fett und feist und schlau.

Sie näherten sich dem Gartentürchen; der Señor Gonzalo

schwieg, nachdem er die Anzüglichkeit des Quacksalbers wahrgenommen. Der Gartenkies, unter ihren Sohlen, tat seine Schuldigkeit, sowohl für den Herrn wie für den Gast. Von den Aufrufen zum Leben, mit der Pepa am Volant, war man also herabgestiegen zum Hohn, zum Unwillen des enttäuschten Vaters; oje, die Dolores! die jungen Rekruten! Und dennoch, der Gedanke, daß der Doktor fortgehen würde, vermehrte seine Pein. Die weißen Mauern würden weiterkochen in ihrer heißen Nichtigkeit, Karawanen von Ameisen liefen über sie hinweg: schwarze, winzige Krümel der Bewegung und des Seins.

Die Mutter kam nicht zurück!

Er litt, als wären sie zusammengeballt, an allen früheren Beleidigungen. Er litt, in Bausch und Bogen, auch an allen anderen Unverschämtheiten, der andern, der Fernen, der Reichen. Verdächtigte sogar seine Mutter, seine Mutter!, daß sie Verachtung für ihn hege: erinnerte sich gewisser Aufmerksamkeiten, die sie anderen, wahrhaft schätzenswerten Leuten erwiesen, wie zum Beispiel jenem Geiger: obwohl dieser zwerghaft, hakennasig und höchst ungehobelt gewesen. An jenes Jahr, als sie ihm ihr Wohlwollen zugewandt, ihn nach Lukones eingeladen hatte. In den Glanz und die Glorie der Villa eingelassen, den Zwerg!, mit Hühnerleberchen traktiert. Er hatte sich ihm, dem Knaben, vorgestellt, mit einem kreisrunden Loch im Oberleder des linken Schuhs, welches in engster Beziehung stand zu einem Hühnerauge: einem ebenso gebieterischen wie empfindlichen, so dozierte er über seinen Hühneraugenbefund.

Und – gluckgluck machte freigebig die Flasche im Flaschenhals, der alsbald waagrecht sich stellte: über dem strahlenden Weiß des Tafeltuchs.

Bei der Schleie begann er durch die Zähne zu zischen, weil er sich die Gräten aus den Spalten holte, mit Hilfe der Finger, um sie dann auf den Boden zu spucken; der dann ringsherum voller Spuckbatzen war und voller Gräten. Wenn es dann an den Croconsuelo ging, benützte er das Messer, um Croconsuelo auf seine Zunge zu deponieren: und bespeichelte dann beides auf einmal, mit einem einzigen Zungenschnalzer, sowohl den Käsebrei wie die Messerklinge. Er hatte damals ziemlich harte Worte gebraucht, obwohl er noch ein Knabe war. »Benützen Sie die Gabel!« Bestritt, daß sich für den Croconsuelo besser das Messer eigne. Forderte ihn auf, in der Küche zu essen, mit der Carolina, und der Geiger war blaß geworden, aber die Mutter, mit großem Zartgefühl, hatte seine geheiligte Stellung, nämlich seine Stellung als Gast, zu wahren gewußt. Mehr denn als Gast war er geheiligt durch die mütterliche Wahl.

Dieses plötzliche Erinnern verursachte ihm zorniges Herzklopfen: er kniff die Kiefer zusammen: phantasierte verzweiflungsvoll, daß er in der Hanfweberei eine spezielle Partie von Hanfstrick bestellen werde, von 500 Kilo Reißfestigkeit.

Aber die Mutter, wo blieb sie? der kurze Gang, er ward vielleicht ihrer Müdigkeit zum endlosen Weg. Die Mutter hatte sich entfernt, vom Hause, von der Sonne.

Aus der Beklommenheit schien er zur Angst zurückzukehren, wie ein streunender Köter, der ziellos umherirrt, dem erstbesten Geruch nach, welchen ihm die Straße bietet; und den ganz plötzlich ein brennendes Scheit auf den

Buckel trifft. Der Doktor begriff, daß er übers Ziel geschossen hatte. Es reute ihn das Geschwätz über die Dolores. Beim Weitergehen drehte er sich um, war am Türchen angelangt. Der Peón kam und ging, ohne sie anzublicken, klappernd, ein Leiterchen, ein Hühnerleiterchen in der Hand, mit seiner Sache beschäftigt. »Übrigens brauchen Sie gar nicht so weit zu gehen... ich meine, bis zur Gamberoni. Es genügt, wenn Sie dem Pedro Bescheid sagen, ich meine vielmehr dem Gaetano, wenn Sie ihn morgens früh hier vorbeikommen hören... Dann kann er Ihnen gleich die Quittung ausstellen... Wenn Sie die erste Quittung bezahlt haben, dann gilt das soviel wie die Unterzeichnung des Abonnements... Jene verpflichten sich für fünfundzwanzig Jahre...«

Welchselbige fünfundzwanzig Jahre sogleich zu einer Zwangsvorstellung wurden in den Augen dieses Freiheitsfanatikers, der gern gewählt, gern sein eigenes Geschick gebaut hätte, von Minute zu Minute.

»Denn die haben einen Normalvertrag... einen Einheitsvertrag... der eben nach den Bestimmungen abgefaßt ist... Denn die halten sich an die Bestimmungen... Vielmehr, mir fällt jetzt sogar ein, daß es da eine gesetzliche Vorschrift gibt...«

»Das glaube ich nicht... gesetzlich!...«, fuhr der Sohn mit strenger Schärfe auf, indem er rot anlief. Er hatte, was das Gesetz betrifft, ein Konzept sui generis; das er nicht bei der Lektüre des Edikts erworben, das vielmehr wesenseins war mit dem Sein, biologisch ererbt und überkommen. Und es fiel ihm schwer, in einem Mißbrauch oder einer

Willkür Gesetz zu erkennen, und schon gar nicht in einer Betrügerei. Aber sicherlich täuschte er sich, wenn er diese Vorsorglichkeit des Wächters als Mißbrauch beurteilte. Vielleicht war seine Auffassung das, was Sérieux, Capgras und andere zeitgenössische Psychiater sehr sinnfällig als »auslegerisches Delirium« bezeichnet haben: indem sie es vom klassischen oder halluzinatorischen Delirium wie auch vom Delirium der Vorstellungskraft unterschieden.

»Gesetz oder nicht Gesetz«, erwiderte der Doktor, »... das kann Ihnen doch gleich sein?«

»Aber genügt denn nicht dieser eine Blutsauger?...«, sagte der Sohn, »dem ich die Wohnung, die Steuern, das Holz, das Licht und den Dienst bezahle?... Damit er sich herbeiläßt aufzuwachen... wenn ein Einbrecher kommen sollte... wobei ja, wenn wirklich welche kämen, sie ihn als ersten erwischen würden... wie er die paar Mandeln herunterschlägt... und dann die Schuld auf den Frühreif, auf den Nebel, auf den Hagel schiebt...«

»Aber so sind sie doch alle...«

»Und nachdem er alles runtergeschlagen hat, soll ich auch noch das Nistitúo zahlen?...« Wieder waren Gedankengang, Wort und Weise umgeschlagen: die Beklommenheit wieder zur Härte geworden. »... Hier gibt es nichts zu stehlen!... Was sollen sie denn stehlen in diesem Armeleutehaus?... Ein paar verwitwete Gabeln?... Meinen Cervantes?... Was können schon Diebe damit anfangen, mit einem Cervantes, hier im Serruchón?...«

Der Doktor fand keine bessere Erwiderung als ein Achselzucken.

»Damit ich in aller Gemütsruhe mir meinen Ariost schlückchenweise zuführen kann, im Bett, meinen Boccaccio, wenn schließlich und endlich den Glocken der Klöppel eingenickt ist nach dem Höllenkrawall: damit ich meine im Bett verstreuten Klassiker genießen kann, längelangs ausgestreckt wie der Kalife, was brauche ich da pro Monat dem Gaetano auch noch einen Pájaro zu bezahlen?« (Seit einigen Jahren hatte er sich eine gewisse Kenntnis der italienischen Sprache zugelegt) »... für die unsichtbare nächtliche Runde des Nistitúo?... wenn nur noch Grillen in der dunklen Landschaft pünktlich die Zeit der Welt ausrufen?...«

»Wer weiß?« sagte der Doktor, »wenn sie mal drauf aus sind... wenn sie loslegen... dann achten sie nicht so sehr darauf, welche Tür es ist... Ein wenig Geld hat man immer im Haus... und Silberzeug... Ihre gnädige Frau Mama, außerdem, mit ihren Brillanten... von denen alle reden... weil sie ja alle sehen... sogar von weitem...«

Der normale Mensch, selbst wenn er Arzt ist, vergißt leicht, daß er mit einem Kranken redet. Der Sohn, in seinem Schmerz, sah vor sich eine Braut aus der Zeit des Präsidenten Uguirre, als noch die Pferdebahn fuhr, sah den Bräutigam, der mit diesem Glitzern sie dazu brachte, vor Freude zu erröten, zu lächeln. Belebt von ihren Hoffnungen, war sie ihren Lebensjahren zugewandt, erforschte mit der zitternden Blüte ihres Wesens den heißen Odem der Zukunft. Aber den Alten, denen reißt man, in den dunklen winterlichen Öden, die Brillanten aus den Ohrläppchen. (Die toten Söhne, die stummen, gedächtnislosen, unter den

Kreuzen der Cordilleren, verteidigen sie nicht.) Ihr armer Leib, von dem die Pein des Gebärens ausgelöscht ist und den die Pein des Todes gebeugt und entkräftet hat, verdient keine Perlen. Im Dunkel breitet sich ein Dunghaufen.

Der Doktor wiederholte: »Wer kann es wissen?... Jedenfalls gibt es mehr Sicherheit...«

»Fürchten Sie denn, daß es keine Sicherheit gibt?...«, flehte der Sohn, »es ist doch ein friedliches Land...« »Oh!...«, grinste der andere, »... als ob alle Leute hier in Lukones getaufte Christenmenschen wären... diejenigen, die einem mit der Laterne in die Augen blenden! Es gibt sogar einige gestohlene Autos auf dieser Welt... Nicht wahr?... Und diese Leute verstehen sie zu fahren, die Autos, da können Sie sich drauf verlassen!... Und sogar mit verlöschten Scheinwerfern...

Im vergangenen Jahr, da bei den Carpioni, in der Villa, dann bei den Brocchi... Bei den Brocchi hat sich's nur um Kleinigkeiten gehandelt, das gebe ich zu... Ein halb Dutzend Karnikel... ein paar Hennen... Gott weiß, wie sie's fertigbrachten, daß die sich ruhig verhielten... Sie müssen ihnen gleich auf der Stelle den Hals umgedreht haben... Heuer bei den Brugnoni, bei den Carpioni und ein weiterer Versuch bei den Teresotti, vor zwei Monaten... Na, da bei den Carpioni und den Brugnoni scheint es sich um wahre Meisterstückchen gehandelt zu haben... Meinen Sie nicht? Und die Leute? Stellen Sie sich vor, die saßen derweil unten und haben Salat gespeist, die Carpioni! im Erdgeschoß... Sie wissen, den Lattichsalat aus ihrem eigenen Garten, für den sie kurz vorher auf der Gartenausstellung von Terepàttola eine lobende Erwähnung bekommen hatten... erster Klasse sogar...« Das Gesicht des Sohnes heiterte sich auf, ein Strahl guter Laune kam ihm zu Hilfe. Der Doktor fuhr unbeirrt fort: »Bei den Brugnoni hat man dann festgestellt, daß der Schäferhund tot ist... ein vergifteter Fleischbrocken... und so haben sie den Streich ausführen können... Silberzeug, Tafeltücher, Servietten... Es ist hier, das dürfen Sie nicht außer acht lassen, nicht wie in der Stadt, wo gleich die Leute auf der Treppe zusammenlaufen, wenn irgendwo eingebrochen wird!... Wo ein solcher Kerl auf der Straße gleich eine Menschenmenge auf dem Leib hat... wenn sie auch nicht sofort eintreffen... die von der Polizei... Aber hier, bis die Leute hier aus dem Bett springen!... Da kann man lang warten!... Hier ist man allein, im Finstern, verloren auf dem Land... Genauso, wie Sie es vorhin selbst sagten... Nur daß die Grillen einem dabei nichts nützen...«

Der Peón klapperte wieder über die schmale Bühne des Dreiecksgartens, vor dem Weiß des Hauses, geschäftig, mit an den Hüften mühsam gehaltenen Hosen, verschwitzt, indem er Mistpfannkuchen hinter sich zurückließ, auf dem Krickrick, die seinen Weg zeichneten und die vom Vierfußgeklapper seiner Holzpantinen abfielen. Eine Katze folgte ihm und lief ihm hopsend voraus. Der Mann trat ins Haus seiner Brotherrn ein durch den offiziellen Eingang, ohne die schlagenden Glastüren zu führen, die ein Luftzug zufallen ließ. Die Katze war mit Gewandtheit ins Haus gedrungen, samtener Schatten zwischen den Beinen des Mannes.

Der Doktor schien, bei diesen Reden, wie einer, der sich dran weidet, einem Kind Angst einzujagen. In Wirklichkeit legte er Wert darauf als wohlunterrichtet dazustehen, den Señor Gonzalo mit der Unfehlbarkeit seines Nachrichtenanzeigers in Erstaunen zu setzen: um dann, trotz allem, festzustellen, daß die Polizei des Bezirks in der Finsternis äuge, in voller Zulänglichkeit. Er war ein öffentlicher Beamter in seiner Eigenschaft als Gesundheitsbehörde: er fühlte sich solidarisch, in gewisser Weise, mit allen Beamten und Behörden der Provinz und vielleicht der ganzen Republik: er stand im Genuß außerordentlich bevorzugter Behandlung von seiten der öffentlichen Ämter des Serruchón, mit Ausnahme allerdings eines für seine Lebenshaltung ausreichenden festen Gehalts. Seine Zahnarzt-Praxis, in Prado, wurde gratis von der Vigilancia überwacht; die mürben Zähne, die er aus den Kiefern der Pradeser zog, jeden Dienstag und Freitag, hatten aber keine Gelüste erweckt, keine motorisierte Räuberbande hatte sich bisher nächtlicherweile in Bewegung gesetzt, um sie zu erbeuten.

Gonzalo, in dieser seiner Wesensart als Pendeldiagramm mit verlängertem Ausschlag, die von wechselnden und einander entgegengesetzten Gemütsbewegungen, einer Abfolge widersprüchlicher Seelenlagen herrührte, die in einem Augenblick saturnisch, im nächsten dionysisch, dann eleusisch und wiederum korybantisch war, Gonzalo war vielleicht weit entfernt davon, Diebe als Diebe zu fürchten – ut jugulent homines surgunt de nocte latrones –, aber es bedrückte ihn die Sorge um die Mutter. Die Diebe waren in seiner Beklommenheit das Symbol einer Schmach, die man seiner Mutter antun könne, oder waren vielmehr Symbol für den Mangel an Schutz und Hilfe in ihrer dürftigen Einsamkeit. Aber es hatte ihr an allem ermangelt, ihr, seiner Mutter.

»Sicher... die Frösche dienen zu nichts...«, meditierte der Doktor. »Das gibt es immerhin«, erwiderte der Sohn, »um den Gelüsten des Gesetzes Genüge zu tun... Das muß genügen«: und er deutete auf die Tür, durch welche der Peón verschwunden war. »Er hat den Revolver, den ihm die Mama gab; er hat die Flinte; hat sie sich vom Besteiro entliehen; meiner Meinung nach ist er ein Dreckskerl... Also wird's wohl genügen...«

»Na gut... aber es geht doch darum, daß man Hand in Hand arbeitet... jeder nach seiner Kraft ... Daß alle sich einig sind im Gedanken gutbürgerlicher Gemeinschaft... ja, bürgerlicher Gemeinschaft... Bürgersinn...«

»Ich zahle nichts mehr: weder an die Kelten noch an die Indios...« Der Doktor war fast so weit, sich davon zu überzeugen, daß Don Gonzalo verrückt sei. »Nein. Ich glaube nicht an den Wächter, wie ich auch nicht an die Allwissenheit des Vulkans Akatapulqui glaube, Sie wissen ja, an den Vulkan-Gott, den die Inkas anbeteten, den Gott des Feuers und des Schwefels... der riesig sich auftürmt und faucht, dort drüben, in der Finsternis... hinter der Kahlheit der Cordillera...«

»An was glauben Sie aber?«

»An das Institut für den Fortschritt der Künste... bestimmt nicht...« (Es war dies ein interamerikanisches

Institut, welches heutzutage sehr heruntergekommen war, dem Völkerbund angeschlossen und Brotgeber, in jenen Jahren, eines guten Hunderts von Beamten.)

»Ich glaube nicht an den Wächter... der da vorbeifliegt wie ein Schatten... um das Zettelchen ins Schlüsselloch zu stecken... am Tor; der zweihundertfünfzig Villen und dazugehörige Wäldchen mit dem Fahrrad abklappern muß, im Dunkel... verstreut über drei oder vier Gemeinden...«

»Nun: immerhin ist bekannt, daß ein Wächter da ist ... und noch dazu ein öffentlicher Beamter...«

»Was bewacht der schon, wenn er zweihundertfünfzig Villen zu überwachen hat? Villen, Schlößchen, Pfarrhäuser und Klöster beiderlei Geschlechts? Sagen Sie doch selbst, was der schon bewacht!

Wenn er vorbeigleitet an der Mauer der Besteiro, können die da doch derweil in Lukones Tango tanzen, solang es ihnen beliebt, oder nicht? die Villen-Einbrecher... Wenn er in San Juan eintrifft, auf dem Hinweg, so stell ich mir's vor, oder in Lukones, bei der Stallung des Manoel Torre, nehmen wir einmal an, was soll der dann wissen, was zum Teufel derweil in der Villa ›Brocchi‹ oder der Villa ›Teresotti‹ los ist? Und wenn er dann sein Zettelchen in der Villa ›Brocchi‹ einsteckt, was derweil die Zahnbürstchen in der Villa ›Giuseppina‹ aufführen? Das Gespenst dort, das kann inzwischen jeden beliebigen Zeitvertreib ausspinnen, allen Gerichtshöfen von Maradagàl zum Trotz: glauben Sie mir: grade dann könnte es sich, wenn es wollte, sein Mütchen kühlen... Man sagt, es sei kleptomanisch... hege eine Vorliebe für Zahnbürsten...«

Der Doktor lächelte bei dieser Anspielung auf einen Diebstahl, den man für übernatürlich hielt: nicht so sehr wegen der Geistreichelei selbst als wegen des Tonfalls von Strenge und Heftigkeit und Entrüstung, mit dem Don Gonzalo die Schmähung ausgestoßen hatte, indem er das Gespenst für einen seiner politischen Feinde hielt. Zu den Versionen, die im Volksmund die größte Glaubwürdigkeit genossen bezüglich der Art und Weise und des mutmaßlichen Urhebers dieses Reliquiendiebstahls (Zahnbürste, Pantoffel und Gummibirne), gehörte auch jene, im Gespenst selbst den Täter zu sehen, das eigenhändig in einer Freitagnacht zum 13. sie entwendet. Die Mutmaßung hatte übrigens in ersprießlicher Weise auf den Geschäftsgang der »Lotería nacional« eingewirkt.

»Ich glaube nicht an das Zettelchen... Glaube nicht daran! Und dann ist dieses Teufels-Nistitúo nur für die Nacht... Aber sie könnten doch auch tagsüber kommen... oder kaum daß der Hahn das Licht des Tags erspäht hat... dort... von den östlichen* Paßgängen her...

Nein: ich zahle nicht. Ich zahle nicht! Schluß mit dem ewigen Zahlen.« Er war wahnsinnig geworden.

Wenn man sich zum Friedhof begab, mußte man am Gartentor der Villa ›Agostini‹ vorbei, die äußerst stark abonniert war am Nistitúo, äußerst stark überwacht, nicht nur von den Gesetzen oder Gesetzesdekreten und zugehörigen Ausführungsbestimmungen, sondern auch durch jene einfachen Anregungen und Anempfehlungen, die der Alkalde von Zeit zu Zeit in diese windigen Villen blies,

* In Wirklichkeit vom Westen her.

jedesmal, wenn im Frühjahr oder im Herbst sich eine günstige Gelegenheit dazu bot. Und der bekieste Vorplatz am Tor der Villa ›Agostini‹, wo zu lesen stand »salve hospes« in weißen Kieseln auf grauem Grund, war über und über bedeckt mit rosa Zettelchen, wie Trambahnbilletts. Das waren die Abreißzettelchen, die das Nistitúo durch die Mühwaltung des Wächters jede Nacht, je eines pro Nacht, an einem bestimmten Punkt unter dem Tor durchschob: welches aus langen Stangen bestand, mit vergoldeten Lanzen. Und ein Morgenhauch, in der Dämmerung, von den Pinien, den Linden, wirbelte sie schnell und schweigsam in Zerstreuung.

»Ich glaube nicht an das Zettelchen ...«

»Aber an einen guten Browning werden Sie wohl glauben ...«

»Auch nicht. Übrigens hörte ich da vorgestern eine ganze Geschichte, welche die Peppa der Mutter erzählte ... Eine von denen, die nur sie erzählen kann, mit unterdrückter Stimme ... eine Art Wunderding ... vom Hospital in Pastrufazio ... Aber den Schluß habe ich nicht verstanden, muß ich gestehen ... Und übrigens, wenn er Kriegsinvalide ist, wie kann er da ein Wächteramt ausüben? ... ›Invalide‹? ...« Er hatte die Augen plötzlich aufgerissen, der brave Doktor. »Aber er ist doch geheilt! Seit geraumer Zeit! ... Geheilter als Sie! ... und als ich ...« Er hatte, so konnte man sagen, die Ohren blitzartig der Freude entgegengewandt, wie ein Pferd beim Schnalzen der Peitsche. Wie ein Dampfkessel, der, kaum daß man ihm unterm Leib ein Hähnchen öffnet, mit lautem Zischen alles herauspißt, daß man's nicht mehr abstellen kann, nicht mal mit dem Schraubenschlüssel.

Eine Freude, ein Stolz: die ihm Lebenshilfe waren: daß er die bestinformierte »Persönlichkeit« von Lukones war oder vielleicht, vielleicht sogar des ganzen Landstrichs. Von Prado nach Iglesia, bis zum Ranchito und nach Vaqueiras. An den Quellen geschöpft zu haben: am ersten Ursprung; bei den Magazinen des Protokolls, bei den Titelträgern des Hohen Amts. Und dann fallen lassen, plaff, als ob es nichts Besonderes wäre, mit einem Schlag, auf die dürstende Neugier der Fragesteller – den dicken Tropfen der palabra oficial. Er hatte die Rede rings um das Thema geleitet und genau auf diesen Punkt hin, wer weiß!, um an den Augenblick der Wichtigkeit und des Stolzes zu gelangen, auf jene nun folgenden zehn Minuten der Ernsthaftigkeit, während derer er den Marchese Gonzalo Pirobutirro d'Eltino ... mit gedämpfter Stimme ... über das Problem des Tages aufklären würde ... Oh, nicht mit einem »man sagt« des Volkes ... sondern mit den im Besitz der Behörden befindlichen, ihm von den Behörden mitgeteilten Tatsachen: ... ihm mitgeteilt ... nur ihm ... unter dem Siegel der Verschwiegenheit ...

Wäre der Kerl nicht so verschroben gewesen, hätte der Diskurs längst stattfinden können, auf höchst ehrenwerter Ebene, zwischen Professor und Marchese ... Denn, in der Tat, manche nannten ihn, statt Doktor, Professor.

In diesem Augenblick jedoch hörte man Steinchen unter einem Gummireifen wegspritzen wie in geronnenem Glitzern: ein Fahrrad: von der Bergstraße her. Jemand stieg ab, ein Beamter: und das Türchen gab, aus den Angeln, ein schnelles Gekreisch, ganz von Rost. Der Mann in Uniform trat ein, mit leicht gekrümmten Beinen in den Gamaschen; man hätte ihn für einen Reiter gehalten; das Koppel, der Schulterriemen und das Revolverfutteral, aus glänzendem Leder, hatten Schnallen aus Messing, die mit ›Sidol‹ geputzt schienen.

Die beiden kleinen Augen funkelten, wie das Funkeln einer Klinge. Er sagte: »Ich suche die Señora«, zwei Finger ruhig ans Mützenschild gelegt. Dann jedoch nahm er die Mütze ab, und der Schädel war vollkommene Rundheit und Kahlheit, aber mit unvorhergesehenen farbigen Modulationen: von der gebräunten Stirn über die Schädeldecke, die sehr weiß war.

»Was wollen Sie?« fragte der Sohn.

»Es ist wegen des Nistitúo. Sie hatte mir gesagt, daß sie dieses Jahr eventuell auch ... die Señora ... wie die Herrschaften Agostini, wie die Brugnola, dort hinten ...«, und er machte mit dem Daumen ein Zeichen. »Ich bin schon vorigen Mittwoch hergekommen ... aber sie hat gesagt: kommen Sie noch einmal anfragen ...«

»Das ist unser Schutzengel«, sagte der Doktor leutselig, als ob er ihn vorstellen wollte.

»Übrigens ... auch der Herr Alkalde ... hat empfohlen, sich rechtzeitig vorzusehen ... nichts zu versäumen ...«

»Es besteht keine Verpflichtung«, sagte der Sohn.

»Genaugenommen ... das Gesetz vom 12. Februar ...«

»Ich denke nicht daran, mich mit dieser Sache zu befassen ...«

»Für die Provinz, zumindest, gibt es die Verordnung Nr. 5888, ausgegeben von seiner Exzellenz, dem Gouverneur... mit Datum vom 22. Juli 1932...«

»Und die Nicht-Abonnierten? Was ist mit denen... Ich will frei bleiben.«

»Aber die Villa ist eingetragen auf den Namen der Señora... Pirobutirro d'Eltino... So geht es zumindest aus den Akten hervor...« (ein Anflug von Spott, in der Stimme).

»Was für Akten?«

»Aus den Steuerakten ... Und die Señora hat auch in diesem Frühjahr mit mir gesprochen ... daß sie in diesem Jahr sich bestimmt abonnieren will...« In seinen Augen lag ein festes, hochmütiges Leuchten unter dem obersten Schleier der Ehrerbietigkeit oder Gutmütigkeit...

»Meine Mutter ist nicht da«, sagte Don Gonzalo, verärgert, und starrte auf die mittlere Schnalle.

Der Mann im ledernen Rüstzeug ließ den Blick über die Fenster schweifen, unten, über die Tür und die Terrassenecke, als ob er sich vergewissern wollte.

Er war wirklich ein Hundsfott.

Auf diese neuerliche Unverschämtheit erhitzte sich augenblicklich Don Gonzalos Geist an der geheimen Lieblingsidee des Hanfstricks. Der Mund äußerte nichts. Die Ingredienzien seines Zorns waren, in diesem Augenblick, Strenge und Ungeschick. Der Träger der Gouverneursverordnung Nr. 5888 stieg die zwei Stufen wieder hinauf (er war auf der dritten stehengeblieben), setzte die Mütze wieder auf, rückte sie mit beiden Händen auf dem Kopf zurecht und sagte: »Also gut... ich komme wieder vorbei, wenn die Frau Mama da ist«, in einem Ton jedoch, der dem Don Gonzalo wie eine Herausforderung scheinen wollte oder geradezu wie Hohn. So, daß er noch ein oder zwei Minuten lang, mit verkniffenen Kiefern, über die Reißfestigkeit des Hanfstricks und über die verschiedenen Arten des Erhängens phantasierte, indem er seine Gedanken den tröstlichsten Details überließ. Er gestattete sogar dem Hanfstrick zu zerreißen, an die acht- oder neunmal, ehe er gehörig funktionierte: worauf er ihm endlich befahl, widerstandsfähig zu sein.

Aber das ausersehene Opfer des großen Galgens bestieg indes das Fahrrad und sauste talab gen Lukones mit schottergepieksten Schläuchen, unter denen links und rechts Steine hervorschossen wie aus lauter ebenerdigen Schleudern.

Der Doktor hüstelte ein wenig: hatte in der Kehle und dann auch in der Nase eine höchst willkommene Gräte: dann kamen ein paar Einsilber, ein paar freier atmende Röchler: so daß es ihm gelang, den Schützling wieder aufs Thema des Wunders zurückzugeleiten oder vielmehr auf die wissenschaftliche Auslegung des vorgeblichen Wunders. Sie traten vors Gartentor. Don Gonzalo blickte nun zur Kehre des Sträßleins hinauf, gen el Pinto zu, von woher er erwartete, den schwarzen Sonnenschirm seiner Mutter auftauchen zu sehen, in Begleitung, vielleicht, der Pina oder auch der Peppa. Nichtsdestoweniger schien er sich mit zufriedenstellendem Ernst und zufriedenstellender Gefälligkeit den Wünschen des Informators zu neigen: schien sogar wieder Haltung zu gewinnen, und der Doktor war dessen überaus froh: das, vor allem, lag ihm am Herzen. Er sagte: »Aber die Mutter kommt nicht zurück!... Sie wird doch nicht den ganzen Tag auf dem Friedhof zubringen wollen!« Der Doktor verfügte in der Tat über gewisse nicht im Umlauf befindliche Angaben, er war stolz darauf, sie waren ihm vom Stabsarzt Di Pascuale überlassen worden: und ihm allein, vor zwei Tagen, anläßlich des letzten Erbsenversorgungsgangs. Unter dem Siegel allertiefster Verschwiegenheit.

Genau diese Angaben waren es, die er sich nun anschickte, langsam, langsam, heraustropfen zu lassen wie Zähren eines herbaristischen Bilsenkrautaufgusses, ins Ohr des Patienten, mit Hilfe jenes charakteristischen Gebrummels, Lider erdwärts gesenkt, zusammengesetzt aus einem gewissen Abstandnehmen vom Ereignis, einer gewissen unterirdischen Großartigkeit, wie die eines Sekretärs vom Geheimen Protokoll, mit einer Dinge zurechtrückenden Absicht, einem autoritären Ausrichten des Epos.

Es beschwichtigten sich, im Gemüt des Sohnes, alle Schmähungen, alle Ansätze zu Schmähungen, Aufrucken und Hochzücken zorniger Flammen: gegen die öffentlichen Eintreiber oder Nutznießer privater Einkünfte, gegen die verschiedenen Zweibeiner, männliche oder weibliche, die sich dessen schuldig gemacht, auf den Namen des Gatten der Jungfrau Maria getauft zu sein. Sie erlangten Frieden von der peitschenhiebeverteilenden Vorstellungsgabe des Verfolgers, Frieden, wie sie ihn, vielleicht, genossen nach dem Puchero, in der hohen Stunde des Tags.

Eine nachzüglerische Henne von jenen, die das Ei um Schlag eins legen, unterbrach das Schweigen: aus dessen Weite noch einmal (wie ein Drang, der der Erschöpfung zustürzt) das heiße, barocke Glucksen, von Trunkenheit und Frevelmut skandiert: Gackgack ein Ei, gack, gack ein Ei ... Gackgack ein Ei ... Geckeckeck – hervorquoll. Auf dem »salve hospes« der Agostini verstörte, gewiß, die Eidechse in der Sonne: konnte es mehr August sein? Und die Libelle, wie Phantasiegehusch, überfliegt alle Grenzen. Die Hospes allerdings mußten den mächtigen Groschensparern erst noch erwachsen. Niemals, in aller Welt, wäre ihm genehm gewesen, diese Schwelle zu überschreiten, gackgack hospes, gackgack hospes, gackgack Gast, der du bist! An jenem in seinem Lanzenschmuck ewig geschlossenen Gatter, an jenem bekiesten und verlassenen Eingang, der mit rosa Zettelchen betupft war: den Rosenblättern der Verordnung 5888.

Vor dem Bericht des Doktors kapitulierte Gonzalo. »Um sich den Schlaf zu vertreiben«. Jeder Vorwand ist ihnen willkommen, in der Villa, in der Sommerfrischenvilla, den mohnbeschwerten Untertanen der Langeweile! So war also die Geschichte der Heilung gegangen.

Im Hauptlazarett von Pastrufazio, vor der Zweiten Entlassungsbehörde, hatte der Palumbo die Tatsachen wieder ausgekramt, die bereits wiederholt von den Nebenstellen zu Protokoll genommen worden waren: indem er in den dramatischsten Tönen der Aufrichtigkeit und in vollkommener Übereinstimmung mit dem Bericht den schrecklichen Ablauf des »Bombardements« schilderte, welches (für ihn) in der fürchterlichen Explosion gipfelte, die ihn mit völliger Taubheit geschlagen hatte. Diese oberste Instanz, zusammengesetzt aus zweiundzwanzig Oberstabsärzten, unter Beisitz eines Staatsanwalts, eines Sekretärs, eines Oberstleutnants der Artillerie (vom 3. Belagerungskorps) im Amt eines Beirats und unter Vorsitz des Generalstabsarzts Huberto Ramirez y Fonseca, hatte an den Ausführungen des Palumbo nichts auszusetzen gefunden und demgemäß beschieden, daß seine Stellung als Kriegsverletzter unangreifbar bleibe gegenüber dem Staatsanwalt der öffentlichen Gelder. Aber der Staabsarzt Di Pascuale (Abkömmling einer italienischen Familie, die um die Mitte des vergangenen Jahrhunderts nach Maradagàl ausgewandert war) hatte einigen Verdacht gehegt. »Der will mich für dumm verkaufen«, hatte sich der tüchtige* und eifrige Beamte (im Dialekt seiner Vorväter) gesagt.

Immerhin, wie beweist man, daß ein Kriegstauber nicht taub ist? Daß er bestens auf beiden Ohren hört? Wenn man darüber nachdenkt, auch nur einen Augenblick lang, so merkt man gleich, sofern man nur einen Moment überlegt, daß dies Problem alles andere als einfach ist. Der Mann hört nicht. Warum? Weil ihm die »zerreißende« Granate in nächster Nähe geplatzt ist, auf der Stellung 131. Also hört er nichts. Und, wenn er nichts hört, da könnt ihr lange sagen: »Aber nein, er hört recht gut.« Wie soll man's beweisen? Er schleudert euch die Stellung 131 ins Gesicht.

* Das Wort muß im weitesten Sinne verstanden werden.

Die Stellung 131 ist's, die euch lackmeiert. Wart ihr auf der Stellung 131? Na also!

Er guckte ihn lange an, der Oberstabsarzt Di Pascuale, aus seinem Amtssessel am Ende des Tischs: dann, zum Sprechen aufgefordert, erhob er sich: und sprach knapp, schlug eine Prüfzeit vor: die nach kurzem Hin und Her vom Staatsanwalt der öffentlichen Kasse selbst zu den Akten genommen wurde. Das Hin- und Hergerede hatte keinen anderen Effekt, als daß es ihm selbst, dem Di Pascuale, ein wenig Pfeffer in den Hintern setzte, wie man zu sagen pflegt: und seinen dreifachen Ehrenstandpunkt als Offizier, als Arzt und als italischer Abkömmling auf harte Probe stellte. Auch weil sein lästigster Gegenredner, ein Doktorchen, ein Milchbart, wenn auch Hauptmann seines Zeichens, so tat, als wüßte er mehr als er selber. Mehr als er? Ha! Kaum saß er wieder in seinem Büro, auf seinem Stuhl, und spürte unter dem Pfeffer das Kissen der Señora Rosa, »Wart-te-nur!« sagte er sich; mit solchen Augen!, und die Hände in Richtung Palumbo ausgereckt; der, wohlgemerkt, nicht dort anwesend war. Ein Schreiberling hob den Kopf vom Blatte: »Herr Oberst befehlen?«

»Was heißt hier befehlen, was zum Teufel befehlen ... Halt's Maul!« Er hatte das starke und quadratische Kinn der Samniter, und die Unterlippe stieß einen halben Zentimeter über die obere hinaus: als ob der Mann seinen hartnäckigen Widerstand damit prägen wollte, ein »¡aquí estamos!«, im Amt der obersten Hüter des maradagalesischen Gemeinguts.

Der Palumbo hatte »Antrag gestellt«, daß er vom Hospital entlassen werde, zumindest provisorisch, beantragte einen Urlaub von dreißig oder vierzig Tagen, als mindestes; da er sich verheiraten müsse und eine Unmenge Angelegenheiten regeln, die der Krieg ihm durcheinandergebracht, wie er behauptete: und er hatte ihn nochmals wiederholt, wenige Tage zuvor, indem er drauf hinwies, daß die Person, die er zu ehelichen gedenke, nicht auf unbestimmte Zeit zuwarten könne... Die Ärzte hielten vielmehr dafür, daß er auf schnellstem Weg irgendeinen Tatbestand zu regeln habe, wie's häufig vorkam in jenem Jahr, vor allem bei der bäuerlichen Schicht, nach dem Sieg über Parapagàl. In Wirklichkeit handelte es sich um eine Witwe mit recht soliden Wurzeln, mit Tafelzeug, Bettzeug, einem Häuschen, das sehr, aber schon sehr ansehnlich war; welchselbiger es also keineswegs an Anwärtern fehlte. Und die Witwe, kurz gesagt, hatte ihm Nachricht znkommen lassen, daß er sie nicht länger zum Narren halten möge: daß er sich entschließe: daß er, kurz gesagt, zugreife oder ablasse. Der Krieg war ja vorüber. Wenn er taub geworden war, so nähme sie ihn auch als Tauben, aber entschließen müsse er sich. Andernfalls würde sie sich anders besinnen. Er, natürlich, saß auf Kohlen, so wie die Dinge liefen: denn es handelte sich da um eine wirklich günstige Gelegenheit, und es wäre ein Jammer gewesen, sie auszulassen nur wegen der Kleinkrämerei des Oberstabsarzts Di Pascuale. Aber der Di Pascuale wollte nichts dergleichen hören: und zwei Tage nach der Verhandlung unterzeichnete er die Einweisung zu einem »speziellen medizinischen Beobachtungsaufenthalt«. – »Der Teufel soll ihn holen!« knurrte der Palumbo zwischen den Zähnen. Zwei Monate ärztlicher Beobachtung!

Sie schienen ihm eine Ewigkeit. Aber er gewöhnte sich dran. Keine List war schlau genug, um ihn reinzulegen! etwa wegen mangelnder Wahrhaftigkeit. Weder die plötzliche Ankündigung, vom Oberstabsarzt persönlich ausgesprochen, vom Tod seines Onkels Manganones, der ihn zum Erben ernannt hatte. So lautete das Telegramm. (Erbe einer silbernen Kette, einiger Hocker und eines ausgestopften Uhus: wie sich später herausstellte.) Weder das plötzliche Abschießen einer Pistolensalve, die sie im Büro losgehen ließen, hinter seinem Rücken, heimtückisch, eines Sonntags, während eines Gewitters, das einem Angst einjagen konnte. Noch indem sie ihm einen Schein von fünfzig oder einem neugedruckten Pájaro auf den Tisch legten, wobei sie nebenbei verlauten ließen: »Den spendet dir die Gesellschaft der Wohltätigen Damen: nimm ihn!, ¡anda!«

Auch nicht der Auftrag, den man einer Frau, die weniger wüst war als die üblichen, erteilte, ihn auf der Straße mit halblauter Stimme, unter den Roßkastanien der Fortaleza eines Abends, als er keinen Groschen im Sack, aber eine Menge Quecksilber im Blut hatte, anzusprechen: »Servus Kleiner, mein Schöner etc. etc.: von dir will ich gar kein Geld, du gefällst mir nämlich: bloß einen Kuß etc. etc.« Wie groß die südamerikanischen Augen des Mädchens leuchteten im wundervollen Abend! Saphire der Nacht schienen sie zu sein. Und sie glitzerten gratis. Aber, da er taub war, fiel er nicht darauf rein.

Die Wochen zehrten sich langsam auf, und bös: der Palumbo im Allgemeinen Hospital von Pastrufazio wähnte sich bereits vergessen von den Umständlichkeiten der Prozedur und der militärischen Bürokratie. Zerfetzte und fettige Romane liefen in den Krankenstuben um, verloren von Zeit zu Zeit wieder irgendeins der Blätter, von irgendeinem schlecht ausgerüsteten Kranken als Notbehelf bei den Leibesübeln benützt. Bereichert andererseits, von Leser zu Leser, mit immer neuen Fettschichten, dazu mit Haaren, Ohrenschmalz und mit Schuppen.

Die Kameraden gaben manchmal eine zusammenfassende Aufzählung dieses seltsamen Gemischs.

Auch in der Stube, auf dem Hof, hatte er fast allen, ob sie es wissen wollten oder nicht, lauthals, wie die Tauben reden, erzählt, was ihm »alles untergekommen« war, vom Onkel bis zur Stellung 131. So daß ihn allmählich alle kannten: Servus 131! riefen sie ihm zu, ohne daß er sie jedoch hören konnte, der Ärmste. »Leb wohl 131! Grüß den Onkel!... Und auf Wiedersehen in Zivil!... Auf Wiedersehen im Ruhestand!... ¡Viva la Naja!« Keine List hatte verfangen. Er wurde allmählich ganz stumpfsinnig, wie ein Gottergebener, verfiel in eine Art moralischen Dämmerschlaf: auch die Witwe, schließlich und endlich, wenn sie's schon nicht erwarten konnte ... Man mußte zugeben, daß sie im Grund ein übles Stück war. Ein Glück, wenn er sie nicht kriegte! »Letzten Endes«, so versuchte er sich einzureden, »geht's einem gar nicht so schlecht hier im Spital!« Dann aber packte ihn wieder die Hochzeitswut, die Aussteuer, das Häuschen: der Erholungsurlaub: von dreißig plus vier Reisetagen, als mindestes! Er ließ also der Witwe schreiben, daß sie sich gedulden müsse, daß die letzte Untersuchung, die letzte Qual nahe sei: daß die Pension ihm sicher zustehe, nicht einmal der General Ramirez könne sie ihm, jetzt noch, abfilzen. Pension sechster Stufe, Kategorie fünf. Und die Witwe, wenn sie diese Briefchen las, mit dem Glücksklee drin, toi, toi, war ja schließlich nicht ganz unempfindlich gegenüber dem Aufschrei des Schmerzes: eine »Staatspension« ist und bleibt eine Pension des Staates: wenn auch von der fünften oder gar von der neunten Kategorie.

So reiften die Tage heran, einer nach dem anderen, wie Mehlbirnen: ein paar Zigaretten, einige Aufträge vom Schreibstubenhengst, Transport von circa zwanzig Kilo Aktenkram, von einem Stockwerk zum anderen hin und wieder ein Messingknopf zum Polieren, der dann, reibe, reibe, blitzblank und zerkratzt draus hervorging. Jeden zweiten Freitag der pfauenfarbige Einzug der Wohltätigen Damen von San Giovanni (Nepomuceno) mit zwei tuskischen Zigarren und zwei umbrischen Schokoladenpralinen*. Jener Heilige, welchen man auf der Mitte der Brücke von Pavia verehrt, ist auch der Schutzpatron der Fluß-

* Die Pralinen von der Fabrik von Perugina sind in Südamerika höchst geschätzt; und auch die Stumpen der italienischen Tabakregie, welche in zylindrischen Dosen von 50 oder von 100 Stück, luftdicht verpackt, exportiert werden. Was die Wohltätigen Damen von San Giovanni betrifft, so handelt es sich um einen Verein oder eine Kongregation der auserwähltesten Damenwelt von Pastrufazio, die alle Armen und Elenden, die in den Spitälern liegen, ins Herz geschlossen haben; und auch die Soldaten, die krank oder irgendwie aussätzig sind und welchen sie, soweit sie's vermögen, wohltätige Spenden bringen.

fischer und der Brückenbauer. Brücken jedoch sind in Pastrufazio nicht zu finden, wegen der biblischen Ausmaße des Flusses, der dort heranspült und den Namen Guarany führt: und die Überfahrt ist an die zehn Kilometer breit. Aber der Heilige wird als Schutzpatron verehrt wie bei uns der heilige Ambrosius. Von wegen des Flusses. Und mehr noch, weil er des gleichen Namens ist wie der General Nepomuceno Pastrufazio, der zweite »Gründer« der Stadt, der Befreier der windreichen Pampas, über die er dahingaloppierte wie der Monsun, das Tuch am Hals – über die ganze Ebene der Voranden: Schrecken der Gringos und der Indios, der einen wie der anderen, aber immer unentwegter und unerschütterlicher Freund der eingeborenen Inkas.

Der Oberstabsarzt Di Pascuale ließ, eines Morgens, den Palumbo rufen, »das Bürschchen«. – »Was für einen, Herr Oberstabsarzt? – »Was für einen! Nun, der halt! dem ich gesagt habe...« – »Ah! ich habe verstanden, den Freguglia! – »Was heißt Freguglia! den Jungen... den 131... der, der nichts hört! ...«: und als er ihn vor seinem Tisch hatte, in Habachtstellung, schrieb er mit blauem Stift auf das oberste Blatt seines Blockes: »Morgen werden wir dich ent-lassen, und du gehst in Ur-laub für einen Monat... Bist du zufrieden?« Und er drehte den Block um, damit er's lesen konnte. Wie ich schon bemerkte, war er, durch den Antrag auf dem laufenden über dessen glühenden Wunsch. Und der Palumbo, völlig ruhig und sicher bezüglich der Pension sechster Stufe, wünschte nichts sehnlicher herbei, als sie endlich einkassieren und sie ganz gemütlich, unterstützt von der Witwe, monatlich in gelassener Beratschlagung anlegen zu können: nach so vielen ungraden Nummern und all den Stürmen in den Bergen.

Er hob die Augen, um dem Soldaten ins Gesicht zu blikken. Dem armen Tauben blitzten Freude und Dankbarkeit aus den Augen, er ging um den Tisch, und nachdem er die Hand des Oberstabsarztes ergriffen, die Linke, fiel er aufs Knie, bums, wie ein Bettler auf einem Pestbild des Tintoretto, und fing an, sie mit Küssen und Aberküssen zu bedecken, unter dem Staunen der Schreiberlinge, die blitzartig aufgeschreckt waren durch die Schnalzküsse, herrje! Küsse eines Mannes auf die Hand eines Oberstabsarzts! Küsse und nochmals Küsse, in heißem Überschwang, dem hemmungslosen, wie es das Zeichen der Demütigen und der reinen Herzen ist, und auch der Jugend, deren Seelenregungen so unvermittelt ausbrechen, so »herzerschütternd«, daß keine Etikette, keine Dienstvorschrift, kein Hauptmann noch Oberst, und seien sie auch noch so steif oder noch so federfuchsig, dagegen aufkommen. Dieser den reingebornen, und ich möchte sagen, jungfräulichen Seelen eigene Überschwang, der durch den Gegensatz uns arme, vertrocknete, schwächliche Schöngeister (mit Ausnahme der kurzen Zeitspanne von 1915-1918) so betroffen macht, die wir so ganz mit unserem Kleinkram und Alfanzereien und Haarspaltereien beschäftigt sind, fern von den Leiden des Volkes und bar einerseits einer Pension, aber auch aller vitalen Lebensgeister.

Der Oberstabsarzt Di Pascuale war seinerseits völlig verstört. Das quadratische und harte Kinn, die Unterlippe, die einen halben Zentimeter über die obere hinausstand, schienen fast vor verhaltener Rührung zu zittern, in einem Aufwallen männlichen Mitgefühls, das, zweifellos, ihm aus den Bergen des Samniums überkommen war. Es gelang ihm sogar, aus den zwei dafür vorgesehenen Säcken, zwei halbe Portionen absolut väterlicher Tränen zu pressen: die ihm, langsam, hinabwärts, auf dem antiken Pergamentleder der Wangen auftrockneten, so wie das spärliche Wasser der Wadi in der Kahlheit der Syrte versickert: und nach einigen höchst keuschen Versuchen, die Hand zurückzuziehen, zog er sie in der Tat nicht zurück, ehe nicht reichlich Küsse und Spucke sie mit der volkstümlichen Dankbarkeit geehrt – sowohl von innen wie außen.

Dann schrieb er, auf dem zweiten Blatt des Blockes, nachdem er das erste abgerissen hatte, weiter: »Komm morgen um den Urlaubs-schein und den Rei-sebefehl abzuholen: du fährst um – 12 Uhr.« Und diesmal mit rot, weil er den dicken Bleistift verkehrt 'rum ergriffen hatte.

Und lächelte ihm nochmals zu, kurz und väterlich.

Der Taube ließ sich in erneute Segenswünsche aus, denen er diesmal einige Heilige einverleibte, unter anderen den heiligen Rochus, den heiligen Bischof Basilius, den heiligen Johannes Nepomuk, und alle seine Verstorbenen, an der Spitze den jüngst verstorbenen Onkel Mahagones, dazu die Madonna, und speziell die Madonna von Pompeji, die in Maradagàl sehr verehrt wird mangels zulänglicher lokaler Madonnen: denn sie haben nicht eine einzige, in diesen Bet-Hütten mit Wellblechdach, der auch nur von fern irgendein wundertätiges Licht zu lächeln scheint.

Der Palumbo hörte gar nicht mehr auf. Wohlstand und Glück herabzurufen auf die Enkel beiderlei Geschlechts, die dem armen, ein wenig gebeugten Buckel des alten Stabsarzts zur Last fielen: und Stabsarzt malgré lui: teures und gütiges Bild inmitten des Aktenkrams, daß einem vom Staub das Niesen kam, inmitten des Uniformmiefs und ranzigen Schweißes der Musterungsräume. Der Oberstabsarzt schob ihn sanft gegen die Tür hin, indem er mit dem Kopf ja, ja, ja nickte, aber ohne ein Wort zu äußern, weil's ja sinnlos wäre, zu einem Tauben zu sprechen; er hatte zu der Zeit, heiligste Muttergottes!, zwei schwangere Schwiegertöchter zu Haus, eine geschwollener als die andere: und die drittälteste Tochter, die letzte, hatte einen Monat zuvor entbunden; das war ein Hochlebenlassen, daß man sich's gar nicht vorstellen kann.

Es nahte die Morgendämmerung des folgenden Tags, und alle Trompeten des Spitals bliesen, was nur zu blasen galt. Weckruf, Wachpostenaufruf, Sanitäterablösung, Inspektionssergeant, Korporal vom Dienst, Kaffeeausgabe, Arztvisite, Erholungsurlauber vor die Kommission, Freigestellte zum Fourrier, Ankünfte zum Einweisungssaal, Verdächtige auf Beobachtungsstation; und dann Kehrbesen, Aufstehen, Röntgen, Elektrothermik, Lichttherapie, Chinesotherapie, Bad; und weiter und weiter: Urin, Blut, Auswurf, Stuhl zur Analyse. Dann Wäscherei, Kleiderkammer, Medikamentenverteilung, Heilige Messe für die katholischen Patienten, natürlich falls sie in der Lage waren, ihr beizuwohnen; um elf doppelter Trompetenstoß für den General Ramirez etc. etc.

Jede Zelebration oder Operation, Akten oder Fakten, Eingang oder Ausgang, Hinauf- oder Heruntersteigen, Einnehmen oder Auswurf, flüssig oder fest, oder soso lala, jedes hatte sein spezielles Trillerchen, am oberen oder unteren Ende der Stufenleiter.

Durch die Büros kreisten bereits seit zwei Stunden die Ordonnanzen, mit hängenden Hosen, verkratzten mit den Stiefelnägeln den Ziegelboden bei ihren verdrießlichen Botengängen mit einem Kuvert, einem Blatt: die Sessel waren alle schon besetzt, von dem, was sie üblicherweise besetzt hält: und, in manchen Augenblicken, wenn Worte und Türen und Schritte verstummten, zusammen mit den Hustern, den Katarrhen und Schneuzern, dann hörten sie, diese Jünglinge, plötzlich die Spitzen ihrer eigenen schüchternen, vorgymnasialen Federn, wie sie, krikrikrik, dahinkratzten auf dem harten Papier, von dem ein Kleistergeruch in die Nase aufstieg und ein Geruch alter romantischer notarieller Tinte, vom Tintenfaß, in der Zelebrierung der verschiedenartigen Syndrome und klinischen Verläufe von der Dysenterie des Freguglia und anderer zahlloser Dysenterien zahlloser Lopez und Gomez und Gutierez, die nur, die eine von der anderen, dank der Matrikelnummer, der dreistelligen, zu unterscheiden waren, nachdem die Taufe als solche das nicht zustande brachte. Die Krankenblätter, die Beobachtungsprotokolle der Kommissionen, die Matrikel der Regimenter und Abteilungen, gossen in diese »Schreibstuben« ständig neue Rapporte, von immer wirksamerer Orthographie und Orthopädie, immer hinein in die Einschreibungsbüros, »welche die Ganglien des ganzen

Ladens« waren, um sich an die (gebrüllte) Definition des Feldwebels Pastorino zu halten.

Um zehn hörte der Oberstabsarzt Di Pascuale klopfen, sagte, in ärgerlichem Ton: »Herein!« Aber keiner kam herein. Da erhob sich ein Schreibstubenhengst und führte den Palumbo herein.

In der Mitte der Schreibstube, stehend, mit aufgehaktem Kragen, wie gewöhnlich, sprach, oder diskutierte quasi, der Oberstabsarzt – mit einem anderen, ziemlich jungen Oberstabsarzt, der gerade anfing, lauter zu reden und ihm zu widersprechen, in zunehmend hitzigem Ton. Er zog, Stück um Stück, den Kopf in den Kragen, wie's die Schildkröte macht, und hob die Stirnfalten bis halb an die Haare, mit gespreizten Händen, und sagte: »Was soll ich da machen!« und andere mehr oder weniger nichtssagende maradagalesische Phrasen, daß er seine Hände in Unschuld wasche und nichts damit zu tun habe.

Auch der Fourrier war anwesend, steif aufgerichtet, das Gesicht ganz höckrig und gescheckt von einem Ausschlag, der Befehle harrend: ein Bündel Akten unterm Arm und ein Blatt in der Hand, in welches ein zweites Blatt eingeschlagen war. Der Oberstabsarzt Di Pascuale, nachdem er des Palumbo ansichtig geworden, sagte: »Warte, warte einen Moment« zum Kollegen: und drehte sich 'rum: »Was willst du?« fragte er den Tauben ganz grob, als ob er ihn zum erstenmal erblicke.

Der antwortete nicht, da er ihn ja nicht gehört hatte, alldieweil er taub war. Und forschte, seinerseits erstaunt und schmerzlich fragend, im Gesicht des Vorgesetzten, mit seinen armen Augen eines Kriegsinvaliden, eines armen, beider Trommelfelle Beraubten, dem nunmehr das Geschwirr aller akustischen Bezeichnungen abstrakt geworden, eines in infantile Welt Zurückgestoßenen. »Ah! Du willst den Urlaubsschein?« sagte da der Oberstabsarzt plötzlich, als er sich des Aktenvorgangs entsann. »Ah, Fourrier, wo haben Sie den Urlaubsschein von dem Knaben hingelegt?«

»Hier ist er, Herr Oberstabsarzt!« sagte der magere Fourrier mit dem Frühlingsausschlag und legte die Blätter vor, die er bereits in der Hand hielt: »Ah! in Ordnung! ...« Der Oberstabsarzt ergriff sie, trat an den Tisch, tunkte die Feder ein, beugte sich nieder und unterschrieb zerstreut: die Gedanken noch immer beim Streitgespräch, das sah man, mit dem Kollegen: der weiterhin auf ihn einredete, ihn mit ständigen Einwänden in die Enge trieb (gegen alles, was der Di Pascuale bereits festgestellt hatte): ein Hund, der nichts aus den Fängen läßt: »Was soll ich daraus entnehmen?... Daß man dem Fagioletti Onofrio die Beförderung nicht gesperrt hat...« etc. etc. Ein Hagelschauer von »Beförderungslisten« und »Beförderung wegen Auszeichnung« (lies »spezieller Auszeichnung«), mit ständiger Wiederkehr dieses Fagioletto Onofrio.

Dieser Streit hatte ihn sichtlich verbittert, den armen Di Pascuale. Er reichte dem Sergeanten das Blatt zurück, ohne sich um den Soldaten zu kümmern, und wandte sich wieder dem Kollegen zu.

Der Fourrier hielt dem Palumbo die zwei Papiere hin, Urlaubsschein und Reiseschein, und sagte (mit gedämpfter Stimme jedoch, aus Ehrerbietigkeit gegen den Streit der zwei Vorgesetzten): »Da ist der Urlaubsschein: fünfzehn Tage plus zwei Reisetage.«

»Aber man hat mir doch einen Monat versprochen!« ließ sich der Palumbo blitzartig vernehmen, voller Bestürzung.

Der Oberstabsarzt Di Pascuale schnellte herum, als hätte ihn die Tarantel gestochen: er schaute ihn an: und trat auf ihn zu.

»Aha! einen Monat?« und dann machte er eine lange Pause, indem er ihn fixierte: »... einen Monat... hab ich dir versprochen?« Das Gesicht des Palumbo-Mahagones war puterrot. Der andere Oberstabsarzt lächelte ihm nunmehr ebenfalls teuflisch zu. Das Gesicht des Fourrier, nicht ganz so gelb wie gewöhnlich unter dem weinroten Schaum der Pickeln, betrachtete ihn aus rückwärtiger Stellung, wie um Vergebung bittend: »... der Teufel, weiß Gott, der legt einem Fallstricke... aber... meine Schuld ist es nicht...« Das Militär-Spital 051 hatte nicht er erfunden, gewiß nicht.

»Junge, Junge, nun ist's aber ein für allemal Essig mit dem Taubstellen!... Los, los!... Zeugen sind ja da... zwei prächtige Zeugen... (die Schreibstubenhengste schwiegen)... Und der Oberstabsarzt Zeppola« – er machte eine Bewegung, um ihn vorzustellen, als wäre man in Gesellschaft – »und hier, mein kleiner Fourrier... der liebe... der gute... Herr Fourrier, haben Sie Joghurt gegessen, wie ich's Ihnen empfohlen habe?... Mit diesem Frühlingsgemüse im Gesicht?«–dann wieder zum Gaetano gewandt–: »die Zeugen, daß du recht gut in Ordnung bist... Die Madonna von Pompeji hat heute morgen ein Wunder an dir gewirkt!... Du kannst ihr auf den Knien dafür danken...! Aber man merkt, daß du von ganzem Herzen zu ihr gebetet hast... gut so, gut so... gratuliere... Auf diese Weise kannst du überhaupt ganz auf Urlaub gehen... unbeschränkten Urlaub... und die Rente bleibt der Regierung«; er drehte sich zum Zeppola, wiegte den Kopf auf und nieder: »... unserer armen Regierung... die so viel Renten zahlen muß...«, und er schwenkte die Hand in der Luft, als ob er sagen wollte: Weiß Gott, sie muß viel zahlen!

All dies, wohlgemerkt, spielte sich in maradagalesischer Sprache ab, abgesehen vielleicht von ein paar extravaganten Wendungen, die so nebenbei fielen. Aber der Doktor Higueroa hatte seine Unterhaltung mit dem Stabsarzt, die ganz in launigem, lässigem Dialekt ablief, noch frisch im Ohr. Es scheint auch, daß der Palumbo, der Fourrier und sogar der Zeppola die Redeweise des Di Pascuale voll und ganz verstanden, sei's aus langer Bürogemeinschaft, sei's – was wahrscheinlicher ist –, weil auch sie italischer Abstammung waren, wie ja aus ihren Familiennamen hervorgeht.

Vor den Augen des Sohnes zeichnete sich jedenfalls das Bild des alten Oberstabsarztes wieder deutlich ab, den auch er kennenzulernen Gelegenheit gehabt hatte, wenn auch nicht im Militärspital von Pastrufazio. Vom alten Arzt und zugleich Obersten mit dem quadratischen Kinn, dem perimetrisch nicht ganz zulänglichen Uniformkragen, den meist offenstehenden Häkchen am Hals: der fest von der weißen Militärbinde umschlungen schien. Binden, die er, Gonzalo, an den Ausgestreckten gesehen hatte: aber niemals weiß, dort oben im Berg.

Ärmlich gekleidet (mit Verlaub), denn Söhne gab's und Enkel. Unumstößlich in seiner Stellung hinter Bergen von Aktenkram, nunmehr, nach jenen anderen Bergen: der Pflicht untertan, die alles bedeutet, alles.

Von dem viele Stimmen, und eine glaubwürdiger als die andere, behaupteten, daß er insgesamt dem öffentlichen Gemeingut von Maradagàl einige Milliönchen Pesos wiederverschafft habe, nachdem er sie geduldig und mühselig herausgekratzt, wie man das Mark aus den Knochen kratzt mit Hilfe jenes Harpunen-Löffelchens, das wie ein Zahnarztinstrument aussieht; er hingegen hatte sie aus einer ganzen Kette von anderen Knöchelchen geholt oder anderen Knochen oder Muskelpartien oder Nieren oder Blasen einiger robuster Jünglinge, die allerdings, seiner Meinung nach, zu starke Neigung zeigten, in den Genuß einer vorzeitigen Rente vierten Grades zu kommen. In ihrem Alter!

Es ist, übrigens, zu bemerken, daß die gerechte Strenge des Gesetzes, das die Nichtanspruchhabenden von der Nutznießung ausschließt, und die Bestimmtheit des urteilenden Kollegiums bei der Anwendung der höchst heilsamen Anordnung, aufgrund des Tatberichts, einen ethischen Sinn beinhaltet und zu einer sozialen Resultatfindung gelangt, deren Sinngehalt über den Sachwert der Streitfrage weit hinausgeht. Jene dreißig oder vierzig Burschen, welche in der Tat, statt vom maradagalesischen Staat eine verfrühte Subvention der Trägheit und Arbeitsscheu zu kassieren, mit der falschen Begründung, sie hätten vom Krieg am

Leibe Schaden getragen – welchselbige Leiber sich hingegen als völlig unbeschadet und jugendfrisch wie die eines blühenden, aufrechten Lazarus erwiesen oder, wenn angeschlagen, so doch von einem ganz anderen als dem Krieg gegen das verhaßte Parapagàl angeknabbert und zerzaust waren –, diese Burschen, so sage ich, wurden durch den Rentenausfall dazu angeregt, ernstlich über ihren Fall nachzudenken und sich, so sage ich, einen anderen und würdigeren Lebensunterhalt zu suchen. Schon das Amt eines Nachtwächters ist, für sich genommen, eine ehrenwerte und sozial positive Beschäftigung. Einige dieser kräftigen Rentenaspiranten oder vielmehr Renten-Wiederabtreter, und der Mahagones in spezieller Weise, versuchten sogar noch Besseres: indem sie mit angespanntester geistiger Energie mitarbeiteten am guten Geschäftsgang, vielmehr an der Weiterentwicklung des Firmenkörpers jener sehr glücklichen Unternehmen, die hellsichtig genug waren, sich ihre Mitarbeit zunutze zu machen. So etwa, daß sie den Mahagones, außer zum Wächter auch zum Werber, zum Agenten von Blitzverträgen und zum Blitzeintreiber von Beiträgen » à la fourchette«, wie man auch sagte, dieser Firma selbst ernannten. Und indem er vor allem, für dringende Notfälle, erlernte, sogar seine eigene Unterschrift zu schreiben. Bereitwilliger Mitarbeiter am Erfolg der verschiedenartigsten geschäftlichen Initiativen: sei's im Einfädeln rosafarbener Zettelchen, allnächtlich, in die agostinischen, giuseppinischen oder teresitischen Schlüssellöcher: sei's mit der Ausfertigung handfesterer und ausführlicherer Blätter oder Billette, himmelblau oder rosafarben von einem vorgedruckten Block: sei's, indem er sie Monat um Monat ganz gleich ausfertigte oder auch, wie ebenfalls verzeichnet werden muß, von Monat zu Monat in ansteigend modulierten Wertbeträgen, das heißt mit positiven Differenzsummen, wenn man das Wort der Mathematiker gebrauchen will, was bedeutet, daß die Wertsumme mit einem blühenden (wenn auch variierenden) Anwachsen, von kräftiger Backbordbrise getrieben, behaftet ist.

Dieses Anwachsen und seine Modulation, die den Taschen der Abonnenten als »quantité différentielle très-petite« nicht bemerkbar ist, geleitet die Firma zu einem Aufstieg, der zu den sichersten gehört, welcher menschlicher Erwartung hinieden beschieden ist. Melchiorre Gioia hätte nichts Besseres ausdenken können.

Und schließlich und endlich bezeugen diese Quittungen, nachdem mit Hilfe von am Hinterlader abgekauten Bleistiftstummeln die Unterschrift daruntergesetzt ist, daß: wer will, der kann. Wille, Wille! Er kratzt Gelder aus den Mauern, aus den Sommerfrischenvillen! Aus allen Villen! Vom »salve hospes«: bis zum Schwanz der Eidechsen.

ZWEITER TEIL

5

Einsam irrte sie, irrte durchs Haus. Waren diese Mauern, dies Messing alles, was ihr geblieben? Von einem Leben? Den Namen hatte man ihr genannt, den grausamen, schwarzen, des Berges: wo er gefallen war: und jenen anderen, den trostlos heitren, jener Erde, wohin sie ihn getragen und bestattet, das Antlitz wieder dem Frieden und dem Vergessen anheimgegeben, jeder Antwort auf immer beraubt. Den Sohn, der ihr zugelacht durch kurze Frühlingszeiten, der sie so süß, so leidenschaftlich liebkost, geküßt hatte. Ein Jahr später hatte, in Pastrufazio, ein Unteroffizier des Heeres sich bei ihr gemeldet mit einem Diplom, hatte ihr ein Büchlein übergeben, sie gebeten, eine Unterschrift zu setzen unter ein weiteres Heftchen: und indem er dies sagte, hatte er ihr einen Kopierstift gereicht. Zuvor hatte er gefragt: »Sind Sie die Frau Elisabeth François?« Erblassend beim Anhören ihres Namens, dem Namen der Qual, hatte sie geantwortet: »Ja, ich bin es.« Zitternd, wie unter wildem Aufpeitschen ihrer Verdammnis. Auf deren ersten fürchterlichen Schrei fort und fort das dunkle Rufen der Ewigkeit folgte.

Und eh er fortging, als er mit einem Scheppern der Kette, mit dem Verzeichnis, auch den blinkenden Säbel an sich raffte, hatte sie, wie um ihn zurückzuhalten, gesagt: »Kann ich Ihnen ein Gläschen Nevado anbieten?«: indem sie die abgemagerten Hände ineinanderfaltete. Jener aber wollte nichts annehmen. Es wollte ihr scheinen, daß er seltsame Ähnlichkeit trug mit ihm, der die kurze Blitzesspanne der Zeit eingenommen: der abgelebten Zeit. Das Pochen des Herzens sagte es ihr: und sie fühlte, daß sie aufs neue, mit einem Zittern der Lippen, die wiedererstandne Gestalt lieben mußte: und doch wußte sie, wußte genau, daß niemand, niemand je zurückkehrt.

Sie irrte durchs Haus: und öffnete manchmal, auf daß die Sonne einträte, die Jalousie eines Fensters, im großen Zimmer. Dann fiel das Licht auf ihre vernachlässigten, fast armen Gewänder: die kleinen Ersparnisse, die sie errungen, wenn sie dem Weinen widerstand, das gedemütigte Kleid des Altseins. Was aber war die Sonne? Welch einen Tag führte sie herauf über dem Geheule der Finsternis? Sie kannte die Dimensionen und die Verquickungen, die Entfernung der Erde von allen übrigen Planeten, ihr Gehen und Drehen; viele Dinge hatte sie gelernt und gelehrt: auch die Berechnungen und Quadraturen des Kepler, die in der Leere der sinn-losen* Räume die Ellipse unseres verzweifelten Schmerzes verfolgen.

Sie irrte, irrte durchs Haus, als suchte sie den geheimnisvollen Pfad, der ihr jemanden auf den Weg führen würde: oder auch nur eine Einsamkeit, die frei wäre von jedem Mitleid und jeder Vorstellung. Von der Küche, die des Feuers beraubt, zu den Zimmern, die der Stimmen entleert:

* Weil ohne Sinnesorgane und daher ohne Sinneswahrnehmung.

von wenigen Fliegen nur besetzt waren. Und rings um das Haus sah sie immer noch das Land, die Sonne.

Der Himmel, so weitgespannt über der aufgelösten Zeit, beschattete sich zumalen mit seinen düsteren Wolken; die rund und weiß empordampften von den Bergen und, getürmt und dann geschwärzt, plötzlich, jene zu bedrohen schienen, die allein im Haus waren, fern von den Söhnen, entsetzlich fern. So geschah es auch in jenem Sommerende, an einem Nachmittag des frühen Septembers, nach der langen Hitze, von der alle glaubten, daß sie ewig fortdauern werde: zehn Tage waren etwa vergangen, nachdem sie die Wächterin hatte rufen lassen, mit den Schlüsseln: und, begleitet von ihr, hatte zum Friedhof hinabsteigen wollen. Diese Bedrohnis verletzte sie im tiefsten. Es war der Anprall, der Hohn der unbekannten, in der Verfolgung unermüdlichen Mächte und Wesen: das Schlimme, das wiederum anhebt, wiederum und immerdar, nach den hellen Vormittagen der Hoffnung. Das, was sie zutiefst in Verwirrnis zu stürzen pflegte, war die unversehne Bosheit jener, die keinen Grund hatten, sie zu hassen oder sie zu schmähen: jener, denen ihr so reines Vertrauen sich so überschwenglich zugewandt, als wären sie ihr gleich und brüderlich gesellt in einer höheren Gemeinschaft der Seelen. Dann löschten jegliche hilfreiche Erfahrung und Erinnerung, Wert und Arbeit und Zuspruch der Stadt und der Städter plötzlich aus vor der Trostlosigkeit des tödlich gekränkten Instinkts; die innere Kraft des Bewußtseins verliert sich: als wäre sie ein im Gedränge gestoßnes, getrampeltes Kind. Die verwilderte Volksmenge der verlorenen

Gezeiten, die Düsternis der Dinge und der Seelen wurden zum trüben Rätsel, angesichts dessen man angstvoll – und unwissend wie ein verirrtes Kind – fragt: Warum? Warum?

Der Sturm jagte zumeist, und so auch an jenem Tag, mit langgezogenem Heulen durch die furchterregenden Schlünde der Gebirge und mündete dann ins Freie gegen die Häuser und Fabriken der Menschen. Nach jeder schwärzlichen Stauung seines Grolls entfesselte er sich über den ganzen Himmel hinweg in Blitzen, wie ein Landsknechtshäuptling, der im Hauen und Stechen schwelgt und schmaust unter grellen Lichtern und Schüssen. Der Wind, der ihr den Sohn entführt zu den erinnerungslosen Zypressen, schien an jedem Fenster nun auch nach ihr zu heischen, auch nach ihr, die im Haus war. Vom Stiegenfensterchen hatte ein Windstoß, der plötzlich einbrach, nach ihren Haaren gegriffen: es knarrten, als wollten sie springen, die hölzernen Bohlen und ihre Verstrebungen: wie Spreißel, wie ein Schiff in Seenot; und die verriegelten Fenster blähten sich vor der entfesselten Wut des Draußen. Und sie, gleich einem schon waidwunden Tier, wenn es über sich wieder und wieder die grimmigen Jagdhörner hört, raffte sich auf in äußerster Pein, um eine Zuflucht zu finden, dort unten, unter der Stiege: stieg hinab, hinab: in den Winkel. Angstvoll überwand sie die Leere jeder einzelnen Stufe, ertastete sie, mit dem Fuß, ans Geländer geklammert, mit den Händen, die nicht mehr zu greifen verstanden, hinunter, hinuntersteigend, hinab, hinab ins Dunkel und in die Feuchtnis des Grundes. Dorten befand sich ein kleines Gesims.

Und die Dunkelheit ließ zu, daß sie dennoch eine Kerze

ertastete, die aufgeweicht war, ein Tellerchen mit Schwefelhölzern, bereitgestellt für die Stunden der Nacht, für den Spätheimkehrenden. Keiner kehrte heim. Sie strich mehrmals ein Schwefelholz an, ein weiteres, übers Glaspapier: und siehe, im endlichen Gelblicht dieser zittrigen Erforschung der Mauern, siehe, der noch flüchtigere, furchtbare Splitter der Finsternis, der allsogleich sich in die Unbewegtheit der Hinterlist zusammenzieht: das Schwarz des Skorpions. Da verhüllte sie sich, mit geschlossenen Augen, in die letzte ihrer Einsamkeiten: und hob den Kopf wie jemand, der weiß, daß jedes Flehen um Erbarmen müßig ist. Und verging in sich selbst, bereit, zu Asche zu werden, ein leidvoller Falter der Zeit: und war doch in der Zeit Frau, Gattin und Mutter gewesen. Stand nun, versteint, vor der Waffe der Feigheit, und bediente sich, auch sie, um ihr zu entkommen, der Dunkelheit. Doch auch bis dorthin, wo sie hinabgestiegen, hinab bis auf den gedächtnislosen Grund des Dunkels, hetzten sie die Donnerschläge, das wilde Bellen, die vandalische Glorie des Sturms. Die ekle Hinterlist der Nacht: schwärzester Fleck, aus der Nässe, aus dem Bösen geboren.

Ihr Denken kannte nicht mehr das Warum, Warum!, vergaß in dieser äußersten Schmach, daß eine Anrufung möglich ist, oder ein Liebesappell an die Erbarmnis des Menschengeschlechts: sie erinnerte sich an nichts: jeder einstige Beistand der Ihren war dahin, war fern. Vergeblich hatte sie ihre Geschöpfe geboren, hatte ihnen ihre Milch gespendet: niemand würde es mehr anerkennen in der schwefligen Glorie der Gewitter und des Chaos, niemand mehr dessen gedenken: über die verflossenen Jahre der Eingeweide, der Pein und der verloschenen Wonne waren andere Tatsachen hereingebrochen: und später das Dröhnen des Sieges und die Danklitaneien und das Gepränge des Sieges: und, für sie, das Alter: diese äußerste Einsamkeit, die ihr die Firmamente des Geistes verschloß.

Das Tropfen des Lichtdochts fiel ihr, glühheiß, auf die zitternde Hand, der eisige Odem des Sturms bog und spreizte das Flämmchen, verwehte es über der Pfütze und über der Fettlache des Wachses, minderte das Irrlichtern zu einem Totenlämpchen.

Nichts sah sie mehr. Alles war Grauen, war Haß. Der Donner lauerte über den Dingen, und die Entladungen der elektrischen Kraft stürzten zornvoll nieder, gerippt, in immer neuen Auftritten, von den Stäben der geschlossenen Jalousien. Und dort, der Skorpion, wiedererwacht, war herangerückt, seitwärts, wie um sie zu umgehen, und sie war, zitternd, zurückgewichen in ihr eigenes inneres Wesen, eine eisige, müde Hand ausgestreckt, als ob sie ihm Einhalt gebieten wollte. Das Haar hing ihr in die Stirn, sie wagte kein Wort mit den trockenen, blutlosen Lippen: niemand, niemand würde sie hören in diesem Tosen. Und an wen auch sich wenden, in der verwandelten Zeit, da so viel Haß, nach all den Jahren, ihr heute zugewandt war? Wenn selbst die Kinder, mit den Jahren, ein vergeblicher Schmerz, eine Friedhofsblüte waren? Verloren!... in der Vergeblichkeit der Erde...

Warum? Warum?

Aus dem dunklen Abgrund der Stiege erhob sie manchmal, und auch in jenen Stunden, das Antlitz, um über ihrem Haupt verschwiegne Interludien des Sturmes zu wittern, die dumme Nichtigkeit des Raums: und des sinkenden Abends, von der Traufe, draußen, fallende Tropfen, wie Tränen, oder das barmherzige Schweigen. Sie stellte sich vor, wie die zückenden Klingen der Windstöße, nachdem sie jedes Zimmer durchbraust, wieder hinausstoben, fast wie versprengte Truppen, um sich zur Ebene und der Nacht hin zu versammeln und ihrem wandernden Haufen wieder anzuschließen. Ein Laden schlug, wie Ohrfeigen klatschend, gegen die Mauer des Hauses. Die Bäume, draußen, so hörte sie, ließen, reingewaschen wie vom Weinen, spärliche Tropfen fallen, der Nacht entgegen.

Niemand sah sie dort, hinabgestiegen in Angst, allein, dort, wo das Gelb des Lämpchens schwankte, im Schatten verendete auf dem Fenstersims, erstickte in seinem flüssigen Wachs. Wenn aber jemals einer sie dort wahrgenommen, o und sei er auch ein Landsknecht!, so hätte er in der Seele verspürt, daß dieses gen oben gewandte, versteinte Gesicht verzichtet hatte, von verflüchtigten Fernen irgendein Erbarmen erflehen zu können. Mühsam nur hob sich das Antlitz, ragte aus den düstern Banden, die Wangen waren Mulden des Versagens der Tränen. Die höhlenden Finger des Alters schienen die Züge der am Strand der Einsamkeit Landenden auszustreichen, hinab, hinab, ins Plasma des Dunkels. Jenes Gesicht wandte sich vom Kellerdunkel gespenstisch an die verschonte Gemeinschaft der Lebenden, dachte vielleicht, ohne Hoffnung, an den Beistand, an das Wort eines Menschen, eines Sohnes.

Jener Name legte sich ihr lind übers Gemüt: und war liebreicher Schein, Einflüstrung fast der Frühe oder des Traums, ein hoher Fittich, der vorüberrauscht, ein Licht. Ja: es gab ihren Sohn, in der Zeit, in der Gewißheit und Erkenntnis der Lebenden: und auch nach ihrer Wandlung, nach dem Sturz der Jahre. Er wandelte unter den Menschen. Wandelte die Wege der Menschen. Ihr erstgeborener Sohn. Jener, in dessen kleinem Körper sie, o welche Tage!, die fehlgeschlagene Probe der Natur hatte erblicken wollen, einen mißlungnen Versuch der Eingeweide nach dem empfangnen Trug des Samens, die sich wehrten gegen die erlittne Pein, gegen das Gebären des ihr Fremden: in einer langen und unheilbaren Verdüstrung ihres ganzen Wesens, in der Mühsal des Geistes und dann in der langsamen Schmach der zur Geburt sich eröffnenden Eingeweide, unter dem Hohn der schlauen Händler und der Feilscher, gepreßt von den Pflichten, die jene, so hochgemut sorgend um das gemeinsame Gut, der Mühsal und Armut der Ehrlichen abverlangen. Und nun war er der Sohn: der einzige. Er schritt auf den Straßen entlang der flüchtenden Ulmen, nach dem Staub, gen Abend und zu den Zügen. Ihr erstgeborener Sohn. O nur der Wolkenbruch – Peitsche zischender Himmel über gebeugten Geschöpfen des Landes –, nur der Schrecken hatte sie so weit von der Wahrheit, von der in der Erinnrung begründeten Sicherheit loslösen können. Ihr Sohn: Gonzalo. Nicht Gonzalo, o nein, nicht ihm waren die Grabesehren der Schatten gezollt: die Mutter erschauerte in der Erinnrung: hinweg, hinweg die Nänien vom unbeseelten Begräbnis, die unlautren Tränen, die Zeremonien: die Höhe der Wachslichter, für ihn, schien nicht klein zwischen den Pfeilern des kalten Schiffs und den Gewölben aus der Jahrhunderte Düsternis. Wenn der Gesang des Abgrunds, zwischen den Kerzen, die Geweihten ruft, auf daß sie niedersteigen, niedersteigen ins wurmige Prangen der Ewigkeit.

Ein Hupen, von der Landstraße her: und dann die Leere der Dinge. Alles schwieg, schwieg endlich still. Die Katzen, gewiß, zur gewohnten Stunde waren sie ins Haus eingedrungen, wo sie allein einzutreten vermögen: als samtne Gegenwart lugten sie von halber Höhe der Treppe, mit Augen wie Topas in der Dunkelheit, aber von einem Spalt geschlitzt, liniierte Pupille ihres Hungers: und boten ihr, miauend, einen scheuen Gruß, einen Appell: »Es ist an der Zeit.« Häusliche Ordnung und Fürsorge riefen sie nach oben. Und sie, ihres eignen vergessend, machte sich sogleich zur Dienerin des fremden Leids wie immer: stieg die Treppen hinauf. Der klappernde Schritt des Bauern tönte auf dem Steinboden darüber; zurück war er vom Einkauf des Tabaks, vielleicht auch, so hoffte sie, des Salzes: er rief sie im Dunkel, sprach von Vorrat und Feuer, sagte ihr die Zeit an und die verwüstete Ernte: machte sich, mit weiteren Stößen der Rede, ans Entriegeln der Tür und der Fenster. Neugestärkt erblickte sie wieder die süße und ferne Helle des Dorfes, und in lindem Erinnern erblühten ihr jene gewohnten Worte: »Öffne die Balkone – öffne die Terrassen und die Loggien der Familie«: als ob die neugefügte Gesellschaft der Lebenden ihr wieder erschiene nach langer Nacht. Und siehe, der Famulus ging, den Katzen voraus, durch das

Haus: von seiner eignen Feuerstätte zur andern, die so weit, so eisig kalt war: nackte Glut herbeibringend; und dann über die Treppen; im Gefolg der vierfüßigen Flucht der Pantinen schlugen Läden und Türen. Fielen Reisig und Äste überall auf den Saum seines männlichen Wegs. Und der Wind hatte sich zur Ebene verflüchtigt, in die Richtung des Pequeño.

Von der Terrasse erspähte sie, an Sommerabenden, am fernen Horizont den Rauch der Landgüter, die sie sich, jedes einzelne, bevölkert vorstellte, vom Gesinde, den Mann bei der Stallung, mit den Söhnen. Die Mädchen, in Scharen, kehrten heim vom Werkhaus: von den Webrahmen oder Spulen oder Waschbecken der Spinnerei: Fahrräder hatten die Burschen zurückgetragen vom Amboß: oder sie waren hinter dem Vater mit schwankenden Ochsen vom Felde gekehrt, und dieser stützte und bremste an der Deichsel seinen niederen Karren mit den gedrungenen, schrägen, seitlich offnen Brettern und kleinen Rädern mit geölten, lautlosen Achsen, hochgehäuft mit Habe und Mühe, mit Hölzern und Gräsern: auf dessen Wölbung, wie vergessen, die müden Sicheln ruhten, in den Schatten des Abends.

Ländliche Sippe, ungezählt, von der Arbeit zum Feuer gekommen, zum gemeinsamen Löffel: zu den ärmlichen, beuligen Tiegeln, dem Lohn ihres Tages.

Fernstes Blinken, Gesänge – drangen zu ihr bis ins Haus. Als ob manch ein Hofgesind sein Kupfergeschirr zum Trocknen auf die Zäune gehängt, auf daß es glänzend den Sonnenuntergang widerspiegle. Vielleicht als einen Gruß für sie, die Herrin!, die zu ihrer Zeit wie sie gewesen: Frau, Gattin und Mutter. Sie neidete niemandem das geringste. Erhoffte für alle, für alle, die Heiterkeit und die nüchterne Kraft der Söhne, auf daß sie Arbeit, Gesundheit, Frieden hätten: tüchtige Märsche des Morgens, auf denen der Hauptmann sie kommandiert, daß sie, dann, bald Bräute fänden, vom Regimente entlassen, im duftenden Gehege der Mädchen.

So fand sie, tagtäglich, Gründe und Vorwand, um sie zu sich zu rufen, die Wäscherin, die Tochter des Bäckers, die Verkäuferin der Zitronen oder auch der seltnen Orangen der Tierra Caliente, die alte, schon sechsundachtzigjährige Mutter des Famulus, die Frau des Fischhändlers. (Die Vermutung traf zu, daß die vorgeschriebene Reihenfolge der Kleidung an ihrer Person nicht voll in Kraft trat.) Ärmliche Gründlinge verhandelte sie, dunkle, spitzmäulig wie die Gier armer Leute und schäbig, die hin- und hergerudert waren übers Grün magerer Weiden, dem silbernen Blitz des Angelblinkers entgegen; oder Schleien, große, gelbliche Fische der Seen, von fettiger, alberner Schleimigkeit, die noch zwischen Möhren und Sellerie nach Schlamm schmeckten: nach der Stunde der Abenddämmerung mit der Angelschnur aus dem »Seegrün« gehievt, oder aus jenem benachbarten Tal, das dem Dichter-Abt so teuer gewesen zu herbstlichen Zeiten, oder gar aus dem nächsten, nahegelegnen des Maler-Scholaren, wenn sich im See, unter verflüssigten Wolken, das Gezähn der Berge kopfüber spiegelt.

Mit Möhren und Sellerie, auf langsamem Feuer, im länglichen Fischtopf; und sie rührte darin, in diesem Sud, mit einem hölzernen Löffel: was herauskam, war ein Gericht aus lauter Gräten und Sellerie, aber von nicht üblem Geschmack. Nach getanem Werk nahm sie nicht mehr als eine Kostprobe: sie war fröhlich, verschenkte alles den Frauen. Die Frauen sangen das Lob ihrer Kochkunst, priesen sie ob ihrer Güte.

Sie neidete niemandem das geringste. Vielleicht, nach all dem Eifer und Lernen, nachdem sie sich gemüht und gelitten und ohne Tränen ihr eigen Fleisch und Blut gegeben, auf daß sie darüber verfügten, die Strategen der Republik, über ihr schönstes Geschöpf!, nach ihrem Ratschluß befahlen; vielleicht nach dem hitzigen Stürzen aller Tage und aller Jahre, müden Ellipsen – vielleicht obsiegte die Zeit: sanfte Beschwörerin jeglichen Verzichts: oh, die Zeit würde sie führen, dorthin, wo man vergißt und vergessen wird, jenseits der Häuser und Mauern, über den erwarteten Pfad der Zypressen!

Ländliche Sippe, Hefe des ewigen Brotes: auf daß sie wüchsen, auf daß sie liebten! Sie sah sich am Ende ihrer Verrichtung. Das Opfer war vollzogen. In Reinheit, die allein Gott erkennet. Sie letzte sich am Gedanken, daß andre imstande sein würden, den Lebenssinn der Legende zu ergreifen, die, noch im Wahn ihres warmen Bluts, sie für notwendige Wahrheit hielten. Vom fernen Horizont wölkte der Rauch der Landgüter. Von ihr würde keiner mehr den Geist, oder das Blut, weitertragen, in den leeren Tagen.

Aber Gonzalo? O schöner Name des Lebens, der Fortdauer, die sich vollzieht. Wieder wollte ihr scheinen, als vermöchte sie, von der Terrasse, die Wölbung der Welt zu erspähen: die Hoffnung der Gestirne, die umliefen; zwischen wintergrünen Nebeln schwanden sie in Richtung des nächtlichen Dämmerschlafs. Über der Welt, der Trägerin des Weizens und eines Gesangs, die stillen Leuchten der Sommermitte. Ihr war es, als wohnte sie noch einmal, von der Terrasse ihres Lebens, oh, noch einmal einen Augenblick lang der Welt bei, wär ein Teil des stillen Abends. Eine süße Gärnis. Und im hohen Himmel das Saphir des Ozeans: sie fühlte sich wieder hereingenommen ins Ereignis, ins antike Fließen des Möglichen, des beständigen Geschehens: wie alle, und allen nahe. Mit den Gedanken, mit den Söhnen hatte sie, im Geben, die Finsternis besiegt: mit den Gaben der Arbeit und der Hoffnungen an des Künftigen Heiligkeit. Die vollbrachte Mühsal trug sie zurück auf den Weg der Seelen. Sie hatte gelernt, und gelehrt. Späte Glockenschläge: und das langsame Lämpchen der Nachtwachen hatte das Schweigen verzehrt. Entlang der Wirrungen ließ die Dämmerfrühe sich ahnen! Oh, edle Paragraphen! Und sie, im Traum, wiederholte deren Urteilsspruch. Generationen, der Frühlinge schrille Schreie, Spiel des ewigen Lebens unter der Türme Blick. Gedanken hatten Gedanken gezeugt, Seelen hatten Seelen gezeugt. Schmerzende Vaterländer waren die Fähre zu des Bewußtseins Stränden, waren Schiffe auf dem Meer der Finsternis. So war, vielleicht, die Grausamkeit ihres Schmerzes nicht vergeblich vor Gott.

Sie fügte die Hände.

Gonzalo zog aus der Arbeit, was er zum Leben benötigte. Kürzlich war er durch Modetia* gekommen, die Hemdennäherin von Modetia sollte ihm einige Leinenhemden anfertigen: sie hatte sogar geschrieben: sie werde sie mit größter Sorgfalt zuschneiden, da sie sich, liebe Herrin, so sehr ihrer Güte und Freundlichkeit verpflichtet fühlte.

Gonzalo! Ihr ältester Sohn war kein Rentenempfänger des Staates, verdankte ihm nur eine lächerliche Medaille: die geringste und schäbigste aller Medaillen. (So konnten vielleicht die dafür Zuständigen denken, nicht aber ihre mütterliche Überzeugung.) Es gab überdies keinen Grund, warum er ein Rentenempfänger des Staats hätte sein sollen. Seine Trommelfelle litten vielmehr an anderer als an traumatischer Verletzung, waren von anderem Überdruß verdorben, der, so mochte man sagen, nichts gemein hatte mit dem undurchdringlichen Nebel der Taubheit. Sie konnte nicht los von der Erinnerung an sein Wiedererscheinen, oh, in jener aschigen Morgenfrühe: inmitten des Marktgetriebs und des Schlamms von Pastrufazio und der nie erliegenden Maschinen. Unversehrt war er, arme Jahre saßen in den grauen Schulterstücken seiner Heimkehr. Vielleicht war sein Krieg, war er für ihn nicht gefährlich gewesen. Er erzählte nichts, niemals: sprach zu keinem darüber: gewiß nicht zu den Knaben, wenn sie ihn in einem Augenblick ihres Verweilens befragten, verkratzte, erhitzte Kriegsleute

* Im Jahr 1695 an den letzten Moränenketten des Serruchón von einigen Auswanderern aus Monza gegründet, die der wiedergefundenen Stadt den lateinischen Namen der verlorenen Heimat gaben.

oder Admirale, mit Blechbajonetten: und auch nicht den Damen im Kurort, die, wie er sagte, von den ausgewähltesten Damen von Pastrufazio am meisten nach Epos dürsteten: und infolgedessen am begeistertsten alle Lügengeschichten schlürften.

Die Knaben zumal, er schien sie beinah zu hassen. Eine düstere Strenge legte sich über sein Gesicht, sobald er auch nur einen einzigen im Haus vorfand, wie jenen armen kleinen Dümmling, so lächelte die Mutter: jenen mit den caillou, bijou. O »ihr« Gonzalo! Es war allzu offenkundig, daß das Arsenal der Glorie sich seiner nicht hatte annehmen wollen. Plautus hätte in ihm nicht seine Gestalten gefunden, vielleicht Molière. Die arme Mutter erinnerte sich, ohne es zu wollen, an die fernen Figuren des Misanthrope und des Avare, angetan mit Gala und Spitzen unterhalb der Knie, im alten Buch, dem zweispaltigen, aus seinen halbwüchsigen Vormittagen, aus seinen so eifervollen Nachtwachen: wenn der Kreis des Leselichts, auf dem Tische, den Umkreis der Gedanken und der Klarheit bildete, in der Unversehrtheit der Stille. Im alten Buch, mit dem Geruch von alter französischer Druckerschwärze, mit den Perücken, den Spitzen und dem maître corbeau. Es war offensichtlich. Nach errungenen Siegen hatten die Buchdrucker der Leichengesänge mit ihren Bestattungs-Holzschnitten nichts übriggelassen für die Carmina eines Heimkehrers bar aller Zehnsilber: Totenlämpchen und Grabinschriften und Flämmchen und perennis ardeo: alles verbraucht in Xylographien, auf den Buchdeckeln der kadaverreichen Gedichte. Die toten Gefährten, nie, niemals würde Gonzalo sie benützen zu ruhmreichem Verseschmieden, den Bruder, sein fernes Lächeln! Verschlossen in ihm sein Name, die trostlose Erinnerung.

Die Bortenhändler fanden keinerlei Galatand ihm zu verkaufen, weder ritterliche Verbrämung des Knopflochs noch Bändchen, noch Spangen, für sein schweigsames Schreiten. Der Hidalgo mied die Salons, die Gespräche vaterlandsliebender Damen. Den langen Teestunden zog er die einsame Straße nach Recoleta vor. Und nachdem man diese betrübliche Feststellung gemacht, begann die Achtung der Wohlgesetzten in der Tat ihm aus dem Wege zu gehen. Eines schönen Tages konnte sein heimatliches Pastrufazio, nachdem es die Leistungen seiner Literatur und seiner Ingenieurskunst abgeschätzt, nicht mehr umhin, ihn in Verschiß geraten zu lassen.

Aber diese Beurteilungen lagen außerhalb der mütterlichen Liebe wie auch außerhalb des Aussprechbaren: in den Botschaften ihrer verloschenen Tage war sie nie in Konversation eingetreten mit der klingelnden Anhäufung der guten Gesellschaft.

Mit Zärtlichkeit dachte sie an diesen ihren ältesten Sohn, sah ihn wieder als Kind vor sich, versunken und lernbegierig. Und nun schon gebeugt, verdrossen über dem Irren auf Wanderwegen. Sie trat, von der Terrasse, wieder ins große Zimmer. Die Fliegen hatten, nachdem das Gewitter verzogen, ihren Rundflug über dem Tisch wiederaufgenommen: wo die Journale lagen, mit den neuen Ereignissen, die auf andre gefolgt. So Jahr um Jahr, so Tag um Tag: die Reihe der Jahre, die Reihe der Tage hindurch. Und schnell vergilbten die Blätter. Wenn die Fliegen, einen Augenblick lang, von ihrem Karussell abließen und, einen Augenblick lang, auch die grüne Schmeißfliege, dann hörte sie in diesem schwanken Kosmos des überraschenden Innehaltens den Holzwurm deutlicher ticken, mühselig ticken, mit heftigen Ansätzen, im alten Nußbaumsekretär, der sich nicht mehr öffnen ließ. Das Spiel im Schloß war in der Aufeinanderfolge der Versuche durcheinandergeraten, vielleicht auch hatte es sich verloren in den schmerzlichen Schatten des Gedächtnisses. Das Bildnis mußte dort drinnen sein... die Bildnisse... die Manschettenknöpfe aus Perlmutt... vielleicht: auch zwei Briefe... die letzten!... das Handarbeitsscherchen, der schwarze Fächer aus Spitze... Den man ihr drunten in der Sumpfgegend geschenkt hatte, als sie sich von den Kollegen verabschiedete, von den wenigen Schülerinnen... von denen mehr als eine am Fieber litt, alle hatte sie küssen müssen... Aber es gebrach ihr, por suerte, nicht an Reservescherchen: sie besaß sogar drei.

Zur Hochzeit war sie gegangen.

Wenn ihr Gedanke weiterlief, von der Erinnerung an die beiden Kinder, zu den späteren Jahren, zum Heute... so schien ihr, daß es zuviel der Grausamkeit sei: wilde Grausamkeit, wie ein Hohn.

Warum? Warum? In jenen Zwischenpausen versteinte sich ihr das Antlitz in Angst: keine Regung der Seele war mehr möglich: vielleicht war sie nicht mehr die Mutter, wie im fernen, zerrissenen Schrei des Gebärens: war nicht mehr menschliche Person, sondern Schatten. So hielt sie, inmitten des Zimmers, inne – blind die Pupillen für jegliche barmherzige Rückkunft, entfleischte Unbewegtheit des Alters: durch lange Sichelstriche der Zeit. Und das Gewand der Armut und des Alters war wie ein äußerstes Zeichen des Seins, vor die Gesichter der Bilder getragen, wo flüchtige Vogelzüge über der Leere den Bogen zogen ins überlebende Morgen. Dann, fast wie ein Ritus der Jahreszeit, erreichte sie plötzlich der Stundenschlag vom Turm; ließ ins Leere seine gleichförmigen Klänge entweichen. Und ihr schien's überflüssiges, grausames Memento. In jedes Sommers erschöpfter Zeit, quer durch die Welt, die sie hinter sich gelassen. Die Fliegen beschrieben wenige Kreise im großen Saal, vor den Bildern, unter den waagrechten Strahlen des Abends. Mit einer Hand strich sie dann, müde, die von den Jahren gebleichten Haare zurück, die ohne Liebkosung wie jene des Königs Lear ihr über der Stirn sich wirrten. Die alle Schicksalsschläge überdauert. Und nun im Schweigen, im sinkenden Abend, nach den entschwundenen Stürmen des Möglichen. Viel hatte sie gelernt, viele Bücher gelesen! Beim kleinen Lichte den Shakespeare: und immer noch sagte sie manch einen Vers, wie sich vom geknickten Stengel vergeßne Silben lösen, und waren doch einst Licht der Erkenntnis, und nun Schrecken der Nacht.

Am Himmel hatten sich Rauch und Dünste verloren, die gedrosselt aus den Kaminen, unter den Tiegeln, unter den armen Mählern der Leute aufgestiegen. Hatten sich aufgelöst wie eine gute Gabe der Erde: unter dem Abendgestirn, in der bläulichen Luft des Septembers: hinauf, hinauf, wo das blonde Licht wohnt, aus den schwarzen Kaminen, die sich kraftvoll aufrecken, turmhaft, jenseits der Schatten der blauenden Hügel, hinter Bäumen, über das ferne Gehäufel der Güter. Sie hatte das Rollen des Zuges gehört... den Pfiff der Ankunft... Sie hätte gewünscht, daß jemand ihr nahe sei, beim Sichnahen der Dunkelheit.

Aber nur selten erschien ihr Sohn an der Schwelle des Hauses.

6

Seine hohe Gestalt zeichnete sich schwarz ab im Rahmen der Fenstertür, von der Terrasse her, wie der Schatten eines Unbekannten: und, hinter ihm, schienen zwei Sterne ihn bis hier geleitet zu haben. Strahlende Dioskuren über einem Strauß Amaranten, fern, im Quadranten der Schönheit und des Bewußten: gerettete Brüderlichkeit! Die Mutter blickte ihn an, aber sie konnte sein Gesicht nicht erkennen gegen den Ausschnitt des Lichts. Dann trat er ein, und trug einen kleinen Koffer mit sich, den üblichen, aus gelbem Karton zu vierzig Centavos, wie der eines wandernden Taschentuchhändlers. In der gleichen Hand, zusammengerollt, den Schirm. Die Mutter sagte: »O Gonzalo, wie geht's dir? Oh, schau dort!« und nannte mit einem Schluchzen der Freude die Namen der beiden Sterne, mit verschränkten Händen, als Geste der Begrüßung. Aber sie dachte, daß nur der erste seine Geltung hatte, in der Beziehung zwischen dem Glück und den Sternen als Symbol für irdische Gegenwart; da ja der andere, der so leuchtende, so reine, nur noch ein ferner Gedanke war, in der Nacht.

Der Sohn zollte ihr kaum einen Gruß, müde, wie immer. Noch lächelte er ihr zu. Sie bestand nicht darauf seinen

Blick zu suchen, noch nach seiner Fahrt, nach dem Unwetter zu fragen. Das Herz hämmerte ihr in der Brust in Ungewißheit, sie machte sich daran, auf dem Tisch das Petroleumlicht zu entzünden. Aber es gelang ihr nicht sogleich, sie vertat sich vielmehr: mit feuchten Schwefelhölzern: sie hustete, zündete mehrere an: die allsogleich verlöschten am geschwärzten Docht der Lampe. Ihren steifen, fast fühllosen Händen gelang es nicht, mit Sicherheit zuzugreifen; schwierig war's ihr, den Kristallzylinder in seinen schmalen Reif im blanken Messing einzufügen, das wie eine Borte wohlvertrauten Brauchtums war und ihn umschließen sollte. Dann würde sie sich niedersetzen, zitternd... aber für den Sohn mußte sie nun sorgen... Als endlich die Lampe den Raum erhellte, schien sie müde zum Niedersinken... Der letzte Strahl des Dämmerns verließ, von fernher, Schränke und Stühle, mit flüchtigem, kaltem Widerschein auf der Kredenz und auf den metallenen Schüsseln. Das bleiche Licht der Lampe hatte nichts dazugefügt. Sie schloß die Fenster, so gut sie's vermochte; denn die Fenstertür zur Terrasse war sehr hoch; und erschauerte.

Droben, der Sohn, war daran, sich zu waschen: eine Bürste in einer Schublade zu verstauen. Sie hörte seinen Schritt, gedämpft, über dem Deckengebälk.

Sie ging in die Küche, um ihm etwas zu Abend zu richten. Das war unabdingbar notwendig, auch um den laufenden Betrieb der Villa als gültig auszuweisen: um so mehr als die Villa nicht mit einer Köchin oder irgendeiner Magd versehen war. Er hätte sonst diesen Vorwand ergriffen, um sich über die Unbelebtheit des Landlebens zu erhitzen:

und würde in die schrecklichsten Zornesausbrüche und Launen verfallen (das war nunmehr ein trauriger Ritus: die arme Mutter wußte es nur zu gut). Er würde die Villa schmähen und aufs neue verfluchen, mitsamt ihrem Inventar, den Kerzenleuchtern, dem Andenken des Vaters, der sie erbaut hatte, würde mit obszönem Geifern alle Väter und alle Mütter in der ganzen Abfolge seiner Abstammung bedenken, bis zurück, zurück, zurück zu dem, der Adam geschaffen. Er würde sich zu Flüchen hinreißen lassen, die mitanzuhören sie nicht ertrug; zu Anschuldigungen, die, vielleicht, nur allzu wahr sind, als daß man sie anhören konnte, und in diesen schmutzigen Wahnsinn, der ihn dann vertierte, sogar den geheiligten Namen Pastrufacios (des Garibaldi von Maradagàl) verwickeln, den Namen von Prado und von Lukones und von Iglesia und die dazugehörigen Kirchtürme samt ihren Glocken und Bürgermeistern und Pfarrern und Kutschern und weiter, weiter darin: das ganze vermaledeite Serruchón mit seinen Krautköpfen (so, oder so ähnlich, drückte er sich aus); alle die zahllosen Villen des Serruchón, alle die gutturalen Kalibane der Néa Keltiké, die verdreckten, die er liebend gerne aufgehängt hätte, wenn's möglich gewesen wäre, vom ersten bis zum letzten.

Die Mutter hingegen, sie hatte, seitdem im Jahre 99 die Maurer dran werkten, allsogleich – o lohnender Glanz der Jugend! – dem schlangenhaften Hochgefühl in sich Raum gegeben, von »ihrer« Villa, triumphierend über alle keltikesischen Rivalinnen, die ihnen eine Villa nicht zugetraut hätten: (diesen Habenichtsen der Pirobutirro).

Und dieser Stolz, dieser Glutsproß, der ihr eines fernen Tages beschert worden, auf daß sie ihn einpflanzen konnte mitten in die Gemüter, und den dummen Gesichtern der Pseudo-Schwägerinnen und Pseudo-Nichten zum Trotz, der war in ihr gewachsen zur Trunkenheit und gleißenden Allmacht, in einem funkelnden, verblendeten Zeitalter, das weder Maß noch Ziel mehr kannte: die Idee des Besitzes und des Siegeswahns – wie ein Weinbrand von Feuer und Leben hinuntergekippt an jedem neuen Morgen, an jedem neuen glanzvollen Tag.

Das hatte ihr genügt, vierzig Jahre lang, um die Verzweiflung zu bannen, um jenseits jeder Drangsal und jeder Not, jenseits der schäbigen Kittelchen ihrer Kinder, jenseits jedes Glockengeläuts, jeder Glorie, jedes Fischgerichts, das schmutzige Grinsen des Todes zurückzutreiben. Die Grundidee der Villa hatte sich als blutrotes Organ oder als primäre, substanzgleiche Entelechie der Eingeweide bemächtigt, die aus der heiligen Ungewißheit der Person nicht ausgeschieden werden kann: fast wie ein Schrank oder Kleiderständer des De Chirico, fleischlich und ewig im träumenden Herzen der Laren. Dieser obersten* Zirbeldrüse, der verborgnen, numischen, entsprach äußerlich – als vörderstes Juwel oder als Fleischtroddel außerhalb der Grenzen der Psyche – die Villa als Tatsache. Es wirkten in ihr, vierzig Jahre lang, die unermüdlichen Hormone der Anagenesis:

* Descartes war der Meinung, daß die Drüse (pituita auf Latein) der Hypophyse der »Sitz der Seele« sei. Im Punkt also, wo auch in der Übersetzung die Seelenbewegungen mit denen des körperlichen Systems zusammentreffen.

»Das, was die Frau sich nimmt, dem Leben sie wieder bestimmt«: jene unerschütterliche Beständigkeit, des Prellsteins glückliche Ahnungslosigkeit vom Abgrund, und somit – nur feste drauf – kommt es so weit, daß aus einem Dummkopf, eines Tages, als Krone der Mühe, ein Ingenieur da ist; die kolossale Fähigkeit des Hochpumpens, des Umsetzens des Fehlerhaften in die Wirklichkeit, die oft den Besten unter ihnen zu eigen ist: den Freizügigsten und mit kräftigem Intellekt Begabten. Diese Art Frauen, auch wenn sie nicht hysterisch sind, verpfänden etwa gar ihre Milch und setzen die Halsstarrigkeit eines ganzen Lebens daran, um – gewißlich in thesaurum, im realen, geschichtlichen Sinn – irgendein x-beliebiges Begegnungsprodukt der menschlichen Dummheit zu konstituieren: der erste, der ihnen zwischen die Füße gerät, um nicht zu sagen zwischen die Beine, der Unbedeutendste: flüchtiges Symbol eines Wetteiferns, einer Reverenz oder Errungenschaft, das keinerlei Bedeutung haben wird: großes Diplom, Villa, sehr wohl, meine Dame, Federbusch. Hinzuzufügen ist, daß die meisten Männer sich genau gleich verhalten wie sie. Und es ist eines der reinsten Wunder der Natur, wenn man's in seinen Wegen und Resultaten betrachten will, nämlich dieser Akkumulationsprozeß des Wollens: es ist das automatische Einhergehen der Schlafwandlerin in Richtung auf ihren Katastrophen-Triumph: von einem gewissen Augenblick an übernimmt bei jenen Frauen die rückläufige Hysterie den Platz ihres einzigen Daseinszwecks, leitet sie zur Lüge, zum Delikt: dann wird die Fahne des Nutzlosen gehißt, mit der hämischen Fratze der Falschheit, und flattert voran,

voran, immer hartnäckiger, immer sinnloser, gegen die verzweifelte Wut der Gegenspieler gewendet. Bis die befreiende Düsternis hereinbricht, die allen Teilen wieder gerecht wird.

Ohnmächtige Wut war in ihm, dem Sohn: sobald ihr ein Vorwand geboten wurde, entlud sie sich, schäumend, in sinnlosen, schmutzigen Worten: in grimmigen Drohungen. Wie das Schreien eines Toren aus dem Dunkel seines Karzers.

Etwas zum Abendessen. Sich zusammenraffend, blickte die Mutter in der kalten und leeren Küche umher, öffnete ein Türchen der Kredenz, wo die Schatten auf jenem Restchen von Speckgeruch und sonstigen Überbleibseln eingeschlafen waren: fast gar nichts war in der Küche, nicht einmal ein Ei konnte sie ihm bereiten. Der hartleibige Hintern von Josés Hühnern gelangte nur selten zu einer solch glorreichen Verausgabung. Er hielt sich mehr als eines, aber sie legten nur reihum: und häufig übersprangen sie noch den Turnus. Der Sohn würde auch darüber vor Wut schäumen: man mußte also die Rede gar nicht drauf bringen, auf die Eier. Schon einige Male war es geschehen, daß er in Zorn geriet über die Unpünktlichkeit der Hennen dieses Drecks-Seruchón: und hatte den Hahn genetischen Verzugs und der Perversion geziehen, die Hühner beschuldigt, sie seien lesbisch und verhurt; dann hatte sich die Wut aufgeheitert in einer Reminiszenz des Livius: »gallinam in marem, gallum in foeminam sese vertisse ...«. Und, abscheulich grinsend, hatte er auf die Gesundheit des Hahns geprostet! Aber er nannte es keineswegs Gesundheit, nannte vielmehr einen

Teil des Körpers: hatte hymnisches Lob gesungen (ihr, der Mutter zum Hohn) auf diesen Unzuchtsbold von Gockel, der besser sei als alle Väter der Drecks-Keltiké, hatte gebrüllt: »Der hätte keine Keltikesen gezeugt.« Und wieder erzitterte sie vor Demütigung; der Hohn tönte ihr noch in den Ohren. Dann hatte er alle Verwandten verflucht und verteufelt, einschließlich jener, die vor dem Gesetz nie existiert hatten, um nur ja keinen einzigen oder keine einzige auszulassen. Nein, nein: die Verzweif lung ihres Sohnes, sie kannte manches Mal kein Maß.

Es lag im Schub des Tisches, dort drüben, sein Besteck, aus Silber, das sie ihm als Jüngling bestimmt hatte, als sie's aus zweiter Hand gekauft, von der alten und guten Señora Teotòpuli, der starkgeschminkten. Sie lächelte ein wenig beim Gedanken daran. Ein wenig verbeult schon damals, gewiß, »das ist wahr«: und die Gabel mit leicht verbogenen Zinken, »kann sein«. Aber der Sohn würde in neuerliche höhnische Obszönitäten ausbrechen und in wilde Späße und mit Zähnen knirschen sowohl über die Gabel wie über die Teotòpuli*, deren Karminfarben – eine menschliche Schwäche!, wer von uns hätte keine? – sich ständig in Trä-

* Diese brave Pflanze hatte das Besteck, mit Tränen der Rührung, zu einem eigentlich recht beträchtlichen Preis abgegeben; angesichts des Notzustands, in welchen sie, mit den Jahren, geraten. Ums Doppelte, ungefähr, als was es neu gekostet hätte! »Endlich ist es dir gelungen, ha!«, hatte Don Gonzalo, der damals neunzehn war, gegrinst, »dir auch die anhängen zu lassen.« Er hatte viel eher eine neue Besohlung seiner Schuhe nötig statt krummer Gabeln: worauf sie, die Mama, über den Preis gelogen, einen niedrigeren genannt hatte: um, ohne dieses mißratenen Sohnes Grobheit zu erleiden, das hohe Gebot der christlichen Barmherzigkeit erfüllen zu können.

nen und Schneuzen auflösten, bei jedem Schluchzerchen sich über das schlaffe Gesicht hinabschlängelten wie Tomatensaft über Makkaroni. Sollte man sich deswegen aufregen?... Gonzalo, vielleicht, würde sich der Gabel wegen beunruhigen, wenn er die so dünnen, weichen Zinken sah... Er würde vom Tisch aufstehen, er würde... Vielleicht würde er das Messer von sich schleudern... gegen ein Familienporträt, eines der am nächsten hängenden... des Onkels...: gegen das Porträt des Vaters!... Vielleicht... Nein, nein!... Das hatte er nie getan! Dieses Besteck hatte er immer benutzt, ohne darauf zu achten: seit Jahren. Wieder ins Speisezimmer zurückgekehrt, holte die Mutter es nun hervor, in diesem unbestimmten Licht, aus der Schublade des Tisches: aber mit den vom Alter geschwächten Augen und Händen gelang es ihr nicht, es aus den vielen anderen herauszufinden und gleich zu ergreifen. Dies Geklirre irritierte Gonzalo: der aus dem eigenen Zimmer, von oben, ihr zubrüllte: »Hör auf damit!« Sie stand still, mit angehaltenem Atem. Voll Unruhe sann sie darauf, jemanden um Hilfe zu bitten, José: damit jemand sie stütze; sie fühlte sich schlecht; sie hatte etwas genossen, vor einer halben Stunde, eine Tasse Brühe, und hatte Landbrot hineingeschnitten, ein halbes Ei, das sie aus dem Dorf hatte holen lassen. Nun kam ihr das wenige wieder hoch, so daß sie den Fußabstreifer beschmutzte, den abgenützten kleinen Teppichvorleger am Eingang des Speisezimmers: aber es war gar nicht zu sehen. Ein wenig beschmutzte sie auch den Steinboden daneben, ein paar Spritzer. Der Sohn mußte das Würgen hören, undeutlich, hielt es wohl für

Hustenstöße, denn er fluchte aufs neue von droben: »Hast du jetzt vielleicht die Schwindsucht?« Die Mutter beeilte sich, den Boden zu reinigen, ehe er herunterkäme, mit ein wenig Asche, mit dem Besen. In der Küche war Sägemehl, aber es fehlte ihr die Kraft, den Eimer hervorzuziehen, von dort, wo er stand, unterm Wandtisch, ihn über die Holzleiste zu heben, die in geringer Höhe die beiden vorderen Tischbeine verband. Sie löschte, so gut sie's in der Eile vermochte, die Zeichen der Unordnung: mit dem Besen, mit ein wenig Asche.

Seit Jahren ahnte sie, wie's um ihn stand, ihren Sohn. Auch in der Stadt: wo er wohnte, wenn nicht Sommer war. Die seltenen Male, da er erschien, ihr verlorener Sohn, war's immer der gleiche dumpfe Gedanke.

Die arme Mutter hatte langsam begriffen. Nun sah sie das Dunkel in dieser Seele. Langsam, denn sie hatte lange gekämpft in ihrer so lebhaften Hoffnung, in ihrer Freude: eh sie sich dem Verstehen überließ. Ein Gefühl, das nicht fromm war, das man einen tiefen, einen sehr fernen Groll hätte nennen können, war riesenhaft angewachsen im Gemüt dieses Sohnes: dieses einzigen, der ihr noch erschien, manchmal, in der Begegnung auf den Straßen der Stadt und der Erde, lächelnd und sie rufend »Mama, Mama«, wenn's nicht nur ein Traum war. Diese schmerzliche Regung, die stärker war als jedes mäßigende Gebot des Willens, schien bei Gelegenheiten und Vorwänden wieder hervorzubrechen aus einer tiefen, unergründlichen Zone verhohlener Wahrheit: aus einer uneingestandenen Pein.

Es war das unbekannte Leiden, dessen Grund und dessen

Gehaben die Geschichte und die Gesetze und die universalen Disziplinen des Großen Lehrstuhls beharrlich zu kennen verweigern: und das man in sich trägt durch den ganzen eiligen Ablauf eines Lebens, schwerer mit jedem Tage, ungeheilt. Vielleicht ist dies das »unsichtbare Übel«, von welchem Saverio Lopez erzählt: das ihm von den ersterbenden Worten der Inkas überkam: und er berichtet davon, mit Verlaub der Obrigkeiten, im letzten Kapitel seiner ›Mirabilia Maragdagali‹.

Frieden kannte er nicht, Gonzalo, würde ihn niemals finden: die Mutter, über die Töpfe gebeugt, glaubte verzweifeln zu müssen: sein Gesicht, das verquälte, tat ihr in gewissen Augenblicken kund, daß er seines Deliriums nicht Herr werden konnte.

Nie trank er Liköre. Er rauchte nicht. Es war auch gar nicht denkbar, daß nach der mühseligen Armut seiner Tage, die von der Compañía de Destribución so spärlich entlohnt wurden, Geld vorhanden wäre für die kostspieligen Alkaloide, von denen schon zu jenen Zeiten die Zeitungen überall, sei's im siegreichen Maradagàl oder im bekriegten Parapagàl, berichteten; von denen auch, kaum daß sie ausgekrochen, eine gewisse avantgardistische, halb rebellische und satanische Literatur, die sich in den Bahnhofsbuchhandlungen eingenistet hatte, spintisierte. Im übrigen arbeitete er, wenn auch lustlos, in einer Weise, wie Mütter sich arbeitende Söhne erträumen, das heißt, indem er Befehle an Untergebene erteilte: und in den Mußestunden, nachdem er Millionen Kilowattstunden an alle Baumwollspinnereien des Nevado Bajo, an die unermüdlichen Fabriken verteilt hatte, dann, wenn er eine Minute für sich selber fand, öffnete er Bücher, müde und ohne die Zeit, sie zu Ende zu lesen.

Zu manchen Stunden schien er krank am Willen. »Ein wenig guten Willen...«, sagte ihm die Mutter und lächelte ihm zu, suchte ihn aufzumuntern und ein wenig Heiterkeit in dieses Antlitz zu bringen. »Der Wille...«, antwortete er, »der unentbehrlich ist für die Mörder...« Das erschreckte sie, und sie versuchte das Gespräch zu wechseln. Vielleicht war er müde. Es war sehr wahrscheinlich, daß der Krieg ihn verändert hatte und, mehr noch, die Kunde, daß der Bruder nicht zurückkehren würde. Und dennoch beklagte er nicht den Krieg: er sprach niemals darüber: er war nicht verwundet worden.

Gewiß, keiner befragte ihn nach den »glorreichen Taten«, den dunklen Bergen, keiner von den Kibitzen, die Mavors sich für später aufgespart* hatte, angesichts ihres zarten Alters. Sie sahen keinerlei Nutzen darin, ihren grauhaarigen Konkurrenten diesen Vorzugstitel im Wettbewerb zuzuerkennen, einen allzu gewichtigen Milderungsumstand beim Wägen. Etwa, was die Fehler betraf, die Unzulänglichkeiten: eines ziellosen Wanderns. Die Waage des ach so

* Im biologischen Vorgang (species) mischen sich, indem sie sich gegenseitig begrenzen (laut »modus« des Spinoza), der Drang und die Notwendigkeit des Kampfes, der Drang und die Notwendigkeit des Zeugens. Die Griechen sahen und verstanden wie gewöhnlich, diese Phänomene in herrlichen Symbolen auszudrücken. So daß Krieg und Frieden in der hellenischen Mythologie Zustände des Gleichgewichts herzustellen vermögen, zwischen den widersprüchlichen Mächten der widersprüchlichen Aszendenten (das Noumenon).

haargenauen Skrupels war einzig und allein, in jenen Jahren, damit beschäftigt, die Identität des wiedererstandenen Martin, genannt Kriegs-Martin oder Witwen-Martin*, auszutüfteln und abzuwägen, der Monat um Monat durch die engsten Nadelöhre der Justiz geschlüpft war: während die findige Gendarmerie ihn dem nicht weniger findigen Thalamus streitig machte, der höchst lüstern war, unter ihm zu quietschen.

Aber es ist gut, daß man alles, alles abwäge.

Der Sohn schien über alle Vorstellung hinaus den Jammer jener Jahre vergessen zu haben, die eingeäscherte Jugend. Sein Groll kam von einer noch düsterern Ferne, als stünde zwischen ihm und der Mutter etwas Nichtwiedergutzumachendes, grauenhafter als jeder Krieg: und als jeder fürchterliche Tod.

Als er herunterkam, mit einem Buche, schien die Suppe auf dem Tisch seiner zu harren, auf seinem Platz, im Lichtkreis der Petroleumlampe: aus deren sanftem Bereich der Dampf der Schüssel aufwölkte, um sich in der Dunkelheit zu verlieren, zwischen den Rippen des Deckengebälks, der dunklen Planken. Die spanischen Takelhölzer drapierten sich mit Spinnweb, als wären es geraffte Reservesegel auf der Fahrt über das Meer der Finsternis.

* Es ist dies eine anachronistische Transposition des 17. Jahrhunderts. Von Martino Guerra spricht sogar Leibniz in seinen ›Nouveaux Essais‹. Ein italienischer wiederauferstandener Martin war der Canella-Bruneri, dessen langumstrittener Identität Tausende von Berichtspalten der Zeitungen gewidmet wurden und Millionen von Lire: Presse, Advokaten, Appellationsgerichte etc. etc. Das Recht achtet, in seinem gewissenhaften Skrupel, nicht auf Unkosten.

Dies müde und demütige Lämpchen, Reglosigkeit im zylindrischen Kristallgehäus unterm gläsernen Schirm (ein spitzer Giebel aus milchigem Weiß rings um die gerillte Mechanik des Aufsatzes), schien ihm nun das einzige, was die Mutter ihm zugestand: in diesem vom Holzwurm bewohnten Haus, im Winkel des verlassenen Landstrichs. Dies war's, zumindest, was der Vater und die Mutter für ausreichend gehalten und überdies für nützlich, fürs Leben, für das Vorwärtskommen, fürs Glück der Söhne. Und hatten doch schließlich auch, um des drei Teufels willen, erfahren, wie sehr ein Ausweis, ein Einladungsbillett, wie jedes fettfleckige Empfehlungspapier oder ein Talisman auf Tür und Tor wirkte, um sie den Sterblichen zu öffnen und sogar den maisessenden Pitecanthropen, die von goldnen Legenden und massivem Elfenbein* geschmückten Flügeltüren, die drehbaren Portale der Odeons. Gewoge von Männern und von Weibern! wohl unterscheidbar, im Treiben des Stroms: Luxusfriseure, Inhaberinnen öffentlicher Etablissements, Fabrikanten von Motorradzubehör und Kokarden. Frachtzüge voller Kühe in Richtung Liebigs Fleischextrakt, von Nordwesten kommend; offene Viehwagen mit Verbindungsstegen, die der Gaucho mit den melancholischen Augen ordnungschaffend hin- und herlief. So sah das Glück aus, in Südamerika. Stürmisches Meer, über den zerschlagenen Flößen verlorener, ausgelaugter Menschen, mit Sargassen von Chinesen oder Negerarmen aus dem Gebrodel der Wogen: Armenier,

* »In foribus pugnam ex auro solidoque elephanto …« Virgil, ›Georgica‹ III, Anfang.

Russen, weiße und rote, Araber, die sich mit dem Messer in der Hand eine Schaluppe ergattert, echte Levantiner von Monza mit einer Last von unechten Teppichen auf dem Rücken: und das verschwommene Gemuhe dieser toboggantaumelnden Menge, die weder Christus noch Teufel mehr kannte, Völkergemisch, das von der Dünung an den Strand gepeitscht wurde, dorthin, dorthin, wo – endlich – der bläffende Triumph der Impresarien von Bestattungsinstituten obsiegte, der wenigen, in jeder Stadt von Maradagàl, die ihren Nutzen zogen von der gewinnbringendsten unter den privaten und exklusiven Betätigungen von Maradagàl: vom Monopol der Leichen. So zum Beispiel die Firma Flejos. Zinksärge, die zum Dreißigfachen des Gestehungspreises dem Kummer der Schmerzerfüllten überlassen wurden, dreißig Jahre hindurch, das hatte sie reich gemacht mittels der legitimsten unter allen Unternehmungen der Wohltätigkeit. Und immer Weiber und noch mehr Weiber, hinter dem Zink und der Recoleta; Weiber!, aufgemöbelt wie Küstenhandelsbarken, auf Hochglanz poliert, mit Bassaridenlächeln über zweiunddreißig Zähne bis an die Ohren; ein verdrücktes Unterröckchen, aus Mischwolle, als Hülle über einem Mysterium zu diez Pesos (fünfundfünfzig, nach unserer Währung), der erbarmungswürdigen Mechanik des Arschwackelns: der verkackte Fetzen einer Negerin hätte mehr Stil aufgewiesen. Oder auch, an den Antipoden, die fetten Wurstfabrikanten, wie schnurrbärtige Ratzen, Rattenwurststopfer, turmhoch ragend über hohen Marmortheken, mit dem Hackbeil, die Säbel-Metzger: oder puterfarbige Viehhändler, auf dem Forum, die keiften sobre el ganado: oder befrackte Seidenwurmzüchter, geschwollen vom Heldenepos der vollzähligen keltikesischen Tugenden, mit elf Bartschwänzen, wenngleich unfähig, auch nur ein einziges Z aus den Zähnen zu kriegen: Elektrotechniker, kurzsichtig wie Kartoffeln: Priester (presbyterianische) im Ballkostüm, brachyskelische* Drogisten mit den Hosen voller geschmuggelten Sacharins; gehörnte Ingenieure, Mediziner, Gedärmspezialisten und Nierenspezialisten und Perepepè-Spezialisten: Schöffen, Diebe, Gasmänner, asthmatische Zuhälter, Stukkateure und Stukkateurinnen aller Riesmaße! Und das Gespenst des Propheten, der Hennenschreck, nach Mitternacht, der Villa ›Giuseppina‹! Drecksklabautermann! Dieses ruh- und friedlose Meer, da draußen, wusch unentwegt an den Strand der Blödigkeit, brandete über die entblödeten Ufer, entbot seinen unerschöpflichen Gischt und soff sein eigenes schmutziges Brackwasser. Merkurische Pomade oder apokryphe Evangelien, dorthin, dorthin, zum gleißenden Glanz der Odeons: und dahinter die großen Magazine der Firma Flejos y compañeros.

Die hungrige Sarabande brodelte unter den vom Pampero gewiegten Glühbirnen, zwischen Myriaden von Siphonflaschen. Das Licht der auf den Kopf gestellten Welt** trank seine verrückten Urichemismen, Parfümerien, Spielball des Fortschritts, Urethrien, mit Siphonwasser verdünnt.

* Kurzbeinig. »Skelischer Index«, in der Anthropologie, das Verhältnis der Länge der Beine zu der Größe der Gestalt einer Person.

** Also der australischen Hemisphäre. Der Pampero ist der Wind der Pampas.

»¡Mozo, tráigame otro sifón!« Ein fröhlicher Geigenwirbel belebte alle Gesichter; die Frauen, als ob sie sich einen Ausschlag kratzten oder mit Gesten von Äffinnen, die ein paar Cacaruettas* zu fassen gekriegt, sie puderten sich bei jedem neuen Gericht: fraßen Gemüsesuppe und Lippenstift. Und alle hoffnungsfroh, hoffnungsfroh und ausgelassen. Und voller Zuversicht. Oder aber sie schwiegen, gebieterisch. Am Tischchen sitzend, Brust heraus; hochgereckt, verpackt ins gestärkte Smoking-Zubehör fast wie in Leukoplast und in höchster Schwellung biologischer Sicherheit und Realität. Von Zeit zu Zeit ließen sie die Siphons pissen: und der männlich schiffende Siphon verlieh der lässigen Hand höheres Gewicht. Und dann gurgelten sie daher, baritonal und geläufig, mit dem Gurgelwasser ihrer Erinnerungen: rühmten sich imaginärer Nächte und Gewinne aus verschacherten Diamanten (die es aber nie gegeben): es schwieg dazu das Lügen-Gesicht des Weibchens über den wahren Gewinst aus dem Vogelfang.

Der Sohn schaute, ohne ihn zu sehen, neben dem Tische stehend, auf den bescheidnen Apparat, auf den schmalen Rauch, der draus emporstieg: während seine alte Mutter noch ein Besteck suchte, einen Teller, einen Vorwand, zwischen Kredenz und Küchenschrank. Sie war aufs neue beunruhigt.

Buben: mit Beinen wie Spargel. Dämlicher in ihrem Kopf, als wenn es ein Trüffelknollen gewesen, kindisch plappernd: nach zehn Generationen von Mais und grün-

* Ein nicht gerechtfertigter Gallizismus für »aràchide« oder Erdnüsse.

füßiger Hungerleiderei auch sie aus der Bastarden-Arche der Generationen hervorgegangen, auf der Suche danach, eine ihrer schäbigen Aufschneidereien auf dem Forum anzubringen: auf dem kümmerlichen Forum von Pastrufazio! Herabgestiegen von den stinkigsten Käsesorten des Monte Viejo zu den Durchfällen mit Pauken und Trompeten am Uguirre*, stumm und gedächtnislos im Kastilischen, taub im Latein, Versager im Griechisch, unempfänglich für Geschichte, mit einem Gehirn unter Null in Geometrie und in Arithmetik, ungenügend im Linienziehen, sogar in Geographie waren sie nicht entsprechend! Wochenlang, jahrelang mußte man sich auspumpen, um sie zu lehren, wie die Landkarte des siegreichen Maradagàl aussah! Und wie man Landkarten machte: und immer noch nicht, immer noch nicht kapierten sie's, die armen Lieblinge!

Und dennoch gelangten sie – wie geschmiert – zu ihrem wimpelgeschmückten Stapellauf, endlich, mit allen Ehren und Salbungen vom Stapel gelassen ins große Meer der Blödigkeit: die Kiele geölt mit Dämlichkeit. Je läppischer sie waren, um so glatter und glücklicher flutschte unter ihrem Hintern die Rutschpartie, hinab, hinab vom grünen Croconsuelo des Monte Viejo zur schwimmenden, schaukelnden Geschwollenheit der Avenida, Gockelgehänge vollzählig beieinander. Irgendeine alte Runzelhexe fand sich immer, im Magazin der Alten, mit sechs oder gar sieben Zähnen im Maul, die bereit war, die verheißungsvolle

* Das Lyzeum ›Präsident Uguirre‹, in der nordöstlichen Stadtgegend gelegen.

Sektflasche am Vordersteven des Analphabeten loszuschlagen: um, so Gott will, jene paar Scherben aufhüpfen zu lassen, die der Ritus vorschreibt, mitsamt den Schaumspritzern. (Die Wangen des Kalbes, zumindest, die mußte man mit einer ausgiebigen Dosis lobhudlerischen Speichels lackieren, mußte es, bei jedem neuen Trompetenstoß, anflennen und volltrenzen mit dem Mucus der Bewunderung aus einer birnenförmigen, ach, so zärtlichen und äußerst saftreichen Nase.)

Und so wie das Schiff, Hinterteil voran, hinuntergleitet, rutschten auch sie, die meisten jedenfalls, wie ein Schiff oder ein Krebs, und wohl gerade weil sie Krebse waren, mit dem Hintern voraus, von wegen ihrer mangelnden Titel, flutschten fröhlich in die Welt. Frisch gewichst, in ihrer neuen, farbigen Pracht. Man konnte, bei anderen, unschwer von ihren blühenden Wangen unter dem speckigen Glanz der Haare auf eine in Flanell gehüllte Jugend schließen oder auf eine roastbeefreiche. Gehege von Roastbeefs. Alle, alle traten sie ans Licht: es umschloß sie das Licht des Lebens, das von den geduldigen Wechselstrommotoren der Cordilleren über ihren gesalbten Köpfen ausgegossen wurde. Die jene Stuckparadiese damit überschwemmten. Alle, alle! Türken und Nudelbäcker, Tscherkessen, bettelnde Gitarristen von Andalusien, Polacken, Armenier, Mongolen, arabische Prediger mit steifem Hut, ziegenfüßige senegalesische Lippenneger und sogar die Langobardoiden von Cormanno, eingewandert aus Cormanno (Curtis Manni), auf daß sie, auch in der Neuen Welt, das Primat der Begriffsstutzigkeit und der Phantasielosigkeit errangen. Und der Vertreter der Parfümfabrik, ein Grieche; und jener andre, der jüdische Vertreter der Teppichfabrik. Welcher nebenbei, auf eigene Rechnung, in den Feierabendstunden, Bilder an den Mann brachte, wenn auch gebrauchte, und Partien von Lumpenzeug für die Papierfabriken und häretisches Mobiliar aus dem 17. Jahrhundert. Alle, alle.

Alle hatten sie ihr Leben, hatten ihre Frau: und hatten sich vom Stapel gelassen: und waren in ernstzunehmender Position. Jeder in seinen Fach; sogar derjenige, der das Tellerchen wandern ließ. Viele im Abendanzug. Jeder glaubte ganz ernsthaft, eine seriöse Sache zu sein. Teilhaber des Großen Orients von Maradagàl-Parapagàl, und halfen sich auch gegenseitig aus mit Tand, mit Kornelkirschkernen oder poliertem Bein, mit einem Sortiment von Lametta. Bei den Freimaurern des schottischen Ritus sah man sie, anläßlich ihres Jahrestreffens, dort drüben, am Saënz Peña, auf Nr. 3225, mit einem Merinoschafschwanz, der ihnen unter dem Jackett heraus zwischen den Beinen baumelte; oder sie trugen quer über die karierte Weste andere, ein wenig kürzere Schwänze, und Bänder und grüne Schnüre und zwiefärbige oder orangene Hosenstreifen. Einige von ihnen erschienen, an den Festen und Heimatgedenktagen des Alten England, geschmückt mit Knöpfen von geradezu unwahrscheinlichem Glanz oder in Kostümen des achtzehnten Jahrhunderts mit Perücke: zwei Tage darauf publizierte der ›Fray Mocho‹ den ganzen Glanz und die Glorie im Magnesiumblitz des Banketts an der Hufeisentafel in einem Wogenschwall von Kokarden, Bändern, Trinkbechern, Blumen, verbrämten Knopflöchern, Freimaurerturbanen (diese allerdings sah nur er, Gonzalo, in seinem Delirium) mit amazonischen Papageienfedern: und ihre Weiber mit Federn von Paradiesvögeln. Und flappende Straußenfederfächer, rosa gefärbt, auf den Butterfaßbrüsten: und Federstöße und Flaumpinsel. Und in der harten Jahreszeit, von Sankt Brigitten etwa bis Sankt Balafronus, schienen's die Seidenwurmzüchter und dicken Ingenieure gar nicht abwarten zu können, ihre Pelze von jenseits des Wendekreises überzuziehen, von den allerseltensten Bären und Zobeln, von Seehunden aus dem Lande des Pitt, Känguruhs von Australien und Oppossum. Manchmal hatten sie Diademe aus Gemmen überm Haar, die Weiber: und die Gatten ein Halsband mit Blechplakette in Zinkprägung, und das war dann nichts weiter als das Abbild des Mazzini, mit hochgeschloßnem Plastron, in Weiß, blockartig wie ein Monolith; den Bart aufs akkurateste zwiegeteilt und mit Scheren gestutzt, zwei dicke Tränensäcke unter den Augen: andre zogen's vor, sich mit einem Bildnis Disraelis auszuzeichnen, mit Bartkoteletten, oder mit dem des alten Sarmiento. Und an diesen Brustschildketten hingen dreieckige Klunkerchen oder mit der 33 oder ein Hämmerchen, kleine silberne Maurerkellen oder gar goldne. Andre fügten ihrer Flanell-Eleganz à la Prince of Wales goldene Kettchen bei, Armkettchen, schmale, oder eine goldene Uhr, am Armband: und angehängt an die Kettchen verschiedenste Klunker: Medaillons mit einem Heiligenbildchen, oder einen reliefartigen Glücksklee aus schönem, grünem Email; oder beides zusammen, also Madonna und

Talisman, denn man weiß ja nie, wer oder was einem im Fall des Falles besser zu Hilfe kommt, um sich die Pest vom Leib zu halten. Oder auch ein kleines Hufeisen, aber aus Gold: gepünktelt mit weißen Perlchen anstelle der Nägel.

Armbanduhren! Manche hatten die reinsten Chronometer, das heißt (so erklärten sie) Zeitmesser: mit einem dritten, vierten, fünften Zeiger, alle ganz fein: der letzte geradezu fadendünn, der geschwind loszockelte, sobald man nur, tick!, mit der Daumenkuppe ein geheimes Knöpfchen drückte: und der diente für Wettrennen, beim Ablauf, das sie manchmal auch »starting« nannten: oder am Ziel, eine Kopflänge, halbe Kopflänge.

Der schwarze Zeiger mit den Monaten oder den Mondvierteln in fadendünnem Scharlachrot, oder in Blattgold, mit den Sekunden, den Minuten, den Jahren, den Stunden, den Hegiren, in Grün oder Zitronengelb; und in Saphirblau die Umdrehungen des Uranus. So daß ein solcher Chronometer am Handgelenk des Tabakshändlers den, der es eräugte, veranlaßt, seinen ruhmreichen Träger in eine mutmaßliche mathematisch-geomantische oder auch geophysische Elite einzureihen, als wär's eine ägyptische oder chaldäische priesterliche Astrologenkaste, eine verschworene orphisch-pythagoräische Gemeinschaft, Wahrerin kopernikanischen Schmuggelgutes von zweitausend Jahren vor Kopernikus' Zeiten. Während es sich doch meist um einen höchst normalen und höchst zahlungsfähigen Brusuglio handelt, der sich auf die andere Seite des Ozeans hinüberbegeben hat »mit Hilfe seiner Geschäftstüchtigkeit und seiner Willensstärke«. Also: in der Phase des Zunehmens begriffen.

Auch die Mutter, nachdem sie einige Male hinausgegangen und zurückgekehrt war, wartete nunmehr stehend und fast bebend, die Hände vor dem Schoß gefaltet, daß der Sohn sich zur Tafel setze. Im Dunkel der Küche sich mühend, war es ihrer zähen Hoffnung gelungen, vom Grunde einer vergessenen Büchse einige Essigfrüchte auszugraben: und mit diesen paar grünlichen, schrumpligen Pfefferschötchen, auf einem abgestoßenen Kaffeeuntersätzchen angerichtet, war sie ins Eßzimmer zurückgekehrt, indem sie das Tellerchen auf den Tisch stellte, mit der Geste Melchiors, der dem Heiligen Kind das kostbare Gefäß der Myrrhe entbietet. Eine schmerzliche Erregung hämmerte erneut ihre mageren Lebensminuten: die alten und abgenützten Minuten!, die nur Herzklopfen erfüllte. Gonzalo starrte immerfort, wie ein Schlafwandler, ohne wahrzunehmen, auf das Angerichtete, auf das Tischtuch, auf den Lichtkreis der Lampe überm Tisch. Kaum mehr stieg Dampf noch vom Teller hinauf in die Zinnen der Nacht.

Wohin wandte sich sein erniedrigtes Bewußtsein, mit den zerfetzten Säumen der Erinnerung im grundlosen und ziellosen Wind? Wo wirkten die um die Wahrheit bemühten Geister, mit ihrer gerechten, von Gott erleuchteten Gewißheit?

Schwarze Kellner, in den »restaurants«, besaßen den Frack, wenngleich sie nur mit den Tellern klapperten: und den gestärkten Plastron, mit Steckkrawatte. Nur den Plastron zwar: ohne daß diese imponierendste unter allen männlichen Brustwehren je in die totalitäre Harmonie auswachsen konnte, in die eines Hemdes bedürftige Physiologie. Welchselbige ihnen durchaus mangelte.

Ein leichter Schauer überrann sie, die Damen: sobald sie von solchen ehrerbietigen Fräcken mit dem ehrenhaften Titel »Señora« angeredet wurden. »Ein gemischtes Sahne-Schokolade für die Señora, sí señora!« Das fühlten sie, vom Nacken bis zur Ferse, wie einen Peitschenhieb der Wonne, »die reinste, insgeheime Freude«, wie die Hymne sagt. Und übrigens auch bei den Männern, das verborgene Prickeln der Selbstgefälligkeit: herauf herauf von der Leistengegend zum Rückenmark, zu den Haarwurzeln: die Illusion fast, eines Augenblicks markgräflicher Macht. Alle Streiks vergessen, mit einem Schlag, das Rachegeschrei, die Barrikaden, die Kommune, die Drohungen, jemanden an der Laterne zu erhängen, den Purpur des Père Lachaise; und das schwarze Lab, geronnen auf dem Goya-haften Haufen der Ausgestreckten, der zur Strecke gebrachten; und das Gebelfer und die Hürden und die Kriege und die Verwüstungen jeglicher Art und allerorten; einen Augenblick lang!, jenen Augenblick der Wonnen. O süßes Rieseln! Vom ehrerbietigen Frack vermittelt: »Ein Kleines Zitronen-Seltz für den Señor, sí señor! Ein kleines Zitronen-Seltz für den Herrn!«, der herrliche Ruf prunkvoll, erfüllt von Ehrfurcht und bewegendem Eifer, berauschender als elysische Melodie des Bellini, er sprang von Piccolo zu Piccolo, von Plastron zu Plastron, bereicherte mit neuen Rechtsumdrehungen die markionnischen Hormone* des Bestellers; und bis er zum Schankschalter kam, war er »Ein kleines Zitronen-Seltz für den Angeber von Nr. 128!« geworden.

Ja, ja, sie waren höchst geschätzt, die Fräcke. Würdevolle, ernstzunehmende Herren bestellten in den »restaurants« der Bahnhöfe mit perfekter Würde »einen Nierenbraten mit Reis«. Und jene, mit allen Zeichen des Eifers, nickten Beifall. Und waren doch im Vollbesitz ihrer geistigen Kräfte. Alle wurden ernst genommen: und die einen trugen höchste Wertschätzung für die anderen. Die bei Tische Sitzenden fühlten sich solidarisch in der erwählten Hintersteven-Stellung und der Sitzergreifung eines der Gewichtigkeit ihres Hinterns angemessenen gefederten Untersatzes, in ihrer Kommando-Würde. Es schmeichelte den einen die Gegenwart der anderen, willkommnes Parkett. Und keinem fiel's ein zu denken, wenn er den Nachbarn betrachtete: »Welch ein Schafskopf!« Hinterm Himalaja von Käse und Fenchel beobachtete der Oberkellner die Abreisen: »¡Para Corrientes y Reconquista! ¡Sale a las diez el rápido de Paraná! ¡Tercero andén!«

Meist hatte das Obstmesser keine Schneide. Es gelang ihnen nicht, den Apfel zu schälen. Oder der Apfel sprang

* Wortspiel zwischen Marchese (Markgraf) und »Marchionn«, einer Gestalt des Porta. Der Autor stellt sich vor, daß die Hormone des Bestellers, der entzückt ist über die Ehrerbietung, sich mit neuen wunderbaren chemischen Verbindungen bereichern (Auslosungen), Rechtsdrehungen, Linksdrehungen; Fachausdrücke der strukturalen Chemie, der Geometrie und der Kristallographie: und gemeinhin als zwei symmetrische Molekularstrukturen begriffen, also metrisch gleich und übereinander zu bauen (Rechtsschrauben und Linksschrauben).

ihnen vom Teller wie ein Stein von der Schleuder und rollte zwischen weitentfernten Schuhen. Dann war's, daß sie mit beleidigter Würde riefen: »Kellner, dieses Messer schneidet ja nicht!« Zwischen den Brauen, unvermittelt, eine gebieterische Wolke. Und der Kellner eilte atemlos herbei, mit weiteren Nierenbraten: und äußerte seine ganze Bestürzung, sein volles Mitgefühl, entbot unterwürfigen Ratschlag zu Füßen des Zorns der allergnädigsten Herren (in einem mehr als beschwichtigenden Ton): »Versuchen Sie dieses, mein Herr!« und war schon wieder entfleucht. Welchselbiges »dieses« noch weniger Schneide hatte als das vorige. Oh, welche Wut!, während alle anderen weiterkäuten, weiter über den entfleischten Knochen schnaubten, sich die Zunge, die Schnurrbärte mit Tunke bestrichen. Ein kaum merkliches Lächeln, oh, nur der Schatten eines Lächelns, ein leichtes Zucken der Ironie, auf dem Antlitz des höchsten und elegantesten Paares, er und sie, weit, weit entfernt, schien jenen Apfel zu bemerken und zu verfolgen, der nun endlich auf dem Mittelgang zur Ruhe gekommen: glänzig und grün, als hätte De Chirico ihn gemalt. Über welchen, unterdrückt fluchend, auf bolognesisch, die aufeinanderfolgenden Wogen der Nierenbraten-Fracks stolperten und nebenbei, beim Herunterkommen, leichte Fußtritte austeilten, quasi weitergaben, der eine an den anderen à la Meazza, à la Boffi. Es waren Vermalefizereien, wie Viperngeifer ausgezischt, aber doch nicht leise genug, als daß man nicht kapiert hätte, worum sich's handelte: hinter auf Überfahrt befindlichen Tellerstößen oder Mayonnaiseschüsseln oder Klaftern von Spargel, von denen flüssige

Butter aufs polierte Parkett träufelte; und alle zusammen schließlich unerwartet von den Seehörnerrufen des Risotto zum rettenden Ufer gefegt.

Alle, alle: und in erster Linie die Herren bei Tische. Alle waren hoch geachtet! Keinem war jemals in den Sinn gekommen, sie zu verdächtigen, daß sie – nehmen wir an – vielleicht Blödiane seien, nicht klüger als dreijährige Kinder.

Nicht einmal sie selbst, die sie doch alles, was sie betraf, genauestens kannten, die eingewachsenen Nägel und die Warzen, die Leberflecken, die Hühneraugen, jedes einzelne, die Krampfadern, die Furunkel, die Warzenhaare: nicht einmal sie, o nein, hätten über sich selbst solche Ansicht gehegt.

Und so war das Leben.

Sie rauchten. Gleich nach dem Apfel. Machten sich daran, dem Gelüst zu frönen, das seit geraumer Zeit, also seit der Epoche des Nierenbratens, sich in ihrer Person allmählich angesammelt hatte (wie der elektrische Strom in den Reibungsmaschinen), hier, hier seht, alle waren sie dessen gewiß, daß ein plötzliches Dekret ihrerseits mit Bestimmtheit den wichtigen Funken würde springen lassen, den Funken oder Blitz oder Schuß des Herrn und Meisters von einem der Umgebung angemessenen Zünder, zwischen entweichenden Gabeln, Kaskaden von klingenden Bestecken! Von Löffeln!

Und so waren sie also drauf und dran, zu jener unmittelbaren und doch höchst bemerkenswerten Handlung zu gelangen, die von der Spannung der Umstände so gebieterisch gefordert wurde.

Sie zogen, mit zerstreuter Nonchalance, aus der Tasche die silberne Zigarettenspitze: dann das Zigarettenetui, eine Zigarette, die ziemlich dick gestopft und voll war, mit goldenem Papiermundstück; die klopften sie dann leicht auf dem Zigarettenetui, das mittlerweile, mit Track-track wieder zugeklappt, in der anderen Hand ruhte; sie führten sie an die Lippen; und dann, wie angewidert, währenddem eine leichte senkrechte Falte sich auf ihrer von höchster Sorgfalt umwölkten Stirn abzeichnete, steckten sie das überflüssige Zigarettenetui wieder ein. Zur Zeremonie der Streichhölzer schreitend, fanden sie schließlich, nachdem sie in zwei oder drei Taschen gesucht, ein Abreißheftchen: aber, nachdem es geöffnet, stellte man fest, daß schon alle abgepflückt, weshalb nun, mit Ärgernis, das Heftchen unverzüglich von den Grenzen des Ich verwiesen wurde. Und lag dann dort, hülflos verlassen, auf dem Tellerchen bei den Schalen. Ein anderes eilte schließlich zur Stelle, ausgegraben aus der 123. Tasche. Man entsiegelte die Steuermarke, allgegenwärtiges Abbild des dreieinigen Fiskus, bis es endlich gelang, in diesem wundertätigen Kämmchen die Urmutter aller Schwefelkopfgeisterchen zu enthüllen. Eine Einheit wurde abgerissen, angestrichen, angezündet; die Stirn von erneuter Heiterkeit geglättet, nachdem sie von so viel Gedanken überlastet gewesen (aber kuhdumme Gedanken, die zumeist Artikel in Bijouterie aus Zelluloid betrafen). Sie steckten das nun überflüssige Heftchen in irgendeine Tasche: in welche? Oh, sie hatten's im Augenblick des Einsteckens schon vergessen; um ein Motiv zu haben, bei nächster Gelegenheit (einer weiteren Zigarette), die so gewichtige und fruchtbare Suche erneut zu beginnen.

Nach diesem sogen sie, Gegenstand bewundernden Staunens von seiten der »anderen Tische«, den ersten Zug jenes exzeptionellen Rauchs ein, einer Xanthia oder Turmac; mit einer Schmalspur-Sybariten-Wollust, die einen hartleibigen Türken erbarmt hätte.

Und so verweilten sie: den Ellbogen aufs Tischchen gestützt, Zigarette zwischen Zeige- und Mittelfinger, wollüstige Kringel ergehen lassend; vermischt mit Miasmen, wie man weiß, aus glücklichen Bronchien und Lungen, während der Magen ganz in Wonnen lag und sich dranmachte, wie eine verzweifelte Amöbe, den Nierenbraten abzutasten und mit Magensäften zu beträufeln. Die Peristaltik kam in Gang, auf ferner Trommeluntermalung, dem Siegesmarsch der ›Aida‹ oder dem Toreador aus der ›Carmen‹.

So verweilten sie. Schauten umher. Auf wen? Auf was? Auf die Frauen? Nicht einmal dies. Vielleicht nur um ihr eignes Abbild in den Pupillen der anderen zu sehen. Und brachten alles zu höchster Geltung, Manschetten und Manschettenknöpfe. Und ihr nierenbratenfressendes Hampelmannsgesicht.

Viele Reklamebilder für Tabak und Liköre, vor allem der öligsten und gelblichgrünen, waren – in ganz Südamerika – von der Eleganz ihrer Manschetten inspiriert. Auf der Rückseite des ›Fray Mocho‹, zum Beispiel, sah man häufig den Rauch einer Zigarette aus dem Munde eines gewissen Herrn zur Decke steigen, also zur physischen Grenze der Zeitungsseite: in zarten, höchst eleganten Kringeln: und auf dem Tisch waren Ellenbogen und das ölige Schnäpschen. Und die Manschetten und die »aristokratischen« Finger und die Zigarette standen hoch und beneidenswert vor der männlichen Maske der Verdauung (von Niere und Braten) mit Schnurrbart, der passend gestutzt war. Brennende, träumende Gemüter junger Burschen, meist Büroboten jüngerer Jahrgänge oder Friseurgehilfen, phantasierten davon, es auch soweit zu bringen: eines künftigen Tages! Von den Apenninen zu den Anden. Mit jener Zigarette zwischen Zeige- und Mittelfinger, jenem gelben Gläschen auf dem Tisch, jener Manschette, jenen Manschettenknöpfen. O ja! ja! Jener wohl, er war, das sah man, so weit an die Macht gekommen, daß er von sich sagen konnte: »Yo soy un hombre.« Er hatte kein Dooflingsgesicht: nein, er nicht.

Der Sohn, noch immer stehend, die Augen aufgerissen über dem Lampenschirm, erinnerte sich, daß der Gehilfe seines Friseurs vor einigen Wochen, am Saënz Peña, ihm ins Ohr geflüstert hatte: »Como me gustaría, sabe Usted señor don Gonzalo... asentarme a tomar una copita de licor... por la tarde, en una mensa... ese... del Donisetti... (so sprach er's aus, auf spanisch) ... viendo pasear a las guapas en toda la calle... a los caballeros... a los coches... sabe Usted, ese benedictín... supongo que Usted... (er versuchte zu lächeln)... todos los días... podrá permitirse este lujo... Permítame, señor ingeniero... (und schnitt ihm – ratsch – ein Haar unter der Nase weg)... ¿sabe Usted? como en aquella réclame que vemos en todas partes... Un gran artista ha hizo, ¿no le parece?... con esa mano levantada... y la copita por adelante... y el cigarillo... ¿Quiere magnesia?... encendido...«

Das R vibrierte jedesmal wie eine Gitarrensaite in ihrer vollen, heftigen Herbheit: das herrliche Idiom, parecido a una luz, a una llama, atmete ein Beben, von der Wärme der Lippen. Die Zähne erinnerten an eine wilde Reinheit, von fernher, von den Schneegefilden der Sierra. Die melancholischen Augen (auf allen Büchsen und Töpfchen der Pomaden lag Abendglanz) erglommen in übermächtigem Hoffen.

7

Keiner kannte das langsame Erblassen der Versagung. Ammen, behangen mit Filigran oder Ambra, scharlachrote Glucken zwischen den Kindlein: Kinderaugen und Löckchen in den heiteren Gärten. Und schmetternde Chorsänger in ihrem Sakristeigestühl, wo die Intarsien nach den Zeichnungen des Scamozzi oder des Panigarola sich abgewetzt hatten, wo das Bild sich zur Erzählung verdichtet, zum Poem geworden ist. Und silberne Heilige, mitrageschmückte Bischöfe über dem Pulvinar, schlürfen die reiche Wolke, das trunkene Öl der Glorie. Aber die Augenblicke der Versagung, auch sie führt die Zeit, die düstere Einflüstererin eines Gesetzes der Düsternis, an verschlossene Seelen.

Der Hidalgo stand im Saal, vor Leuchter und Schüssel. Er hatte sich die Hände gewaschen, droben, hatte einige Kleidungsstücke aufgehängt, eine Bürste in der Schublade verwahrt.

Seine geheime Ratlosigkeit und der geheime Stolz tauchten empor im Ablauf der Handlungen in der Verneinung ungültigen Scheins. Die nichtgültigen Figurationen mußte man verneinen und zurückweisen wie falsches Geld. So jäten der Landmann und der weise Gärtner die schöne Pflanze frei von ihren welken Blättern oder reißen rasch die Frucht ab, die lose und welk und verächtlich gewachsen im Kreis der Natur.

Den lügnerischen Kuß der Göttin des Scheins zu pflükken, mit der Trügerischen sich auf die Streu zu lagern, ihren Atem zu spüren, sich ihren Hurendunst und ihr Rülpsen ins Gemüt dringen zu lassen. Oder aber sie hinabstürzen in den Groll und in die Verachtung wie in einen schwarzen Schacht von Exkrementen, verneinen, verneinen: wer Herr sein will und Fürst im Garten der eigenen Seele. Verschlossene Türme stehen hoch gegen den Wind. Aber der Schritt des Grolls ist unfruchtbarer Gang, holde Bilder zu verneinen bedeutet, zu oft nur, sich selbst verneinen. Auf die heilige Kraft des Urteils zu pochen bedeutet, zu oft nur, das Mögliche zerreißen: wie man ein beschmutztes Blatt zerreißt, weil man Lügen darauf liest.

Der Hidalgo war vielleicht daran, sich selbst zu verneinen: pochte auf seine Berechtigung zum Schmerz, auf seine Erkenntnis und die Wahrheit des Schmerzes, nichts blieb mehr dem Möglichen. Alles entleert durch den Raub des Schmerzes. Nur der Hohn über die Zeichnung und den Augenschein blieb ganz, falsch wie die tragische Maske über der Metope des Theaters.

Die Mutter näherte sich ihm mit unsagbarer Zärtlichkeit, legte ihm eine Hand auf den Arm, ihre abgemagerte Hand. (Er war größer als die schon gebeugte Mutter.) »Du willst nicht essen, Lieber?« sagte sie zu ihm, fast flehend, in einem Flüstern der Liebe.

Da raffte er sich auf; als ob er plötzlich den müden, den nutzlosen Webaufschlag der Handlungen unterbräche: als ob ein geheimer Groll ihm verböte, die Zärtlichkeit zu erkennen, die wahrhaftiger ist als alle Dinge, den mütterlichen Beistand. Er trennte sich von der Mutter. Die leidenschaftliche Dankbarkeit, von der jedes Bewußtsein keimt, schien zu erlöschen in ihm. Auch dies mußte man etwa verneinen?, mußte allein den Gang antreten in die Nacht? Er trat in die Diele: die Mutter hörte, wie er eine der Türen öffnete, wie er in der großen Bibliothek wühlte.

Dann stieg er hinauf zu den Zimmern, vielleicht um ein Buch zu holen oder zurückzustellen. Wieder herabgekommen, legte er einige Zeitungen vor die Mutter, die er für sie gekauft, indem er mit ehrfurchtsvoller, aber gedämpfter Stimme sagte: »Ich habe dir die ›Gazeta‹, den ›Fray Mocho‹... ›El Mundo‹... mitgebracht, wenn du sie willst; auch die Abendzeitungen sind dabei, der ›Razón‹... « Sie ergriff und betrachtete das Bündel Zeitungen, ihre Augen verschleierten sich von bewegter Dankbarkeit, von Glück und Tränen: sie hob das Gesicht wie in Erwartung eines Grußes, eines Kusses, als wäre ihr bis zu diesem Augenblick verwehrt gewesen, die Mutter zu sein! Da zog der Sohn sie an sich, verzweifelt: und küßte sie lange. Eine alte Silberbrosche, mit einem Granat, Blüte der mütterlichen Jahre, schmückte (herabhängend) das arme Gewand des Alters.

Indes trat, klappernd, das Elend und der Gestank eines Peonen ins Zimmer. Er brachte zwei Stecken für den Kamin, und ein Bündel trockner Schäfte von Banzavois. Das Gewitter hatte die Felder abgekühlt, die schon von der

Nacht umklammert waren. Sie schwiegen, lagerten draußen in den Massungen des Dunkels, unterm düstern Saphir. Der Peón krauchte mit dem Kopf im Kamin, dann erhob er sich: es sah aus, als ob er von einem Moment zum andern die Hosen verlieren müßte, so tief saßen sie ihm auf den Hüften, auch im Vergleich zum Gürtel. Es strömte von seiner Person und von seinen Hosen ein gutmütiger Geruch (so behauptete die Überlieferung), aber ein Geruch war's zweifellos, und ganz und gar serruchonesisch, etwa wie »Na, wie geht's, José?« und seit Jahren nicht der Waschung unterzogen. Mit gutem Grund überdies. Kein Diokletian hatte je Thermen erbaut auf dem hintersten Lande.

Der Hidalgo verlangte, selbst in den überschwemmenden Schatten seiner Neurose, keine speziellen Waschungen von den Landbewohnern des Serruchón: für sie schien ihm, nach der Außerbetriebsetzung Caracallas, die Heilige Taufe zureichende Waschung. Nur daß er die geruchverbreitende Tatsache mit gewisser Verblüffung und manchmal mit Zorn registrierte. Im vorliegenden Falle wußte er, daß der Bauer sich etwas reinlicher hätte halten können. Das vom Zorn aufwallende Delirium ließ ihn in diesem Dreck eine vorbedachte Demonstration des Elends erkennen, eine Art gewerkschaftlicher Kundgebung: als Forderung nach irgendeiner weiteren Großzügigkeit der Brotherrn zugunsten des Elends in Person. Seit geraumer Zeit schon hatte der Peón zur Mutter gesagt und ihm zu verstehen gegeben, daß die (spärlichen) Einkünfte aus dem geringen Grund, der fast jährlich vom Hagel heimgesucht wurde, durch einen festen Lohn aufgebessert werden müßten, vielleicht sogar aufgrund eines Gesetzes: in Anbetracht der Tatsache, daß er, der Peón, in keiner Weise als Halbpächter zu betrachten sei, alldieweil er sich nicht darauf beschränkte, den Boden zu bestellen, zu hacken, zu mähen, zu ernten, zu sägen und den Wein zu lesen; vielmehr durch seine reine Anwesenheit auf dem Grunde, im Rahmen einer Herrschaftsvilla, die der Bequemlichkeit der Brotherrn diente und nicht die seinige war, eigentlich die ökonomische und juristische Rolle eines »Villenhausmeisters« bekleidete. Auch im Bett, nächtlicherweile, mit dem Eheweib, schnarchte und weibste er im hausmeisterlichen Hemde. So behauptete er: und kicherte und keifte (mit der Mutter) mit Hilfe von »ich würde meinen« und »ich möchte damit sagen«.

Nun, ein Hausmeister hat ein Recht auf Entlohnung. Auch die Vorschriften verlangen solches: es bestanden allgemeine Bestimmungen.

Die Andeutungen brachten den Hidalgo in Rage: eine schwarze Wut kochte ihm in der Seele, im Tiegel seines Geizes. Durch Gesetz gehalten zu sein, einen Teil seiner eigenen Einkünfte zu Ehren des Stockschlägers abzuzweigen! Allein der Gedanke brachte ihn in einen Zustand, der in der langen Reihe seiner Zornesausbrüche seinesgleichen suchte. Verhemmt noch dazu durch seine angeborene Schüchternheit und mehr noch vielleicht durch die Angst vor bürokratischen Verwicklungen, Anstürmen gelber freifrankierter Kuverts und Vorladungen vor das Schiedsgericht, das tabakgeschwängerte, was die vorauszusehende Folge einer eventuellen Weigerung sein würde.

Sechs Millionen maradagalischer Bürokratenterrorisierten seinen schalterfeindlichen Geist, so wie ein Glutmeer die vorsichtige Klugkeit der Schlange abschrecken würde. Er hatte keinerlei Vorliebe für das dreifache Register der Paläologen. Sein die notwendigen Tatsachen ordnender Geist (solange es sich nicht um Scheintatsachen, also um lügnerischen Ersatz des Pragmas handelte), haßte die falschen Behauptungen und alle Prozeduren des Müßigen. Aber ist der Beitrag zum Brot der Armen vielleicht müßig? Das germanische oder vielleicht auch hunnische Blut diente ihm als bequemer Vorwand für harte Absage.

Gewißlich brachten ihn jene Hosen und jene Holzpantinen so weit, daß er an der eigenen Großmut verzagte. Die Mutter, wohlgemerkt, litt, wie immer, die bäuerliche Forderung mit Nachsicht: alles, was von der Villa kam, von der Idee VILLA, war ihr Kundgebung und Lebensform des Seins, geheiligter Furunkel im Gesicht der Bestie SEIN. Auch der Gestank.

Wenn er, der Sohn, ein Wort des Vorwurfs wagte gegen diese Geruchs-Exhibition von serruchonesischen Formiaten und Capriliten, Gott bewahre!, die Reaktion des Peonen war leicht vorauszusehen: zuvörderst ein Mienen- und Gestenspiel von unverkennbar hebephrenem Charakter, begleitet von Gurgeltönen eines paläokeltischen Bauchredners, mit Aufeinanderfolge gutturalen Röhrens nach Raubtierart: dann, auf der Bugwelle des keltischen Kataraktes, angemessen aufgerührt von den Wirbelstößen einer Art Parkinsonschen Syndroms, würde sich schließlich ins Dunkel des Zimmers die nicht minder grauenerregende Forderung nach einer festen Besoldung ergießen.

Nun standen aber, nach antikem Brauch, die Abmachungen dahin, daß der Landarbeiter alles auf dem Grund und Boden »pro domo sua« abernten dürfe: ausgenommen Mandeln und Butterbirnen, welch letztere auf eigenes Geheiß sich verkrümelten, ohne daß man etwas dazu tun mußte, mit Hilfe des heiligen Carlo von Arona; auf daß er, der Herr und Marquis, lediglich mit dem Steuereinnehmeramt sich zu befassen hatte und mit den einzelnen Steuern: vielmehr mit allen Steuern: Gemeinde- und Provinz- und Staatssteuern und anderen mehr, die nacheinander an die Tür klopften, im Ablauf der Zeit und der Fälligkeit. Ein gar nicht unwahrscheinlicher Fall. Vom ersten bis zum letzten Centavo. Davon nicht betroffen die Ernte einiger Obstbäume in nächster Nähe der Villa: Kirschen, ein paar Mispeln, ein wenig Weichseln: und obengenannte Mandeln, welchselbe jedoch der allzu frühaufsteherische Peón abzuklopfen und abzuschlagen beliebte, nächtlicherweile, und dann den Hagel beschuldigte und beklagte, ein wenig Hagel zwar nur, ein Schauer, aber doch allemal ausreichend, um jede Frucht zum Teufel gehen zu lassen. Der Bauer stand überdies im Genuß einer Wohnung mit hellen Fenstern überm Land: einer guten Unterkunft, die der Vater-Marquis ins Haus eingebaut und mit einem einzigen und gleichmachenden Dach bedeckt, indem er in Prinzip und Tat die Wohnung des Bauern mit der des Brotherrn, der Herr plus Marquis war, gleichgesetzt hatte. Er nun, der Sohn, und mehr noch die Mutter entlohnten den Peón mit besonderen Zuwendungen für alle besonderen Dienste: und immer mehr als angemessen im Vergleich zur hartnäkkigen Geizigkeit der Feudalherrn des Lukones, die teils vom Rost der Jahre angefressen, teils jedoch ziemlich behende in allen Angelegenheiten und mit einer Portion guter Nase versehen, aber alle gleich knausrig, was das Zahlen betrifft, und zähe Hüter des Eigentums waren: und die konnten sich nicht genug darin tun, über die Heilsamkeit, die Friedlichkeit, den Sauerstoff, die billigen Preise dieser alleinseligmachenden Sommerfrische zu flöten und zu fiedeln, voll gespreizter Begeisterung über diese so sanften Hügel, die sich hinter der Villa ›Enrichetta‹ oder ›Maria Giuseppina‹ hinabklüfteten zu den azurblauen Becken der Seen.

Der Peón ging hinaus, kam wieder herein, zwischen Korridor und Küche hin- und herklappernd wie ein Irrer. Er, der Sohn, schenkte ihm abgelegtes Zeug, ein oder zwei Anzüge jährlich, ungebrauchte Wäsche, Schuhe. Lauter Zeug, das noch recht ansehnlich war und vollauf dazu angetan, einen Strich zu machen durch dieses Inbild eines heiligen Franziskus (falls Zeug Kleidung bedeuten kann, was jedoch nicht zutrifft):

»der Bauersmann, dem es am Zeuge mangelt«.

Dies, in der Tat, so dachte er, ist die soziale Aufgabe des Hidalgo und mehr noch des Marquis, auf dessen Namen im maradagalesischen Kataster der Besitz einer serruchonesischen Villa eingetragen ist: nämlich, die Schamteile des Landbewohners im Behältnis der eigenen Ex-Hosen zu verwahren, zu seinen Gunsten die Steuern zu entrichten, nachdem er ihn innigst geliebt, höchst geehrt, sanft liebkost, gefeiert, beräuchert und dabei die duftreichen Vorzüge des säuerlichen Odems, der Herbheit seiner Füße und Achselhöhlen und weiterer Örtlichkeiten genossen hatte.

Klappernd, quasi mit knatternden Fußkastagnetten, und überall flachgetretene Mistplätzchen hinter sich lassend, die sich ihm unter den Pantinen hervorquetschten, war der gute Mann mehrmals hin und wider gewandert, um Schwefelhölzer zu holen; die er dann nicht in Gang setzen konnte, wenngleich er sie fluchend überallherum anzureißen versuchte, an den Hosenbeinen, am Hinterleder: und auch auf dem Fußboden und an der Wand. Und dabei verwünschte er die Compañía de Fosforos. (Sie hat das maradagalesische Monopol der Schwefelhölzer, Streichhölzer und Wachszünder inne.) Die Flamme, vom Zündhütchen der Flüche schließlich entfacht, begann endlich im Reisig zu knistern, im spärlichen Bündel der Dornen und den wenigen trokkenen Garben des vorjährigen Banzavois. Der Sieger brach hierauf in einige mit heftigen Synkopen durchsetzte Anfeuerungsrufe aus. Bei jedem Lautausstoß sah man seinen Adamsapfel am Hals auf- und abspringen mit der Geschwindigkeit eines Hotellifts von Manhattan. Er feierte seine eigne Geschicklichkeit als Feuerwerker, indem er sich einem erregt hüpfenden Achselzucken hingab und dabei die Verwüstungen des Orkans, der Feuchtigkeit, des Septembers, beklagte, und daß heutzutage das Holz so teuer sei und ein Feuer den Knochen wohltäte und so weiter und so fort. Gründe, welche die Mutter mit quasi wohlgefälliger Wertschätzung einer so vernunftvollen Gedankenführung aufnahm. Nichts ist in der Tat so angetan, unsre Geruchsdrüsen zu besänftigen und uns zur Großmut zu bewegen, wie der gesunde Hausverstand der Einfältigen und die guten Vernunftgründe, die bisweilen durch ihren Logos schimmern und sich den Weg bahnen durchs Labyrinth ihres stimmlichen Impetus.

Arme Mutter! Sie hätte sogar dem Thema Beitrag geleistet, auf einer Basis nautischer Parität und großer Herzensgüte (welchselbe eine charakteristische Eigenschaft der Pirobutirro war), wenn sie nicht rechtzeitig bemerkt hätte, daß die Laune des Sohnes wieder nahe daran war, umzuschlagen. Dieser Blutsauger in Holzpantinen spielte sich als Mäzen und Segensspender auf. Der Sohn blickte ihn an mit tauber Wut.

Das trockene Reisig, die von flüchtig flammender Gloriole erfaßten Dornen, hatten sich alle entzündet und in zwei Minuten aufgezehrt, sie knisterten und knatterten dort zwischen den Kaminstützen, verspritzten Funken auf den Boden, als ob der flüchtige Geist eines Kürbisses sein Vorbeihuschen in diesem dummdreisten Flämmchen kundtun wollte. Es goß niedrigen, gelben Schein über die Stuhl- und Tischbeine, von schwanker Weichheit wie von Geisterhuschen bewegt: staubige Halbschatten hielten die unmenschliche, ferne Glückseligkeit der Zimmerdecke besetzt.

Keinerlei Temperaturerwärmung tat sich im Saale kund angesichts dieses Mechanismus, dem man jede thermische Funktionalität abspricht und unter welcher man die ganze Schar absolut verblödeter Dreckskamine zu verstehen hat. Antiker Zeiten hätte es dazu bedurft und der Mähnen gebirglerischer Fichtenwälder und nicht der Knörrchen kahler Sierren oder der splittrigen Felsgebirge von Terepàttola, um solcher Unzulänglichkeit aufzuhelfen.

Der Mann in den Holzpantinen machte sich wieder ans Werk. Gonzalo heftete den Blick auf seine sturzgefährdeten Hosen:

»Ich habe euch schon gesagt, daß ich kein Gewäsch wünsche. Spart euch eure Bemühungen... und eure Bemerkungen... Ihr macht zuviel Lärm wegen ein bißchen dürrem Reisig!« Die Mutter begann zu zittern: Angst zeichnete sich erneut auf ihrem Antlitz.

Der Bauer zuckte zusammen, aber erfaßte sich: man weiß, daß die Herrschaft, um sich Wichtigkeit zu geben, wünschte, daß im Hause leise gesprochen werde, wie im Beichtstuhl.

»Ihr sollt machen, daß ihr aus dem Haus kommt, ein für allemal: gehen sollt ihr!... « Und der andere schaute nur: »Gehen: habt ihr verstanden?... Fort... und euch hüten, wieder hereinzukommen... «

»Was meinen Sie damit?« frug jener verdutzt: und runzelte gleich drauf die Stirn. – »Gonzalo! « flehte das Gesicht der Mutter, blaß hinter seinen Runzeln, wie hinter den Gitterstäben der dahingegangenen Zeit. Sie preßte eine Hand in die andre.

»Da gibt es nichts zu sagen«, fügte der Sohn hinzu, »befreit uns...«

»Ah! « kicherte der Feuerwerker. »Das ist vielleicht doch nicht so einfach... so einfach zu entscheiden... «

»Verlaßt das Zimmer! « ließ Gonzalo mit plötzlicher Heftigkeit hören: und öffnete eine Tür, um sein Gebot dringlicher zu machen.

Der Bauer ging hinaus, nach einigen Wortstößen, die er mit plötzlichen Hüpfern des Apfels (Adamsapfels) herausquetschte, und nach einem kurzen Anfall von rauhen, unartikulierten Tönen wie die eines Stummen, der zu protestieren versucht.

Dann setzte sich Gonzalo zu Tisch: und begann den Löffel zum Munde zu führen, ohne daß jedoch Flüssigkeitseinnahme die sanfte Gestalt des Schweigens gestört hätte.

Der Peón war fast nie betrunken: und dies verlieh ihm eine gewisse Überlegenheit im Vergleich zu seinem Vorgänger, welchselber zwar ebenfalls den Namen José geführt, dazu den Vatersnamen di Estrella, tagtäglich aber dem Dämon zum Opfer gefallen war: dem Hausdämon, wie es schien, ein oder zwei Finger breit unterm Halse einer jeden Flasche.

Normalerweise keines anderen Blickes fähig als des Schielens mißtrauischer Habgier, überbrachte er von Zeit zu Zeit, jedoch so selten wie möglich, der Herrin ein Ei: und zelebrierte mit wenigen sakralen und gleichzeitig tierischen Akzenten dessen außerordentlichen und kostbaren Wert in diesen für Hennen so schwierigen Zeiten. Manchmal fügte er einige Blätter einer gewissen Zichorie bei, so haarig wie Brennnessel, oder einen halben Büschel säuerlichen Lattichs.

Gonzalo fuhr fort, seine Suppe zu verzehren. Dem nachträglichen Versuch der Mutter, den lieben José ins Antichambre der Gnade zurückzubringen, war keinerlei Erfolg beschieden. Dann genehmigte Gonzalo sich ein Glas Wasser, erhob sich darauf, öffnete die Glastür und begab sich auf die Terrasse.

Die Hände in den Jackentaschen, hob er das Gesicht, als ob er die Sterne betrachten wollte. Aber auch sie sah er nicht (so wie man zu oft wiederholte Worte nicht mehr hört) in der überflüssigen Banalität des Himmels.

·

Nach einigen blanken, leuchtenden Tagen schien die Mutter wieder heiter. Wenn sie ihn erblickte, verzog sich ihr müdes Antlitz zum Lächeln, aber das Leuchten dieses Lächelns war im Augenblick erloschen, wie im plötzlichen Ablassen einer Anstrengung. Der Lauf der Woche brachte die Lichter des Herbstes näher, umhüllte damit die Berge, die Villa. In jener Region des Maradagàl, die in so vieler Hinsicht unsrer verlorenen Brianza ähnelt, schienen sie wie die Lichter der brianzischen Seen. Ein zarter, goldener Hauch der Trauer über den Hügeln, den Platanen und Ulmen: wenn flatternd ein Sperling davonschwirrt: und wenn die Mähnen der alten Bäume, vor den Toren der unbewohnten Villen, ihr müdes Laub dahinsinken lassen.

Gonzalo war mehrmals fortgereist und wiedergekehrt. Mit seinem kunstlederfarbigen Pappköfferchen, die Emailknöpfe an den Manschetten, zu cuarenta centavos. Seit einem oder zwei Jahren hatte er sich's geschworen, eine Uhr zu kaufen: aber nie hatte er die nötige moralische Energie für die Anschaffung in sich aufgebracht. Er hätte so sehr gewünscht, daß jemand sie ihm schenke. Wer? Er hätte es nicht im mindesten zu sagen gewußt; weiß Gott, wer?

Vor vielen Jahren, als er die Doktorwürde erhielt, wollte die Mutter ihm eine schenken, eine goldne, die ein russischer Flüchtling oder ein armenischer, ihr zu einem recht vorteilhaften Preis angeboten. Es brachte ihn in entsetzliche Aufregung: da doch so viel dringlichere Ausgaben nötig waren (denn so rechtfertigte er seinen Zorn), und er wollte nichts wissen von gebrauchten Dingen, die einem anderen gehört hatten. Die Mutter hatte, erschreckt, Abstand genommen vom Kauf.

Bei jenem Anlaß war er in gräßliche Schmähungen ausgebrochen gegen die Russen und gegen alle levantinischen Leute, besonders aber gegen »jenen« Russen. Er vergriff sich in der Geographie, vor Zorn, und die Mutter hatte ihn schüchtern korrigiert, fast so wie man einem launischen Kind die Hand hinhält: in der Hoffnung, daß die Berichtigung, wie in anderen Fällen, als Ablenkung diene. Er bewunderte es sehr, das Gedächtnis und das Wissen seiner Mutter, war gerührt, stolz und begeistert, daß sie so vieles wußte und sich so genau und jederzeit an alles erinnern konnte! Aber diesmal half es nichts. Allein der Vorschlag machte ihn wütend. Wenn der Russe hier auftauche, so schrie er, dann würde er ihn mit der Pistole empfangen. Aber es bestand wenig Wahrscheinlichkeit, daß er auftauchte. Denn der Russe wohnte in einer kleinen Provinzstadt (an der großen Windung des Rio Tinto), wo die Mutter eine Berufsfortbildungsschule leitete. Er riß ein Bild von der Wand, ein Porträt (genau wie bei einem anderen seiner Ausbrüche, Jahre später), und schmetterte es auf den Boden. Das Glas zersprang. Dann stieg er darauf und trampelte herum, als ob er Trauben in der Kelter zerstampfte, bis das Glas zu lauter Splittern zerbarst. Seine Absätze zeichneten dem Bild eine Art Schnurrbart auf, wie zwei gräßliche blutunterlaufene Schmisse – auf dem Porträt. Er beschuldigte seine Mutter, ihn, den Sohn, als Vorwand zu mißbrauchen, um dem Russen Geld zuzuschanzen.

Die Mutter, ganz entstellt von Blässe, mit blutlosen Lippen, die konvulsivisch bebten und verzweifelte Zähren tranken, verharrte mit den verschränkten Händen im Schoß, ohne zu wagen, vor der mißhandelten Erinnerung an den Gatten die Augen niederzuschlagen. Sie blickte vor sich hin, ins Unglaubliche, wies die Bilder von sich, als ob alles Leben nur Schmähung sei: für jenen, der in seinem Schweigen nicht sich zu wehren vermochte.

Viele Opfer hatte sie ihrer Söhne wegen gebracht; auf daß sie ihre Schulen abschließen konnten und noch weiter studieren, die Doktorwürde erlangen. Nun wollte sie ihm, mit jener Gabe, ihre Zärtlichkeit und ihren Stolz über den guten Verlauf der Studien und der Prüfung bezeugen: der einzigen, wirklich erlangten Doktorwürde, ärmste Mutter! Die andre war nur im Angedenken verliehen worden, die Finsternis hatte sie für sich in Anspruch genommen. Doch nichts geschieht ohne Grund. Eine reine Willkür der Boshaftigkeit ist schwerlich vorstellbar in einem nicht grausamen Gemüte. Obwohl wir gehalten sind, gestrengstes Urteil zu sprechen über dieverwerfliche Gewalttätigkeit de aquel perdido: daß ein Grund oder eine Ursache vorlagen, oder mehrere Gründe und mehrere Ursachen, unbekannt vielleicht dem menschlichen Verstehen und unbehebbar, weshalb das Gemüt des Hidalgo so freudlos bleiben mußte.

Der Tag der Doktorwürde verrauchte ohne Festlichkeiten, und keiner bot ihm auch nur ein Gläschen Wermut an. Kaum erblüht, begann die Pergamentblume schon zu welken, mit ihrem unbefeuchteten Siegel, im großen Herbarium der verliehnen Withwortherie.

Nun kam, zu dem der Terrasse, der neue Kummer der Mauern hinzu (denn von der Mauer bröckelte, unterm Gewölbe, der Verputz ab, verdorben durch den Frondienst bei Winter und Regen), der Kummer der feuchten Treppen, der Tausendfüßler, der Skorpione, der schlechtschließenden Türen und Fenster, der wackligen Gartentore. Da fand er plötzlich Leute im Eßzimmer vor, wie Nattern, mit leutseliger Gesprächigkeit oder bäurischer Unbekümmertheit eingelassen, die ihn beide in gleiche Wut versetzten. Und auch die Landkarte der Traurigkeit wurde bereits den Akten beigeheftet, aufgezeichnet in allen Details; die Szene der Gewalttätigkeit. Die Terrasse lag einerseits, das heißt gegen die Berge und die antarktischen Bodenformungen zu, auf Höhe des Gartens, denn das Haus schien einer Bodenwelle entsprechend aufgeführt. (Der Abhang senkt sich in diesen bebauten Geländen in Bodenwellen.) Vier Meter etwa beträgt die Höhe einer Erdterrasse. So daß also vor der Seitenwand des Hauses und im Hügelrücken, den die Toscanos »a bacio« nennen, es decir en el declive de la colina hacia el Norte (en España), o hacia el Sur antarctico (en Maradagàl), ein kleiner dreieckiger Vorplatz, mit gujarillos, jedem Eindringling die Möglichkeit bot, direkt auf die Terrasse des Hauses zu gelangen vom eisernen Törchen aus, nach kurzem Krickrick. Die Umfassungsmauer, mehr Symbol als Wehr des privaten Besitzes, konnte ein wendiger Knabe leicht rittlings nehmen und überklettern mit geringer Abschürfung der Knie, so zwerghaft und eselhaft war sie und bar sogar, auf der Kruppe, der rituellen Flaschenscherben. Keifende Landbebauer pflegen ihre Klausur mit diesen Gemmen zu besetzen: jene die »ganz der Arbeit und der Familie sich widmen«, wie man dann eines schönen Tages der unerwarteten Anzeige ihrer Beerdigung entnehmen wird. Aber der Vater-Marquis, mit einer guirlache parecido, hätte es für einen Verstoß gehalten, gegen das Einsichtnahmerecht und gegen die Gutartigkeit des Volkes, das zwar schaut, genießt, aber nichts anrührt. Und das Mäuerchen verlief, auch das hatten wir bereits zu vermerken Gelegenheit, nicht parallel zum Haus (daher das Dreieck), sondern berührte es nur schräg, indem es diagonal hinabführte. So daß eine Ecke des Gebäudes, jene gen Westen und gen Abend, zwei Meter vor der Einfassung spitz zulief.

Jenseits des Mäuerchens die holprige Straße. Schottrig, steil abfallend, mit sichelförmigen Scherben kaputter Teller oder gar einer Schüssel zwischen den Kieseln oder dem Rückstand einer rostigen Büchse, einer entleerten, versteht sich, ohne Senf oder Sauce: hin und wieder auch, unterm schwärzlichen Metall einiger trunkener Schmeißfliegen, die aus dem Adam ausgeschiedne Schmach, die zusammengerollte Schändlichkeit: manchesmal wahrlich eine guirlache de almendras, aber von der richtigen Sorte!... Man hätte sie auf die Waage legen können, Drecksteufel nochmal, um zu sehen, was sie wiegt; Augenscheinlichkeiten, im übrigen, welche die Großmut unseres Wahrnehmungsapparats, unter der Zuhilfenahme des ehrenhaften Schutzes der Umstände, wahrhaftig nur vorgeben kann gar nicht wahrgenommen zu haben.

Nur selten von Fußgängern war sie begangen, die Straße: und hin und wieder, in Talrichtung, von ländlichen Radfahrern mit Maultier-Fahrrädern befahren, oder erklommen vom unerschrockenen Landbriefträger, strampelnd unterm Regen und Gegenwind; oder durchhinkt in dieser oder der anderen Richtung, von Bettlern im Wochenturnus, männlichen und weiblichen, lumpenbehangne Erscheinungen im großen Leuchten des Nichts. Wenn der Herbst dunstete, durchzwitscherten sie Streifzüge schelmischer Bürschchen, barfüßig, en busca de higos y de ciruelas, die wie durch Telepathie durch jedes Gehege hindurch alles erraten: von den Obstgärten (mit Ausnahme des Pfarrgartens) und von den herrschaftlichen Beeten. Es wagte sich, im September, auch manch ein von den Jahren und den Strapazen hurenhaft abgewirtschaftetes Auto herauf, bemannt mit gar einer ganzen Ausflüglerfamilie, mit pro Kopf zwei Liter Pipi im Tank für die erste Rast, Mädchen und Bübchen und die Mutterglucke im Rücksitz, im Heck verstaut, die mit mütterlicher Vollmacht des Hintern die zwei grünen Hälmchen ihrer älteren Töchterchen erstickte. Da schien's, als ob eine schinkentragende Maschine losgelassen wäre gegen das Absurde, keuchend und tutend, knatternd und Steine unter den Rädern verschleudernd; das Brüllen des Motors durchröhrte mit dem Gegell ihrer durchgerüttelten Argonautenweiber das zarte Spinnweb jeglicher Philosophie.

Prellsteine aus Serizit schützten, draußen, das Mäuerchen vor dem Anprall und dem langen Scheuern der Achsen der Steinkarren und entstellten gleichzeitig seine schon traurige Gestalt; die Karren haben herausragende Naben, geschwärzt von Schmieröl, und rollen holpernd über die Wackersteine.

Weiter drunten, drinnen im Tal, lag des Dorfes Tröstlichkeit, von wannen nach dem Wechsel der Gezeiten und der Plagen der zittrige Rauch der Armen sich wölkt: vom Amboß hörte man durchs hohe Licht den Hammer des Hufschmieds pochen und pochen: schmiedend und schmiedend, hämmerte er die Stunde des Feierabends; im Verstummen der Mühe der andern übernahm er für sich alles Gewerke. Aus der Höhlung der Esse gab er dem Berg das Beben zurück: das Echo des Berges stürzte über die Dinge, aus der leeren Zeit formte es den Namen des Schmerzes.

Und vom Turm lösten sich, nach trostlosen Intervallen, die bronzenen Zahlen, die dunkle oder die leuchtende Stunde.

8

Der Sohn, auf der Terrasse, begann, nachdem er auf der Ecksäule des Geländers das kleine Tablett abgestellt hatte, den Blick auf die tristen Hügel gerichtet, den Kaffee zu schlürfen: der recht kräftig und mütterlich war, ganz im Gegensatz zu dem, was bei den vornehmsten Damen von Pastrufazio der Brauch ist. Er schien ruhig. Er ging zur Küche, um das Geschirr zurückzutragen: und zugleich um schonungslos festzustellen, daß man die Zeremonie der Güte und Herzlichkeit nach dem üblichen Programm feierte. Aber er war ruhig. Und der so seltsame Diskurs der beiden Holzpantoffler interessierte ihn. Im Kopf schwirrte ihm auch eine weitere Verdrießlichkeit, die sich ihm, wie auf Lagervorrat, im Hinterstübchen des Gehirns festgesetzt hatte. Aber was war es? ah! was denn?... wo er doch den »Parmenides« gelesen hatte? ah! ja!, daß die Peppa Flöhe ins Haus schleppte, die sie in der Spitzenklasse am »Gemeinde«-waschtrog aufgegabelt hatte... Es waren nämlich erstrangige Flöhe, von unglaublicher Vitalität, die mit Regenbogensprüngen über den Eiffelturm setzten. In seinem, von den Alkaloiden des Kaffees erregten Geist flüsterten ihm die Evangelien zu: »Liebe deinen Nächsten wie dich selbst.« Doch sogleich blies ihm der Böse ein: »... mitsamt den Flöhen?...« Jedenfalls blieb er, um zu horchen.

Der Bericht war ein pechartiges Epos, lauter Gegrunz und Gestocke. Ein Kehlkollern zu Beginn, verlief sich die Misere des Ausdrucks jedesmal in einen mühsamen, einsilbigen, abgehackten Rhythmus. Ständige Einwürfe und ständiges Achselzucken, um das Drama anzutreiben, mit Aufjaulern in düsteren Variationen des keltischen »ü« und gegurgeltes Lachen: und dann Leugnen und Lächeln mit schlagfertigen Einwürfen. Die Haltung des Erzählers und der Erzählerin fügten sich ins Drama, wie der Chor bei Euripides, hier jedoch mit kritischen Pfauenfedern bestückt, dank einer dörflichen Prahlsucht, die wahrscheinlich streng kontrolliert war, aber manchmal, das wohl, vergessend des Barbiers und bar des Talgpuders, und statt dessen ständig Geruch von Harnsaft, Fettsäure, Katzenkraut, Kampfer, Borneolen und Derivaten der Ziegensäure und der Iso-Buttersäure verströmend.

Diese Emissionen von Stimme und Gesten sind, laut dem Grundtheorem der modernen Physik, beträchtlichen Energieentladungen in (nutzloser) Arbeit gleichzusetzen: mit welch auffälligem Spiel aller Muskeln, des Mienenspiels und der maradagalesischen Backenknochen sie das Nichtvorhandensein einer linguistischen Substanz aufzuwiegen meinen.

Der Peón hätte, in den dramatischsten Momenten, auch gern ausgespuckt: aber in Gegenwart des Pseudo-Dienstherrn wagte er es nicht: da ja das Auswerfen gelblicher Flüssigkeit aus dem Munde (zu einem momentanen phallischen Rüssel vorgeschnellt oder schlicht geschürzt) auch für einen Peón der maradagalesischen Kordilleren eine allzu deutliche und abscheuliche Analogie bedeutet, als daß er nicht deren Unangebrachtheit wahrgenommen hätte.

Die Küche wurde beherrscht von der glänzenden Nutzlosigkeit des pensionierten Kupfergeschirrs, das an der Wand hing: auch die Kasserolle für den Fisch war dabei, ein Meter zwanzig lang; gegenüber der Kamin: ohne Feuer. Erstarrt von der Zahl der alten Winter, hütete die Feuerhöhle ein Häufchen Asche, der Ewigkeit harrend. Den Feuerbökken, den großen Ketten, der Bütte, den strohbeflochtenen Stühlen hatte im Haus des Marchese besonders sorgfältige Behandlung gegolten: nur von den Söhnen würde man bald nichts mehr wissen.

Sie waren aufgewachsen unter der Hut der maradagalesischen Tugenden.

Und die Erzählung geriet nun ins Rollen: also: ein Diebstahl im Schloß der Trabatta. Die vom Nistitúo de Vigilancia para la Noche hatten es wiederholt aufgesucht, bei schönem Wetter und in ihrer zephirischen und mächtig pomadisierten Propagandistenart: oh! die Leute waren keine Kelten, nein, nein. Der alte Trabatta hatte, wohlverstanden, sie zum Teufel geschickt, jedesmal, mit seinem scharfen Mundwerk und mit schneidenden Argumenten. Ihre taubenfarbenen Flanellhosen und ihre kreideweißen Tuchschuhe, zu acht Lire, hatten ihm keinen Eindruck gemacht.

Mit seinem weißen, sehr gepflegten, in der Mitte geteilten Bart, den Zwicker auf der etwas erstarrten Nase, die zwischen dem Rhododendron den Börsenbericht zu schnüffeln schien, hatte er etwas Geschliffenes und finanzwirtschaftlich Elegantes. Er war eines der geldreichsten Geschöpfe der ganzen Provinz: lebte zeitweise zurückgezogen in seinem Schloß, um die heranreifenden Birnen zu genießen, die aber hart waren wie Steine: er besprühte sie mit Kupfersulfat, dann mit Schwefel, mit Kalk, und es hingen Gefäße mit Wasser und Honig an den Zweigen, wo die windigsten Wespen ersoffen, so daß die Birnen, nach erlangter Reife, was nach Sankt Carlo und nach Sankt Ambrosius eintritt, an die achtzig oder hundertzwanzig Lire das Stück kosteten, wie die des verewigten Marchese: nur konnte er sich einen gewissen Luxus leisten, während der arme Marchese nur mit Mühe den Karren zog.

Indem er vom keltischen Dialekt auf korrektes Maradagalesisch überging, sprach er klar und deutlich seine Meinungen aus: indem er zusammenhängende Begründungen aspiriert von sich gab, sich jedesmal von vorn wiederholend; um noch schneidender und präziser zu sein.

Und er hatte sie zum Teufel geschickt. Hundert Lire im Monat? Wofür hielten sie ihn denn? Und der Tarif wäre eigentlich zweihundert gewesen. Für die nächtliche Überwachung des Schlosses, jawoll, Signor Trabatta! das können Sie glauben, war es ein Mindestangebot, ein Vorzugstarif: eine Vergünstigung, welche das Nistitúo mit Freuden auf sich nehmen würde, um der Ehre willen, ihm einen ruhigen Schlaf zu sichern, und gleichzeitig... in Ausführung... zur Gleichschaltung der Erfordernisse. Ja, eben... um den Richtlinien der Behörden nachzukommen.

»... Aber das Gesetz verpflichtet einen keineswegs...«, sagte sogleich der Trabatta.

»... wenngleich, da Sie die behördliche Ordonnanz 5888 einhalten müssen.«

Zweihundert hätten sie verlangen müssen, laut Tarif, reduzierten jedoch auf hundert: und dies aus reiner Herzensgüte. Hundert: in Anbetracht der Dimensionen des Turms: und in Anbetracht der Tatsache, daß der Blitzableiter auch als Fahnenmast diente, zu den bestimmten Anlässen. Nach den Gesetzen von Maradagàl müßten diese beiden Funktionen getrennt sein, also auf zwei Masten verteilt: da nach der Strenge der Logik der Mast für die Nationalflagge (und überhaupt für jede Fahne) nie als Blitzableiter dienen darf. Das wäre, um mit Horaz zu reden, ein »miscere sacra profanis«. Aber das Nistitúo könnte ein Auge zudrücken, da es von der Regierung dazu ermächtigt war, ein Auge zuzudrücken... Überdies maß die Fahne einen Meter achtzig mal zweiachtzig, war also den Verhältnissen des Signor Cavallier Trabatta angemessen... Und mit einer derartigen Fahne wäre es doch nur angebracht... »... Mehr zu zahlen als die andern?...«, sagte der Alte, »... dann sagt es doch klar und deutlich, das ist eine neue Steuer. Ihr laßt mich die Fahne aufziehen, um mir eine Steuer auf die Fahne anzuhängen: und eine auf den Blitzableiter...«

»... Eine Steuer?... Aber nicht im Traum... Es liegt im Belieben des Eigentümers, sie anzunehmen oder abzulehnen.«

»... Aber wieso geht euch dann, ich meine, wieso geht die Fahne dann euch etwas an?...«, hatte der Finanzier gefragt, hatte sich das Pincenez abgesetzt, säuberlich die Linsen getrocknet, leeren Auges, und den geschliffenen Satz im Einatmen wieder aufgenommen.

So daß sie nach dem Hin- und Hergezerre enttäuscht wieder abzogen, zum x-tenmal.

Aber, Gott ist groß.

Wie der Thina der alten Tusker, ist auch unser Gott ein solcher Typ, der die richtige Seite seines Handwerks kennt: gewisse Schweinekerle, bei denen eilt es ihm nicht: er läßt sie machen: er schaut weg, tut, als ob er nichts merke, einfach so, derweil er andere im Aug behält, weil er, wenn er's drauf anlegt, mehr Schikanen rausfindet als der Hund Flöhe in seinem Fell. Und derweil macht der andere weiter, weil er meint, daß alles aufs beste läuft: Er aber, zack, zack! haut ihm den Knall Nummer eins zwischen die Eier, einen Warnblitz: einen Hurenleuchter im Zickzack, fürchterlich, ein Aufflammen zum Blindwerden und dann einen trockenen Kracher, daß einem die Gänsehaut kommt.

Der da, he! he! tut, als sei nichts gewesen... tut, als ob ihm das Wurscht wär... aber im Herzen hat er schon begriffen, und die Beine fangen an, Wickelwackel zu spielen. Und manchmal spürt er auch was Warmes, Feuchtes in der Unterhose, und wenn er sich umzieht, kommt die Wäscherin in den Genuß dieser Marmelade... Doch nach einer Weile, weil alles so weitergeht wie vorher, fängt der Stinker von vorn an... Und da genau läßt Thina den zweiten Trumpf auf ihn los, das »Peremptorium«, und hält das dritte Ass gleich in der Hinterhand, das ist der Blitzschlag der Vernichtung, der Hals- und Beinbruch. Das ist der endgültige Blitz, bei dem statt des Delinquenten nur ein schwärzlicher Fleck auf dem Boden zurückbleibt, verkohlt, und von dem manchmal ein scharfer Geruch von Schwefel und Amoniak ausgeht: und sonst nichts. Sonst nichts, kapiert ihr? Nichts, nichts, außer dem scharfen Geruch von Schwefel und Amoniak, den ein Windhauch in die Luft verweht. Sonst nichts.

Solches war, mehr oder weniger, dem Trabatta zugestoßen, der sich so ruchlos vergangen hatte gegenüber dem Nistitúo para la Noche.

Die Wäscherin Peppa schaffte es, hervorzugurgeln, mit den manzonihaften Gluglutönen einer weiblichen Truthenne, daß in der vergangenen Nacht der Signor Cavallier Trabatta in seinem Bett schlief, wie er das alle Nächte tat. Und während er im oberen Stock schlief und dabei »schnarcht wie eine Hure«, so sagte sie, waren sie »unten ins Studierzimmer eingebrochen« und hatten alles durchgewühlt, ganz gemütlich, und waren dann durch den Park davon, wo sie sich gewiß am Weißdorn verkratzt und verstochen hatten, und allem Anschein nach waren sie auf die Straße nach Iglesia gelangt. Die läuft das ganze Tal entlang am Seegrün hin, der ein langer und öder kleiner See ist, wo es im zarten Schilf, an dem einen Ende, des Abends, unter den eisigen Konstellationen des Nordpols von Fröschen quakt. Zweifellos hatte auf der Straße nach Iglesia ein Auto, mit laufendem Motor, auf sie gewartet: was im turkesischkeltischen Dialekt der Keltiké ausgedrückt wird mit »am Pitz-Motor«. Das ist eben keineswegs die maradagalesische Sprache.

Der Cavallier Trabatta war dann erwacht, weil ihm, im Schlaf, vorgekommen war, er höre Schritte im Erdgeschoß: und so gedämpft sie auch waren – Schritte von Gebirgler-Schuhen. Vielleicht war es ein Traum. Doch hatte er das Licht angedreht, hatte die Unterhosen übergezogen, die Pantoffeln und einen Schlafrock, mit einer Kapuzinerkordel mit Troddeln um den Leib, drin aber ein gewisses männliches Herzklopfen, das eines Finanziers. Vom Nachttisch ergriff er den Revolver und eine Taschenlampe, und, nachdem er die Waffe entsichert hatte, weckte er den Giuseppe, und dann waren sie beide zusammen, Seite an Seite, hinuntergegangen, indem sie nacheinander alle Lichter des Hauses andrehten.

Im Studierzimmer angelangt, unter der Festbeleuchtung, in der, ein Licht nach dem anderen, stufenweise, das ganze Kastell wie zu einem Ball sich transfigurierte, ein Strahlen, das gewiß in der Zentrale einen nächtlichen Höchstpunkt auf den Registratoren auslöste, und während der Cavallier Trabatta noch immer hoffte, einer »Sinnestäuschung« erlegen zu sein, waren, oje! die Schubläden und Papiere und Bücher und Rechnungen, vermengt mit den Briefen seiner verewigten Teresa: die Laden des Schreibtischs aufgebrochen, Papiermesser und Mappe auf dem Boden, mitsamt den Erstkommunionsbildern der Kinder, und alles drunter und drüber. Ein Salat, daß einem der Geschmack an dieser Welt vergehen konnte. Während, trotz Schlafrock und Unterhosen, ein ironisches Zuglüftchen vom Fenster her zu spüren war; von dem Fenster gen Norden, das in der Tat sperrangelweit, ins Dunkel hinein, offenstand, und durch das, wie verlogen, die kalten Sterne von oben hereinblinkten, über dem schwarzen Schatten der Berge. Er selbst hatte es, daran erinnerte er sich genau, vor dem Schlafengehen geschlossen und verriegelt. Zum Teufel!

Und die Kassette... Servus! Und die elftausend Lire! Wo er gerade in diesen Tagen die letzten Steuerraten bezahlen sollte. Und die Brillanten der verewigten Teresa... Die Augen wurden ihm feucht. Dann hatte er, derweil er »Arme Teresa! Meine arme Teresa!« vor sich hin sagte, den Sheriff angerufen, aber bis er ihn am anderen Ende der Leitung hatte, dämmerte der Morgen, und gegen neun hatte sich die Polizei auf den Weg gemacht, zu Fuß... Aber, na, ja, die da!

»Nützt doch nichts«, sagte Giuseppe, »derweil sind die schon gesund und heil in Parapagàl...« Und er deutete auf die Berge, wo die Omnibusse des weltverbrüdernden Tourismus kreuzten.

Gott ist groß! und das Nistitúo de Vigilancia scheint vom Kult der Nemesis der Geschichte beseelt, wie Giosuè Carducci. Desungeachtet hatte der Cavallier Trabatta, als er am Vormittag ins Dorf herunterstieg, gegen elf, bereits dem Apotheker, dem Tabakhändler, dem Metzger, dem Bäcker und dem Gemeindesekretär erklärt, daß er sich keiner Auflage, keiner Erpressung (er sprach dies Wort nie aus, aber er gab es zu verstehen) beugen würde, nie. Mehr wollte er nicht erklären, denn er wußte Bescheid in der Welt. Ebensowenig hatte er die Frage stellen können: »Was macht denn eigentlich dieser Kerl Manganones?«, weil nämlich dann der Manganones ihm hätte antworten können: »Sie sind nicht abonniert und können daher nichts verlangen.«

Der Manganones hatte sich tatsächlich, seitdem er die Überwachung der Zone und somit der Villen in der Nachbarschaft des Trabatta, welche abonniert waren, übernommen hatte, eine spezielle Praktik im Ausschluß der nicht abonnierten Villen von der Überwachung erarbeitet: es wurden diese ganz zu Recht ihrem Schicksal überlassen. Wie er es machte, sie auszuschließen, weiß man nicht genau: vielleicht schloß er, wenn er dran vorbeikam, die Augen und wandte das Gesicht auf die andere Seite. Fest steht, daß er so gewissenhaft und so wirksam seinen Pflichten nachkam, daß nie eine der abonnierten Villen je die geringste Unbill erlitt. Und die abonnierten Villen waren so sehr ledig aller Geschirrausstattung und Bettwäsche, daß die Diebe von weitem die Undankbarkeit der Mühe rochen und sie ruhig dem Genuß ihres Abonnements überließen, unter dem gestirnten Deckel der Nacht.

Um Viertel auf zwölf hatte der Cavallier Trabatta bereits zwei Jünglinge des Dorfes, zwei Vettern, angeheuert – und die Peppa benannte und beschrieb sie: ihre Hosen, ihre Statur, Aussehen, Familie, Jacke, Verwandtschaft, Wohnadresse, Beruf, letzterer zur Zeit Null – die keine Kriegsheimkehrer waren, weil zu junger und blühender Jahre, und auch keine von der Madonna von Pompeji geheilten Ex-Kriegstauben, sondern eher danach aussahen, daß sie dem Teufel ins Auge blicken würden, sollte er auch vom Pfarrhof daherkommen. Dem Cavallier Trabatta fehlte es nun wirklich nicht an Matratzen noch an Bettüchern, noch Nachttöpfen, noch Doppelflintenwaffenschein. Und das Nistitúo de Vigilancia konnte viele Jahre drauf warten, ehe es einen Abonnenten mit Blitzableiter in seine speziellen Netze einfangen würde, um ihm zu jeder Morgenröte auf einer der vielen Zaunspitzen des Gitters das Billett aufzupressen mit dem beruhigenden Text:

Nistitúo de Vigilancia para la Noche
de la Provincia del Serruchón
Autorizado por decreto del Gobernador General
No. 224488 – 14-5-1933

Gegen das Feuer und die Sicherheit der Aurora erhoben sich mächtig die »gezahnten« (sic) Gipfel des Serruchón, Schattenwellen senkten sich hingegen in die Klüfte hinunter zur kleinen Einsiedelei des Königs Agilulf, die grau wie Stein und wie die Felshänge des Berges wirkte, im etwas trüben Gesichtsfeld des alten Feldstechers... Man dachte an Edelweiß, ausgezählt in der Blässe des Morgendämmers, Karmeliterblümchen, morgendliches Moos auf der Feuchte und in den Ritzen des Felsens, die den alten Sbarbaro nachdenklich gestimmt hätten...

Alles schien, von der Terrasse der Villa, zu seinen Geschicken zu flüchten wie die rollenden Züge, die schon vom ersten Getöse des Tags an schnaubend sich im Heideland verloren – und aus dem sanft sich verdunkelnden Gemüt hätten jene Worte auf die Lippen drängen können, wie aus dem unsterblichen Präludium der *Promessi sposi*: »So daß keiner, beim ersten Anblick (des Serruchón) sofern er ihm gegenübersteht, wie zum Beispiel die Mauern von Pastrufazio, die gen Norden gewendet sind, ihn nicht sogleich an solchem Anzeichen (also an den gezahnten Zinnen) unterschieden hätte von den anderen Sierren gewöhnlicheren Namens und gewöhnlicherer Form...«, wo man doch sich in Südamerika befand und von einem Moment zum andern auf einen prächtigen Sonnenuntergang secundum Carducci gefaßt sein konnte.*

Einige Tage später hatte die Mama erneut Gelegenheit, einen Besuch der Peppa zu empfangen. Die brave Frau, wie Giulio Càrcano gesagt hätte, wurde vom Peonen hineingeführt, der als Psychagog in Holzschuhen und Zeremonienmeister fungierte; obgleich der Gang durch das Törchen und über den Pflaumenweg, entlang dem Mäuerchen hinter dem Haus und dann auf die ebenerdige Terrasse, denkbar leicht war für jede einfache und klare wie auch jede verfinsterte Seele, der es plötzlich in den Sinn kam, den wenigen Mitgliedern der Familie einen Besuch abzustatten, während diese noch im Nachthemd waren oder damit beschäftigt, sich die Nägel der unteren Extremitäten zu schneiden.

Jedermann, jeder Fremde, hätte, schwarz und unverse-

* Der Astronom Carducci, geboren in Pian Castagnaio bei Castagneto di Bolgheri im Bezirk der Gemeinde Valdicastagna, meinte, im Gegensatz zu Ptolomei, daß die Sonne »lachend niedersinken« könnte hinter dem Resegone. Er bezog sich wahrscheinlich auf astronomische und geophysische Vorstellungen der östlichen Erdsphäre, wo wir tatsächlich feststellen können, daß die Sonne zur Linken des Beschauers untergeht.

hens, im Fensterrahmen des Eßzimmers auftauchen können, ohne irgend jemanden um Erlaubnis zu fragen und ohne Behinderung auf diesem familiären Weg und des »Wir haben nichts zu verbergen«. Der Vater Marchese, Erbauer der Villa und der ebenerdigen Terrasse, war, und fühlte sich, derartig rein, und unter dem Schutz des Sich-rein-Fühlens, liebte er derart das Volk und hegte derart Vertrauen ins Volk des Serruchón, daß er nie etwas hatte wissen wollen von Riegeln oder Sperreisen oder Schlössern und Flaschenscherben auf den Mauern, mit denen gewisse Geldsäcke sich gegen die Versuchungen anderer bewehren. Im übrigen war er kein alter Geldsack, alldieweil er nach dem Bau der Villa keinen blanken Heller mehr in der Tasche hatte.

Der Peón geleitete also die Peppa, wie er alle zu geleiten pflegte, nachdem er sie mißtrauisch gemustert und, wenn geboten, unfreundlich ausgefragt hatte. Aber es ist ja bekannt, daß alte und treue Dienstmädchen oder Domestiken eine gewisse Vormundschaft über die alten Damen in den Villen ausüben. Gleich danach empfing die Mama auch den Schreiner Poronga, der ihr eine ländliche Gabe darbringen wollte, in Form eines Körbchens mit Pilzen (die in den maradagalesischen Kordilleren im September schon recht vermoost waren), und die er, giftfrei, zu Füßen der Kastanien nach jedem Regenschauer zu finden wußte, nachdem er sich mit Hilfe seines Feigensteckens* vergewissert hatte

* Ficulno = Feigenbaumholz. Latinisierende Vokabel. »Olim truncus eram ficulnus, inutile lignum (Or., Sat., I, VIII,I).

gegen die verflixte Weichheit der Kreuzotter; die, in sich selbst zusammengerollt, nicht unfähig schien, einen schlichten und harmlosen Scheißhaufen darzustellen: wehe dem, der in sie hineintrat! Nachdem der Poronga den Boletus Atrox Linnaei, der dem Boletus Edulis wie ein Schuft seinem Paßphoto ähnlich ist, von der Sammlung unfehlbar ausgeschlossen hatte, konstruierte er, in seinen Arbeitsstunden, für die Damen der Villen, Fußbänkchen und Dreifüße: welche die Damen, nachdem sie mit vollen Lungen die ländlichen Ausdünstungen, angereichert durch die eifrigen Talgdrüsen des Poronga, eingeatmet hatten, und nach motiviertem und deduktivem Austausch der Treuebekundungen zur Sommerfrische und zur serruchonesischen Ländlichkeit, sie ihm gerührt bezahlten, mit einigen Zehnerscheinchen pro Paar. Mit dem Poronga betraten das Eßzimmer, außer seinen Hosen und seinen Füßen, auch ein durchnäßtes Pilzsammlerhemd sowie die Flicken, die seinen Hosenboden tapezierten, wobei man von den Hosen hätte meinen können, daß sie bei jedem Wort Gefahr liefen, zu kapitulieren, aber, man weiß nicht, wie, noch einige Minuten sich halten konnten, ja, ja, noch ein paar Minuten, und so fort, von Minute zu Minute.

Kilometer von Fußmarsch und weitere Bezeugungen verbreiteten ihren Dunst im Raum. Dann war die Fischhändlerin Beppina dazugekommen, die man mit »B« und nicht mit »P« schreibt*, bekannt in der ganzen Gegend da-

* Man begreift nicht, wieso in der Nea Keltiké der Kosename Beppina entstehen konnte, wo es doch weltbekannt ist, daß man im Kel-

für, daß sie stehenden Fußes pinkelte, in den Wiesen, auf die wimmelndsten und bevölkertsten Ameisenhaufen, weil das Wäschestück, das einer solchen Aktion hätte im Weg stehen oder zumindest ärgerliche Folgen nach sich hätte ziehen können, nicht zur Ausstattung ihrer Person gehörte. Sie betrat das Eßzimmer barfuß, vor Untertänigkeit und dörflicher Spontaneität winselnd, um eine gelbliche Schleie anzubieten, eine riesige, aus dem Seegrün, die sie an einem Eisenhaken hielt. Der Haken war am anderen Ende an einem Ring befestigt, in den das Weib seinen Mittelfinger reingesteckt hatte. Im Triumph, unterm Staunen der Anwesenden, hob sie das tote Tier mit seinem von acherontischer Müdigkeit verschleiertem Aug hoch, dessen offenes, rundes Maul so aussah, als wäre es hergerichtet, eine Schaumrolle zu schlucken: statt dessen hing es mit dem Gaumen an jenem Haken.

»Oh, nur fünfzehn Pesos...«, wimmerte die Beppina, »was ist das schon heutzutag, fünfzehn Pesos, Signora, jetzt

tiké nur die Bezeichnungen Peppinen, Peppinos, Peppen, Peppi, Pinen und Pinos, Pinins oder Giüsepps kennt, alle mit dem harten Lippenlaut, dem »p«, außer, wohlverstanden, der Peppatencia, die nichts anderes ist als die Piquedame. Es handelt sich wahrscheinlich um ein Mißverständnis oder um eine ungenügende philologische Dokumentierung von seiten des Verf. Ein weiterer seltsamer Umstand, worüber die philologische Kritik und vielleicht auch die historische und sogar ästhetische Aufklärung geben müßten, ist der, daß in Südamerika keine Pilze wachsen: weder der schmackhafte Boletus noch der seifige, noch die verschiedenen und furchterregenden Micetes.

** Anmerkung zur Anmerkung 1: Tencia ist weibl. von tenc – schmutzig, dreckig, schwarz, schwärzlich: sagt man bei gelegentlichem oder auch Arbeits-Schmutz: z. B. cont la facia tüta tencia de carbon (du hast das Gesicht ganz schwarz von Kohle), wahrscheinlich vom latein. tinctus, -a, -um.

nach dem Krieg... nach dem Sieg über die Hundlinge von Parapagàl?...« – »Oh! wenn mein armer Angelino noch da wäre, wenn er einen solchen Fisch sehen könnte... mein Neffe, wissen Sie... der Sohn von meiner armen Gina... der hat so gern Schleien im See geangelt...«

»Der Angelino... ja... ja, der, ganz richtig, he... ja, genau der, gewiß! ...der doch immer mit Ihrem armen Sohn gespielt hat wie sie noch Kinder waren, genau der... Ja... nein... nun... ja, so ist's... oder jedenfalls: vom Typhus ist er gestorben, im Fronturlaub... aber an den Strapazen vom Krieg... vom schlechten Essen... Ah! der Krieg!...«

Die Mama wollte zustimmen: die verzweifelte Automatik der Impulse trieb ihr erneut Tränen in die alten Augen: die nur den vergilbten Photographien, jenseits des Hin und Her der Fliegen, vorbehalten waren. Bald vielleicht, wer weiß! würde der vergebliche Tumult der Zeit sie jenen ähnlich werden lassen...: gäbe es nicht die Würde der Lider, die sinken, sinken wie Cäsars Toga, über die Bestürzung des Todes... die Pilze, die Schleie... ja... arme Geschöpfe... so wollte ihr scheinen, am Ende ihrer Jahre, daß der Sieg... daß die Barmherzigkeit... doch, die Erinnerung forderte auch dies... auch dies war Pflicht... Im Beben des Weinens machte sie sich daran, mit zarten Ausdrücken diesen gelben Bauch des garstigen und sumpfigen Fischs zu bestaunen (sie wollte sich die Nase putzen, suchte vergeblich ein Taschentuch). Mit barmherziger Sanftheit löschte sie das Schmachvolle der Zeichen. In memoriam.

Einige Hennen des Peonen, oder auch Hähnchen, sehr

empfänglich für die Idee des Freitags, der für sie das ist, was etwa für uns eine Art festliches Interludium zwischen Predigt und Morallektion, waren kratzend, hier und dort etwas pickend, vorgedrungen über den Pflaumenweg hinterm Haus bis zur Terrasse, als wären auch sie ein Teil des lieben Volkes, wobei manche den Eindruck machten, als ob sie gerade die Säulen des Herkules überschritten und einfach so, mir nichts, dir nichts, ins Eßzimmer wollten... Aber vor den Hühnern, die gackernd davonstoben, zeichnete sich unversehens, schwarz, im Rahmen der Fenstertür, die Frau vom Friedhof ab, war – oder schien doch so – eine schwarze Wanze auf dem erhitzten Zement der Terrasse: Frau des Sakristans*, zwergwüchsig, weil Siebenmonatskind, von Santa Maria (der Pfarrkirche), dem die Gemeinde, als gewissenhafte Hüterin der öffentlichen Finanzen, aus Ersparnisgründen die Obhut des Friedhofs und der Toten zu halbem Lohn anvertraut und ihn zum kommunalen Haupttotengräber halbtägig ernannt hatte... mit halbem Gehalt, wohlverstanden, nach den Obliegenheiten in der Kirche, und bei fixer Entlohnung von etwa acht Lire im Monat, in maradagalesischer Währung. Und dies, obgleich er dann, in der Praxis, es nicht schaffte, der Winzling**,

* lombardischer Ausdruck für Mesner oder Küster.

** De piscinin che l'era (aus einer alten Schnurre des Barbapedana, auch er ein Siebenmonatskind und Zwerg, der seinen Gesang selber begleitete durch Kratzen auf den schlappen Saiten einer alten Gitarre, und dem der Unsrige mit unsagbarer Aufmerksamkeit in einer Kneipe von Gorla auf dem Naviglio lauschte, im Jahre 1906: wenige Kilometer vor der Porta Orientale, heute Porta Hènessia genannt: »De piscinin che l'era / El balava volentera / El balava – in sün quattrin / De tant che l'era piscinin«)

und, auf halber Grube angekommen, erschöpft, Hacke und Spaten der halbwüchsigen Jugend des Dorfes überließ, die gegen einen halben Fiasko Wein das Werk für ihn zu Ende führte; er, der ewig glatt war wie ein noch Unbebarteter. Zweifellos mußte man bei der Grube bis auf den Grund gehen, weil ja die Toten keinen Spaß verstehen und ihre hübsche Höhle fix und fertig vorfinden möchten – wenn's soweit ist.

Das Frauchen, das alle die Pina vom Goepp nannten, aber in Wirklichkeit war sie die Giuseppina oder vielmehr die Giuseppa, fand nach kurzem Geknirsch des Kieses über den Pflaumenweg und die Terrasse regelmäßig ins Haus hinein, Küche oder Eßzimmer, indem sie den Formalitäten der Etikette, wie etwa eine Klingel (die nicht vorhanden war) zu läuten oder die Frage zu stellen »ist jemand daheim?« oder »mit Verlaub?« auswich: lauter Blödsinn aus einer Zeit und einem Brauchtum, die überholt waren. Es gelang ihr sogar, den mißtrauischen Peonen zu überlisten, derart beherrschte sie die Technik der Schaben. Da es überdies Freitag war, kam die dreiundachtzigjährige Mutter des Peonen, die linksseitig gelähmt war, zur Fastenkost ins Haus der Mama, wo sie aufs herzlichste und erquickendste verpflegt wurde mit dem fettesten Croconsuelo, der je auf Erden herumgestunken hatte. Da sie bar aller Zähne war, vermochte sie ihn zu mümmeln und zwecks erhöhter Ergiebigkeit mit Spucke und Wein auf der Lispelzunge einzuspeicheln.

Der Peón war im Krieg nur im Geist dabeigewesen, alldieweil er wegen seiner Tätigkeit als »Landarbeiter« freigestellt worden war von den Pflichten, die dem maradagalesischen Soldaten auferlegen, sich parapagalesische Maschinengewehrladungen in den Bauch zu laden. Viele andere Landarbeiter, seinesgleichen, hatten in den Krieg ziehen – und auch dort bleiben – müssen. Nicht jedoch er, zum Glück. Immerhin, im Gemüt der Mama, oder direkt in ihren Eingeweiden, hatte sich die Mutter-Sohn-Beziehung derart identifiziert mit der Beziehung Krieg-Tod-des-Sohnes, daß sie sich keine Mutter mehr vorstellen konnte, außer als einen Knoten unmenschlichen Schmerzes, der die Hingeopferten überlebt. Und übrigens hatte die Mutter des Peonen, die halbseitig Gelähmte, auch ihrerseits einen Sohn zu betrauern, der aber nicht der Peón war, sondern ein anderer. Er stand sogar auf der Gefallenentafel auf dem Friedhof ganz zuoberst, weil sein Name mit »A« begann.

Die Fenstertüren der Terrasse standen offen und waren mit Messingkettchen an der Mauer befestigt. Das »meeting« der Flöhe und die Konspiration der flüchtigsten Katzensäuren hatten im Eßzimmer die milde Heiterkeit der Äquinoktien belebt: der April trat ins Zimmer, wie bei uns der September, durch die Fenstertüren; einige Fliegen, Mücken und künftige Brummer, wobei letztere im Ton recht herabgestimmt und daher verdächtig waren, surrten und tanzten in der Höhe, gelangweilt und fern, über dem duftstarken Körbchen dieser so jungen Pilze: denen sie in ihrer vitalen Frische (in ihrer phantasievollen Unwissenheit) auch einen Fußgeruch zuschrieben, und vielleicht auch den anderer Hautteile, die gar nicht schlecht verschwitzt und feucht waren, nämlich die des Poronga.

Die Hennen, die Hähnchen kamen, kratzfüßig und werweiß-was pickend auf der Nacktheit der Terrasse, bis an die Schwelle. Die Sonne kochte ihnen das Gehirn. Vielleicht suchten sie, wenn auch vergebens, jemanden, der sie plötzlich mit dem Stock schlüge, wie Gottes Zorn, bereit, in einem Wirbel von wildem, irren Gegacker auszubrechen, einige Federn lassend, den Verstand verlierend im schizophrenen Syndrom des Schreckens, das sie kommandiert, sie zugleich leidend und trunken macht, in ihrer beneidenswerten Natur. Ihre Lider flatterten zweihundertmal pro Sekunde, mit kurzen, blitzartigen, horizontalem Verrücken des Kopfs, in dem eben sich das Gehirn eingenistet haben mußte. Die »Olea fragrans« trug leuchtende, kurze Blätter unter der Sonne des Septembers; der Himmel jenseits der Felder von einer fernen Glocke bedeckt; Blätter, die der »Olea«, von emailliertem Grün; eingebogen – die Wonne der Zeichenschulen: verströmte von ihren Krümelblüten, schneeweiß und fettig, einen betörenden Appell, der, in den Klimata der Signoria, einzig war.

Die Sonne und die Lichter neigten der Sanftheit zu, als der Sohn herunterkam, vom »Symposium«, oder vielleicht von den »Gesetzen«, und ohne es gewahr zu werden, die Tür zum Eßzimmer öffnete. Dort sah er die Mama, mit vom Weinen geröteten Augen, ihr Plauderkränzchen abhalten: im Stehen: und um sie herum, wie eine Verschwörung, die endlich ihr Opfer festhält, die Peppa, die Beppina, den Poronga, Hennen, den Peón, die alte Halbgelähmte vom Freitag, die zwergwüchsige und bucklige Frau des Totengräbers, schwarz wie eine Wanze, und den Kater mit der Katze, vom Fischgeruch herbeigelockt: die starrten auf das dreckige Hündchen des Poronga, das aber jetzt, der Feigling, zu erkennen gab, daß er Angst hatte vor den zwei Katzen, nachdem er lang und lüstern an allen Schuhen gerochen und auch unter den Tisch gepinkelt hatte. Aber das Rinnsal der Pisse war dann aus eigenem Antrieb bis zum Kamin gediehen. Und auf der Platte der tote Fisch, der stank. Er war riesig, gelb, mit wabbligen und starren Augen aus der Nacktheit und Schamlosigkeit; mit dem rundgeöffneten Maul, schien's, als hätt' man ihm mit dem Gasschlauch den Garaus gemacht. Und im Körbchen die Pilze mit dem Fußschweißgeruch; in der Luft Mücken und sogar einige Fliegen, zwei Brummer, eine oder zwei Wespen, ein Schmetterling, der verrückt gegen den Spiegel flatterte: und, so schätzte er sogleich und biß die Zähne zusammen, ein angemessenes Kontingent von Flöhen. Die Wut, eine höllische Wut, veränderte jedoch nicht sein Gesicht. Er besaß eine spezielle Fähigkeit des Hassens ohne physiognomische Veränderungen. Er war, vielleicht, ein schüchterner Mensch. Häufiger aber wurde er für einen Dummkopf gehalten. Er fühlte sich gedemütigt, müde. Die alte, besessene Angst vor der Menge: der Horror vor den Schulkameraden, vor ihren Füßen, vor ihrem Pausenbrot mit Croconsuelo; der Gestank dieser »Jause«, die blöden Teufeleien; die langen Prozessionen zu den verstopften Aborten, in geordneter Reihe, zwei und zwei; die herrische Lehrerin, die »basta« sagte, wenn einer zu lang dazu brauchte: so daß einige den Überschuß für bessere Zeiten zurückhielten. Der Ekel, der ihn als Knaben erfüllte, die ganze Schulzeit hindurch, die Verachtung, die in den Monaten nach dem Krieg sich in ihm gegen die Stimmen der sogenannten Männer entlud: in den Straßen von Pastrufazio war er gejagt worden, als wäre er ein Wild, durch ihre wildgewordene Menschenliebe: im Verein, im Tausend. Er aber war nur ein einziger.

Die Jahre! und das Feudum auf dem Hügel bestand noch; und am östlichen Himmel bestand noch der Serruchón, orographisches Totem seines Standes, Leuchten roten Dolomins, in Erwartung, daß der Kopernikus von Pian Castagnaia ihm einen Sonnenuntergang mit umgekehrtem Vorzeichen verleihe, einen Phoebuswagen in Flammenumkehr. Die Butterbirnen wurden schwerer im goldenen Dösen des Herbstes, hart wie Steine: bis dann Sankt Carlo, mittels seiner großen Nase, sie der schon bavenden Donna Paola Travasa wegschnappt. Eines Nachts, mit einem Schlag. Was dieser Sankt Carlo nicht alles zuwege brachte! Zähne brauchte man, wenn Sankt Carlo vorbei war, keine mehr für die Butterbirnen, oder höchstens zwei oder drei.

Den ganzen Kelch, los, hopp! Er war nicht vom Typ des »transeat a me«. Der ganze Kelch der Blödlingswelt: hinunter damit, alles, hopp! bis auf die Hefe. Ohne auch nur aufzustoßen, blub-blub, die Nase zugehalten, wie wenn man ein Abführmittel, das Öl, schluckt. Die ganze Brühe, der ganze schlurfende Rest der Jahre mußte es sein, was zählte, was Wert hatte, in der Welt. Und nun befand er sich im eigenen Haus, der Zweckverband, wie er, der Marchese, es vorausgeahnt hatte: »Für meine Söhne, die Villa, die Birnen für meine Söhne«. Ein Jammer, daß einer sich so hinaufgeschmissen hatte, in die Luft, gute Luft!: aber die Schwerkraft das 9,81 hatte sich pünktlich beschleunigt: zwei rote Fäden auf den Lippen, von den Nasenlöchern, die Augen offen, den Sonnenuntergang spiegelnd... Mit den Lippen schien er sein eigenes Blut trinken zu wollen... weil es ja nicht angeht... von der Nase... das Blut... zwei rote Striche... von der Nase. Der Zweckverband, wie Papa und Mama es liebten, im Hause, mit den Holzpantinen der lieben Peonen und Peoninnen; es gurgelten in Variationen ihre Rülpser, indoeuropäisch 100/100, nach dem Gejubel der umgestülpten, verrückten, glaubenskündenden Glokken: vom Turm. Fünfhundert, Vorkriegsfünfhundert: Der Klitorisklöppel war die Glorie, die riesige, des festlichen Dorfs. Fünfhundert Pesos; fünfhundert. Nur fünfhundert. Das Wolleibchen des Sohns, als er vierzehn war, gegen den Nordwind, den sie auf dem Gymnasium »Borea« nannten, hatte vier offene Fenster; so groß. Und wenig mußte man essen, um gesund aufzuwachsen, hager. Aber für die Zukunft die Villa, die Villa.

Drin im Haus, jetzt. Leute und Flöhe, über die die Mama in Rührung geriet, nachdem ihr jüngerer Sohn die Herbeigeeilten angeschaut hatte, in fernen Jahren. Mit hochglänzigen Augen. Offen, offen und starr. Im Staunen des Traums ohne Antwort. Die Fabel. Jetzt war sie klar, leuchtend, endlos, wie im Schulbuch des Kindes. Zwei Fäden Blut von den Nasenlöchern herab, zu den Lippen, den halbgeöffneten: geöffnet der unaussprechlichen Wahrheit.

Und die Pisse, in der die Peppa pantoffelte, vom Hund des Poronga, dem verflohten, verdreckten; in der die Alte ohne Unterhosen, als wär's die ihre, diese Pisse, herumstieg. Und die festgetretenen Mistplätzchen, die sich von den vierfüßigen Pantinen gelöst hatten und jetzt »eingeweicht« waren in der Pisse. Im Eßzimmer, wo nur er und seine Mutter allein eintreten und sich aufhalten sollten; und verharren. Ihre Seelen sollten allein dort harren, wie auf jemandes Rückkehr, in den Jahren... jemandes, der nicht vermocht hatte, zum Ende zu gelangen... zum Ende seiner Studien... Oder sie warteten vielleicht nur auf den Flug des gütigen Engels, den die Nacht gestaltet, mit den stummen Lidern, den Schattenfittichen...

Die Studien, vielleicht waren sie beendet... den Doktorgrad hatte er ja sowieso herausgerückt, der Colombo*... mit den Stempelmarken vom Vittorio Emanuele... Doktor, ehrenhalber. Die Laurea der Toten.

Im Hause, das hätte der Sohn gewollt, daß allein ihre beiden Herzen eifersüchtig gehütet würden. Der Zorn ergriff ihn. Aber die Wahrnehmung dieser dreckigen Pluralität überwältigte ihn: er fühlte sich gedemütigt, müde.

In jenen Tagen waren die Briefe einiger Bekannter eingetroffen. Sie ermunterten ihn, seine Arbeit zum Abschluß zu bringen, von der sie gutgläubig meinten, es sei ein Roman, und, was noch rührender war, ein schöner Roman. Nach

* Diese Bemerkung soll bedeuten, daß der Rektor der Ingenieursfakultät von Pastrufazio den Namen Colombo trägt und daß er dem gefallenen Sohn den Doktor ehrenhalber verlieh.

ihren herzlichen Worten zu schließen, schien es, als ob Maradagàl aus der Haut fahren wolle vor Verlangen nach seinem Roman, während in Wirklichkeit die Großgrundbesitzer des Serruchón, die in der zweiten Hälfte des 17. Jahrhunderts aus dem alten Europa eingewandert waren, sich nur um die Zucht und das Scheren der »meriños« der Kordilleren scherten.

Und er war ein Mann, der dem Anschein und dem Pappköfferchen zum Trotz ein kraftvolles und, so möchte ich sagen, maßvolles Urteil besaß. Keine Illusionen.

Er wußte sehr gut, was zu erwarten stand nach all der Mühe und der Nutzlosigkeit, nach dem Krieg und dem Frieden und dem furchtbaren Schmerz; am Ende, auf dem Grunde war es das, daß ihn der Weg mit den Pappeln erwartete, glatt wie Öl. Den Pappeln mit den wendigen Blättern im blonden Licht, auf der Allee der Recoleta, dem Asphalt, über den die elektrifizierten Käfer schweigend glitten und selbst bereits schwarzen Schatten glichen, mit ihren silbrigen, trapezförmigen Kästen. Der Zinksarg, im Innern, der nach dem Gesetz in Maradagàl vorgeschrieben war, stellte ein Monopol der Gemeindeverwaltung dar, die achthundert Pesos von den Leidtragenden verlangte. Achthundert... Kein Leidtragender, zweifellos, bei seinem Gefolge – und er grinste heimlich vor Freude beim bloßen Gedanken: absint inani funere neniae luctusque turpes et querimoniae; das Rathaus wäre diesmal ausgeschmiert. Es mußte das Zink umsonst stellen und es gratis zum Recoleto transportieren – und sich überdies sputen: weil seine angebliche Seelengröße nach einigen Stunden, und zur Erschütterung aller, beginnen würde, einen unerträglichen Gestank zu verbreiten. Die Gemeinde mußte ihn auf eigene Kosten zum Recoleto schaffen, ha!ha!. Ein wildes Gelächter gurgelte vom Magen hinauf, er lachte mit den Kutteln. Achthundert Lire, der Zinksarg. Die Gemeindeverwaltung von Pastrufazio war diesmal ausgeschmiert.

Er wußte, er wußte.

Nichtsdestoweniger gefiel er sich manchmal darin, zu phantasieren: und überließ sich wie einer Liebkosung – von wem? von wem? wenn nicht vom eitlen Licht eines hinfälligen Gedankens, wie einem Strahl des Herbstes.

Er stellte sich vor, daß irgendein Kreis von Genossen ihm eine kleine Uhr, eine Armbanduhr schenken würde, da keine Frau je daran gedacht hatte, nie: keine Frau? die Mama, die arme Mama. Er phantasierte sich vor, daß das maradagalesische Vaterland ihn ermuntern würde, das Gekritzel seines Romans fertigzustellen:

»E te molesta incita
di poner fine al ›Giorno‹
per cui, cercato, a lo stranier ti addita.«

Aber er wußte nur allzu gut, daß es allen im höchsten Grad schnuppe war und daß der Roman, der an wirkliche Figuren und eine wirkliche Umwelt gebunden war, so blöd war wie die Figuren und ihre Umwelt selber. Denkste! Da gab es anderes zu tun und zu bedenken, in Maradagàl und in ganz Südamerika, so, wie es jetzt aussah, unterm Mondlicht. Und vor allem stand fest, oder doch nahezu, daß man sich als Schwachkopf erkennen müsse.

Ein Roman! Mit Figuren weiblichen Geschlechts! Mit diesem bißchen Praxis der menschlichen Psyche, das ihn der Heiland zu erfahren erlaubt hatte, um nicht ganz zu verblöden. Mit der Psyche. Und auch mit seiner eigenen.

Die da hatten ihn kaum gesichtet. Er schloß hastig die Tür: zur Treppe, fluchend, wollte auf die Terrasse treten. Die Hühner gackerten auf und davon, wie verrückt. Federchen sanken herab, langsam, weich, auf die Blätter der »Olea«. Die Wut ließ nach. Wolken zogen, vom Berg her, in diesem Himmel, der so heiter und weit war, als sei er unendlich. Zogen über die fernen Grate. Zogen heran als geduldige Karawanen: wie die Generationen der Menschen in die Zukunft. Der Terrassenboden aus Zementkacheln, abgetreten und daher porös, war trocken und warm, überwandert vom endlosen Gejück der Ameisen. Und vom dichten Efeu vielleicht, mag sein, dort, dort, wo eine Doldentraube bebte, kam vielleicht Puck: oder die Smaragdeidechse, ihr Aufzucken bedenkend. Der Sohn lehnte sich, vorgebeugt (weil so großgewachsen) auf das hölzerne Geländer. Und schaute; vielleicht lauschte er. Vor ihm, auf der Wiese, waren die Mandelbäume, mit steilen Ästen gen Himmel, die der Peón (in nächtlicher Stunde jedoch) mit wilden Stockschlägen bearbeitet hatte, blätterlos beinah; eine blaue Schlehe jedoch, mit ihren Beeren, reckte ihre Beerenpollen; die Butterbirnen am Spalier waren gewiß härter als der härteste Stein des Serruchón. Doch Sankt Carlo würde das alles in Ordnung bringen. Der Sohn schaute, schaute, als schaue er für immer. Und sicherlich, er horchte.

In Intervallen, jenseits von jeder Klausel verbunden, drangen zwei Laute aus dem Schweigen, fast wie abgesondert von Raum und Zeit, verhalten und tief, wie die Erkenntnis des Schmerzes: der Erde innewohnend, wenn Lichter und Schatten über sie wandern. Und, demütig, leise, verlosch das vom fernen Quell des Landes in ihm ausgelöste verzweifelte Schluchzen.

Die schmähliche Invasion des Haufens... Die Pantinen, die Füße: im Hause, das seines sein sollte... die mistfarbenen Fersen, die Zehen, durch 10 teilbar, mit den Nägeln... und die Pisse des erbärmlichen, verflohten Hundes mit dem rechten Aug voller Schmiere, während, tschicktschick, tschicktschack, die vierbeinigen Sohlen der Pantinen herumträtschten. Ein riesiger Rülpser, eine Sinnlosigkeit erschienen ihm die Jahre, nach den Gemetzeln, mit denen sich seine Vorgesetzten vollgepfropft hatten...

Die Nase, zweifellos, zählte jetzt mehr als die Seele.

Die Geruchswahrnehmungen hatten ihm die Jahre, die Herbste, die Monate der Schule verdorben... Die Kollektivität; die anderen; die männliche Mehrzahl... die endlose Prozession in Richtung Pissen... Von den mit Käserinden verstopften Röhren war man übergegangen auf die Treppen aus schwärzlichem Gneis. »Aus Gneis, aus Gneis«, brüllte er von der Terrasse in die Felder. Die Maurermeister, die Männer des Handwerks, hatten die Stadt des Simplician, das fleißige und emsige Pastrufazio, vergneist.

Der Vater Marchese hatte ihm liebevoll jeden Morgen selbst die Jause hergerichtet: im blöden Körbchen, das luftige Wonne war, aber dennoch das Paralleloped der Gesundheitsapostel und der Eltern jener Epoche. Eine Scheibe Rindfleisch, spanischerweise »Gesottenes« genannt, also ein gezähmtes Tier, zäh wie das Ende eines aufgedröselten Hanfseils, obendrauf eine Prise groben Kochsalzes: dem serruchonesischen und pastrufazianischen Salz: und eine Semmel. Niemals ein Stück Obst oder etwas Süßes, alldieweil der Marchese Vater höchst besorgt war wegen jeder etwaigen, vielleicht auch nur eingebildeten, Magenverstimmung des Sohns. Und das Fläschchen mit gewässertem Wein. Mit dem Stöpsel. Wehe, wenn der Sohn den Stöpsel verlöre. Angstvolle Stunden, an gewissen trostlosen Tagen, bis der Stöpsel wieder da war: des verlorenen Stöpsels wegen die zischende Strenge der Lehrerin, die dazwischentrat mit erhobenen Brauen, in einem Zustand sadistischer Spannung, innerlich schäumend. Die Pädagogie von Pastrufazio duldete keinen Widerspruch. Vergeblich blieben die flehentlichen Bitten des Bübchens. Wehe, wenn der Stöpsel unter die hinterste Bank in der hintersten Abteilung gerollt war, nachdem er leicht und lässig die ganze Klasse durchquert hatte, mit dem Geruch und dem Getrampel von 82 Füßen. »Ich bin dein Stöpsel, du sollst keinen fremden Stöpsel neben mir haben ...«

Seine Erzieher waren groß und vor allem scharfsinnig und sensibel gewesen, wie alle Erzieher. Sparta: auch Lakedaimon genannt: Sparta, und gleichzeitig eine gewisse moderne und pastrufazianische Breitengradigkeit der Ansichten. Auch das Fläschchen mit Wasserwein, auch der Stöpsel gebührte dem kleinen Herren. Während viele arme Kreaturen, allein oder in Rudeln, über die Wiesen tollten, zerlumpt, fröhlich, ohne Hosenboden, ohne Fläschchen, ohne Stöpsel... Und schossen Kiesel mit der Schleuder, zackete! auf die Spatzen, im Park. Und setzten unter den Brücken oder auf die Ruinen der spanischen Festungen... Mandelkringel-Scheißhaufen, verkrümelt wie vertrocknete Nußstangen oder weich wie Windbeutel... Der Schutzmann rennt ihnen nach: mit welchem Erfolg! Die Obrigkeit...

Und, für die Zukunft, Birnen: Birnen vom Spalier, das, mit Hilfe von Sankt Carlo, Butterbirnen trägt. Die zänkischsten Elstern und die lebhaften und geschwätzigen Krähen von Pastrufazio, zur Abendmahlzeit geladen, würden sich mit ihrer Spucke über das buttrige Fruchtfleisch der Butterbirnen hermachen: so halten sie für fünf Minuten den Schnabel, wie man zumindest erhoffen darf. Welch ein buttriger Brei, auf der Croconsuelozunge der alten Krähen, geschmückt mit den 3 Vokabeln* zwischen den 3 Zähnen. Die drei Omnibus-Substantive sind ein verbrieftes Patent der serruchonesischen Sippe. Ein Elysium von Birnen war, dem Marchese zufolge, die Zu-

* Die 3 Omnibus-Substantive, für die, die es nicht wissen, sind:
roba Plur. ropp (Zeug, Sache, Besitz)
mestée; (mestiere, Beruf, Arbeit)
de fà de polin; (ein Riesengeschäft, eig. Truthahngeschäft)
Mit Hilfe einer geschickten Kombination dieser 3 Vokabeln gelingt es der pastrufazianischen Dame, wahlweise jede ihrer 22 Ideen auszudrücken. Natürlich kommt dieser schwierigen Notwendigkeit die Tatsache zupaß, daß von diesen 22 Ideen 18 fixe Ideen sind. Die restlichen 4 werden staunenswert gut artikuliert.

kunft... Die Menschheit strebte, ohne Zweifel, unter den goldenen Strahlen des Herbstes, in Richtung Butterbirne...

Der Sohn sah, von der Terrasse her, diese Jahre wieder: Bäume und Berge, umgestülpte Glocken, die dem Glokkenturm der Glorie Hiebe versetzten. Daher denn Wellen aufs Trommelfell, wie Weihwasser, nach der poetischen Auffassung des Abtes Zanella; und es schien ihm ein Ding der Unmöglichkeit, daß sein Leben geprägt worden sei von solchem Blödsinn. Es schien ihm nicht möglich, daß der narzißtische Drang seiner Erzeuger sich verwirklicht hätte in Butterbirnen, in den verschiedenen Giuseppen, im Glockenturm von Lukones, wo sie doch zwei Söhne besaßen, am Serruchón mit den Sägezinken. »So daß keiner, beim ersten Anblick, sofern er ihm gegenübersteht, wie zum Beispiel auf den Mauern von Pastrufazio...«

Oh! plustert euch nicht auf: es handelt sich um den Serruchón, wohlverstanden. Und die Mauern waren Bastionen, mit Flaggen des modernen Jahrhunderts, der grünen Roßkastanien über den Trikots der vorbeijagenden Radler, mit weißem Blütenregen auf die nächtlich verwirrten Haare... Pling, pling. Und die Karusselle und die abgewetzte Magie der spanischen Bastionen, im Karneval, wurden zu Unbehagen und Scham im Toben der Menge, unterm trivialen Gewölk der Konfetti. Ein Unbehagen, eine Beklemmtheit vernichteten beinah das verängstigte Knäblein, nach den erhofften und dann entschwundenen Josephi-Krapfen... Zu teuer für die Marchesen von Lukones, im Kampf um die Butterbirnen, zu teuer die Josephi-Krapfen.

Das Bübchen flehte zu Gott, daß er dem fröhlichen Treiben ein Ende setze. Ganze Händevoll Gipsmehl in die Augen – wenn das Fröhlichkeit sein sollte, dann wollte er sie nicht. Verblödete Pferde drehten sich, schaukelnd, im Kreis, an den Hörnern ergriffen von Reiterinnen im Grätschsitz, mit verknautschten Höschen, war's Spitze oder waren's Schlitze, jedenfalls Hautstücke... Eine näselnde Leiermusik drang aus dem Drehzapfen der Maschine, Jahrhunderte von Musik; man mußte der musikalischen Tradition Ehre antun, als ob der miese Kasten sich erkältet hätte. In späteren Jahren war diese himmlische Musik mit Tropfen eines sehr reinen Mondgestirns ihm wiederbegegnet, und es war die »Norma«... Damals aber, vom Karussell her, erschien's ihm wie die Plundermusik von verrotzten Nasen, Revolte, Mandelriegel, Anremplern, Krapfen, gerösteten Erdnüssen, die vom Bauchweh zur Scheiße führen.

Das erhoffte Gedicht mit einem rosagekleideten Mädchen auf dem Trapez, das Kußhände auswirft, auch für den Knaben, auch für ihn, litt Schiffbruch im Dunst der schlechten Nüsse, im klebrigen Eiweißschaum... oh! wie eklig... Der gesponnene Zucker, in den Pranken des Kerls, schreckte ihn... Der Gauner hatte die pechartige Strähne seines Zuckers, in der Farbe von Kolophon, an einem Haken aufgehängt, und brüllte aus geblähtem Hals; alle blieben stehen, um den anstößigen Dialektworten zu lauschen: und er dehnte ihn, diesen klebrigen Zucker, und strählte und drehte ihn, und flocht ihn dann zum Zopf und schlang ihn zur Acht, den Zucker, mit den Händen: und auch dieser

Strang, Opfer ununterbrochener Metamorphosen und Streckungen, schien dem Knäblein verlogen und schuldvoll: Komplize dieser Sauerei: und der Mann spuckte in die Hände, um sie zu schmieren, sie glitschiger zu machen für sein Werk, das Schwein...

Melancholische Magie, Kattunvorhänge, verwaschene Strümpfe und Unterhemden, Fransen, die schreckliche Schlange über den Schultern der Ballerina, bemehlte Schenkel. Der Hanswurst brachte ihn nicht zum Lachen, nicht die Spur, mit der roten Nase, dem doofen Gesicht, bepudert, voller Misere... Ein abscheulicher Orang hatte Kleopatra geraubt, die Nackte, Wachsbleiche: und das Weib hielt eine Natter, mit verkrampfter Hand, aus der die Brustwarze herausragte.

Sie war nackt und weiß, wie Frauen sein mußten, wenn sie aus dem Bottich steigen, nach einem tüchtigen Seifenbad... Nichts aber blieb verschont vom Gestank, vom fürchterlichen Dialekt, vom Gegeifer... von den Konfetti, von den Schalen der Erdnüsse und Kastanien, von den Orangenschalen, die man »die Haut« nannte. Rosafarbenes und krokantes Mandelgebäck, und die Mädchen wurden in den Augen des Knaben trüb und schändlich, weil jede Anmut dahinschwand.

Das, was der Knabe hier über sich ergehen ließ, war nicht das Fest eines Volkes, sondern das Gezeter einer Horde von Teufeln, die verdreht und verrückt eine sinnlose, bestialische Teufelei aufführten... Gewiß handelte es sich, so dachte nunmehr der Sohn über sich selbst, um eine kranke Kindheit. Nun versuchte der Mann, sich aus dem Delirium zu befreien. Er gab zu, daß er wohl in der Entwicklung zurückgeblieben, von abnormer, krankhafter Empfindlichkeit war: er entschied, daß er ein kranker Knabe gewesen und daß er ein Dummkopf sei. Nur so konnte er eine Beziehung herstellen zwischen sich und seinen Landsleuten.

Und übrigens sind, im Lichte der Psychiatrie, diese Phobien des Jungen vor der Pluralität der Körper und der Dränge heute erschöpfend erklärt. Dann aber kamen von überall neue Menschenmengen hinzu: brachen aus in Geschrei, in wilde Händel; sie drängten von allen Seiten, kreischten: zingelten ihn ein. Er war kein Kleinkind, er war auch kein Kriegstauber. Er träumte, in der Zwecklosigkeit dieser Sonne, während die Ameisen geduldig den Ogaden durchquerten, heroische Karawanen... Er träumte im Stehen, in der Sonne. Nichts anderes konnte er tun.

Er stieg hinauf zum Speicher. Er löste von einer Kiste, die mit fettem Spinnweb drapiert war, die Nägel des Dekkels. Dann, heraus damit, die ganze in Paketen verstaute Kollektion des »Maradagàl Literario«, soweit die Ratten sie verschont hatten, ein Packen nach dem anderen, bis auf den Grund... Staub auf den Knien, in der Nase... Auf dem Grund, auf dem Grunde, vergraben unter der Literatur und dem Staub mußte er wohl sein... der Erbsenknaller, den er aus dem Schützengraben zurückgebracht hatte... Er mußte da sein, mußte da sein, falls die Mäuse ihn nicht auch zernagt hatten... Da war er! Er zog aus der Hülle die leichte Maschinenpistole, ließ sie leer zuschnappen... Alles daran war glänzend, wie einst, jedes Zähnchen, jede Noppe eingefettet, wie einst ... Die Vaseline schien erst gestern aufgepinselt. Hier der Ladegriff und der Schieberhebel: ob sie funktionierten? Oh! sie funktionierten. Tatrack! die Pufferfeder! der Haken. Wie auf dem Rücken des Berges. Die Ladezuführer waren glänzend, mit scharfen Zähnen, wie Kämme, wie damals, als man damit das rote Erdreich auszeichnete, an der Schießscharte des Faiti; oder am Mittag, ohne Laufgräben, bereitstand, im Leichengestank, zwischen den Felsscharten, fünf Minuten, eh das Antwortfeuer kam.

Er stieg hinunter: über die Treppen seines Hauses, stieg hinab. Das Eßzimmer war voller Blödlinge. Er pflanzte sich auf der Terrasse auf, hochaufgerichtet, breitbeinig, auf der Terrasse seines ihm gehörigen Hauses, mit der Maschinenpistole, als hielte er eine hübsche Mandoline zum Klimpern! um gut drauf zu klimpern, auf der Mandoline. Tatrack: die Feder, der Schieber, der Abzug. Die glänzende Ladekammer, ein Kamm. Das Rohr der Mandoline rückte ins Eßzimmer hinein. Oh! was für eine Romanze, was für ein Mandolinchen, was für eine Kanzone, welch ein Ständchen, im gesäuberten Haus, im desinfizierten Haus!

Die Mutter erschien vor ihm, gebeugt, ruhig, und schaute ihn an. Das Antlitz, mit den geschwollenen Augenhöhlen, der hängenden, fast gelben Haut, vermochte nicht mehr die innere Zärtlichkeit auszudrücken: als habe das Unausweichliche sie bereits ferngerückt von jeder Fähigkeit des Ausdrucks: aber die Liebe zeigte sich im Versuch zu lächeln, in den angestrengten Augen, die das Alter weitsichtig hatte werden lassen.

»Möchtest du den Kaffee?« fragte sie sanft. Er blickte sie an, ohne zu antworten, dann sagte er, grimmig: »Warum alle diese Schweine im Haus?«

Da wurde die Mutter ganz verstört. Sie hatte vermeint, er sei ruhig.

»... Sie waren nur gekommen ... auf einen Moment ...«, stammelte sie: »... um mir Pilze zu bringen ... die Ärmsten ...« und wollte gehen, wie um das Körbchen vom Tisch zu holen, um es ihm zu zeigen. In Wirklichkeit wollte sie fliehen: ganz verstört. Er hielt sie an einem Arm fest, mit Gewalt: »... ich will, ich will keine Schweine im Haus.« brüllte er und rückte sein Gesicht wild an das der Mama. Die Mutter wich nur leicht mit dem Kopf zurück, indem sie die Augen schloß, da sie nicht, wie sie es gewöhnlich tat, die Hände vor dem Schoß falten konnte, da er ihren einen Arm hochhielt: der Arm endete oben in einer knöchernen, kraftlosen Hand: einer Hand, die nicht mehr zu flehen vermochte. Er ließ sie sogleich los, und der Arm fiel an ihrer Seite herab. Aber sie wagte nicht mehr, die Lider aufzuschlagen.

Der obere Teil des Kopfes, die Stirn, die ziemlich hoch war, und die Schläfen, und über den geschlossenen Augen die Bogen der Stirn, zeigten das Antlitz derer, die sich im stillen und tiefen Reichtum des Daseins sammeln, um nicht den Haß erfahren zu müssen: dessen, den sie so lieben!

So berichtet Svetonius von Cäsar, daß er die Toga übers Haupt zog, beim plötzlichen Blinken der Klingen.

Ein verzweifelter Schmerz hielt das Gemüt des Sohnes besetzt: die müde Süßigkeit des Septembers schien ihm unwirklich, flüchtiges Abbild der verlorenen Dinge, der unmöglichen. Er hätte sich hinknien mögen und sagen: »Vergib mir, vergib! Mama, ich bin es doch!« Er sagte: »Wenn ich dich noch mal erwische in diesem Sauhaufen, dann murks ich dich mitsamt denen ab...«

Dieser Satz war sinnlos, aber er sprach ihn tatsächlich aus (wie das Schiff oft beim Anlegen über die Lände hinausschießt).

Er durchquerte die Terrasse und das Zimmer, wischte das Körbchen mitsamt den Pilzen auf den Boden: stieß, ohne sie anzurühren, die Platte mit der gelben Schlüpfrigkeit des Tiers herunter.

Er stieg in sein Zimmer hinauf, wo ihn, aufgeschlagen, sein Buch erwartete. Er ergriff statt dessen sein Köfferchen, füllte es von ungefähr mit dem Notwendigen, dem armen Zeug, stieg die ganze Treppe hinab und trat drunten hinaus. Die Hausgötter riefen ihm, ohne ihm nachfolgen zu können, von seinem Zimmer aus zu: »Leb wohl! Leb wohl!«

Die Mutter, von der Terrasse aus, sah ihn davongehen über den Pfad, entlang der Felder, von der Terrasse aus, wo sie verharrte. Sie grüßte ihn, im Geiste, indem sie ihn rief und rief, im Geiste, mit dem Namen, den sie ihm gegeben hatte, in der fernen Süße der Jahre. Als noch kraftvoller und grüner die Kastanien rauschten, über den Alleen der spanischen Bastionen.

Dann bliesen die Schornsteine der Villen ihren Rauch über die Grenze des fernen Okzidents. Eine halbe Stunde später rollte der Zug zischend über die Heide: als führe er über taubes, verlorenes Land, umzüngelt bereits von der Finsternis.

9

Die beiden Vettern, die der Cavallier Trabatta für die Nacht angeheuert hatte, als Wächter des Kastells, wo sie lediglich schlafen sollten und, falls sie schnarchten, sollten sie nur schnarchen, soviel sie wollten, sonst nichts, zeigten sich als zwei außergewöhnlich robuste Jünglinge. Robust und massig und hart waren sie, mit hartgesottener, vielmehr hartgedörrter Haut, selbst verglichen mit denen, die einfach so geartet oder von Berufs wegen harthäutig waren. Sie hatten sodann ein Klosett und ein Waschbecken zur Verfügung, mit Wasserhahn und mit der Spülung, die, ein seltener Fall, tatsächlich funktionierte, mit wahren Wasserkatarakten über den entfleuchenden Scheißhaufen. Einem der beiden, dem Bruno Olocati, war es auch gelungen, einem Onkel mütterlicherseits einen Messerstich in den Schenkel zu bescheren, vielleicht etwas zu nahe, der Messerstich, an der Schenkelschlagader. Man weiß nicht genau, warum. Den Gerüchten zufolge, scheint es, daß der Onkel sein Bestes tat, reich wie er war und auch Geschäftsmann, der Alte, um in freien Stunden oder auch des Sonntags, ihm eine gewisse Hopfenstange von Weib wegzuluchsen, die ebenfalls in verschiedenster Weise von dem oder jenem identifiziert wurde.

Um sich durchzufretten, hatten sie, alle beide, auch die Beine benutzt. Entlang der schwarzen Hohlwege und Abschüsse der Renesquetera, überm tiefen Echoheulen, gegen den Frost des Schneetreibens, indem sie wildlings die Angst und die Nacht durchbohrten, hatten sie mehr Esellasten Kaffee herübergeschafft, sie beide, plus Tabak und Zucker, aus dem paradiesischen Parapagàl, als die ganze *masnada de muchachos perdidos* des berüchtigten Gutierrez: vielleicht weil die *muchachos* des Gutierrez, die schon offiziell in den Mythos eingegangen waren, es sich allzu bequem machten mit zu hohen Prämien auf den tatsächlichen Wert der Fracht. Die beiden hatten daher schließlich die doppelte Mühe und doppeltes Risiko – mußten den Zöllnern ausweichen und den offiziellen Schmugglern, die sie als Schwarzarbeiter beschimpften und drohten, sie eines schönen Tags abzumurksen. Man mußte also sowohl die Offiziellen wie die Wächter fürchten. »C'est de la concurrance.«

Was den Cavallier Trabatta betrifft, so haben wir schon angedeutet, daß er sich die Dinge und die Leute gut anschaute und, obgleich er ein Finanzier war, fehlte es ihm nicht an einer gewissen Menschlichkeit. In jenem Jahr 1932 gestatteten plötzlich, von heut auf morgen, die veränderten Preis- und Valutenverhältnisse und die unvermutet verhängten Steuermaßnahmen der Regierung von Parapagàl allen Schmugglern der Renesquetera, die Beine zu strecken in süßer, wenn auch unvorhergesehener Ruhepause. Einige, die rastlosesten oder jüngsten, wenn sie neben der Maschinistin in einer Tabakfabrik hockten, oder wenn sie schon von Monat zu Monat den Gürtel enger geschnallt hatten, redeten davon, sich (noch vor dem Dienstjahr) beim Republikanischen Grenzwächterkorps zu melden: und zu dieser Schar gehörten eben die beiden sehr arbeitslosen Vettern, der Olocati Bruno und der Gomez Ermengildo; als, wie es Gott gefiel und wie Manna vom Himmel, dieser Roman daherkam vom Diebstahl der elftausend Lire aus der linken Schublade, der zweiten von oben, mit Schloß, vom Schreibtisch im Studio des Kastells, auf dem Boden die Photos der armen Teresa, die unter den Füßen der Diebe unkenntlich geworden war. Durchs Fenster waren sie dann davon.

Als private Wachmänner, vorläufig, im Dienst des Trabatta, pflegten die beiden jungen Männer jeden Abend die Runde im Park zu machen, ehe sie sich zurückzogen zur Schreibtafel und zur Funzel der Briscola, ins ebenerdige Zimmerchen, gleich am Eingang, das der Cavalliere zur Verfügung gestellt hatte für ihren Schlaf, der saftig war, das wohl, aber gleichzeitig sofortiger Unterbrechung ausgesetzt mit bewaffneter Hand, in Verteidigung des geheiligten, verschlüsselten Privatbesitzes: sie schliefen in Unterhosen, wie die Feuerwehrler in den amerikanischen Filmen, bereit aufzurumpeln: und die Fallstricke der Finsternis unschädlich zu machen.

Der Park war, gegen Westen, an seinem tieferliegenden und flachen Teil, als Obstgarten angelegt, wo sich auch die berühmten Birnen befanden, mit dem Gläschen und dem Magnesium San Pelegrino, mit Honig gefüllt, um die Wespen zu fangen, und mit hier und dort sogar einer Birne, wenngleich hart wie Stein; dort war der Park eingegrenzt durch eine unbedeutende Mauer, die zum Hügel hinauf verlief und diesen von einem kleinen Feld von Banzavois abtrennte: jenseits des Blätterwerks, nämlich des glänzenden Banzavois, unter den sehr fernen Sternen, sah man ein sanft abfallendes Dach, das Haus der Mutter und des Sohnes; still und lind und wie der Nacht überlassen, die Schweigen war, besteckt von verlornen, unendlich fernen Saphiren. Ein kleiner Pfad durchschneidet dies Feld und führt auf die Gemeindestraße, die schon beschrieben wurde, entlang der schon beschriebenen Mauer, der Zwetschgen: diese Gemeindeeinrichtung, in den Katasterkarten bezeichnet als »Gemeindestraße am Hang«, wo sie an der Zwetschgenmauer entlangführt, ist eine Art Katarakt aus Schotter und Steinen, letztere groß wie Kegelkugeln, einige sogar wie Kürbisse, aber viel härter, vermischt mit recht scharfen Scherben zerbrochener Teller und Flaschenböden und Gläsern, einigen leeren Büchsen, verschiedenen Scheißhaufen unterschiedlicher Farbe und Konsistenz und ein oder zwei abgenützte Zahnbürsten, die man, wohlverstanden, dem Schicksal der ausrangierten Dinge überlassen hatte.

Niemand kam in der Nacht je hier vorbei, weil die schieche Straße, schließlich, nach vielen Windungen und Steinen und Huschen von Eidechsen vom Dorngestrüpp, nach Lukones hinabführt und nicht gradlinig bewohnte Orte miteinander verbindet. Sie dient nur einigen kleinen Feldern mit magerem Banzavois und den Villen mit Schweizerhausanmaßung, besetzt von Edeldamen und Edelherren, zumeist Witwen und Witwern: der Caval. Trabatta, der

Kommend. Ponzoni, der Tolommei; die Carpioni und die verschiedenen Sapíe de Saraceni, mit denen die lieblichen Hügel sich so angenehm verherrschaftlicht hatten um die Jahre 1890–1900. Letztere waren, außer verwitwet und teils schwerhörig, oft auch recht unfrisiert, mit der Begründung, »in der Villa kann man sich's bequem machen, mit der guten Luft hier!« und mit der noch besseren Ausrede »unter uns braucht's keine Umstände«. Selbige bestellten von Zeit zu Zeit, um das lokale Handwerk zum Werkeln anzufeuern und vom Faulenzen abzuhalten, rustikale Hocker und Konsolen und anderen Krempel und Lappalien beim Poronga, der, nachdem er die Bestellungen aufgenommen hatte, sie dann in wenigen Monaten und für wenige Zehnerscheine pro Stück anfertigte; Elemente eines häuslichen Bazars, der im Verlauf der Jahre immer wüster und sinnloser wurde, obgleich er, abgesehen von der so guuuten Luft, die Wonne dieser alten Närrinnen darstellte. Um sie alle zufriedenzustellen, arbeitete der Handwerker bis zu 18 Stunden die Woche, mit Schreinerstift und mit Säge, mit Hobel und Hammer, bis er zum Samstag gelangte: und er strich sie auch an; mit einer Farbe! Wehe, wenn man das Hockerchen dann anrührte! Wenn der Herbst gekommen war, wenn Mariä Geburt vom September schon vorbei ist und die Schwalben verschwunden sind oder demnächst verschwinden, und demnach auch die Damen drangehen, die guuute Luft mit der etwas muffigeren, druckerschwärzereichen des Bottonuto und des Pasquirolo zu vertauschen, mit großen Nutzsträußen verblühter Rosen und nützlichen Rosmarins auf der Trambahn Nummer achtundzwanzig, da brachte der Poronga das Hockerchen oder die Konsole daher, an einem Abend, wenn sie längst nicht mehr dran dachten: fand sie vor in der Küche, halbblind vom Duster und höllischen Rauch, mit einem versauten und verschmierten Schurz wie für einen Hufschmied, wie sie sich die Finger schleckten, zuerst alle zehne und gleich drauf auch den Holzlöffel, mit dem sie eine finstere und brodelnde Brühe im Kessel überm Kamin rührten, in den sie wegen des beißenden Rauches hineintrenzten, in den Brei von Tomaten oder ins Zwetschgenmus: die sie »auf langsamem Feuer«, wie sie sagen, einzukochen pflegten, also mit nur zwei, drei feuchten, mageren Scheiten unterm Kessel, und dann im Triumph ausschütteten, verräuchert und säuerlich und höchst bitter, um am Zucker zu sparen: denn geizig und blöd sind sie, wie fast alle Edeldamen-Köchinnen von Maradagàl. (Daher werden die Zuckerfabriken befreit von ½ Zuckersteuer, um ihre Marmeladen zu fördern: und sie können daher spielend jede Edeldame-Köchin schlagen, auch die dümmste.)

Da erschien also der Poronga ganz plötzlich, wie von der Dämmerung am Kücheneingang ausgespien. Er sah aus wie ein streunender Hund, mit zottigem Fell, mit dickem, nacktem Halsspeck: aber einer, der nicht beißt, der vielmehr Vertrauen ausstrahlt und einen guten Geruch von Leben: wenn auch eines recht schmuddligen. Er überbrachte persönlich, in Hemdsärmeln, recht durchgeschwitzt unter den Achseln, den ausgeführten und frischgestrichenen Schemel, klebrig, so daß man ihn nicht mit Händen entgegennehmen konnte, im Verein mit dem Schauspiel der gefährlich hängenden Hosen, oh, hoho! noch für einige Minuten vom Gürtel gehalten, doch, doch, und vorangekündigter Wahrscheinlichkeit: halb ja, halb nein, wobei aus der Hose auch gesunde handwerkliche Dünste von den besten Provinzen seiner Person ins Freie stiegen. Ausbezahlt, nach langen Diskussionen und manchmal einem Glas Wein aus der Dienstbotenflasche, verabschiedete er sich herzlich und ging.

Eine von diesen verrückten Siebengescheiten, eingewanderte Lombardin, war auch Dichterin und Wohltäterin der Armen: sie zog sich Birnen, Zwetschgen und Korneliuskirschen: sie machte Marmelade aus faden Weinäpfeln: bemutterte soviel sie konnte die vom St. Josephi: reimte St. Ambros auf Uhrenschloß und Moos auf Moos: sie verstarb zum allgemeinen Leidwesen in der psychiatrischen Provinzklinik von Pastrufazio am 27. September 1926; also einige Jahre vor jener Herbstsaison, in der sich die Dinge zutrugen, die wir in Erinnerung zu rufen begannen.

Niemand passierte also jene Straße in den stummen Stunden der Nacht: oder vielmehr nur mit Fahrrad ohne Laterne manchmal der Palumbo, der die Billettchen an gewisse Stellen der Gittertore, an einer Villa über der nächsten, hineinstecken mußte.

Eines Nachts, wo er grad die Trumpfkarte ausspielen wollte, die Sieben, und zwar, um ein schwarzes As zu stechen, in diesem Moment der Spannung und des Schweigens, mit der Karte in der erhobenen Hand, die dem Aufklatsch auf dem Tisch vorausgeht, schien ihm, dem Bruno, und dann auch dem Ermengildo – oder träumten sie? –, daß sie Schritte vernahmen, von da drunten, auf dem Kies einer Allee; die den gleichen Weg zu nehmen schienen wie vor einigen Nächten die Diebe der elftausend Lire, von der Straße nach Iglesia aus. Die beiden schauten sich an, mit den letzten Karten der Tournee noch in der Hand, und begannen zu horchen. Die Schritte schienen abwärts gerichtet – oder war's eine Halluzination? –, in Richtung des entferntesten und niedrigsten Teils des Parkes, wo die Pergola mit den Birnen war.

Sie schauten sich erneut an, standen auf, warfen die Karten weg.

»Du bleibst hier«, sagte Bruno, »wenn ich dich brauch, pfeif ich dir...«, griff nach dem Revolver und der Lampe: und lief hinaus in den Eingang, dann im Laufschritt hinaus ins Dunkel, ohne sich drum zu kümmern, die Tür zuzumachen. Der Cavallier Trabatta, der war in dieser Nacht nicht da: der war in Pastrufazio, weil dies seismographische Tage waren auf der Börse, in ganz Maradagàl.

Den andern litt es nicht: er rannte hinauf, je vier Stufen auf einmal, um den Battista zu wecken; er weckte die Frauen, die gleich zu kreischen anhoben. Dann rumpelte er kopfüber wieder hinunter, hatte sich nun auch bewaffnet, und rannte hinter dem Vetter her, auch er mit Revolver und Lämpchen. Er erreichte ihn, keuchend, als sie fast bei der Birnenpergola waren, weil der andere sich vielleicht aufgehalten hatte, um zu spähen. Er rief »Bruno, Bruno«, aber fast im Flüsterton, als wäre ihnen die Wache auf den Fersen in den Hohlwegen im lauten Getös der Renesquetera. Kumpane im Finstern und im Wind, im Lärmen der Täler.

Bruno hatte sich bei einer Linde niedergehockt: »da bin ich, nicht schießen, Blödian*!... du hättest dort bleiben sollen, wie ich's gesagt habe...«

»Ich hab den Battista aufgeweckt...«, gewissermaßen hatte er die Reserve mobilisiert, zur Verteidigung des Stützpunkts. »Sie haben's gespannt... Man hört nichts mehr. Blödian!« Man spürte auch im Dunkel, wie der grausame, scharfe Instinkt in dem Burschen bebte, auch im Dunkel, wie ein Jagdhund, der Fährte faßt, in Spannung versetzt durch ein Rauschen im Dickicht.

»Wir müssen aufpassen«, sagte der Gildo, mit gelassenerem Mut: er gehorchte oft dem Vetter.

Mit raschem, momentanem Aufblitzen ihrer Lampen fingen sie an zu suchen, fast herumzuwühlen, aber wo? im Laub der Büsche, unterm Volk der alten Bäume, die beschwert waren von Schlaf und Düsternis. Oder vielleicht von antikem Frieden. Sie waren wie zwei Glühwürmchen, die einander suchen, im Juni. Die Eisengestänge der Pergola trugen, in der Öde der entseelten Nacht, Birnen (zwischen gerundeten Blättern, unversehens aus der Dunkelheit gehoben durch den Schein der Lampen), hart wie Steine, und glänzend. Mit ein wenig azurenem Reif, auf einigen Birnen und Blättern, vom Kupfersulphat. Im Sirupwasser der Gläser Wespen und Fliegen, ein wäßriges Ragout von Wespen und Fliegen. Kein Mensch. »Was machen wir jetzt?... Ich mein, daß wir alles nur geträumt haben«, sagte Gildo. Sie waren drauf und dran, ins Kastell zurückzukeh-

* org. mocoso = Blödian, auf maradagalesisch

ren. Es fiel ihnen aber ein, daß jemand von der Allee aus über das Mäuerchen drunten hätte steigen können. Und die Straße nach Iglesia, verlassen, grabesstill, stieg wieder vor ihrem Geist auf, der vertraut war mit der Nacht und mit gedämpften Schritten, die dort gehen, über den schwarzen Abgründen. Ein Auto, so stellten sie sich vor, das auf der Straße des Raubes harrt, und auf den Räuber, den unversehrten. Gewiß. Mit abgestellten Scheinwerfern. Aber wie kam man dahin? Oder vielleicht der Schatten, schwarz und stumm, der auf der Terrasse erschienen war: man wußte nicht, wer es war: schritt vorbei an Feldern und Mauern wie eine Erscheinung. Aber die Schritte hatten sie gehört, bei Gott! Das war kein Schatten!

Schon einige Tage zuvor war die Villa ihres Gebieters ausgeplündert worden. Jetzt kam, sicherlich, ein anderer dran. Einer von den Nichtabonnierten, wohlverstanden. Dies war die Idee, welche sie vom Unbewußten her fühlten und die sie später nicht zurückzurufen vermochten, geschweige denn, sie auszudrücken.

In diesem Augenblick wohnte in ihren Gemütern, die sehr hochherzig waren in bezug auf Angst und auf Verdächtiges, risikogeschult unterm Schweiß der Traglast, lediglich bedacht in löblicher Absicht, Gefahr abzuwenden und sich wenigstens jemandem nützlich zu erweisen, um den Lohn zu verdienen, den sie, in diesen Tagen des weiter geschnallten Gürtels, vermeinten, für nichts und wieder nichts zu erhalten.*

* Vom Schlag derartiger Burschen, auch nach der in Wirklichkeit zu

Mit je einem Satz waren die beiden Burschen jenseits des Mäuerchens. Sie gelangten vom Fußweg auf das Sträßchen, leisen Schrittes, die Füße vorsichtig hebend. Jeder versuchte, so geräuschlos wie möglich zu sein. Manchmal flammten die Lichter auf, überm Schotter. Eine Tür schlug drinnen, sie hörten es genau, aus dem Haus von Mutter und Sohn, vielleicht weil ein Windstoß, in Intervallen, aus dem Abgrund des Seegrün herüberwehte. Dann überkam die Nußbäume, die Mandelbäume und Robinien ein Geflüster, wie ein Beweinen und Streicheln und Schauern, das herrührt aus der Ferne und ihnen mitgeteilt wurde vom Rauschen der Tannen, der Linden: und es war dies die Erkundung der Nacht, die Streife unter fernen Sternen des Winds. Die Tür schlug nochmals: kurz tönte der Widerhall vom Haus gegen den Hügel: der Schlag scholl aus einem Fensterchen des Treppenhauses: sie kannten mehr oder weni-

rügenden Ausübung des Schmuggels von Zucker und anderen Artikeln des staatlichen Monopols, mußte wohl anno 59 das Bataillon der bergamaskischen Freiwilligen oder der vom Valcamonica an den nächtlichen Fähren herausgezuzelt worden sein, wo diese Barken recht übel dran waren, und nicht nur wegen des ruchlosen Ticino-Flusses, der mit seinen hochgeschwollenen und trügerischen Windungen eine Schlange ist, zu gewissen Zeiten, eine ganz abscheuliche. Und von solchem Schlage zeigten sich die Unsrigen, die dort auf dem Berg beinah den Befehlen vorauseilten, mit der stumpfen Feder am Hut, im Feuergezisch, eine Zitrone in der Hand, und gegen sie der sichere Wind der Ewigkeit. Und aus solchen bildete er seine Banden, aus Tapferen und Großmütigen, jener berühmte und flüchtige Bandenführer Giuseppe, aus Nizza, als er, der Held der Zwei Welten, den Säbel der Befreiung schwang, überall, in Uruguay und in Paraguay, und immer weiter, bis zu den fernen Grenzen des Maradagàl und des Parapagàl, wo ja die Sonne Karls V. nie untergeht, aber Karl V. untergegangen ist, wie Gott wollte.

ger die innere Anordnung des Hauses, weil sie, wie alle in Lukones, hin und wieder dort eingetreten waren: um ein Körbchen zu bringen, eine Botschaft auszurichten, ein Gläschen Wein zu trinken, das die Signora jedem, der kam, anbot (dem Gildo, als Jungen, hatte die Signora ein Unterhemd geschenkt und ein paar Münzen). Als sie am kleinen Gartentörchen angekommen waren, probierten sie's: es war verschlossen. Das hatten sie nicht erwartet, sie waren überzeugt, es sperrangelweit offen vorzufinden. Was tun? fragten sie sich. Der Cavallier Trabatta hatte, als er sie anheuerte, ihren Gehirnen ein paar juridische Begriffe eingetränkt, und auch pro domo sua angemessen kommentiert: Hausrecht, Hausfriedensbruch etc. Es war unzulässig, ein fremdes Gartentörchen zu übersteigen, dachten sie, und zu solcher Nachtstunde schon gar. So verharrten sie eine Zeitlang, forschten mit den Lampen, schauten, wie Kinder ohne einen Groschen am Jahrmarkt. Das Haus schien ruhig, als wär's ein Totenhaus, unter den stillen Sternen: die eine Hand ganz hoch droben am eisigen Lichterfest der Ewigkeit angebracht hatte. Das Holztürchen, das dem Eisentor gegenüberlag, schien geschlossen, durch die Stäbe des Gittertors warfen die Lampen ihre beiden Leuchtkreise darüber; es blinkten die Messingtürgriffe. Alles in Ordnung: die Rolläden der Fenster alle geschlossen. Kein Licht drang nach außen. Was tun? Den Peonen aufwecken? Rufen? Aber warum, mit welcher Begründung, sagten sie sich, wegen einer Idee, die ihnen einfach so gekommen war? Die Furcht, sich lächerlich zu machen, bestimmte ihr weiteres Verhalten: die ist sehr stark bei den Kelten der Keltiké, verschüchtert sie weit mehr als die Gefahr. Sie beschlossen, weiterzugehen, hinunter, in Richtung Lukones, ohne mehr auf Heimlichkeit zu achten. Die großen Schottersteine der Straße sprangen bei ihrem Durchmarsch herum, stürzten beinah ab unter ihren Stiefeln. Dachten sie (ohne aber ihren Beschluß begründen zu können) nach Lukones hinunter- und von dort über die Straße nach Iglesia wieder zur Straße hinaufwärts zu gelangen, mit den gespannten Revolvern, bis zu dem vermuteten Auto? Aber da hätten sie doch vom Park, von der anderen Seite des Parks, hingelangen können. Aber nein doch, wo sie jetzt am Haus der Signora waren, an einer ganz anderen Stelle. Meinten sie, ihre Aufgabe erfüllt zu haben, oder wollten sie dem eventuellen nächtlichen Wanderer nachgehen, oder bis zum Dorf gelangen, um Leute zu wecken? Auch im Krieg wissen oft die Patrouillen im Dunkel nicht, welchen Weg sie nehmen sollen. Der Widerhall, zwischen den Mauern der Villen und dem Hügel, ist, wenn der Wind sich gelegt hat, seltsam begrenzt. Sie waren noch nicht weit von der Villa, als ihnen vorkam, als hörten sie, wie ein Schlüssel ins Schloß gesteckt wurde, ein schwerer Schlüssel, der ein Geräusch verursachte wie Eisen gegen Eisen: das war das Eisenschloß am Gittertor, dem verfluchten Gittertor. Da blieben sie stehen. Beide waren sie zusammengezuckt, weil der Schlüssel so unheimlich kreischte im verrosteten Schloß: das Tor knirschte rasch, auf den geölten Angeln: dann war es still; es knirschte nochmals beim Schließen, und auch der Schlüssel knirschte nochmals beim Schließen. All dies nahmen sie mit aller Sicherheit wahr. Ein Schritt, aber darin waren sie sich nicht sicher, schien sich im Dunkel zu entfernen, aber alles wurde rasch wieder still.

Da liefen sie spornstreichs zurück, das Gartentor war zu, verflucht noch mal! Na und? sollte doch so sein, da der Schlüssel funktioniert hatte. Niemand war da. Was macht man?... Es war ein Wohnhaus. Ein privates Domizil... Der Cavallier Trabatta hatte sie verwarnt, als ob er Diebe verwarnen wollte... Indem er tief einatmete, den Kneifer abnahm, den er gewissenhaft mit dem Taschentuch säuberte. Ein privates Domizil.

Sie schrien: »Giuseppe! Giuseppe!« Das war der Name des Peonen: niemand antwortete. Da dachten sie, es sei der Peone gewesen, der hinausgegangen war, obgleich dies, zu dieser Stunde, ungewöhnlich war. Dann wollten sie weiter, diesmal im Ernst, aber von der Westseite des Hauses, wo sich die ebenerdige Terrasse befindet (die sie nicht sehen konnten, weil das Gartentor vor der Längsseite, der nördlichen, liegt), hörten sie einen Laden der Verandatür schlagen, als ob der Patrouillenwind, ins Haus gedrungen, sich dort seltsamerweise verweilt habe.

Die Verandatür an der Treppe: die, wo der Sohn, genau gesagt, am Nachmittag auf die Terrasse hinausgetreten war.

Los also! Nur Mut! sie überkletterten die Mauer, rannten zur Terrasse. Mehrmals riefen sie, im Dialekt: »Giuseppe, Giuseppe!« von der Terrassenwand aus. Nichts; keine Seele. Sie näherten sich der Fenstertür, warfen die Lichtkreise ihrer Lampen hinein. Einer der beiden Holzläden ließ Platz zum Eintreten. Hinter dem anderen Laden ließ auch ein Türflügel, halb geschlossen, Platz: wer war hier herausgekommen? fragten sie sich. Denn die Fensterscheiben waren heil. Sie machten den Türflügel ganz auf, der sich am Messingriegel und dem Haken zersplittert zeigte, und leuchteten ins Haus. Finsternis hielt den Korridor besetzt: in den Bücherschränken lauter Bücher. Niemand! Aber auf dem Treppenabsatz, gleich hinter der Fenstertür, nah am Tisch, lag auf dem Boden ein unvorstellbarer Bazar: ein Handbesen aus Reisig, ein Körbchen, zwei Schrubber, einige Hocker, eine Gießkanne, Zeitungsblätter. Wieso das? Sie schauten mit verwunderter Neugier auf diese Innenansicht, wie zwei Knaben, die, durch einen chirurgischen Einschnitt, das geheimnisvolle Innere eines Organismus betrachten. Bruno erinnerte sich dann der Vorsichtsmaßnahmen der Signora, über die er sonst vielleicht gelächelt hätte: die Leute schwätzten darüber. Diese Frau, die keine Furcht davor hatte, allein in einem abgelegenen Landhaus zu schlafen, verbarrikadierte sich aber jeden Abend im Haus, mit unvorstellbarer Angst. Sie türmte hinter den Fenstertüren der Terrasse, hinter den verriegelten Holzläden und dann hinter den verschiedenen Zimmertüren den allerverschiedensten und ungeahntesten Hausrat: Sesselchen, Tischchen, Hocker, obgleich man alles mit einem Fußtritt in die Luft schleudern konnte, Schemel, Besen und Schrubber, die leere, grüne Gießkanne, das Glas mit eingeweckten Peperoni; da braucht es kaum einen Rempler und alle Türen wären aufgesprungen, ungeachtet des Krempels.

Der Giuseppe mußte ihr im Eßzimmer als Festung gegen

die verrammelten Innenläden die ziemlich schwere Nähmaschine (die aber als Maschine zum Nähen nicht funktionierte) und darüber einen Strohsessel, auf diesem, recht wackligen, ein altes Spinnrad auftürmen. »So höre ich sie wenigstens, wenn sie kommen«, sagte sie, weil sie überzeugt war, taub zu sein. Sie hing mit gläubiger Hingabe an dieser Zeremonie des abendlichen Schließens und Verrammelns jeder Tür, womit sie die drohenden Schatten und Ängste zu beschwören suchte; in den letzten Jahren ließ sie sich dabei von Giuseppe helfen, da ihr nun die Kräfte fehlten, um es selber auszuführen. Es war mehr eine Liturgie als eine Vorsichtsmaßnahme, ein magisches Zeremoniell denn eine technische Einrichtung. Dann ging der Peón endlich davon durch den Küchenausgang und das Hintertürchen, indem er auf der Flucht halbliterweise schokoladenfarbene Spucke ausspie; und sie ließ dann den Riegel am Hintertürchen schnappen, und hinter der Küchentür stellte sie noch, schön nebeneinander, zwei Sesselchen auf, an jedem Türflügel eines, um auch diese Tür gut zu verbarrikadieren, und hinter den Sesselchen zwei Kupferkessel und, schließlich, das Einweckglas, das kleinste, mit den Pfefferschoten. Manchmal, als letzte Nachhut, ein Bügeleisen. Sie riefen »Signora!«, dann »Giuseppe!«. Alles schwieg. Die Möbel. Sie wagten nichts mehr zu sagen; nichts, alles still.

Der Wind bewegte, in kurzen Stößen, mit Intervallen eines langsamen und fernen Rauschens, die ärmlichen Zweige der Mandelbäume, die (schon, nächtlicherweise, leergeschlagenen) vom Fasten skeletthafte Arme. Er fiel ein in die »Olea«, die Zwetschgenbäume, in die Robinien: in den einzigen Lorbeer, den einzigen Olivenbaum. Und dann ging er, der Wind. Nichts – und niemand. Die beiden wagten sich nicht weiter. Sie waren in fremdem Haus, nachts: niemand hatte sie gerufen. Alles war finster. Angst ergriff sie, daß man sie dort vorfinden würde. Es konnte etwas »passieren«, ungewollt. Sie hoben die Blicke zu den Fenstern des oberen Stockwerks, alles geschlossen, zu. Der Ausdruck »Domizil« kam ihnen sehr schwierig vor, er flößte ihnen, jetzt, Respekt ein.

Sie dachten, verunsichert, an die »Einfassungsmauer«, wollten fort, wollten fliehen. Sie konnten sie mühelos überklettern, gleich da, leichter als dort, wo sie reingekommen waren: genau dort, an der Stelle, die an die zwei Meter entfernt war vom nordwestlichen Hauseck, zwischen der Längsseite gen Norden und der kurzen an der Terrasse, gen Westen. Dort ist die niedrigste Stelle, welche die Lausejungen im September zwischen die Beine nehmen, wobei sie sich nur leicht die Knie verkratzen, weil ja Flaschenscherben abwesend sind, und unter geringer Abnutzung der Hosenböden. Die niedrigste Stelle, der hingegen draußen der höchste Prellstein entsprach. Sie schauten jetzt sehr unsicher ins Dunkel. Bruno erinnerte sich gut an jenen Vormittag vor einem Jahr, als er mit einem Körbchen Pilze zu der Signora hatte gehen dürfen, und wie er auf der Terrasse auf das Geld wartete, mit dem gestifteten Glas Weißwein in der Hand. Das gelbe und glatte Gesicht des Küsters war vor ihm aufgetaucht, der hereinspähte wie eine finstere Erscheinung aus der Wüste, hereinspähte über den Rand des Mäuerchens, zwischen den abgewetzten Stangen der Zwetschgenschößlinge, als ob die Wüste solche Späher gebäre. Lauter Runzeln, das Gesicht, unter den Nissen und dem zerlumpten Hut. Und in diesem Koboldsgesicht hatte der Mund sich aufgetan: und der Kobold hatte, vor Verwunderung, die Zunge über die Lippen hängen lassen, wie meistens, etwa einen Meter seiner Blödlingszunge.

Jetzt aber war's dunkel, alles dunkel: war Nacht. Und niemand konnte sie ausspionieren. Doch die Furcht, erwischt zu werden, packte sie. Die Gartentür war verschlossen. Sie waren eingesperrt. »Gehen wir, gehen wir!« sagten sie. Sie überstiegen die Mauer, einer hinter dem andern. Geschwellte Früchte von den Trieben der Zwetschgen schlugen ihnen ins Gesicht, sie stießen sich ab, fielen auf die Böschung, sprangen und kugelten weiter hinter der Steinlawine im Dunkel. Sie waren auf die Straße gesprungen, oh! gottlob, frei, froh, sich dort zu befinden. Sie hatten sich keinen Fuß gestaucht, auf dem Geröll.

Erst da war es, daß sie sich fragten »was machen wir«, und beschlossen, in Lukones oder bei den nächsten Villen Alarm zu schlagen: und diese Nacht ist noch in Erinnerung. Weil nach ein oder zwei Stunden dort Weiberröcke und Pantoffeln umgingen, wie von ungekämmten Gespenstern, in allen Villen, und überall die Lichter an waren.

Mit der erklärten Erlaubnis des Alkalden betraten, eine Stunde später, oder vielleicht mehr, Verschiedene den Garten der Villa, und auch die Peppa, die, von der Straße her gerufen, sich in Windeseile recht notdürftig angekleidet hatte, wie dies auch die Beppina, die Fischverkäuferin tat. Sie betraten den Garten von unten her, durchs größere hölzerne Gartentor, das kein Schloß besaß, sondern nur auf der Innenseite einen großen Nagel, der durch zwei Hakenringe gesteckt wurde, was der Peppa bekannt war. Sie umrundeten das Haus, stiegen die äußere Treppe hinauf; sie riefen mehrmals »Giuseppe! Giuseppe!« und klopften im Vorbeigehen fest und wiederholt an die besondere Eingangstür seiner Behausung. Verschlossen. Sie probierten auch den kleinen Herrschaftseingang. Auch dieser verschlossen. Dann gelangten sie zur Terrasse. Sie zögerten, aus Furcht, sich lächerlich zu machen, sie wollten nicht stören. Aber es stand schließlich die Fenstertür von der Terrasse her offen: und niemand gab Antwort. Wo, zum Teufel, steckte der Peón, der Giuseppe? Niemand antwortete. Der Wind, ein kurzer Stoß, bewegte die Zweige der Zwetschgen, des Oleander, die Arme der Mandelbäume, die skelettartigen, die man in der Nacht kaum erkennen konnte. Eine Tür schlug, drin im Haus. Der Wind stahl sich fort, wie ein Dieb. Sie hatten verschiedene ländliche Lampen, Laternen aus Glas, viereckig, mit dem Lichtstumpf im Innern, die an einem Drahthaken schaukeln: die hoben sie auf Schritt und Tritt in die Höhe, trübe Dreiecke von Licht huschten über die Mauern, über die Terrasse: sie hatten Waffen, einer sogar ein Gewehr, der Vetter des Alkalden eine Pistole, wie die beiden Burschen.

Sie riefen die Namen der Mutter, des Sohnes, schrien zu den Fenstern des oberen Stocks hinauf, setzten vor die Namen die Titel: señora, señor... Aber die Peppa versicherte, daß der Sohn noch am gleichen Abend abgereist sei, daß er nicht da sein konnte... Sie beteuerte, sie habe ihn gesehen, wie er fortfuhr... mit einem Köfferchen... die Mutter hatte ihm von der Terrasse aus Lebwohl gesagt: »Addio! mach dir keine Sorge«.

Dann drangen sie resolut von der halboffenen Fenstertür ins Treppenhaus ein, stolperten aber über irgendwas. Sie rollten die Jalousie in ihr Gehäuse hinauf. Alle kamen herein, mit den Laternen, Bruno mit der Lampe: Gildo war indes um die Villa herumgegangen, mit einem von Lukones. Sie stolperten über einige Besen, Hocker und auch eine Gießkanne, welche die Beppa sogleich erkannte (und erklärte sie den anderen mit erregter Kopfstimme, aber leise) als Elemente der abendlichen Barrikade, mit welcher die Signora vermeinte, die Vorstellung des Verschließens, ausgedrückt in Riegeln, zu verstärken – den Riegeln, die ein Dieb fabriziert hatte. Hinter den verrammelten beiden Fenstertürflügeln häufte die Signora Tischchen, Hocker, Besen auf, um den flüchtigen Schritten der Nacht Einhalt zu gebieten.

Das Haus schien verlassen. Die Peppa, der Bruno und andere waren gleich drin in der Küche, dann im Eßzimmer; und die Peppa fand, nach flüchtiger Prüfung, das Zimmer so vor, wie sie es verlassen hatte, am späten Nachmittag.

Dann drehten sie die elektrischen Lichter an, stiegen ins obere Stockwerk hinauf, die Männer voraus, klopften am Zimmer des Sohnes, riefen ihn: »Señor... Señor!«, bekamen keine Antwort, traten ein: die Peppa knipste das elektrische Licht an: niemand. Das Bett unberührt. Der große Tisch glatt und leer. Auf dem kleinen Tisch ein offenes Buch, eine Photographie seines Bruders, ein Junge mit lachendem Gesicht, so viele Jahre später!: die eine Hand am Griff einer Maschinenpistole, man sah zum Teil die Struktur des Flugzeugs. Einer von den Eindringlingen verharrte, um die Photographie anzuschauen, und las dann einige Zeilen aus dem offenen Buch: »... Aber die Gesetze der idealen Stadt müssen...« Einige stellten die Laternen ab. Sie hielten, beunruhigt, im Korridor des oberen Stockwerks ein kurzes Konzil. Sie beschlossen, erst in allen anderen Zimmern nachzusehen. Zwei liefen nochmals hinunter, um den Peonen zu wecken, gelangten bis zur Tür seiner Wohnung: und klopften und riefen immer wieder. Die anderen standen da, ratlos, zwischen Korridor und Treppe, wagten nicht, am Zimmer der Signora zu pochen. Da fiel jemandem ein, daß der Peón in der Tabaktrafik und auch im Wirtshaus gesagt hatte, er wolle sich einen neuen Posten suchen, denn dieser Hundsfott von Sohn hatte ihm gekündigt... oder angedroht, ihn zu entlassen... Und er müsse nach Cabeza hinaus, ja, hinter Prado, ja, nein, vorbei an Cabeza, wo er, vielleicht, ein annehmbares Angebot fände.

Andere aber behaupteten, er habe diesen Ausflug verschoben, weil er um halb sieben noch zu Hause gewesen sei, und die Signora hatte ihm das Abendessen gerichtet: in der Tat pflegte sie ihren Angestellten persönlich das Essen zu kochen und aufzutischen...

Am Eisentörchen trafen indes noch zwei oder drei oder mehr Leute aus Lukones ein, weitere Laternen, einer sogar mit einer Windfackel: und fingen an, am verschlossenen Törchen zu lärmen, und mischten ihre keltischen Schreie unter die lombardischen Zurufe der beiden, die an der Tür des Peonen klopften. Und sie erkannten sich an den Stimmen, wie Tiere im Dunkeln, so daß daraus noch mehr Lärmen, Schreien, Erklärungen entsprangen; Aufmunterungen von den beiden, die drinnen waren, an die anderen, mutig das Törchen zu übersteigen und, in dem agilulfisch-keltischen Geschrei, obgleich die Nacht es einhüllte, Warnungen davor, daß sie sich wie Hühnchen auf den Spitzen und Zacken des Törchens aufspießen könnten, sich ein Loch in den Bauch holen, sich die Kutteln an den Zacken verwickeln, sie sollten Obacht geben! und da flogen Ausdrücke wie »Kutteln«, »Wampen«. Und dann Hänseleien und ironische Verwunderung über die Fackel, und was denn los sei, und wieder Protestlaute und Kropflaute von Höhlenmenschen, aufgescheucht durch diesen Alarm aus den mondlosen Grotten des Schlafs. Ein Hin und Her von Rufen, zumeist einsilbig, Bauchstimmen, herausgestoßen, gejault, oder höchstens zweisilbig, dann aber als Oximon gebellt, von der Nacht riesig vergrößert, mit hängenden Hosen, vierhufigen Pantinen über dem Schotter, kro, kro, Gezockel... Gezockel, zockzock, Triangel von Licht, Qualm und Geschwele von Laternen und den Zeitungspapierfackeln, verstreut am Boden, wenn ein Windstoß daherkam. Vom eingefriedeten Park des Cav. Trabatta her belebten sich hin und wieder die Fichten, die Linden, im Chor, mit ihrem herrschaftlichen Raunen. Jeder Note des Windes war schon das Vorspiel im fernen Rauschen der Nacht vorausgegangen: bei jedem Atmen des Windes, das die Mandelbäume, hier, dicht am Haus, vergeblich zu streicheln versuchte, als wollte er die alberne Mähne mildern mit Durchkämmen ihrer mageren Belaubung.

Affenmenschen latschten durchs Haus oder hinter dem Haus, oder über den Weg der Zwetschgen: andere auf der Terrasse, zögernd vor Scheu und vor Wonne der Neugier, erkundigten sich: »Was ist denn, was ist los?«. Im Haus, wo das elektrische Licht brannte, zwischen den Sesseln und Schemeln, die einem dauernd zwischen die Beine gerieten, die Besen, die Gießkanne, qualmten die Laternen in Kniehöhe, rochen nach angerösteter Lackfarbe, die Kerzenstümpfe tränten große Tränen verflüssigten Wachses, wie geschmolzenes Blei auf die Papierfetzen, auf die Zeitungen, die am Boden verstreut lagen, vom Tisch im Korridor, und alle stiegen drauf herum. Der Kopf der kollektiven Schlange war gebildet von sechs oder sieben, darunter der Bruno, die Peppa, der Vetter des Alkalden, die die Runde ums Haus gemacht hatten, im oberen Stock bis zu den Waschbecken, und sie standen nun im Gespräch im Korridor vor der Tür zum Schlafzimmer, wo die Signora schlief. Sie faßten Mut, da ja niemand antwortete. Sie pochten am Zimmer der Signora, zuerst sanft, dann stärker, und riefen sie, der eine und der andere. Keine Antwort. Aber die Signora war vielleicht – in ihrem Alter – taub. Der eine Türflügel gab nach: dann auch der andere. Einer der Männer steckte den Kopf vor, sagte »mit Verlaub«, hielt dann die Laterne hinein, und sie traten ein. Die Lampen durchschnitten, durchkreuzten die Schatten des weiten Zimmers, das über dem Eßzimmer lag. Sie knipsten das Licht an, sagten, bereits unbehaglich »Señora, Señora« in Richtung des Bettes.

Im großen Ehebett zeigte sich, unter den Decken, nur ein Platz besetzt. Eine Decke aus sehr guter Wolle, mit Fransen, mit Schachbrettmuster, pfeffer-und-salzfarben, jene, welche die Engländer »plaid« nennen und bei ihren Reisen mit sich führten, zu Dickens' Zeiten, verdeckte beinah ganz das Kopfkissen und den Kopf der Schlafenden. Sie war, dachte die Peppa, ja ziemlich fröstelig: und vielleicht hatte sie so ihren Kopf geborgen. Aber diese Hülle, so schien es allen, barg den Tod.

Das Getrappel der sechs oder sieben Personen über den Holzboden des Schlafzimmers kam endlich zum Stillstand. Diejenigen, die sich zunächst der besetzten Seite des Bettes befanden, unter ihnen auch die Dienstfrau, riefen noch immer, fast flüsternd vor Respekt »Señora, Señora!« und beugten sich vor. Und der alte Olocati deckte sie ab. Die Augen der Signora, die offenstanden, blickten ihn nicht an, blickten ins Nichts. Ein furchtbares Blutgerinnsel hatte sich, noch im Rinnen, gestockt in den grauen, aufgelösten Haaren, zwei Fäden von Blut rannen ihr aus den Nasenlöchern zum halbgeöffneten Mund. Die Augen standen halb offen, die rechte Wange aufgeschwollen, die Haut geplatzt, auch unter den Augenhöhlen, fürchterlich. Die beiden armen Hände erhoben, skeletthaft, schienen ausgereckt »gegen die andern«, wie zur Abwehr, zu einem äußersten Flehen. Auch sie waren zerkratzt: Blutflecken und -schmierer waren auf dem Kopfkissen und auf dem Zipfel des Lakens.

Sie merkten, daß sie atmete, daß nur die Hände so waren, so kalt: zögernd, ganz schwach pochte noch der Puls.

Es wurde sogleich zum Arzt geschickt, Bruno rannte los. Im Ort war er schon geweckt worden, als hätte man es geahnt.

Endlich traf er ein, kam durchs große Tor, über die Außentreppe: an die dreißig Leute waren vom Vetter des Alkalden hinausgewiesen worden, dann vom Alkalden selbst, der ebenfalls eintraf – und die standen nun, im Gespräch, furchtbebend, auf der Terrasse. Niemand fand den Schlüssel zum Eisentörchen. Im Haus verblieben waren die Peppa, die Beppina, die Friedhofsfrau, mit der Erlaubnis, sich, so gut wie möglich, nützlich zu machen: und ein paar Männer, von den »Zugelassenen«.

Der alte Doktor von Lukones erwies sich unter den so traurigen Umständen als sehr nützlich. Er hatte einen vier Tage alten Bart auf den Hängebacken, der noch nicht ganz weiß war, ohne Krawatte, mit einem ausgefransten steifen Kragen, einer Art »Wursthaut«, die Augen, aufgrund einer Bindehautentzündung, gerötet, müde, verschwollen und winzig vor Müdigkeit und Schlaf: unter den zwei kleinen Augäpfeln schienen die gedunsenen Tränensäcke, halbmondförmig, wie zwei Hängematten oder zwei Wasserbälge. Er hatte das voraussichtlich Notwendige mitgebracht in seiner schwarzen, abgewetzten Tasche, die alle kannten, instinktmäßig besteckt mit dem, was die langen Jahre einer »Rundum«-Praxis ihm suggerierten, und dann nach und nach verbessert mit den neuesten Mitteln der Soforthilfe. Er stellte sie auf einen Tisch in der Ecke ab. Weiteres Zeug und Bandagen hatte er dem Bruno anvertraut, der sie ebenfalls abstellte. Der Doktor trat ans Bett, betrachtete dieses reglose und so schrecklich geschändete Wesen: »So habt ihr sie gefunden?« sagte er, ergriff die Hand und streckte, quasi mit Mühe, den skeletthaften Arm, den die Spitzen des Nachthemds wie in einer flehenden Gebärde der Abwehr enthüllt hatten, und beides vergeblich. Er tastete nach dem rechten Puls, mit der anderen Hand streckte er den anderen Arm des wehrlosen Wesens in die richtige Lage. Er beugte sich nieder, den Herzschlag zu hören, dann nochmals mit dem Stethoskop. Sodann zog er, ohne etwas zu sagen, das Notwendige aus der Tasche und legte alles auf dem Tischchen zurecht: die Bauern schauten schweigend zu: die Peppa machte mehrmals energisch das Zeichen des Kreuzes: er forderte sie auf, sich dem Bett auf der leeren Seite zu nähern, kniend die Herrin vorsichtig aufzurichten. Dann, vornübergebeugt, verabreichte er hintereinander drei Injektionen in den Schenkel, mit Kampferöl, Strophantin und, die dritte, mit noch einem anderen Herzmittel, Adrenalin, was tatsächlich den Puls anregte. Doch die Signora gab kein Anzeichen von sich, daß die Gesichtsmuskeln sich wiederbeleben würden, das Lid des verschwollenen rechten Auges hätte sich sowieso nicht schließen lassen. Noch antwortete sie in irgendeiner Weise auf die zarten Fragen der Anwesenden und des Doktors.

Die ganze rechte Wange war fürchterlich gedunsen. Sie atmete noch mühsam, die Zunge schien in die Kehle gerutscht, ein Röcheln stieg daraus, beim Atmen. Die blutigen, halboffenen Lippen erlaubten dem Doktor, die Zunge zu erkennen, drunten, schlapp im Hintergrund der Kehle, die sich verstopfte. Mit zwei Fingern versuchte er, sie herauszuziehen, an die natürliche Stelle. Das linke Augenlid schloß er mit leichtem Druck der Finger. Die Männer jammerten »arme Signora, arme Signora!«, die Frauen weinten und beteten demütig, dann schneuzten sie sich demütig die Nasen, außer der viriloiden Peppa, die nur von Zeit zu Zeit das Kreuzzeichen schlug.

Dann wurde der Kopf, der gänzlich blutverschmierte, sanft gereinigt, ohne ihn zu verschieben, ohne ein Haar zu krümmen, mit alkoholgetränkter Watte und, als ob dies nicht genüge, mit Kölnischwasser, das man in einem Fläschchen auf dem Nachttisch fand: und alles mit äußerster Sorgfalt: das ganze Zimmer roch sogleich nach Alkohol, nach Benzin, nach Kölnischwasser, die den christlichen Gewändern der Anwesenden überlegen waren.

Aber zum Reinigungswerk brauchte der Doktor Geduld und Zeit, während die Anwesenden in Entsetzen gerieten. Der Kopf wies, nunmehr, zwei Wunden auf, die anscheinend nicht schwer waren, am rechten Scheitelbein und an der rechten Schläfe, und dazu kleinere Risse und Schürfungen: und diesen fürchterlichen Bluterguß auf der rechten Wange, die so schrecklich geschwollen war, bis unters Auge. Die Blutung hatte den Kopf, das Gesicht, die Lippen besudelt, war in den Haaren, im rechten Ohr, auf dem Gesicht, unter der Nase gestockt: auch aus der Nase war viel Blut gekommen: der Zipfel des Lakens, das Kopfkissen waren fürchterlich davon gefärbt.

Alle begriffen, als sie das Blut an der Kante des Nachttisches an der Bettseite entdeckten, daß der verletzte Kopf heftig dort aufgeprallt war – vielleicht hatte jemand mit beiden Händen sie am Hals gepackt und hatte ihr den Kopf gegen die Kante des Nachttischs geschlagen, um sie zu erschrecken oder um sie umzubringen. Fürchterlich war und blieb für alle der Anblick des geschändeten Gesichts, das sie alle als ein so edles und gutes kannten, wenn auch in der Auflösung des Alters.

Gedunsen, jetzt, und verwundet. Geschändet durch einen gewalttätigen Trieb, der in der Absurdität der Nacht wirkte; und das Vertrauen und die Güte selbst der Signora – als Helfershelfer. Diese kausale Kette führte das sanfte und hohe Gesetz des Lebens zurück in den Schrecken der niedrigen Systeme: Natur, Blut, Materie: Einsamkeit des Innersten und der Gesichter ohne Gedanken. Verlassenheit.

»Lassen wir sie in Ruhe«, sagte der Doktor, »geht jetzt, geht hinaus!«

In der Ermattung, unabwendbar, in der das arme Antlitz nun, aufgedunsen, zur Stille kam, wie zur äußersten Wiedererlangung seiner Menschenwürde, glaubten alle das schreckliche Wort des Todes zu entziffern, und die souveräne Bewußtheit der Unmöglichkeit zu sagen: Ich.

Die Hilfsmittel der medizinischen Kunst, Linderung und Lappen, verhehlten zum Teil das Grauen. Man hörte, wie das restliche Wasser und Alkohol, aus den Lappen gepreßt, ins Becken tropften. Und hinter den Stäben der Jalousie schon die Morgendämmerung. Der Hahn rief sie herbei, urplötzlich, hervor aus den fernen Bergen, gebieterisch und nichtsahnend, wie jedes Mal. Er forderte sie auf, ihren Eintritt zu nehmen und die Maulbeerbäume aufzulisten, in der Einsamkeit des erscheinenden Landes.

Herbst

Verschwiegene Bilder der Trauer
Von der Platane zur Matte!
Wenn der Dunst sich auflöst im Berge
Und ein Gedanke liebkost
Und dann trostlos zurückläßt – die marmorne Stirn;
Wenn der Turm und das geflickte Herrenhaus,
Vom alten Bauherrn gar nichts mehr fordern:
Dann erbringt das gesamte Landgut – nur noch eine
 Pflaume
Zum Schaltjahr, am Hügel,
dem dürftigen, sanften.
Es schweigt, vom Gesang, nun die Wiese.
Das Klavier der kleinen Gräfin
Ist unterm Zauberschlag ihrer Finger
Entschlummert:
Nachdem sie gegangen, hat der Herbst
Sich einen neuen Schüler erwählt:
Den Sperling! Die Plaudertasche am Eingang
Vom Maulbeer zum Hag.
Und Tor und Wappen übersteigt
Die Nänie des Uhrtums: erzählt
Von Immerwiederkehr dem vergoldeten Wald:
Scharmützelt ermunternd
Über der heidnischen Mühsal,
Auf daß der Schönen – der Heimkehrer gefalle,
Der da droben singt, der da droben dröhnt.
Graumähnig, der Graf, hat eine Jagd angesagt,

fünfzehn Hetzhunde dabei, galoppiert er, in
unbeschränkter Vollmacht, trostlos,
auf seinem rheumatischen Neunjährer.
Vom Fuchse unbeglaubigte Nachricht – Spuren
  verloren.
Respekt, mein Herr Graf! – das Pferd,
Im englischen Stil, verheddert
Im Mäusedorn – und das verblasene Horn
Dröhnt in der Höhle des Siebenschläfers
Der sich mästet an einem Nüßchen!
Bei der zwölften Runde hängt jedem Hunde
die Zunge eine Handbreit,
Und wie ein kreisend Gestrüpp, rast weiß die Meute
In der verlassenen Heide
Dort, zum Bahnübergang,
wo keuchend und müde
anlangt die Dampflokomotive.
Der Güterzug fährt vorüber, der Bremser – der Schöne –
Langes Geratter! – vergeblich die Flagge!
Verhexte die Bahnwärterin.
Vorbei – hier – der Eilzug – zu fernen Städten.
Es lahmt das Pferd – scheut
Im verfluchten Gestrüpp; zertrampelt
Die leeren Ameisenhaufen und Höhlen.
Aber vom Turme – läutet die Stunde des Fests. Läutet
Zur Fabrik, vergebliche Heimkehr,
vergebliche Trauer!

Durch die Nebel verläuft sich die Jagd
Von der Heide zur Matte:
Mußte doch jemand, nach fünfzig Jahren,
Stoßen ins Horn, einen Tag lang zumindest!
Dieweil alle drauf hatten vergessen.
Mußte eine Spur sein, zumindest,
Von einem Fuchs, weil aufgetüncht, wenn auch krustig
– das Herrenhaus ...
Doch die Meute, friedvoll ergeben, sammelt sich
Dem greisen Ritter zu Füßen ...
Schreckt auch nicht mehr die gierige Sau,
Die grunzt und gräbt in den Haufen von Eicheln
Unterm Eichbaum hinter der Ulme –
Auf dem abgelegenen Pfad.
Seine ärmlichen Freuden und
Gaben genießend,
Streut das sonntägliche Volk
Eierschalen und Käsepapiere
Und verschmutzte – das feudale Terrain!
Kühn geht der bedachte Elektromechaniker
Zum Angriff auf die Sardinendose, vom Vorkrieg,
Entringelt ringsum die Verlötung – erbricht den Schatz
Mit morgendlich kräftigem Puls:
Gräbt die Zähne ins Brot – oder teilt
Mit dem Mädchen, das ihn herzt und küßt
Bei den Fahrrädern unterm Dornengebüsch.

Verschwiegene Bilder und entrückte Süße
In jedem neuen Herzen, in der Klarheit der Frühe.

Die Nänie (lat. nenia = Trauerkantilene, einst bei heidnischen Begräbnissen typische Litanei: Horaz, Carmina, II, 20, v. 22. Absint inani funere neniae...) übersteigt das Tor und das Wappen des Herrenhauses (Feudum). Die zum Militärdienst Eingezogenen oder die Heimkehrer sowie die Rotwangigsten unter den jungen Leuten, die auch von Kehle und Ohr her am meisten an gewisse melodische Sequenzen (Regimentsfanfare) gewöhnt waren, läuten die Glocken zum Fest am Kirchtag des Dorfes oder des »borgo«. Sie tun dies, indem sie mit vollen Fäusten auf eine Art Tastatur trommeln, die so viele Hämmerchen in einer Reihe besitzt, daß zumindest eine Oktave zusammenkommt: diese Tastatur wird in der Glockenstube angebracht und bewegt mittels Eckhebel, Drähten und Rückschlag die Hämmerchen, welche auf die zumeist fünf, manchmal auch nur drei schwingenden Glocken dröhnen. Rhythmen und melodische Schemata – immerhin über Tal und Hügel sich ausweitend – variieren in den Grenzen eines Repertoires, das militärisch–pagan ist (pagus = borgo = Dorf) mit der Thematik »Entlassung und Wiedersehen mit dem Mädchen«, himnos de la Independencia, Lieder der Gebirgler, also der Anden des Maradagàl. Mühsal meint die Anstrengung, den Schweiß des Glöckners, der von seiner eigenen performance betäubt wird: die ihm von oben in den Schädel kracht aus den Bäuchen der über ihm befestigten Glocken; mit bronzenen Vibrationen, die allein der jugendliche Mut und die gebirglerische Standfestigkeit ohne Schaden zu nehmen aushalten können. Heidnisch ist gemeint als nicht von christlicher Observanz im engeren Sinne, alldieweil das Thema »scharmützelt« wie Garibaldi. Das männliche Substantiv »garibaldi« hat den Nebensinn von Teufelszeug, Krachmacherei, Rebellieren (vom lateinischen rebellio) im Dialektgebrauch des Sur es decir del Norte maradagalese. Die Nänie überragt (ein phantasievoller heraldischer Ausdruck, da es sich um ein Motiv handelt, um einen melodus) und übersteigt das rostige Einfahrtstor: und weil es sich um eine volkstümliche Nänie handelt, veräppelt sie das gräfliche Wappen. Die Kantilene ist manchmal sehr traurig:

Wenn ich heim zum Dorfe kehre
Ich die Glock' vom Turme höre
Und ich stell' die bange Frage
Ob ins Heil'ge Land man mein Liebchen trage.

Der Glockenschlag wird sogleich vom Heimkehrer erfahren als Totenglocke. Das Heil'ge Land ist offensichtlich die geweihte Erde, der Friedhof. Die »Fabrik«, das Gebaute, ist der Name des »borgo« oder des Dorfes, das sich rings um ein einziges Gebäude [la fabbrica] gebildet hat, zu Anfang Flurname eines künftigen Gemeinwesens.

Nachwort

Carlo Emilio Gadda ist bis auf den heutigen Tag eine unbekannte Größe. Achtunddreißig Jahre war er alt, als er sein erstes Buch (die Novellensammlung *La madonna dei filosofi*, 1931) erscheinen ließ. Seitdem verzeichnet seine Bibliographie über ein Dutzend Titel. Die Erstausgaben von Gaddas Werken, fast alle in winzigen Auflagen, oft in obskuren Verlagen publiziert, sind kaum mehr auffindbar. Der berühmte Roman *Quer pasticciaccio brutto di Via Merulana* beispielsweise findet sich zum erstenmal, und zwar in Fortsetzungen, gedruckt in einer längst verschollenen, kleinen Literaturzeitschrift des Jahres 1938. Zwanzig Jahre vergingen, bis das kapitale Buch im Staub entdeckt und der Welt erst eigentlich bekanntgemacht ward.

Die sonderbaren Fata dieses Werkes sind ihm nicht äußerlich. Gewiß, die faschistische Zensur hat ihm mitgespielt, die öffentliche Gleichgültigkeit hat zu seiner jahrzehntelangen Verdunkelung beigetragen. Den Schriftsteller Gadda hat das nicht angefochten, eher im Gegenteil. Auf eine schwer durchschaubare Weise hat er sich zum Komplizen und Nutznießer des Schweigens gemacht, das seinen Namen so lang umgab. So hartnäckig und unbeirrbar seine Produktion fortschritt, so zögernd, ja widerwillig hat er sich zu ihrer Veröffentlichung entschlossen. Der Verdacht liegt nahe, daß ihm die äußeren Hindernisse, die Winkelzüge des Zufalls, die politisch bedingten Verzögerungen und selbst der Unverstand von Kritikern, Verlegern und Lesern eher willkommen als zuwider waren.

Denn einen zuverlässigen Romancier, wie ihn das Publikum

sich wünscht, hätte Gadda nie und nimmer abgegeben. Es ist nichts Geradliniges, Übersichtliches an seiner Arbeitsweise. *Die gräßliche Bescherung in der Via Merulana* steht, als leidlich abgeschlossenes und rundes Buch, in seinem Œuvre als Ausnahme da; im übrigen besteht Gaddas Prosa aus Bruchstücken, die man Novellen oder Kurzgeschichten, Essays oder Beschreibungen nennen mag, deren Formgesetz aber keiner dieser Namen trifft. Eher gleicht das weitverzweigte Ganze einem Dachsbau, einem unterirdisch verbundenen Labyrinth von Gedanken- und Sprachgängen, von semantischen und metaphorischen Systemen, die ihr Urheber zugleich vorweist und kaschiert.

Der arglose Leser wird gleichsam nur der Öffnungen dieses Dachsbaus ansichtig. Verwundert und eher ratlos wird er sich nach ihrem Zusammenhang fragen. Nicht immer läßt dieser sich erweisen, oft nur erraten. Denn Gadda, von dem man mit einigem Recht behaupten kann, daß er Zeit seines Lebens nur an einem einzigen Werk arbeitete, ist ein erbitterter Kritiker dessen, was er schreibt; ein Maniac der Fassungen, der Entwürfe, der Kommentare und Noten; ein Artist, der von der Unvollendbarkeit jeder künstlerischen Arbeit tief überzeugt ist. Zu jedem seiner Werke finden sich in seinen unveröffentlichten Papieren zahllose Nebenversionen, Anmerkungen, Glossen und Schlüsse.

Eine solche Auffassung von Literatur kann nicht aufs Publizieren bedacht sein. Sie hat ohne Zweifel einen psychologischen Aspekt. Ich vermute, daß sie mit dem Gehalt an privatester Erfahrung, an persönlichem Leiden zusammenhängt, der alle Schriften Gaddas prägt. Sie sind, unter anderem, imaginäre Autobiographien, Kämpfe im Dunkeln, die der Autor mit sich und seinen Furien ausrichtet. Nirgends ist das deutlicher als in dem Fragment *Die Erkenntnis des Schmerzes*.

Das Buch handelt, noch einmal, von der Zerstörung der bürgerlichen Welt. Gadda ist ein zutiefst bürgerlicher Schriftsteller. Der gesellschaftliche Fond der Erzählung ist sein eigener: die lombardische Bourgeoisie. Kaum verhüllt, am Anfang des Buchs sogar, anspielungsweise, beim Namen genannt, ist seine Szenerie: die Brianza, das amöne Hügel- und Seengebiet vor den Toren Mailands mit seinen Dörfern, Landgütern und Villen. Die Hauptfiguren der Handlung bilden ein melancholisches Dreieck, zugeschnitten nicht nach dem Muster des erotischen Romans, sondern nach dem beklemmenderen der Psychoanalyse: eine alternde Dame, ihr gottverlaßner, aussichtsloser Sohn und das Phantom des toten Vaters. Auch die Zeit ist genau fixiert: die Handlung spielt sich in den ersten Jahren des faschistischen Regimes ab. Von Gaddas eigener Zeit ist die Rede, von seiner eigenen Heimat, seiner eigenen Klasse, seinen eigenen familiären Traumata und Gespenstern.

Kein Zweifel, wer in der Geschichte die Ich-Figur ist. Niemand wird von Gadda schonungsloser gezeichnet (im doppelten Sinn des Wortes) als der junge und zugleich ältliche Sohn Gonzalo. Infantil und greisenhaft, grausam und hilflos, gierig und ohnmächtig tritt seine Figur im Lauf einer Komposition immer schärfer hervor, die ihm mit Vorbedacht immer näher auf den Leib rückt. Zuerst erscheint er im trüben Medium der Fama, der lokalen Mythologie des Dorfes; dann im Blick der Dienstboten, der durch Haß geschärft ist; im beruflich-unbestechlichen Mitleid des Landarztes; und schließlich in den Augen seiner Mutter, in der *Erkenntnis des Schmerzes.*

Diese umsichtige, skrupulöse Maniografie einer Ich-Figur ist für Gadda sehr charakteristisch, und sie ist tief zweideutig: ein Akt der Selbstzerstörung und zugleich ein Versuch, die eigene Haut zu retten – ein Akt der Befreiung: Daher rührt das gewittrige Klima des Buches, seine Tragik, die jäh in eine wilde, nicht ganz geheure Heiterkeit umschlägt, sein zweischneidiger und riskanter Humor. Dem entspricht schließlich auf der einen Seite die Rücksichtslosigkeit des Schriftstellers, auf der anderen sein Versteckspiel, seine Methode, Wirklichkeit zu transformieren und zu übersetzen.

Gadda ist von dem, was man gemeinhin Realismus nennt, weit entfernt. Die Wirklichkeit tritt in seiner Prosa vermummt auf, als ein alltäglicher und erschreckender Karneval. Leicht zu entschlüsseln und eher ironisch vorgewandt gegen Mussolinis armselige Aufpasser, ist die geographische Verfremdung der *Cognizione*. Die Lombardei findet sich in ein fiktives südamerikanisches Land namens Maradàgal übersetzt und die Partei der Faschisten zugleich verkleidet und lächerlich entblößt als Wach- und Schließgesellschaft; Pastrufazio heißt das verpflanzte Mailand; die patrizischen Familien Norditaliens sind mit Stammbäumen aus der iberoamerikanischen Kolonialzeit absonderlich und doch nicht ohne Witz geschmückt; und die armen Bauern haben sich in Peones verwandelt. Das Versteckspiel setzt sich in der Sprache fort; gleichwie sich Gadda in andern Werken souverän der verschiedensten italienischen Dialekte für seine geheimen Zwecke bemächtigt hat, spielt er hier mit spanischen Brocken, ein Verfahren, das der italienische Kritiker Pietro Ciati »makkaronisch« genannt und mit einer komischen Tradition in Beziehung gesetzt hat, die ins italienische Cinquecento zurückreicht.

Vom Reichtum solcher Echos in Gaddas Sprache kann sich der deutsche Leser nicht leicht eine Vorstellung machen. Der Dichter als Philolog: auch dies ist ein alter italienischer Brauch, der im Humanismus wurzelt. Gelehrsamkeit und Originalität, subtile Kenntnis der Tradition und Zerstörungslust gehen hier eine seltsame Ehe ein. Gaddas Sprache hat, wie seine Arbeitsweise, etwas Labyrinthisches. Sie ist ein ganzes Babel von Einzelsprachen, die souverän zu einem System organisiert sind: von gesprochenen und geschriebenen, lebendigen und toten, heimischen und fremden; von Argot-, Jargon- und Klassensprachen; von allen Nomenklaturen und Terminologien; von Epi-, Para- und Metasprachen: ein Gespinst, dessen Fäden zwischen Erinnerung, Zettelkasten und absolutem Gehör hin- und herlaufen.

Gaddas Sprache ist, mit einem Wort, die Sprache der großen Humoristen. Seltsam genug: einen Vorläufer und Gefährten findet sie eher als in ihrer eigenen in der deutschen Vergangenheit, nämlich in der Gestalt Jean Pauls, dem Gadda im ersten Kapitel des Buches eine wohlbedachte Reverenz erweist. Und sowenig wie Jean Paul trifft Gadda der Verdacht, er sei ein bloßer Virtuos des Grotesken und Barocken. Der Autor der *Cognizione* begegnet ihm, in einer wunderlichen Vorrede zur italienischen Ausgabe, mit folgenden Sätzen:

»Das Cello ist ein barockes Instrument: aber was ist ein Cello, verglichen mit einem Kontrabaß! Ein Schenkelknochen, samt den zuständigen Knöcheln, ist ein barockes Gebein; die Leber, diese Riesendrüse: ein barocker Blutkuchen; der Buckel des Dromedars: barock; und die Kutteln des Prätors Mazurra, dieses barocken Wanstes, waren barocke Kutteln; die Töne, welche eine Posaune, auf fa (im Baßschlüssel) gestimmt, hervorbringt, sind barocke Hervorbringungen; die Bohnen, die Flaschenkürbisse, die Riesengurken sind, eins wie das andere, Streifzüge ins Barocke ... Das Groteske, von dem die Außenwelt überläuft, dieses Groteske nistet also keineswegs in der intrigierenden Bosheit von Gaddas Leber, sondern in der Intrigantenleber der universellen Wirklichkeit.« (*L'editore chiede venia del recupero chiamando in causa l'autore*, in: *La cognizione del dolore*, Turin 1963, S. 32 f.)

Nicht, als wäre auf diesen grotesken Ton die ganze Schrift ge-stellt. Vom kurrenten Manierismus unterscheidet Gadda seine extreme Wandelbarkeit. Sein Stil hat, wie der Raymond Queneaus, etwas Chamäleontisches. Ein Kapitel mag gut und gern im Tonfall eines sublimen oder preziösen Klassizismus beginnen (nicht umsonst ist die Brianza, literaturhistorisch betrachtet, die Provinz Manzonis), früher oder später wird das Andante zum Furioso; in genauer Parallele zum Gang der Erzählung, zur Entfaltung von Gonzalos Delirium, schnappt die Sprache gleichsam über und entlädt sich in wilden Kadenzen. Etwa so:

»Als er herunterkam, mit einem Buche, schien die Suppe auf dem Tisch seiner zu harren, auf seinem Tisch, im Lichtkreis der Petroleumlampe: aus dessen sanftem Bereich der Dampf der Schüssel aufwölkte, um sich in der Dunkelheit zu verlieren.« Wenige Sätze weiter schlägt die Idylle in eine Art von verbaler Raserei um. Vom »Glück der Söhne« ist die Rede, und dieses Stichwort öffnet die Schleusen einer tollen Imagination: »Gewoge von Männern und von Weibern! ununterscheidbar voneinander, im Treiben des Stroms; Luxusfriseure, Inhaberinnen öffentlicher Etablissements, Fabrikanten von Motorradzubehör, und Kokarden: Frachtzüge voller Kühe in Richtung Liebigs Fleischextrakt, von Nordwesten kommend; offene Viehwagen mit Verbindungsstegen, die der Gaucho mit den melancholischen Augen ordnungsschaffend hin- und herlief. So sah das Glück aus, in Südamerika ... Weiber! aufgemöbelt wie Küstenhandelsbarken, auf Hochglanz poliert, mit Bassaridenlächeln über zweiunddreißig Zähne bis an die Ohren; ein verdrücktes Unterröckchen, aus Mischwolle, als Hülle über einem Mysterium zu diez Pesos (fünfundfünfzig, nach unserer Währung), der erbarmungswürdigen Mechanik des Arschwackelns: der verkackte Hintern einer Negerin hätte mehr Stil aufgewiesen. Oder auch ... Elektrotechniker, kurzsichtig wie Kartoffeln: Priester (presbyterianische) im Ballkostüm, brachiskelische Drogisten mit den Hosen voller geschmuggelten Sacharins; gehörnte Ingenieure, Mediziner, Gedärmspezialisten, und Nierenspezialisten und Perepepè-Spezialisten: Schöffen, Diebe, Gasmänner, asthmatische Zuhälter, Stukkateure, und Stukkateurinnen aller Riesmaße! ... Dieses ruh- und friedlose

Meer, da draußen, wusch unentwegt an den Strand der Blödigkeit, brandete über die entblödeten Ufer, entbot seinen unerschöpflichen Gischt und soff sein eigenes schmutziges Brackwasser.«

Passagen wie diese gleichen Strudeln, reißenden Maelströmen, die das Unterste, das Verdeckte, zuoberst kehren und plötzlich, schockartig, sichtbar machen. Sie haben etwas Zwanghaftes wie der Held des Buches; wie seine Figur, so scheint der Autor von einer fremden Gewalt besessen, die ihn der Destruktion entgegentreibt. Und zwar fällt das Erwünschte mit dem Zerstörten zusammen. So wie in der angeführten Passage das häusliche »Glück der Söhne« zum Anlaß der infernalischen Bilderflut, so wird auch die mächtigste Zwangsvorstellung des Helden (die er mit seiner Klasse und vielleicht mit seinem Autor teilt), die Besessenheit vom Besitz, immer wieder zum Zentrum des Deliriums: Gonzalo braucht nur die Mauer seiner Villa ins Auge zu fassen, und schon schlägt seine Evokation bürgerlicher Sicherheit in einen Ausbruch von Hysterie um: »Sie ist schief (die Mauer), voller Buckel, ich weiß: aber ihr Zeichen, ihr Sinn bleibt bestehen ... Zwangsläufig. Da sie Besitz anzeigt: das geheiligte private, privateste Meine, das Meine! ... Mein eigener, einziger besondrer Besitz ... wie der Besitz meiner Nägel, zehn Nägel, meiner wahren, regelrechten zehn Nägel! ... – und er zog die Hände aus den Taschen und hob sie leibhaftig vor die Augen ..., mit gekrümmten Fingern, als wären es Klauen eines Raubvogels.«

Infantil und tiefsinnig zugleich mutet der ständige Bezug auf die eigene Körperlichkeit an, der, wie hier, durch alle Enden der Erzählung schlägt. Gadda schreibt, halb wider seinen Willen, die Pathologie eines genau bestimmten Bürgertums; er weicht den Konsequenzen nicht aus, sondern geht seinem Gegenstand buchstäblich auf den Leib. In seinem Werk gewinnen die alten Büchertitel des neunzehnten Jahrhunderts, die eine

»Physiologie« des Menschen versprachen (noch Balzac versuchte bekanntlich eine *Physiologie der Ehe*) einen neuen und radikalen Sinn: Gaddas Zugriff aufs Inwendige der Welt, seine »Innerlichkeit«, ist von anderm Schlag als die der deutschen Tradition: es ist die blutige Innerlichkeit der Eingeweide. Die Eingeweide – *i visceri*: ein Schlüsselwort zu allem, was Gadda geschrieben hat –, die Eingeweide der Realität sind das labyrinthische Urbild seiner Sprache. Er liest in ihren Kutteln und beschreibt ihren verborgenen Stoffwechsel.

Aber ein solcher Blick setzt Zerstörung, Öffnung des Lebendigen voraus. Die Erzählung wird zum chirurgischen Eingriff. Eine dunkle Frenesie, ein *delirio interpretativo*, scheint Gadda immer wieder zu solchen Eingriffen zu zwingen, die das »Schatten-Ich, das tierische Dickicht-Ich« seiner Figuren und seiner selbst aufdecken. Dieses Verfahren hat etwas Mörderisches. Nicht umsonst steuern alle Romanwerke dieses Humoristen auf einen Mord zu.

In der *Erkenntnis des Schmerzes* ist es die Mutter, die ihm zum Opfer fallen wird. Die längst geschriebene, aber unveröffentlichte Fortsetzung des Fragments* (aus der Pietro Ciati im *Menabò* 6, Turin 1963, S. 12–41 einige Passagen veröffentlicht hat) führt seine Handlung zur unvermeidlichen Katastrophe fort. »Die Mutter«, so Ciati, »wird tätlich angegriffen und getötet, die Brillanten, nach denen der Sohn so begierig war, werden geraubt; und auf Gonzalo, der sich bereits zweimal eines symbolischen Vatermordes schuldig gemacht hat, fällt, wenigstens gerüchteweise, der Verdacht, seine Mutter umgebracht zu haben.« Die tote Mutter wird, wie das Opfer in der *Gräßlichen Bescherung*, minuziös beschrieben; kein Zweifel, daß hier, im Akt des Tötens, das Leben in Gaddas Augen seine Eingeweide

* Die vorliegende Neuausgabe ist um die beiden Kapitel aus dem Nachlaß ergänzt.

zeigt. Im übrigen ist die Schuld des Sohnes nicht erwiesen; wohl möglich und nicht ohne politischen Sinn, daß die Wach- und Schließgesellschaft des Faschismus, nämlich die Beschützer des Bürgertums, sich als das erwiesen haben, was sie immer schon waren, nämlich als Gangster. Nicht darauf freilich kommt es dem Autor an. »Der tragische Sinn des Muttermords«, schreibt er in einer seiner Glossen, »liegt im Schrecken, der die letzten Augenblicke der Mutter heimsucht, die sich fragen muß, ob der eigene Sohn ihr Henker sei ...; und in der Angst des Sohnes, der fürchten muß, daß ihn die Mutter im Sterben könne verdächtigt haben.«

Das Parabolische des Vorgangs wird an diesem Ende deutlich. Gadda, der bürgerliche Konservative, zerstört, indem er es aufdeckt, all das, woran er glaubt, worin er wurzelt, was ihm am liebsten war. *Die Erkenntnis des Schmerzes* ist erkauft mit dem Schmerz der Erkenntnis. Von ihm ist der Autor gezeichnet. Gadda gemahnt an eine antike Figur, den Haruspex, der das Geschick der Welt aus den Eingeweiden der Opfer las.

Hans Magnus Enzensberger

Vom selben Autor

Adalgisa

Ein Meisterwerk über eine der prachtvollsten Frauengestalten aus dem Mailand der 30er Jahre – und für Gadda der ironische und zugleich wehmütige Abschied von der Welt seiner Jugend.

Erzählung. Aus dem Italienischen von Toni Kienlechner
SVLTO. Rotes Leinen. 96 Seiten

Cupido im Hause Brocchi

Ein ironischer Blick auf das Milieu, das Gadda selbst bestens kannte: die sogenannte »gehobene Gesellschaft«.

Aus dem Italienischen von Toni Kienlechner
SVLTO. Rotes Leinen. 96 Seiten

Die Wunder Italiens

Der Klassiker der modernen italienischen Literatur zeigt uns die Geheimnisse seines Landes – von den lombardischen Reisfeldern bis zu entlegenen Dörfern der Abruzzen.

Aus dem Italienischen von Toni Kienlechner
SVLTO. Rotes Leinen. 128 Seiten

Die gräßliche Bescherung in der Via Merulana

In der gutbürgerlichen Via Merulana geschieht ein schrecklicher Mord. Die Spuren führen aus dem biederen Bürgermilieu in die Welt der Zuhälter, Streuner und Gangster.

Roman. Aus dem Italienischen von Toni Kienlechner
WAT 329. 352 Seiten

Verlag Klaus Wagenbach Berlin

Umberto Eco *Mein verrücktes Italien*

»Das Schöne daran, es ist live!« ruft die begeisterte Zuschauerin des Palio in Siena. Im Hintergrund schreibt Umberto Eco mit – der Zeichentheoretiker entziffert die Zeichen seines Landes.

Aus dem Italienischen von Burkhart Kroeber
WAT 370. 128 Seiten

Anna Maria Ortese *Iguana*
Ein romantisches Märchen

Orteses Märchen vom jungen Grafen und der Echse in Frauenkleidern ist eine unerhört aktuelle Parabel: Die Trennung zwischen Mensch und – unterdrückter – Kreatur ist nicht mehr rückgängig zu machen, der Garten Eden auf immer verloren.

Aus dem Italienischen von Sigrid Vagt
WAT 372. 208 Seiten

Luigi Malerba *Die Schlange*

Nicht nur ein komischer und nie ganz geheurer Roman, sondern zugleich auch eine der schönsten literarischen Beschreibungen der Stadt Rom und ihrer Bewohner.

Roman. Aus dem Italienischen von Alice Vollenweider
WAT 373. 168 Seiten

Giorgio Manganelli *Lügenbuch*

Die närrischsten und wildesten Texte des großen Lügenerzählers Manganelli, bereichert durch zwei Interviews mit dem Autor über Schreiben und Leben sowie zahlreiche Bilder und Karikaturen.

Herausgegeben von Klaus Wagenbach. Mit Zeichnungen von Tullio Pericoli
WAT 374. 160 Seiten

Dacia Maraini *Zeit des Unbehagens*

Kühl und genau, in beinahe Ginzburgscher Trockenheit, folgt Dacia Maraini dem Weg einer jungen Frau, die langsam beginnt, ihr Leben selbst in die Hand zu nehmen.

Roman. Aus dem Italienischen von Heinz Riedt
WAT 375. 192 Seiten

Tommaso Landolfi *Zwei späte Jungfern*

Über das Zusammenleben zweier Schwestern mit einem Affen, der den Altar der heimischen Kirche schändet und dafür die Inquisition zu spüren bekommt.

Erzählung. Aus dem Italienischen von Heinz Riedt
WAT 376. 112 Seiten

PIPER

Fruttero & Fruttero

Der unsichtbare Zweite

Roman. Aus dem Italienischen von Dora Winkler.
213 Seiten. Geb.

Der Parlamentsabgeordnete Slucca ist ein kleines Würstchen und weiß es. Er steht vollkommen unter der Fuchtel seines früheren Schulkameraden Migliarini, ebenfalls Politiker, der ein etwas größeres Würstchen ist – und vor allem ein Intrigant: Immer wenn er sich nicht persönlich exponieren will, schickt er Slucca vor. Doch so viele Einweihungsbänder vor unfertigen Straßen und Gebäuden der ärmste Slucca auch durchschneidet – im Rampenlicht steht Migliarini. Unermüdlich rackert Slucca sich für ihn ab, aber ihm selbst fehlt der Durchblick. Natürlich geht es bei den politischen Errungenschaften der beiden Helden überhaupt nie um Inhalte, sondern – und das läßt sich unschwer übertragen – um die Verteilung der Torte Macht und Image. Mit erfrischender Naivität erzählt Slucca hier seine Abenteuer und liefert dabei, scheinbar beiläufig, eine scharfe, witzige, böse Anaylse der italienischen Zustände.